新潮文庫

おとこの秘図

中巻

池波正太郎著

おとこの秘図

中巻

五月闇《さつきやみ》

一

初夏となった。

すでに京都へ到着していた柴田勝四郎《しばたかつしろう》と小沼治作は、到着の翌日から、権十郎《ごんじゅうろう》を探しにかかった。

二人は、一日交替で、三条大橋の西詰へ立つことにした。

一人が立って、権十郎があらわれるのを待ち、一人は京都市中を日没まで歩きまわる。

京都にも剣術の道場がないわけではない。

その一つ一つを、しらみつぶしにあたってみる。

（あれほど剣の道へ打ち込んでおられた権十郎様ゆえ、稽古をせずにはいられまい）

と、小沼はおもっている。

しかし、徒労であった。

「もしや、われらと入れちがいに、京を出立なされたのではあるまいかな？」

迷う柴田勝四郎に、

「いや、まだ、きっと、京におわします」

小沼は、きっぱりといいきった。

そのうちに、柴田宗兵衛《そうべえ》の手紙を持った佐々木伝七が、京都へ到着した。

二人が泊っている五条橋・東詰の旅籠《はたご》〔万屋《よろずや》新九郎〕方へあらわれた佐々木を見て、

「佐々木ではないか。殿様がお亡くなりあそばしたのか？」

と、小沼より一足先に万屋へもどっていた柴田勝四郎が顔色を変えた。

「いえ、先《ま》ず、これをごらん下さい」

「何だ、これは……や、父上からの御手紙ではないか」

「はい」

「おぬし、うれしげに笑っておるな。では、この手紙、悪い知らせではないのか？」

「はい」

「そうか、ふむ……」

養父・宗兵衛からの手紙を一読した勝四郎が、

「こりゃ、まことのことか？」

「まことでござる」

「神君より拝領の、康重《やすしげ》の脇差を、殿が、神尾《かんお》様へおあずけになった……」

「はい」

「ふうむ。これなら、もう大丈夫だな、佐々木」

「御用人様も、そのように申されて……」

「うむ、うむ……」

そこへ、小沼治作がもどって来て、はなしを聞き、これも大いによろこんだ。

「だが小沼。肝心の権十郎様が見つからぬのでは、どうしようもない」

「勝四郎様……」

と、佐々木伝七が、膝《ひざ》をすすめ、

「半月ほどなれば、私も手伝うてまいれと、御用人様が申されました」

「さようか。それは何より」

つぎの日から、三人は勇躍して旅籠を飛び出した。

ついに徳山重俊《とくのやましげとし》が、権十郎に家督をゆずり、自分は隠居するといい出たのである。

その約束に嘘がないことは、家宝の脇差を神尾守親《もりちか》へあずけたことによって明白であった。

そのことを聞けば権十郎も、よもや、江戸へ帰ることを拒絶しまいと、三人はおもった。

そしてまた、五日、七日と経過した。

江戸とくらべてはむろんのことだが、大坂に引きくらべても、京都市中の規模は小さい。

権十郎の姿を、小間物屋の日野屋《ひのや》文吉《ぶんきち》は三条大橋で見かけたというのだから、

「権十郎様は、市中のどこかに暮しておわすに相違ない」

のである。

「名を変えておられるやも知れぬぞ」

と、柴田勝四郎はいったが、名を尋ねるよりも、人そのものを見つけ出さねばならぬのだ。

それは、佐々木伝七が京都へ到着をしてより、十日目の午後であったが……。

「権さま。一度、尾張屋《おわりや》さんへお顔を見せておいでなさるがよいとおもいまする」

お梶《かじ》が、権十郎にいった。

「うむ……」

気にかからぬではない。

〔東林《とうりん》〕へ滞留してから、およそ四十日もすぎていた。

(尾張屋殿も、さぞ、怒っておられような……)

着のみ着のままで滞留していたのだから、当然、着替えはお梶がととのえてくれた。

お梶は、ただの一度も権十郎の身性《みじょう》について、問いかけてはこなかったけれども、

「京の、どちらに御逗留《ごとうりゅう》でございますか?」

と、それだけは尋ねておいたのである。

「さ、行《い》ておいでなされませ」

「行かねばならぬのか……?」

「あまりに長く、お引きとめいたしましたゆえ、尾張屋さんも案じておられましょう」

「いかさま……」

お梶にとっても、この四十日が、わずか数日のようにしかおもえなかったのであろう。

夢からさめたように、お梶が気づいて、尾張屋へもどることをいい出たのであった。

「尾張屋殿は、さぞ、腹を立てておられよう」

言外に、もはや尾張屋へもどらぬでもよい、もどりたくはない……という含みをもたせて、権十郎がいった。

昨夜も権十郎は、

(このまま両刀を捨てて、この茶店のあるじになってもよいな……)

などと、考えはじめていたのだ。

それはつまり、お梶のもとへ入夫《にゅうふ》することではないか。

(この女とならば、一生を、ここに朽ち果ててもかまわぬ……)

ようなおもいに、いま、権十郎は唆《そそ》られている。

だが、お梶は、一度も、

(このまま一生、権さまと共に暮しとうござります)

とはいってくれなかった。

権十郎の身の上も問わぬかわり、お梶もまた、そうした言葉の破片《かけら》もこぼさなかったのである。

「おもどりになりにくうござりますか?」

と、お梶が権十郎の顔をのぞき込むようにしてささやいた。

物狂おしい愛欲の日々に、若い権十郎の顔も、さすがに窶《やつ》れて見える。

「うむ……」

微《かす》かに、権十郎がうなずいた。

「尾張屋さんへもどってみて、もしも、居辛いことがあったときは、すぐにまた、此処《ここ》へもどっておいでなされませ」

「よ、よいのか、もどって来ても……」

「あいなあ」

にっこりと笑ったお梶に、権十郎は気強くなり、

「そうだな。何も、私が、悪事をはたらいたわけではない」

「あい。悪事どころか、善い事をなされました」

「え……?」

「いえなに、それよりも早う、お顔を見せておいでなされませ」

「よし。では、ともかくも行ってまいる」

お梶に見送られ、権十郎は〔東林〕を出た。

外へ出ると、若葉が燃え立つような茂りを見せ、まばゆいばかりであった。

(さて……尾張屋殿へ何というたらよいか……?)

お梶は、

「いま、もどったと、それだけでよいのではございませぬか」

といったが、まさか、そうも行くまい。

(お梶どのは、何やら得体の知れぬところがある……)

ともかくも〔東林〕に滞留していたことだけは、

「どなたさまにも、いうて下さるな」

お梶から、この一事だけは念を入れられているし、権十郎もまた、自分の情事を他人へ洩らすような若者ではなかった。

そうした若者の気性を、お梶は女特有の勘ばたらきで、察知していたにちがいない。

(よし。お梶どのにいわれたごとくにいたそう)

権十郎は、祇園《ぎおん》の社の南の鳥居前へ出る小道を下りつつ、肚《はら》を決めた。

日は西へかたむきかけていたが、あたりは、あくまでも明るい。

権十郎の肌は、たちまちに汗ばんで来た。

南の楼門から祇園の社の境内へ入り、権十郎は本殿にぬかずいた。

快晴の一日であったが、日暮れも近いこととて、境内の人影も少ない。

本殿前をはなれた徳山権十郎は、薬師堂の前を過ぎ、西の楼門をくぐろうとした。

そのときであった。

「うわあ……」

何と形容したらよいのかわからぬ奇声を背後に聞いて、

(何ごとか……?)

振り向いた権十郎へ、走りかかって来た人影がある。

二

咄嗟《とっさ》に権十郎は身を躱《かわ》しざま、その男の腕をつかみ、

「む!!」

取って投げた。

まだ春も浅いころ、お梶母娘《おやこ》に無体をはたらこうとした浪人者を懲らしめた権十郎は、

(そのときの一人……)

と、おもったのである。

「うわ……」

投げつけられて、ものの見事に転倒した、その侍は、

「う、うう……」

胸を押え、苦しげに呻《うめ》いた。

(や、ちがう……)

垢《あか》くさい浪人者ではない。身なりも正しげな壮年の侍なのだ。

「や、これは……」

権十郎はあわてて駈けより、

「すまぬことをした。人ちがいです。ゆるして下され」

侍を抱き起して見て、

「あっ……佐々木伝七ではないか」

愕然《がくぜん》となった。

「わ、わ、若様……」

佐々木が権十郎の胸もとへかじりつき、

「見つけまいた。み、見つけまいたぞ」

「どうして、京へ……？」

「はなしませぬ。死んでも、この手を、はなしませぬぞ」

佐々木伝七は、もう泣声になっている。

「おどろいたな、これは……」

「はなしませぬ。はなしませぬ」

佐々木の手には、必死のちからがこもっている。

昨日のことだが……。

ようやく京都周辺の地形ものみこめてきた佐々木は、

「今日は泊りがけで、伏見《ふしみ》のあたりまで行って見ます」

と、柴田勝四郎にいい、朝早くから出かけて行った。

伏見の町や、名高い伏見稲荷《いなり》などを歩きまわったけれども、何の手がかりもない。

ぐったりと疲れて伏見の旅籠へ一泊した佐々木は、昼前に五条の万屋へもどってくると、柴田勝四郎も小沼治作も、権十郎を探しに出ていて留守だ。

（ああ、もう……若様は、京におられぬのやも知れない……）

ぼんやりと時をすごしていたが、

（これではならぬ）

と、気を取り直し、万屋を出て、清水寺《きよみず》から東山の裾一帯を歩き、祇園の社へ参詣《さんけい》をし、

（何とぞ、若様の行方が知れますように……）

本殿に祈りをささげたのち、境内を一巡し、西の楼門から出ようとして、ふと見やると、ほんのすこし前に、自分が祈っていた本殿の前にぬかずいている若い侍が、何と徳山権十郎ではないか……。

はじめは、

（人ちがいではないか……）

佐々木は、目をうたぐった。

江戸にいたころの、一年前までの権十郎にくらべると、見ちがえるばかりに、

（大人びていた……）

からである。

そこで佐々木は、薬師堂の蔭《かげ》に隠れ、こちらへ近づいて来る権十郎を、じっくりと見とどけた。

（ま、間ちがいない。まさに……まさに、若様だ……）

たまりかねた佐々木伝七が、奇声を発して権十郎へ走り寄った……と、こういうわけであった。

「佐々木。これ、大丈夫か?」

「は、はい」

「どうした?」

「足を……足を、挫《くじ》いたようで……」

「これしきのことで、足を挫くとは何事だ。武士のくせに、躰《からだ》が鈍《なま》っているから、こういうことになるのだ」

「は、申しわけなく……」

「お前、おれを探しに来たのか?」

「決まっておるではございませんか。はなしませぬ。はなしませぬぞ」

「逃げはせぬ。ま、手をはなせ」

「は、はい……」

それから、手短かに、事の次第を泪声《なみだごえ》で語る佐々木伝七へ、

「そうか……それは、みなに苦労をかけたな」

「いえ、私どもよりも、江戸の御屋敷では、御用人様が、それはもう、大変な御苦労を……」

「ふうむ……」

柴田宗兵衛の懸命な姿が、権十郎の目に浮かぶようであった。

まだ、あたりは明るい。

境内へ入って来る参詣人が、何やら徒事《ただごと》ではない二人の様子に気づき、遠巻きにしはじめた。

「さて……いつまでも、此処にはおられぬ。歩けるか、佐々木」

「は……大丈夫でございます」

権十郎の手を借りて立ちあがり、歩こうとしたけれども、

「痛《つ》っ、っつ……」

足を挫いたばかりではなく、佐々木は胸のあたりも痛めたらしかった。

「よし。おれが背負ってやろう」

「と、とんでもないことを……」

「それなら歩くか？」

「あ……あつ、あつあつ……」

「それ見よ。さ、来い、来い」

権十郎は、身をちぢめる佐々木を背負い、

「宿は、五条橋のたもとか？」

「はい、万屋新九郎方でございます」

「よし」

「若様……」

「何だ？」

「これで、安心をいたしましてございます。御用人様も、さぞかし、およろこびなされましょう」

「お前は、おれが江戸へ帰るとでも、おもっているのか？」

「ええっ……では、あの……」

「帰らぬよ、おれは……」

「何とおっしゃいます……？」

「帰らぬ。江戸も、本所《ほんじょ》の屋敷も、二度と見たくはない」

「わ、若様……」

「すこし、だまっておれ」

「困ります。そ、それは、困ります」

「おれは、すこしも困らぬ」

三

五条橋・東詰の旅籠・万屋へ佐々木伝七を担ぎ込んだ権十郎は、

「すぐに、打身の手当を受けるがよい」

「あっ……若様、何処《どこ》へおいでなされます？」

「ちと、他に用事がある」

「いけませぬ。ここで、お姿を見うしのうては、われら三人、江戸へもどれませぬ」

「大仰なことを申すやつだ」

「お逃げなされまするか……」

「逃げる……ばかを申せ、おれが何で逃げねばならぬのだ」

「では、お待ち下さりませ。間もなく、勝四郎様も若党の小沼も、もどってまいりまする。ともかくも、それまではお待ち下されますよう……」

佐々木は打身の痛みをこらえ、脂汗と泪をいっしょにして、懸命にうったえる。

　それを見ては権十郎も、無下《むげ》にはできなかった。

「よし、よし。では、此処にいてやろう」

「かたじけなく……」

　宿の者が、すぐに医者を呼びに行こうとするのへ、佐々木伝七が、

「いや、待て。連れの二人がもどるまでは、拙者、このお方から目をはなすことができぬ。後でよい。後にしてくれ」

　間もなく、柴田勝四郎がもどって来て、

「あっ……」

　二人を見るや、立ちすくんだ。

（夢か……）

と、おもったそうである。

しばらくして、小沼治作も帰って来た。

これも、また、驚愕と歓喜に昂奮《こうふん》した。

「ま、落ちつくがよい」

権十郎のほうが、三人を宥《なだ》めにまわり、

「逃げはせぬ。よし、酒など酌《く》みかわしながら、ゆるりと、はなしを聞こう」

と、いった。

三人は、万屋の奥の一間《ひとま》に泊っていたのだが、万屋のあるじが気をきかせ、二階の一間へ酒の仕度をととのえてくれた。

すでに、夕闇が濃い。

(何も、急いで尾張屋へもどることもない……)

徳山権十郎であった。

(三人を、うまくあやなしてから、今夜は東林へもどろう)

と、おもっている。

勝四郎と小沼に権十郎をまかせてから、佐々木伝七は奥の間で、医者の手当を受けた。さほどに重い打身でもなかったようだ。

「権十郎様。これが、江戸より届きましたる父・宗兵衛の手紙でございます」

柴田勝四郎が差し出した手紙を、権十郎は物憂げに読み終え、

「相わかった」

「殿様も、このように……」

「わかった、わかった」

「では、私どもが御供いたし、明日にも江戸へ……」

「帰れと申すか？」

そういった権十郎の声に、勝四郎と小沼は顔を見合せた。

「おれは帰らぬ」

「何と申されます……？」

「おれは、京にいて一生を終えてもよいと考えている」

「権十郎様は、いま、京のいずこにお住まいでございますか？」

「どこにいようと、おれの勝手じゃ。おもうてもみよ。父上は……いや、もはやおれは父ともおもわぬ。徳山重俊という人《じん》に嫌いぬかれながら、その跡目をつぐことなど、ごめんをこうむる」

きっぱりと、権十郎はいいきった。

「なれば、御用人様をはじめ、神尾様などの御苦労、御助力をも、むだになされるおつもりでございますか？」

と、小沼治作が膝をすすめてきた。

柴田勝四郎が、権十郎の拒否にあって、うろたえはじめたのに引きかえ、小沼の声は妙に沈んで、むしろ不気味である。

「む、それは……」

さすがに権十郎も、それをいい出されると忸怩《じくじ》たるものがある。

ことに、小沼治作には、自分が失踪《しっそう》して以来、ずいぶんと苦労をかけたことを知って、権十郎は真底から、

（すまぬことをした……）

と、おもっている。

だが、しかし、

（江戸へ帰るつもりはない……）

のである。

お梶のところへ入夫することは、相手も年上の女であるし、ことわられるやも知れぬが、お梶との交情を、このまま絶ち切って帰府するなどとは、

（おもいもよらぬ……）

ことであった。

いずれ、そのうちには、佐和口《さわぐち》忠蔵も大坂の妹の嫁ぎ先へ顔を見せるであろうし、そうなれば佐和口とも再会できる。

そして佐和口を説きつけ、大坂か京の近くに道場を構え、佐和口忠蔵を主《あるじ》におさめ、自分がこれを助ければ、立派に道場一つを運営して行けるにちがいない……などと、権十郎は虫

のよいことを考えていたのだ。

「権十郎様へ、申しあげます」

小沼治作の両眼が爛々と光っている。

「何じゃ？」

「あなたさまのお帰りがなくば、殿様御他界の後、御家は取り潰《つぶ》しに相なります。したがいまして、徳山家に御奉公いたす人びとは、いずれも路頭に迷うことになるのでございます」

「大仰な……」

権十郎は舌うちを洩らし、

「なれば、徳山重俊殿がのぞむ養子を迎えたがよかろう。それで万事がおさまる。おれのことなぞにかまうな」

「それにて相すむことなれば、神尾様も御用人様も、かような苦労をいたしませぬ」

「いまからでも、遅くはあるまい」

「ようも……ようも、そのように、人のこころを踏みにじるようなことが申されますな」

「何……？」

「人と申すものは、ただ一人にて生きておるのではありませぬぞ」

若党ながら小沼は、権十郎が少年のころから身近く仕えていただけに、すこしも遠慮はしなかった。

「あなたさまというお人へ、御一同さまが期待《のぞみ》をかけ、なればこそ一所懸命に、これまで苦労をしてまいったのです。そのことは、よう御存知のはず……」

知らぬとは、いえない。

江戸にいたころの権十郎にとって、柴田宗兵衛父娘《おやこ》や小沼治作らは、何ものにも替えがたい、肉親同様の人びとであった。

その人びとが、これまでに、どれほど自分を庇《かば》い、なぐさめ、はげましてくれたことかを、権十郎とて忘れるものではない。

あれほどに憎み、憎まれていた父の重俊が重態だというのは、嘘ではあるまい。

さすがの父も、わが一命のつきることを知り、神君より拝領の脇差を神尾守親へ託したというのは、

（よくよくのことであったろう……）

と、察しがつく。

あの父が元気でいたときでさえ、権十郎は我慢して屋敷にいたのだから、このさい、江戸の屋敷へ帰ることについては、別段、苦痛をおぼえているわけではなかった。

しかし、江戸の屋敷へもどることは、徳山の家督をつぐことになるのだ。

二千二百四十石の旗本の主《あるじ》になるのだ。

そうなれば、気軽に、

「ちょと、京へ行ってまいる」

と、江戸をはなれ、お梶に会いに行くことなど、おもいもよらぬことである。

将軍に仕える大身《たいしん》旗本としては、江戸府内における行動も、自由にはふるまえぬ。

そのことをおもうがゆえに、

（江戸へは帰らぬ……）

と、権十郎は決意している。

おもえば、江戸をはなれてからの約一年。これほど変化に富んだ日々を送ったことは、かつて、権十郎になかったことであった。

その間には、おもいもかけぬ事件と人びとに出合い、そのたびに権十郎の若い血は躍動した。

（これぞ、男が生きているということだ）

と、おもった。

さらには、京へ来て、お梶のような女と情をかわすことを得たのだから、

（いまさら、江戸へもどったとて何になる。徳山屋敷の暮しは、もはや知りつくしてしもうたわ……）

権十郎は、何も彼も面倒になり、

「勝手にいたせ」

ぱっと立ちあがり、蒼《あお》ざめている柴田勝四郎と血相を変えている小沼治作へ、

「ともかくも、おれは帰らぬぞ!!」

叩きつけるようにいいはなち、座敷を出て行こうとした。

「お待ち下され!!」

凄《すさ》まじい声をかけて、小沼治作も立ちあがった。

四

このときの小沼治作の気色は、たしかに異常なものがあった。

「もう、とめるな」

と、小廊下へ出た徳山権十郎が振り向くのへ、

「もはや、おとどめはいたしませぬ」

こたえた小沼の声が、妙に重苦しく、沈んでいる。

「こ、小沼……」

そのようなことをいってもらっては困るとおもい、柴田勝四郎が片膝《かたひざ》を立てた。

「いや、勝四郎様。かほどまでに情理をつくして、おとどめ申しているのに、権十郎様にはおわかりいただけぬ。これはもはや、人とは申せませぬ。獣《けもの》でござる。情理をわきまえぬ獣に何をはなしたとて、むだでございましょう」

権十郎を睨《ね》めつけつつ、小沼が怖《おそ》れげもなくいいはなった。

「小沼。な、何ということを……」

勝四郎は青くなった。

権十郎も、さすがに顔色を変え、

「おれを、獣だというのか」

「はい」

「おのれ……」

「獣を相手に物を申すことはやめまするが、私といたしましては、神尾様、御用人様をはじめ、御屋敷の御一同様に対し、申しわけも立ちませぬ」

「何と……」

「勝四郎様……」

呼びかけながら、小沼治作は左手で、腰の脇差を鞘《さや》ごとに外し、

「このさまを、しかと御用人様へ、おつたえ下され!!」

叫んだかとおもうと、小廊下へ飛び出し、その向うの別の座敷の障子を引き開けるや、中へ躍り込んだ。

小沼の手から落ちた脇差の鞘が、廊下に音をたてた。

権十郎は、暗い座敷へ飛び込んだ小沼の手に脇差の抜身がきらりと光るのをたしかに見た。

「あっ……」

柴田勝四郎が、おどろきの声をあげた。

「ま、待て!!」

権十郎が座敷へ駈け入ったとき、小沼治作は仁王立ちに立ったまま、わが手の脇差を、わが腹へ突き立てていたのである。

「何をする」

と、そこは権十郎であった。

こうした場合、権十郎は脇差をつかんでいる小沼の手へ飛びついたのでは、却っていけない。脇差を奪われまいとして、さらに小沼は自分の腹へ切先を深く突き入れるにちがいない。

いきなり、権十郎は小沼の躰を、おもいきり突き飛ばした。

小沼治作の躰が壁に打ち当り、転倒する前に、権十郎が小沼の腕から、脇差を叩き落した。

権十郎の後から、勝四郎が座敷へ駈け入ったとき、すでに小沼の脇差は権十郎に奪われている。

権十郎が、その脇差を、

「これを……これを……」

と、勝四郎にいい、放ってよこした。

「むうん……」

はじめて、小沼が唸《うな》り声を発した。

「ばかもの。な、何で、このようなまねを……」

小沼を抱きしめた権十郎が、呻《うめ》くように、

「本気で突き入れた……」

「ご、権十郎様……」

「勝四郎。医者だ。早く医者を……」

「は……」

「何をしている。早くせぬか」

「はっ……」

転げ落ちたかとおもわれるほどの音をたてて、柴田勝四郎が駈け下りて行った。

「小沼。しっかりしろ。これ、小沼……」

「う、うう……」

小沼は、おもいきり、脇差を突き入れたのだ。

引きまわして切腹をする余裕はないと看てとり、その一突きで死ぬるつもりであったらしい。

「おい、小沼……ばか、ばかもの。何で、このような……」

「権、十郎様……」

「何じゃ？」

「小沼の、この、いのちと引き替えに、御屋敷へ……何とぞ、御屋敷へ……」

と、小沼が声をふりしぼった。

座敷の闇に、血の匂いがこもっている。

小沼治作の腹の傷所を押えている権十郎の手も、血まみれになっていた。

さいわいに、この旅籠《はたご》の近くには、井上景南《けいなん》という外科医の屋敷があり、すぐに駈けつけ

めた。
佐々木も、この騒ぎには仰天してしまい、夜ふけてから高熱を発し、頭痛をうったえはじ
先刻、佐々木伝七の打身の手当をした医者は、この井上景南ではない。
「景南先生にかかって癒《なお》らぬとすれば、もはや寿命というものでござりますよ」
旅籠の主人《あるじ》・万屋新九郎がいうには、
て来てくれた。

徳山権十郎は、二階の一間で、小沼の手当がすむのを待った。
手当には、かなり長い時間がかかり、柴田勝四郎が小沼に附きそった。
小沼は、自分が腹を切ろうとした座敷へ、そのまま寝かされている。井上景南が、
「うごかしてはならぬ」
と、命じたからだ。
権十郎は腕を組み、瞑目《めいもく》していた。
小廊下をへだてた向うの座敷で、小沼治作の呻き声がする。
井上景南が、傷口を縫合しているのであろうか。
景南には、二人の医生が附いて来ている。
廊下に、微《かす》かな足音が起った。
柴田勝四郎が、顔をべっとりと脂汗に濡らしてあらわれ、権十郎の前へ坐った。
「勝四郎。どのようなぐあいだ?」

勝四郎は、かぶりを振った。

「いかぬ……?」

「誰《たれ》ぞ、知らせる人があらば、知らせるようにと、景南先生が申されました」

「ふうむ……」

「いかがいたしましょう?」

「いかがも何も、ここは江戸ではない。どうしようもないではないか……」

「はあ……」

「まったく、のぞみはないのか?」

「いえ、それはまだ……」

「わからぬ、と……?」

「はい」

井上景南は勝四郎に、こういったそうな。

「この人の躰《じん》は、みごとに鍛えてあるのう。よほどに武術の修行をされたらしい。なれば、この躰には底力が潜んでおるゆえ、万に一つ、助かる見込みもないではない」

五

それから七日の間、徳山権十郎は万屋新九郎方から、一歩も外へ出なかった。

小沼治作から、一時《いっとき》も目をはなせなかったからだ。

小沼は、何度も危篤状態におち入った。

一時は、井上景南も、

「こりゃ、いかぬわ……」

匙《さじ》を投げて、権十郎に、

「もはや、これまでのようにおもわれる。お覚悟をなされたがよい」

と、いったほどである。

その危機を乗りこえることができたのは、ひとえに小沼自身の強靭《きょうじん》な体力が物をいったのであろう。

「もち直したのは、奇蹟《きせき》じゃ」

井上景南も、瞠目《どうもく》して、そう洩らしたが、景南の手当なくしては、

(いかな小沼の躰でも、到底、助からなかったろう)

と、権十郎はおもった。

のちになっておもえば、

「万屋の近くに景南先生が住んでおられ、あの折、すぐさま駈けつけて下されたのが倖《さいわ》いであった……」

のである。

権十郎も寝食を忘れて、小沼に附きそった。

小沼治作は、なるほど父・重俊の家来ではあるが、権十郎の実感としては、

（まるで、兄のような……）

おもいがしている。

ことに、権十郎が十歳のとき、堀内源左衛門《ほりうちげんざえもん》道場へ通うようになってからは、明けてから暮れるまで、小沼治作に附きそわれた歳月をすごしてきたのだ。

それだけに権十郎も、小沼へ対しては、

「わがままの仕放題……」

であったが、これまた小沼を、徒《ただ》の家来だとはおもっていなかった。甘え心が、そうさせたのだといえよう。

その小沼治作が、このように、おもいきった事を仕てのけたとき、権十郎の衝撃は大きく烈しかった。

ある意味においては、

「おれの生涯で、あれほどに、おどろいたことはなかった……」

ことになる。

単に、主家《しゅか》の行末をおもうあまりの行動だと、片づけてしまえぬものがある。

そこにはやはり、小沼治作の権十郎へ対する深い愛の心が存在していたからであった。

おのれの一命を、おのれの手で絶ち切る場面を権十郎に目撃させ、最後の請願に替えたのだ。

戦国の世ならばまだしも、天下泰平のいまこのとき、小沼が仕てのけたことは異常の行為である。

柴田勝四郎は、

（小沼の気が狂った……）

一瞬、そうおもったという。

生死の境を彷徨《さまよ》う小沼治作の枕頭《ちんとう》に坐りつづけていて、徳山権十郎の胸の内も、

「乱れに乱れた……」

と、いってよい。

佐々木伝七が、痛む躰を引き擦るようにしてあらわれ、凝《じつ》と、生色のない小沼の顔を見つめていたかとおもうと、つぎには権十郎を睨《にら》みつける。

その佐々木の目は、

（小沼が、これほどまでに、あなた様をおもうていることを、まさか無下になされますまいな？）

と、うったえかけているように、権十郎にはおもわれた。

佐々木伝七の目には、あきらかに怒りの色がただよっている。

権十郎が見返すと佐々木は面《おもて》を伏せ、階下へ行ってしまうが、つぎにまた、あらわれると、強《きつ》い視線を権十郎へ向けてくるのだ。

（ああ……何ということだ……）

権十郎、居たたまれなくなってきた。

それは、小沼治作が腹へ脇差を突き立ててから八日目の朝のことであったが……。

前夜、小沼の附きそいを柴田勝四郎に替ってもらった権十郎が、二階へ上って行くと、勝四郎は床柱に背をもたせかけ、眠っていた。

「これ、勝四郎……これ、これ……」

「あ……」

坐り直した勝四郎が、

「これは……相すみませぬ。眠ってしもうて……」

「よいわ。さ、下へ行って、ゆるりと眠れ」

「は……」

「さ、行くがよい」

「では……」

「昨夜は小沼、どうであった？」

「ぐっすりと、眠っておりましたが……」

「痛みを、うったえなかったか？」

「はい。なれど……」

「なれど？」

「景南先生が申されてでございました。痛みをうったえなくなったときが、危ないと……」

「ふうむ……」

窶《やつ》れきった小沼治作の顔が薄暗い床《とこ》の上へ、まるで呼吸をしていないかのように、ぼんやりと浮いて見える。

「さ、行け」

「朝餉《あさげ》の仕度がととのいましたら、すぐ、お知らせに……」

「よし」

勝四郎が階下へ去った。

権十郎は窓の戸を開け、朝の光りを入れると共に、まだ日が昇りきらぬ爽涼《そうりょう》の大気を部屋の中へみちびいた。

室内に残っていた初夏の夜の闇が、たちまちに窓から出て行った。

枕頭へ坐った権十郎が嘆息をもらしたとき、小沼が目をひらいた。

「お……」

「権十郎様……」

「どうじゃ、気分は……?」

「失敗《しくじり》を、いたしてしまいました」

「何のことだ?」

「うまく仕てのけられませぬでした」

「え……?」

「なかなかに、うまく、死ねぬものでございますな」

「たわけたことを申すな」

「喉《のど》を……喉笛を掻《か》き切ったほうが、よろしかったやも知れませぬ。なれど……なれど、それでは血もはね飛びましょうし……それに、私も侍の端くれゆえ、やはり、腹を、と、おもいまして……」

「小沼。もう、やめろ」

「なれど、権十郎様……」

「やめろ」

叫んだ権十郎の声が、低く沈んで、

「こ、小沼……」

「は……?」

「帰る」

「な、何と、おおせられました?」

「帰る。おれは江戸へ帰る」

「ええっ……」

眼球が飛び出しそうに、目を見ひらいた小沼が、おもわず半身を起そうとして、苦痛の呻きを発した。

「これ、何ということを……」

権十郎が、あわてて小沼の肩を抱き、床へ寝かせてやった。

「わ、若様……」

すがりつくように見つめてくる小沼の目から、権十郎は顔をそむけ、

「おれが、悪かった……」

「あ……」

「お前のこころを、察することができなんだおれは、ばかだ。ばかものだったよ」

「何を……何を、おおせられます」

「まさに、お前が申すとおりだ。人と申すものは、おのれのためだけに生きているのではない。それが、よう、わかった……」

たまりかねて、小沼が泣き出し、泣いたがために傷口が痛み、呻き……呻いては泣いた。

しかし、権十郎が江戸の屋敷へ帰ると聞いてからの小沼治作には、すこしずつであったが、生気がよみがえってきたようである。

柴田勝四郎はむろんのこと、佐々木伝七も、

「人が変った……」

ような笑顔を、権十郎へ見せるようになった。

それから三日後になって、

「これならば、大丈夫じゃ」

と、井上景南が力強く受け合ってくれた。

「まことでござるか?」

「井上景南に、二言はござらぬよ」

「先生。かたじけのうござる」

徳山権十郎が両手をつき、はじめて、泪《なみだ》ぐんだ。

六

その日の暮れ方に、徳山権十郎は誓願《せいがん》寺通りの旅籠・尾張屋へあらわれた。

座敷女中のおきさが瞠目し、

「あれ、山口さま……」

「まあ、まあ、まあ……何処《どこ》にいでおいでござりましたえ?」

「うむ……それよりも、主人殿《あるじどの》はおられるか?」

「へえ、へえ。さ、早う、おあがりを……」

「かまわぬのか?」

権十郎は照れくさそうに、あたりを見まわした。

下男や女中たちが、権十郎を遠巻きにして、あきらかに好意のこもった微笑をうかべているのを見て、

(先《ま》ず、これならば……)

権十郎は、ほっとした。

尾張屋源右衛門《げんえもん》は、いま、来客と語り合っているらしい。

そこで権十郎は、前に、自分が滞留していた奥座敷へ通された。

座敷の内は、権十郎が尾張屋を出たときのままになっている。

源右衛門が、おきさに、

「山口様が、いつ、もどられてもよいように、この座敷へは客を通してはならぬ」

と、いったそうな。

「さようか……」

いまさらながら権十郎は、尾張屋源右衛門の厚情が身にしみた。

小田原の堺屋《さかいや》太兵衛からの手紙だけで、

（ようも、これほどまでに、おれの面倒を……）

むしろ、ふしぎでならぬ。

おきさは、茶のかわり、酒の仕度をして座敷へあらわれた。

「あ……もう、かまってくれるな」

権十郎は恐縮して、

「おわびかたがた、お別れにまいったのだから……」

「いままで、何処に行っておいでてござりました？」

「む……あの、大坂へ……」

「まあ、大坂へ……」

「うむ」

「大坂の、どこへでござります？」

「さ、それがな……」

権十郎が当惑して口籠《くちごも》ったとき、尾張屋源右衛門の足音が廊下にきこえた。

権十郎は坐り直し、緊張した。

おきさがくすくす笑いながら、廊下へ出て行った。

「おお、もどられましたな」

源右衛門が座敷へ入って来て、

「いささか、お窶れになったようでござりますな」

「まことにもって……」

両手をついて権十郎が、

「無断にて出亡《しゅつぼう》いたし、申しわけもありませぬ」

「何の……」

かぶりを振った尾張屋源右衛門は、

「あなたさまの居所は知れておりましたゆえ、安心をしておりました」

「えっ……?」

権十郎は呆気《あっけ》にとられた。

源右衛門は笑いもせず、あくまでも真面目顔で、

「何ぞ、お困りのことなど、ありませぬでしたか?」

と、はなしを転じた。

「実は、源右衛門殿……」

権十郎は、この上、源右衛門を、

（偽ることはできぬ……）

と、おもった。

そこで、これまでのいきさつをすべて、源右衛門に語ったのである。

もっとも、曾我《そが》の喜《き》平治《へいじ》父娘《おやこ》の一件については、語る必要もないとおもい、

「小田原にて、堺屋太兵衛殿のお世話を受けました」

と、いうにとどめた。

そのほかのことは、いっさい包み隠さずに打ち明けた権十郎へ、

「なれば、山口権三郎様ではなく、徳山権十郎様と申されまするか……」

尾張屋源右衛門も、まさかに権十郎が江戸の旗本の子息だったとは、おもいおよばなかったらしい。

「それは、それは……」

「まことにもって、御無礼を……」

「いえ、いえ……」

「何分にも、幕臣の子でありながら、無断にて江戸を出奔いたした身なれば、つい、本名を名乗りきれませぬでした」

「ごもっともなことで……」

「まことに、申しわけもなく……」

「なるほどのう……」

権十郎の盃《さかずき》へ冷えた酒をみたした源右衛門が、

「あ、これはいけませぬな。すぐに、替りを……」

「いや、おかまい下さるな、源右衛門殿。これにて結構です」

権十郎が盃をほして、

「そうしたわけで、江戸へ帰ることに、こころを決めました」

「さようでござりますか。ふむ、ふむ、それがようござります。それで私も、大安心でござります」

尾張屋源右衛門も、ほっとしたおもいであったろう。権十郎を世話することは何でもないが、その行末については、いろいろと考えていたにちがいない。

源右衛門にしてみれば、権十郎同様に、大坂の薬種舗・長崎屋庄之助へ嫁入った妹・お幸《こう》のもとへ、佐和口忠蔵があらわれるのを待ちかねていたのだ。

そして、佐和口とよくよく相談の上で、権十郎の身の行末を……と、おもっていたらしい。

「明日にも長崎屋へまいり、お幸どのへも、このことを知らせておきたいとおもっています」

「何の、山口……いえ、徳山様。それは私のほうより、かならず、間ちがいなく、お知らせ申しておきまする」

と、尾張屋源右衛門が、

「それに、五条橋の万屋さん方で傷の養生をしていなさる御家来の……」

「は。小沼治作……」

「はい。その人のお世話も、およばずながら、尾張屋がさせていただきまする」

「いや、それは……私も小沼の傷が癒るまでは、京にいるつもりなのです」

「なりませぬ」

意外に、するどい源右衛門の声であった。

「明日にも、京をお発《た》ちなさるがようござります」

「明日にも……」

「はい。御決心が変らぬうちに……」

いいさして、凝と見つめてきた尾張屋源右衛門の目に、権十郎は自分の胸の底をすっかり看とおされたようなおもいがした。

(尾張屋殿は、東林での、お梶どのとおれのことをすべて知っておられる……)

このことであった。

源右衛門は、下男の万平をつかい、権十郎が〔東林〕に滞留していることを見とどけていたわけだが、それを一言も口には出さぬ。

しかし、権十郎も愚か者ではない。尾張屋源右衛門の眼光が、すべてをものがたっているのである。

それに、これまで、源右衛門が自分にしてくれたことをおもえば、

「決心の変らぬうち……」

京を発てという、その言葉は、千鈞《せんきん》の重味をもって徳山権十郎を圧倒した。

「御言葉に、従います」

権十郎は、素直に頭を下げた。

「おお、おお……」

うなずいた尾張屋源右衛門の両眼が、何故か、うるみかかってきたではないか。

「ようも、聞きわけて下されましたな」

「はい……」

「なれど、京を発つのは、明後日がよろしゅうござりましょう」

「明日ではなく……？」

「明日いちにち、名残りを惜しんでおいでなされますよう」

権十郎は、うつむいた。その襟《えり》もとから面《おもて》にかけて、見る見る血の色がのぼってくる。

名残りを惜しめ……とは、いったい、だれを指すのか。

いまの権十郎にとって、尾張屋源右衛門のほかに、名残りを惜しむ人は、ただ一人しかいない。

あきらかに源右衛門は、お梶のことを指しているのだ。

「そのかわり、私めが暮れ六つに、五条橋の万屋さん方へまいり、あなたさまをお待ちいた

しましょう」

源右衛門に釘《くぎ》をさされ、権十郎は、

「間ちがいなく、暮れ六つまでに……」

と、誓約をした。

「今夜は久方ぶりにて、ここに、お泊りなさるがようございます」

「かたじけない」

「徳山様。いま、客を待たせてありますゆえ、のちほど、ゆるりと……」

にっこりと権十郎へ笑いかけ、片ひざを立てた源右衛門が、何やら、おもいついたように坐り直して、

「江戸へのお下《くだ》りは、東海道でございましょうな?」

「そのつもりですが……」

「では、忘れぬうち、念のために申しあげておきまする」

「何のことでありましょう?」

「小田原をお通りになられますとき……」

「あ……堺屋太兵衛殿へ、お目にかかり、あらためて御礼を申しのべるつもりです」

「いや、そうではございませぬ。堺屋方へお立ち寄りなされてはいけませぬ。屹《きっ》と、太兵衛にはお会いなされますな」

「はあ……?」

「堺屋太兵衛も、二度と、あなたさまへ、お目にかかることを願うてはおりませぬ」

尾張屋源右衛門の口調には、有無をいわせぬものがある。

権十郎は、だまってうなずいた。

源右衛門が去ったのち、権十郎は縁に出た。

奥庭の植え込みや立木の青葉が、生ぐさいまでのにおいを夜の闇にただよわせている。

おきさが夕餉の仕度を運んで来た気配にも、権十郎は気づかぬようであった。

七

翌朝、徳山権十郎は尾張屋を出て、先ず万屋へもどった。

「何処《いずこ》へ行っておいでてござりましたか？」

「昨夜は、お帰りあそばさぬので、居ても立ってもいられぬおもいをいたしました」

権十郎を見るや、柴田勝四郎と佐々木伝七が、まるで、こちらの躰《からだ》へ飛びついて来るような声を出した。

「ま、ゆるせ」

昨夜は、勝四郎と佐々木が案じる様子を見て、床へ横たわったきりの小沼治作が、

「お二人とも、心配はいりませぬ」

「だが、小沼。権十郎様は、すぐにもどると申された」

「京を出立なさるについては、何かと、御用事もおありなのでしょう」

小沼は、すっかり落ちついていて、

「権十郎様は、われらとの御約束を破るような御方ではありませぬ」

と、いいきった。

小沼にしてみれば、一命をかけて、権十郎の帰府を承知させただけに、自信をもっていたのであろう。

「勝四郎。小沼の様子はどうじゃ?」

「先刻、景南先生もまいられまして、もはや、大丈夫と……」

「そうか。それならよい」

「江戸の父の許《もと》へ、すぐさま飛脚を立てましてございます。父も義姉《あね》も、さぞよろこぶことでございましょう」

「宗兵衛と千《せん》には、叱りつけられるような気がする」

「何をおおせられ……」

「ときに、勝四郎」

「は……?」

「ちょと、出てまいる」

「また、でございますか?」

勝四郎が不安げに、

「何処へおいでになられます。私が御供をつかまつります」

「いや、よい」

「いえ、御供いたします」

「待て。暮れ六つまでには、かならずもどる。いや、もどらねばならぬのだ。ここで、尾張屋源右衛門というお人と待ち合せる約束になっている」

「それは、何者でございます？」

「京へまいって以来、親切に、おれの世話をして下された方じゃ。かまえて、粗略なふるまいをしてはならぬ。佐々木にも、よく申しておけ。よいか」

「はい」

「小沼にも、このよしをつたえておいてくれ。では、行ってまいる」

「お早く、おもどり下さいますよう」

「わかっている、わかっている」

　柴田勝四郎は、このときの権十郎が、

（昨日までの権十郎様とは、何やら、ちがう……）

ことを、感じとっていた。

　権十郎は上気した面を伏せるようにし、勝四郎の視線から、おのれの目を逸《そ》らしていた。

　権十郎が万屋を出て行ってから、勝四郎は、急に危疑をおぼえ、外へ駈け出して見たが、すでに権十郎の姿は消えている。

　あわてて、二階へもどり、このことを佐々木伝七と小沼治作につたえるや、

「何故、そのようなことを……いまここで若様を見うしのうては、一大事でござる」

佐々木は、あきらかに狼狽《ろうばい》をした。

「そ、そうか。やはり、お引きとめをすべきであったかな……」

「すぐに、追いかけねば……」

と、佐々木が立ちあがった。

佐々木の打身も大分に、よくなっていたのだ。

「よし。私が行く」

立ちあがった柴田勝四郎へ、

「勝四郎様。大丈夫でございます。私が受け合いまする」

と、小沼は依然、自若としているのだ。

「だが、小沼。どう考えても、今日の権十郎様の様子は奇妙であった」

「もしも、権十郎様が江戸へもどらぬときは、私も、もどりませぬ」

「え……？」

「今度こそ、仕損じなく腹を掻き切ります」

「何を申す」

「そのことを権十郎様は、しかとわきまえておられますゆえ、かならず、おもどりになりまする」

「ふうむ……」

「それより、お二人ともに、出立の御用意を……」

「いや、佐々木を残して行く。おぬしの傷が癒《い》えるまでは、な」

「いや、それならば、お気にかけられますな」

「ならぬ。これは、わしのいいつけだ」

めずらしく勝四郎が、きびしい声を出した。

行末は、養父・宗兵衛の跡をつぎ、徳山家の用人となる柴田勝四郎である。

小沼治作も、さからうわけにまいらぬ。

「では、お言葉にあまえまして……」

「そうしろ。そうしてくれ」

まだ昼前だというのに、座敷の中が薄暗くなっている。

今朝は、日射しも洩れていたのだが、いつの間にか空が曇りはじめ、霧のような雨が降り出したのであった。

「ああ、傘も持たずに出て行かれて……」

佐々木が、心細げにつぶやいた。

三方を山々に囲まれている京の都の天候は、まことに変りやすい。

「勝四郎様。その、尾張屋某《なにがし》と申されるお人は、権十郎様と、どのような関《かか》わり合いがあるのでしょうな?」

「さて……私も、くわしくは聞いておらぬのだ」

八

糠雨《ぬかあめ》に濡れた徳山権十郎が、茶店〔東林〕の脇出入口の戸を開けると、

「おや……」

縄暖簾《なわのれん》の向うの大竈《おおかまど》の前にいた、お梶が振り向き、

「よう、おもどりに……」

笑いかけてきた。

お梶は、ふたたび権十郎が此処《ここ》へもどっては来ないと、おもっていたらしい。

もっとものことだ。

「すぐに帰ります」

と、いって出て行きながら、およそ十日も〔東林〕へもどらなかったのだ。

雨やどりの客が二、三名いるらしい。

お梶が茶を点じ、老僕の孫助は客のはなし相手をしているようだ。

お梶が、

「先に、二階へ……」

と、権十郎へ目顔でいった。

うなずいた権十郎は、薄暗い土間から箱段《はこだん》をあがり、いつもの小間《こま》へ入って行った。

雨音が、しずかにこもっている。

梅雨も間近い季節であったが、今日は冷《ひ》んやりとして、障子を開けずとも、汗ばむこともない。

坐った権十郎の胸は、高鳴っている。

お梶の躰から匂う香りではない、別の香気が微《かす》かにたゆたっていた。

置床《おきどこ》の小さな壺に、これも小さな五弁の白い花が挿《さ》され、香気は、この花からただよっている。

（何という花か……？）

顔を近づけた権十郎へ、

「その花を御存知でござりますか？」

いつの間に入って来たのか、背後から、お梶の声がした。

「あ……」

「柚《ゆう》の花でござります」

柚《ゆ》を「ゆう」と、お梶はよんだ。

「さようか……」

盆の上の酒をすすめる、お梶の気振《けぶ》りが、十日前までのお梶とは、

（何やら、ちがう……）

ことを、権十郎は感じとっていた。

親しく笑いかけ、酌をしてくれるお梶なのだが、やはり、どこかちがう。

それはすでに、この家《や》へ入って来た自分を、お梶が縄暖簾ごしに見たときから、権十郎は、それと感じていた。

また、お梶にしてみれば、脇出入口から土間へ入って来た徳山権十郎を見た瞬間、これも、

(十日前までの権さまとは、何やら、ちごうている……)

直感していたのやも知れなかった。

この座敷へ入り、お梶と二人きりになったときは、物もいわずに、女の肌身へ顔を埋め、甘えて甘えて甘えぬいて、江戸へ帰らねばならぬ辛さ苦しさをうったえるつもりでいた権十郎なのである。

ところが、いま、それができない。

目の前に、ゆったりと坐っているお梶の目の色が、腕をさしのべようとする権十郎を躊躇《ちゆうちよ》させた。

「いま、ひとつ……」

と、権十郎が盃を、お梶へ突きつけるようにした。

「はい」

酌をしながら、お梶は物しずかに、

「いよいよ、江戸へ、お帰りになられますような……」

といった。

これには、権十郎もおどろき、

「えっ……ど、どうして、それを？」

「やはり、そうでござりましたか……」

「何故、知っておられる？」

「いえ、そのように感じたまででござります。女《おなご》の勘のはたらきでござりますなあ」

徳山権十郎の身性について、これまでに、お梶は何一つ尋ねたことはない。

権十郎も、語らなかったが、ただ「江戸から京へまいった……」とだけは、洩らしてあった。

酒をのみほした権十郎の手から、音をたてて盃が盆の上へ落ちた。

「お梶どの……」

にじり寄って、権十郎が、お梶の膝《ひざ》のあたりへ手をかけた。

「もはや、お別れにござる」

「はい……」

「お梶……どの……」

権十郎の顔が、お梶の襟もとへ埋めこまれた。あたたかい肌身のにおいに、権十郎は目が眩《くら》みかけた。

抱きすくめて、押し倒そうとする。

「山口さま……」

あえぎつつ、お梶がよんだ。

これまでの「権さま……」ではない。

左腕で権十郎の胸をささえ、右腕を畳へ突き、身を反らせたお梶が、

「もし……山口さま……」

「う……」

お梶が、押し倒されまいと逆らうのを知り、権十郎が鼻白《はなじろ》むかたちとなった。

抵抗する女体を無理矢理に抱くつもりはない。

それでは、女を犯すことになってしまうではないか……。

「山口さま。同じ夢は、二度、見るものではないと申しまする」

ささやきつつ、今度は、お梶のほうから双腕《もろうで》をひろげ、権十郎を抱きしめるようにした。

抱いてはいるのだが、それは十日前までの抱き方ではない。

まるで、年若《としわか》の弟の哀《かな》しみを、姉が、

「なぐさめているかのような……」

いたわりをこめて、抱いたのである。

「いま……いま、ここで……」

「何と……?」

「いえ、あの……いま、ここで、以前のように、なってしもうては、もはや、別れがたくなって……」

途切れ途切れに、お梶が、

「そうではございませぬか、山口さま……な……な……」

「実は、それがし、山口権三郎ではない。徳山権十郎と申す」

こういって、権十郎は、お梶の躰から、さびしげに、身をはなした。

「とくの、やま、さま……」

「はい」

「ま、さようでござりましたか……」

権十郎は、うなだれていた。

もはや、お梶を抱く機会は二度とやって来まい。

躍りかかって、ちからずくに、お梶の肌身を征服しようとすれば、わけもないことであったろう。

また、そうなれば、お梶とて情熱の奔流へ溺《おぼ》れ込んだやも知れぬ。

「あの……今日は、お百合《ゆり》どのは、いかがなされた？」

お梶のひとりむすめで、四歳になるお百合は、昨日から四条縄手《なわて》の茶問屋・東林軒《とうりんけん》へ泊りがけで、遊びに行っているとのことだ。

「さようか……」

「それで、いつ、京をお発ちに……？」

「明日……」

「まあ、急な……」

一瞬、名残り惜しげに、お梶が眉をひそめた。

しかし権十郎は、ふたたび、お梶へせまる気力をうしなっていた。

同じ、この座敷で、窓の戸を閉め切ったままに、夜も昼もない時間《とき》をすごした折の、白い獣《けもの》のようだった女とは、まったく別の女が目の前に坐っている……そうとしか、おもえなかったからだ。

「すぐに、もどりまする」

ささやいて、お梶が座敷から出て行った。

雨音が、急に、強くなりはじめた。

権十郎は衣紋《えもん》をつくろい、坐り直した。

（そうだ。これは、お梶どのの、いうとおりやも知れぬ……）

いま、ここで、自分とお梶とが、十日前までの二匹の獣と化してしまったら、おそらく権十郎の帰府の決心は鈍ったろう。

事実、今朝目ざめて、尾張屋から万屋へ、そして〔東林〕へ身を運ぶ間にも、権十郎は脳《のう》裡《り》の片隅で、

「まだ、間に合う。まだ、間に合うぞ」

と、ささやきかけてくる声を、感じていたのだ。

何が、間に合うというのか……。

まだ、身を隠す時間はある。逃げるつもりなら、まだ、間に合うということなのだ。

尾張屋源右衛門は、どういうわけか、自分とお梶との関係を察知しているらしい。

となれば、これまでのように〔東林〕へ身を隠すことはならぬが、他の場所に隠れ棲《す》み、ひそかに、お梶の許へ通えばよい。

万屋で、柴田勝四郎・佐々木伝七の両人に「暮れ六つまでには、かならずもどる」と、いいながらも、その一方で、権十郎は逃亡の手段を、考えるともなく、考えてみたりしていたのであった。

権十郎が、二階に臥《ふ》している小沼治作と顔を合さぬまま、万屋を出て来たのも、無意識のうちに、逃亡へのこころがはたらいていたからではなかったか……。

九

ややあって……。

老僕の孫助が、あらためて、酒肴《しゅこう》の仕度を運んで来た。

かつてないことだ。

権十郎が四十日余を、この家に滞留していたときも、孫助は二階へあらわれたことがない。ましてや、権十郎のための酒肴の膳を運ぶことなど、一度もなかった。

たまさかに、階下で顔を合せたときなど、孫助は、さも忌々しげに権十郎を睨《にら》んだ。むろん、言葉をかわしたこともない。

その孫助が、しわだらけの老顔へ精いっぱいの愛想笑いを浮かべて、酒を運んであらわれた。

「………?」

おもわず権十郎は、孫助の顔を見まもった。

(お梶どのは、もう、顔を見せぬつもりか……)

それでは、あまりにも割り切れすぎて、

(味気もない……)

ことのようにおもわれ、権十郎は落胆の色を隠せなかった。

「ま、お酌を……」

孫助の小さな老体が、屈《かが》み込んだ。

仕方なく盃をとって、酌を受けながら、

「む……」

問わずには、いられなかったのである。

「お梶どのは?」

「間もなく此処へ、まいりまするでござりまする」

と、孫助が、

「しばらく、お待ち下さりまするよう」

ていねいに白髪頭を下げてから、廊下へ出て行った。

権十郎は、ほっとした。

もはや、お梶の肌身を掻《か》き抱くことはあきらめていたが、このまま、帰ったのでは、どうにもやりきれぬ。

一つ、二つ……と、盃を重ねるうち、ようやくに権十郎の胸さわぎも鎮まってきた。

そこへ、お梶がもどってきた。

お梶は、晴れ晴れと笑っている。

(おれが京を去ることが、さほどにうれしいのか……)

どうも、おもしろくない。

鬱金《うこん》染めの布に包まれた衣類のようなものを、お梶が権十郎の前へ置き、これを開いて見せた。

真新しい夏の小袖と夏袴《なつばかま》である。

「昨日、ようやくに縫いあがりました。ほんに、間に合うてようございました」

「私に……」

「はい」

「それは……かたじけない」

「それから……」

と、お梶が、別の小さな包みを出した。これは、紫色の絹布に包まれた細長い物で、布の結び目が紅白の紙紐《かみひも》によって封じられていた。

「この品は、江戸へお着きなされてから、おひとりにて、中をおあらため下されますよう

「……」

「この品は、いったい何で?」

「いえ、江戸へお着きなされてから……」

「さようか……」

どうも、わけがわからぬ。

「よろしゅうございますな。決して……決して、道中の旅籠《はたご》なぞで、開けてもろうては困りまする。そして、ようございますか。かならず、おひとりで……おひとりのときに、中をおあらため下されますよう……」

くどいまでに、お梶が念を入れる。

手に取ってみると、別だん重い物ではない。どうやら、細長い桐の箱のようなものらしい。

その箱の中に、

(得体の知れぬ品が入っている……)

のである。

お梶が、凝《じっ》と、権十郎を見つめていた。

その目が、きらきらと光っている。

しかし、それは情欲をみなぎらせていたときの目の光りではなかった。

「では……」

権十郎は、その包みを押しいただくようにした。

「かならず、江戸にて……」

「わかり申した。お梶どのの申されるとおりにいたす」

「はい」

うなずいたお梶が、ようやく安心をしたように、

「それをごらんなされて、わたくしをお蔑《さげす》みなさりませぬよう……」

「何、さげすむ……？」

「あい」

「それはまた、何故……？」

「いえ、もう、何でもようござります。この、お梶が形見とおもうて下さりませ」

「縁起でもないことを……」

お梶の酌で盃を重ねるうち、権十郎は、

（あれほどに世話をかけた、お梶どのへは、一応のことを申しのべておかねばなるまい）

おもいついて、かたちをあらためた。

自分の生い立ちについては長くなるゆえ語らず、ただ、父の勘当を受け、江戸から追い払われた身が、このたび、病に倒れた父のゆるしが出て、家来たちが江戸から迎えに上って来たので、急に帰府することになったと告げたのである。

また、自分が、旗本・徳山重俊の子息であることも、権十郎は隠さなかった。

「まあ、まあ……」

お梶は身をすくめるようにして、両手をつかえ、

「たしかに、うけたまわりましてござりまする」

正しく、頭を下げたので、権十郎は赤面し、これも両手をつき、

「お梶どの。御世話に相成りました。徳山権十郎、お梶どのよりうけたる親切を、生涯、忘れ申さぬ」

「まあ、まあ……」

お梶も顔を赤く染め、

「親切なぞと権さま……」

くだけていいさし、あわてて、また身をもむようにしながら、

「何をまあ。おっしゃいますことやら……」

「いや、まことに……」

「そのような……それ、その、お手をまあ、あげて下されませいなあ」

おもわず擦り寄って来て、権十郎の両手を取り、取ったかとおもうと、たまりかねたかのように、これを引き寄せた。

引き寄せたというよりも、お梶が権十郎へしがみつくようにして、

「む……」

目が眩んだとおもった一瞬、権十郎の唇《くち》へ、お梶の唇がひたと押しつけられていたのである。

権十郎の唇が、舌が、お梶の口中へ強《きつ》く吸いこまれてゆく。

権十郎は喉《のど》の奥で呻《うめ》いた。

十

この一瞬、徳山権十郎は、またしても、
と、いってよい。

（われを忘れかけた……）

お梶の舌が、烈しく権十郎の舌をまさぐった。

その、ふっくらとした双腕は、恐ろしいばかりの女のちからをこめて、権十郎の頸《くび》を巻きしめてきた。

熱し切ったお梶の躰《からだ》からは、いつもよりも濃い匂いがたちのぼって、

「お、お梶どの……」

たまりかねた権十郎が、お梶を押し倒した。

「むうん……」

と一声。切なげな呻きをもらし、両眼を閉じたお梶の襟元《えりもと》を押しひろげた権十郎は、ほとんど露呈した白い乳房へひたと顔をあてがった。

そして、乳首を口にふくみ、右手を、お梶の帯へかけた。

そのときであった。

突然、お梶が双腕をもって権十郎の胸を押しのけ、するりと身を転じた。

横ざまに倒れた権十郎が、

「お梶どの。な、何故だ？　何故でござる？」

差しのべる手を振り払うようにして、お梶が廊下へ飛び出し、

「これかぎりでござります」

ほとばしるがごとく言い捨て、駈け去った。

「お、お梶……」

片膝を立てたまま、権十郎は、これを追いかねた。

最後の、お梶の一言がなかったら、あるいは廊下へ追って出て、男のちからを揮《ふる》い、強引に部屋の中へ引きもどしたやも知れぬ。

だが、お梶の「これかぎり……」の一言には必死のおもいがこめられ、権十郎を寄せつけなかった。

お梶もまた、権十郎の情熱に圧倒されたのちの、

（わが身を怖《おそ》れた……）

のであろう。

夫の東林軒伊兵衛亡きのち、忘れがたみのお百合と共に、つつましく身をまもっていたお梶だが、徳山権十郎と出合ったとき、

（このお人とならば……）

女のさかりの燃えごころに、われから火を点じても大丈夫とおもった。これは、まさに女の直感というものであったろう。

しかも、この若者は「江戸から来た……」といった。

来たからには、いずれ、帰らねばならぬ。

それでよいのである。

それなればこそ、お梶は、権十郎をさそったのである。

けれども、やはり、ここまで肌身をゆるし合ってみると、お梶とて、別れがたかったにちがいない。

のちのち、この日のお梶を想起するたびに、それが、はっきりと権十郎にもわかってきた。

「かしこい女《ひと》であった……」

と、徳山権十郎は、述懐している。

「さようさ。もしも……もしも、あのとき、お梶どのとわしが、いっさいを捨てて、たとえば夫婦《めおと》になったとしてみようか。そうなれば、むろん、いまのわしはないわけだし、お梶どのの身の上も変っていたろう。よいほうに変っておればよいが、さて……わしにしてみれば、退屈きわまる武家暮しで生涯を終えるよりも、気楽な茶店の亭主になってしもうたが、ずっと倖《しあわ》せと、そりゃ、いまもおもうている。なれど、夫婦と申すものは、男ひとり女ひとりで成り立つものではない。わしのことはさておき、お梶どのが、わしと夫婦になり、生涯を添いとげたとして……果して、倖せになれたか、どうかじゃ」

まだ二十《はたち》にもならなかった、このときの徳山権十郎の、たくましくてすがすがしい肉体と、これより先、数度の挫折《ざせつ》に出合っても、そのたびに、これをはね返せるだけの若さとが、お梶の情熱を燃えたぎらせたのであろう。

いっさいの打算もなく、ひたすらに求め合うことができる若者を、お梶はえらんだのであった。

「さて……いざ、夫婦になったとしてみようか……」

と、権十郎は苦笑を浮かべていう。

「あのころのわしは、人間《ひと》として、とてもとても、お梶どのとは太刀打ちができなかったろうよ。年齢《とし》の差がありすぎたと申すことよ。これは生《なま》なかのことではない。女のほうが年上なのだからな」

さて……。

お梶が走り去った後の座敷へ、権十郎は凝然《ぎょうぜん》となったまま、坐りこんだ。

もとより、別れるのを覚悟で、ここへ来たのであれば、いまさらにおどろくことも、悲しむこともないのである。

いつの間にか、雨音が絶えていた。

「もし……」

老僕の孫助が、廊下へあらわれ、

「お帰りじゃそうにござりまするな」

にこやかにいう。

「うむ……」

「ただいま、お駕籠《かご》を……」

「いや、かまわぬでくれ」

「はい」

「お梶どのは？」

「雨もやみましたゆえ、ちょっと、用事がござりまして、外へ……」

「さようか……」

お梶が餞別《せんべつ》によこした夏小袖と袴。それに中味もわからぬ意味ありげな一品を胸に抱き、
権十郎は立ちあがった。

孫助の先導で、脇出入口の土間へ立った権十郎は、そこに、お梶の愛《まな》むすめのお百合を見た。

これまでに、お百合を見たことは数えるほどであったが、ふしぎに、お百合は権十郎へ懐き、はずかしそうにしながら、擦り寄って来ることもあった。

「お百合……」

いいさして、権十郎は双腕をさしのべ、四歳のお百合を抱きあげ、

「さらばだ」

と、ささやき、頬擦りをした。

お梶を、まだ慕っているおもいが、そうさせたのであろうか。

お百合を抱きおろした権十郎が、懐中の紙入れにあった一両小判二枚を懐紙へ包み、これを孫助へわたし、

「お百合どのに、好きなものを買うてやってもらいたい」

「これはまあ……かたじけのうござりまする」

さらに、一両を紙へ包み、

「これは、おぬしへ……」

「とんでもないことでござりまする」

「恥をかかすな。いまは、これだけより持ち合せがない。ゆるしてくれ」

いうや、身を返して権十郎が外へ走り出た。

すこし走って振り向くと、東林の前で、お百合を抱いた孫助がこちらを見送っている。

孫助が、白髪頭を下げた。

うなずき返して、権十郎は小走りに道を下り、祇園の社の南楼門の前へ出た。

淡い夕闇がたちこめる雨あがりの道を、五条の方へ歩む権十郎の足取りは鈍《のろ》い。

そして、権十郎の視線は左右にうごいている。

(もしや、お梶どのが、何処《どこ》ぞで、おれを待っていてくれるのではないか……)

その期待を捨てかねていたのだ。

(このおれが、未練がましいことだ)

おもいつつも、立ちどまり、振り返って見たりする。

しかし、五条の旅籠・万屋の前まで来ると、万屋の軒下に柴田勝四郎と佐々木伝七が肩を寄せ合うようにして立ちつくし、

(権十郎様は、まだか……まだか……)

不安の目を、あたりに配っている姿を権十郎は見た。

このときばかりは、お梶のことはさておき、

(もどって来て、よかった……)

そうおもわずにはいられなかったのである。

「ああっ……」

佐々木伝七が権十郎を見つけ、まだ痛む足を引き擦りながら、駈け寄って来た。

「おおっ……」

柴田勝四郎も、子供のような歓声をあげて走り寄り、

「権十郎様。遅うございましたなあ」

泣き出しそうな笑い顔になった。

「すまぬ」

「何処へ、おいでになられましたので?」

「いや……京で知り合うた人びとへ、別れの挨拶をな……」

「さようでございましたか……」

勝四郎と佐々木が、顔を見合せた。

彼らも、何となしに、このときの権十郎に異常を感じたにちがいない。

「尾張屋源右衛門殿は、もはや、見えられたか?」

「はい。いま、小沼治作を見舞うておられます」

佐々木伝七が、そういうと、柴田勝四郎が、

「あの人《じん》は、徒《ただ》の商人《あきうど》ともおもえませぬが……」

「勝四郎にも、そう見えるか?」

「はい」

「さ、まいろう。今夜は、打ちそろって、酒を酌《く》みかわそうではないか」

十一

柴田勝四郎に附き添われ、東海道を江戸へ下る徳山権十郎の後を、梅雨が追いかけて来た。

途中、小田原城下へ入ったとき、まだ昼下りであったし、針屋の堺屋太兵衛の店へ立ち寄ることは、わけもなかった。

それに権十郎は、何としても、あの折の礼をのべたかった。

単に、それだけではなく、堺屋太兵衛がなつかしい。

よほど、

「勝四郎は、そのあたりの茶店で休んでいてくれ。すぐにもどる」

そういって、堺屋の店へ立ち寄ろうとしたが、

（やはり、立ち寄ってはならぬやも……？）

京都を発つとき、尾張屋源右衛門が三条大橋まで見送りに来て、

「小田原は素通りなされますよう。かならず、堺屋太兵衛方へ立ち寄られてはなりませぬ」

あらためて、権十郎へ念を入れたものである。

そのときの源右衛門の声、目の色には、有無をいわせぬものがあったのだ。

尾張屋と堺屋太兵衛、太兵衛と曾我の喜平治たちの関係など、いまさらに、

（不審な……？）

ことばかりであった。

それをおもうと、自分が立ち寄ったがために、却《かえ》って堺屋太兵衛を困らせるようなことに、

（なりはすまいか……？）

その懸念があった。

（やはり、立ち寄るのはやめにしよう）

権十郎は、こころを決め、小田原城下を通りすぎた。

酒匂川《さかわ》を徒歩でわたったとき、彼方《かなた》に、おとき婆の茶店の藁《わら》屋根が見えた。

ここへも立ち寄り、礼をのべたいが、堺屋方の訪問を断念したからには、ここもまた、立ち寄ってはならぬことになる。

戸塚の宿《しゅく》の手前の松林をすぎたときも、

（あの、喜平治父娘《おやこ》は、いまごろ、何処にいるのだろうか……？）

若い権十郎に万感がこみあげてきて、われ知らず、妙な足取りになり、顔色が変っていたらしい。

「もし……もし、権十郎様……」

うしろに附いていた柴田勝四郎は、不安をおぼえたらしく、権十郎の傍《わき》へ来て、顔色をうかがいつつ、

「いかがなされました？」

「うむ……」

ぴたりと足をとめ、権十郎が松林の一点に見入ったまま、立ちつくした。

「権十郎様。もし……もし……」

「あ……」

「いかがなされたのでございます？」

「いや……」

かぶりを振って、権十郎がいった。

「夢を見ていたのだ」

むろん、その意味が、勝四郎にわかろうはずはなかった。

権十郎が、江戸へ到着し、本所《ほんじょ》の徳山屋敷へもどったときの、用人・柴田宗兵衛や老女・

千のよろこびを、ここに書きのべるまでもあるまい。

千は、その、よろこびの衝撃が大きすぎた所為《せい》か、式台へあがって来た権十郎を見るや、

「わ、若さま……」

いいさして、半ば気をうしないかけ、侍女に身をささえられたほどだ。

そして、徳山重俊は、まだ生きていたのである。

「殿様へ、御挨拶をなされますよう」

と、柴田宗兵衛がいうや、

「よし」

意外に権十郎は、淡々とした態度で父の病間へおもむいた。

宗兵衛が臥床《ふしど》へ近づき、

「殿。権十郎様がおもどりになりましてございます」

声をかけると、徳山重俊は物もいわずに、顔をそむけてしまった。

「さ、こちらへ……」

宗兵衛がすすめるままに、権十郎は父の枕辺《まくらべ》へ坐り、両手をついて、

「父上。権十郎、ただいま立ちもどりました」

声をかけたが、重俊は、こちらを振り向こうともせぬ。

すると、権十郎が、はらはらと気をもんでいる柴田宗兵衛をかえりみて、にやりと笑ったものだ。

そのとき、宗兵衛は、

(あ……ついに、権十郎様が大人になられた……)

と、感じたそうな。

以前の権十郎であれば、このような父の態度に接したら、すぐさま席を蹴《け》って、足取りも荒く病間から出て行ってしまったろう。

または、大声を発して父を辱《はずか》しめたであろう。

それがどうだ。

きわめて物静かに、顔をそむけたままの痩《や》せおとろえた父を見やってから、

「宗兵衛。これにて帰府の御挨拶も相すんだ。父上も御病中ゆえ御疲れであろう。これにて引き下ることにいたそうか」

柴田宗兵衛へ、ゆっくりといいかけた。

「いかさま……」

平伏して宗兵衛が、徳山重俊へ、

「殿。これにて御家は、千秋万歳にございます。御安心下されますよう」

と、いった。

重俊は、まだ顔をそむけている。その白髪のほつれが微《かす》かにふるえていた。

夜が更けて……。

一年ぶりの、わが部屋の臥床に身を横たえた徳山権十郎は、旅の疲れにもかかわらず、目

が冴《さ》えて、なかなかに眠れぬ。

立ちあがって、そっと雨戸を繰ると、青葉のにおいが奥庭いっぱいにたちこめている。

音もなく、雨がふりけむっていた。

いつまでも、いつまでも、権十郎は奥庭の五月闇《さつきやみ》へ目を凝らしていた。

その闇の底に、失った月日を想い、そして、十歳ほども、年をとったような気もちになっていた。

十二

ふと、権十郎は我に返った。

（そうだ……）

おもい出したのである。

お梶が別れぎわに、江戸へ到着してのち、

「中を、おあらため下されますよう」

強く念を入れた上で、わたしてよこした品物のことをであった。

東海道を下る道中でも、毎夜のごとく、

（いったい、何が入っているのだろうか？）

好奇に駆られ、紫の絹布に包まれた小さな細長い品物をあらためて見ようとおもったのだが、

「決して、道中の旅籠なぞで、開けてもろうては困りまする」

お梶から釘《くぎ》をさされていたため、好奇心を押えながら、

（江戸へ着いたなら、さっそくに開けて見よう）

と、この品ばかりは肌身からはなさなかった。

ところが、江戸へ着き、徳山屋敷へ入ってみると、平気をよそおってはいても、さすがに昂奮《こうふん》もし、緊張もしていたものとみえ、すっかり忘れてしまっていたのだ。

夜更けまで、その昂奮をもてあましぎみであった権十郎が奥庭の五月闇を見つめているうち、しだいに、こころも落ちつき、件《くだん》の品物をおもい出した。

（そうだ。いまこそ……）

見まわすと、かの品物は床の間の隅に置かれてあった。

屋敷へ入ったとき、柴田勝四郎へ手わたし、

「おれが部屋へ持って行ってくれ」

いいつけたことも、おもい出された。

（いったい、何であろう？）

もどかしく、紫の絹布の結び目を封じていた紅白の紙紐に、権十郎は抜き取った小柄《こづか》を当てて切りはなした。

中から、桐油《とうゆ》紙に包まれたものがあらわれた。紙を剥《は》ぐと、さらに、白い絹布におおわれている。

(大仰な……)

と、おもった。

いよいよ、あらわれたものは、長さ六寸ほどの桐の箱である。

掛紐をほどき、蓋を開けると、巻物が一つ、おさめられているではないか。

その巻物に添えて、お梶の書いたものが折りたたまれてあった。

権十郎は、先《ま》ず、その紙をひらいて見た。

文面は、まことに簡単なものであった。

この巻物は、むかしむかし、鎌倉の時代《ころ》、宮中の絵所をあずかっていた名匠・住吉慶恩《すみよしけいおん》の筆になる名作でございます。

という意味のことが、みごとな筆跡で、したためられてあるのみだ。

権十郎は、期待が大きかっただけに、がっかりした。

(なんだ、絵巻物か……)

ともかくも、見ぬわけにはまいらぬ。

巻物を、すこしずつ、ひろげて見た徳山権十郎の両眼が、しだいに、妖《あや》しい光りを湛《たた》えはじめた。

喰い入るように絵巻物を見つめ、繰りひろげて行く権十郎の手指が、微かにふるえはじめた。

喉もとから顔面にかけて、まるで強烈な酒を一気に呷《あお》りでもしたかのように、血が真赤にのぼり、

「むう……」

おもわず、唸《うな》り声を発したものである。

徒《ただ》の絵巻物ではない。

絵は、宮廷の、やんごとなき男女の交歓を描いたものであった。

高貴の男女が、それぞれ澄まし顔に別の廊下を通り、密会の部屋へ入って来るところから、絵巻がはじまっている。

奥庭の闇に螢《ほたる》が飛んでいるところを見ると、夏の夜なのであろう。

二人は、澄まし顔で酒を酌みかわす。

そのうちに貴族の男が腕をのばし、女は、これを拒否するが、やがて、男のちからのもとに屈服する。

男が女の着衣をつぎつぎに剝ぎ取ってゆくにつれて、女の顔が、だらしなくゆるみ、顰《しか》めていた眉もひらき、引きむすんでいた唇《くち》からは舌の先がのぞきはじめる。

女の衣類を引き剝がしつつ、男は片手におのれの着衣を脱し、二人は折り重なって臥《ふ》し倒れるわけだが……。

「ふうむ……う、うぅむ……」

権十郎は、おもわず呻《うめ》き、唸らざるを得ない。

それからが大変なのだ。

（こ、このようなまねが、できるのだろうか……？）

と、おもわれるほどに、男女の裸身が折れ曲り、うねり曲って搦《から》み合う態《さま》が描かれている
のだ。

決して細密の筆になるものではないが、澄まし顔の、高貴な男女の愛欲が進行するにつれ、
その喜悦の表情の変化が、あますところなく描かれている。

「ふうむ……むう……」

権十郎の鼻息が荒くなってきた。

（こ、こうしたことも、できるものなのか……）

であった。

〔東林〕の二階の小座敷で、お梶の奔放をきわめた愛撫《あいぶ》に酔い痴《し》れたときも、この絵巻の男
女ほど、複雑な体位をとったおぼえはない。

女の顔の一部が、男の躰《からだ》の、おもいもかけぬ箇所からのぞいていたり、そうかとおもうと、
躰の一部を堅く堅く結合させたまま、双方が仰向けになったりする。

「あ……」

われ知らず権十郎は、小さな叫びを発したりした。

さらに、権十郎が瞠目《どうもく》をしたのは、室内の調度……すなわち屛風《びょうぶ》だの、二階棚だの、高麗《こうらい》

縁《べり》の畳だの、脇息《きょうそく》だの、そうした道具を利用して、立ったり坐ったり、寝たり這《は》ったりしながら、二人の男女が想像もつかぬ体位をとり、愛撫し合っていることであった。

住吉慶恩という、むかし名高い絵師が密《ひそ》かに描き残した絵であるから、このような体位を実際に生身の男女が取りおこなえるものか、どうか……。

一応は絵巻を見終った徳山権十郎の総身に、汗がふき出している。

絵巻は、おもうさま欲望をみたした男女が、またしても〔澄まし顔〕にもどり、衣服を身につけ、別々の廊下から出て行くところで終っている。

このとき、描かれた殿舎の奥庭には、朝の光りがただよっているのである。

ためいきをついた権十郎は、水差しの水に喉を潤し、またしても絵巻にながめ入った。

何度も何度も、ながめつくして飽きるものではない。

(む……たしかに、これは名作である)

と、おもった。

奥庭へ射し込む朝の光りに、はっと気づき、あわてて絵巻を巻き納め、箱へおさめ、布で包みながら、

(この絵巻、何処へ隠しておこうか……)

せわしげに権十郎は、室内を見まわしたのである。

江戸の空

一

徳山権十郎が江戸へ帰った翌年、すなわち宝永《ほうえい》六年（一七〇九年）の正月に、五代将軍・徳川綱吉《つなよし》が六十四歳で病歿《びょうぼつ》した。

六代将軍は、甲府藩主・徳川綱重《つなしげ》（三代将軍・家光《いえみつ》の三男）の子に生まれた徳川家宣《いえのぶ》であった。

この六代将軍の座をめぐっての、徳川幕府内の確執紛争については、のちにふれるつもりであるが、権十郎は、

「そのころのおれにしてみれば、幕府《こうぎ》も将軍も、自分には関《かか》わりあいのないことだ。まだ子供の殻を抜け出たばかりゆえ、おもうは我身一つのことのみよ。若いうちは、それで精いっぱいなのだ。おれも十一歳の夏に、父に従うて城中へあがり、五代様に拝謁をゆるされたこともあるが、こちらは平伏のままであったし、向うさまは、はるかに遠い御簾《みす》の内におわして、御顔も御姿も、この目には残っておらぬ」

と、いうことになる。

ともあれ、将軍・綱吉の死によって、天下泰平の元禄《げんろく》の世は終った。

五代将軍・綱吉は、三代将軍・家光の子に生まれた。

妾腹《しょうふく》の子である。

綱吉の生母は名をお玉といい、その素性とてあきらかでない。

むかしの書物には、こう記してある。

……桂昌院《けいしょういん》（お玉）何者なるや。これ寒陋微賤《かんろうびせん》の匹婦《ひっぷ》。婦徳なく才学なし。わずかに、その容色のすぐれたるにより、将軍・家光の愛寵《あいちょう》するところとなる。

一説には、京都の魚売りのむすめに生まれたともいう。

このような女が、将軍の寵愛を得て、生み落した男子が五代将軍となったということは、ひとつには、まだまだ戦国の時代《ころ》の名残りが世の中に在って、人びとのこころが、

「潑剌《はつらつ》としていたのだ」

と、いう人もいる。

将軍・家光が、威風堂々たる行列を従えて上洛《じょうらく》し、天皇おわす皇都において、江戸幕府の威光を誇示した折に、お玉は何らかの伝手《つて》と機会にめぐまれ、将軍の侍女となった。

そして、その美貌は、たちまちに、将軍のこころをとらえたのであろう。

家光亡きのち、五代将軍の生母となった桂昌院のすさまじい威勢については、

「その威力を大奥にふるい、奢侈《おごり》をきわめ、天下の費用《ついえ》、人民の困惑をすこしもかえり見ず

……」

と、むかしの書物が、貶《けな》しぬいている。

この異常な権勢欲は、身分のいやしい生い立ちに絶えず劣等感を抱いていた桂昌院が、将軍生母の地位を得たとき、反動的に亢進《こうしん》したものであろうか。

徳川幕府の治世において、江戸城の大奥の〔女権〕が、あなどりがたいちからをもって政治へ介入するようになったのは、この桂昌院からであった。

申すまでもなく、徳川初代将軍・家康は、

「この上もなき天下人《てんがびと》……」

であった。

二代将軍の秀忠も、幼少のころから父・家康のきびしい〔将軍教育〕を受け、名臣たちに育てられ、父と共に戦国の混乱期を乗り越えて成長した謹厳な将軍であったばかりではなく、自分の治世となってからは、目に見えぬところで、常人にはおもいもおよばぬ政治力をふるい、徳川幕府の基盤を、

「さらに、ゆるぎないもの……」

としたのであった。

三代の家光は、どうか……。

家光の若いころは、あまり、かんばしくない風評を得ているけれども、家康時代からの譜代の重臣が、まだ残っていて、その補佐を受け、時代がかたむくような汚点を残すこともな

かった。

徳川家康が七十五歳の生涯をかけて天下統一をなしとげ、その存続のための苦心は、三代・家光の治世までをささえていた。

初代将軍として江戸城内に暮す徳川家康は、厳寒の季節にも足袋をはかず、その素足は皹《ひび》やあかぎれのため、血がにじんでいたほどだという。

そうした質素厳格の気風は、すくなくとも三代・家光の世までは残ってい、そうした気風の上に、徳川の天下が存在していたのだ。

そうして、この三代の将軍在位のうちに、徳川幕府は完全に、諸国大名を政治的に制圧し終えたのである。

三代将軍・家光は、その晩年のあるとき、愛妾の桂昌院に向って、

「躬《み》は武術を好み、学問をきらって今日におよんだ。このことを、いまになって後悔している」

と洩らし、四男の綱吉は賢い性質のようであるから、

「つとめて、聖賢の道を学ばせるようにせよ」

こういったものだから、桂昌院は自分もまた、まったく学問には無縁の生い立ちをしているだけに、異常な熱意をもって、

「学問でなくては、夜も日もあけぬ」

という育て方をした。

そしてまた、綱吉を溺愛《できあい》すること、ひととおりではなかったのである。

どうであろう。

この桂昌院、現代の女性たちの中に生き返ってきたようではないか……。

いずれにせよ、幼少のころから、このような育て方をされては、たまったものではない。

学問のみに熱中する子供などというものは、

「不健全にきまっている……」

ものなのである。

子供のころは、先ず、感受性がするどく、みずみずしい小さな肉体そのものをもって、万象をたしかめるのがよいのだ。

肉体のはたらきを無視して、頭脳ばかり使っていたのでは、奇型の子となるのが当然である。

奇型の子は、奇型の大人となる。これまた当然の帰結であろう。

ところで徳川綱吉の幼年時代なのだが、ふしぎに、この子供は学問を好んだ。

天性というものなのか、ともかくも書物を読むことが大好きなのである。

十七、八歳になると、家来たちをあつめ、経書の講義をするようになり、それがまた、おもしろくておもしろくてたまらぬ。

殿さまが講義をするのだから、家来たちも居眠りをするわけにもまいらぬし、緊張して聞き入り、講義が終れば、

「まことに、結構な御教えをたまわりまして……」

などと、世辞の一つもいうわけであるから、少年の綱吉にとっては、尚更《なおさら》におもしろい。

こうして綱吉は、ついに、学問に淫してしまうことになる。

だが、学問はよくできても、世の中のことは、

「まったく知らぬ……」

ままに、成長をとげることになった。

この点、徳山権十郎の生い立ちとは、まさに対照的なものがある。

ために綱吉は、

「仁、義、礼、智……」

などの道理を学問によってわきまえてはいても、これをみずからおこなおうとすると、とんでもないところへ定着してしまうのだ。

たとえば〔孝行〕の教えの実行といえば、自分の母の桂昌院のみへの孝行にとどまってしまう。

他人の孝行などは、

「自分の知らぬことじゃ」

というのも同然なのだ。

〔礼儀〕については、家来たちが自分に礼儀をつくすことはみとめても、自分が主人として家来へ対する礼儀などは、

「どうでもよい」

のである。

おのれの〔智識〕はみとめても、他人の知能をみとめることをせぬ。

こういう人物が将軍になった。

たまったものではない。

二

徳川綱吉は、はじめ、上野《こうずけ》の国（群馬県）館林《たてばやし》の〔殿さま〕であった。

四代将軍・家綱《いえつな》は、綱吉の腹ちがいの兄である。

ところが、家綱には、あとつぎの男子がいなかった。

そこで家綱亡きのち、弟の綱吉が五代将軍となったのだが、このときも幕府内の紛争には、

「非常なものがあった」

と、徳山権十郎も耳にしている。

ときの幕府大老・酒井《さかい》忠清《ただきよ》は、

「下馬《げば》将軍」

などと、よばれたほどの威勢をそなえた幕府最高の実力者であった。

この酒井大老が、

「五代将軍には、鎌倉幕府の吉例にならい、皇族の一人を請いたい」

と、いい出した。

このとき、幕府閣僚たちは、酒井大老の威風を怖《おそ》れるあまり、だれ一人、反対をとなえるものがいなかったそうな。

だが、一人だけいた。

それは、老中の一人、堀田《ほった》正俊《まさとし》である。

三代将軍・家光の乳母として有名な春日局《かすがのつぼね》は、堀田正俊の養母にあたり、したがって三代将軍・家光にも目をかけられたという有力な背景をもつ正俊の人柄は、

「剛直無類」

と、うたわれたほどだ。

堀田正俊の主張は、こうである。

「館林侯（綱吉）は将軍家の実弟でおわす。正統の後嗣《こうし》は、まさにこれなり。皇族を迎えたてまつるなどは、まことにもって、ふしぎ千万のことである」

敢然として、酒井大老に反対した。

一説には……。

「愚図愚図してはおられぬ」

と、決意をした堀田正俊は、すばやく、綱吉を江戸城中へまねき、酒井大老が気づかぬうちに、病床にあった将軍・家綱と対面させ、家綱から、

「将軍宣下《せんげ》」

の認可をとってしまった。

このため、さすがの酒井忠清も、

「手も足も、出す間とてなかった……」

などといわれている。

こうして、徳川綱吉が五代将軍の座に就くと、当然、堀田正俊がこれを補佐することになる。

酒井忠清は失脚し、これにかわって堀田正俊が大老となり、ここに堀田大老を中心とする幕閣体制がととのえられた。

新将軍・綱吉は、堀田正俊の進言に、よく耳をかたむけ、政務にはげむ姿勢をしめした。

三十五歳にして五代将軍となった徳川綱吉は、就任早々に、これまで解決がむずかしくて裁決が延び延びになっていた、越後の高田藩の御家騒動を、

「自分が直き直きに取り調べる」

と、いい出し、これをみずから取り裁き、たちまちに解決してしまったのである。

そのあざやかな手ぎわと、俊敏な裁決を見て、

「これは、末おそろしき将軍じゃ」

「まことに御英明な……」

諸大名は、目をみはったそうな。

堀田正俊も、さぞかし、鼻が高かったであろう。

ところが……。

大老・堀田正俊《まさやす》は、綱吉を補佐すること、わずか四年にして世を去った。

若年寄・稲葉正休によって、殿中で刺殺されたのである。

浅野内匠頭《たくみのかみ》が吉《き》良《ら》上野介《こうずけのすけ》に、殿中・松の廊下で斬りつけた刃傷《にんじよう》事件に先立つこと十七年前に、この事件が起った。

稲葉正休は、その場で、駈けつけた人びとに討ち取られた。

堀田大老と稲葉正休は〔従兄弟《いとこ》〕の間柄であり、どうして、このような事件が起ったかは、はっきりとした理由がいまだにわからぬ。

大老となった堀田正俊が、しだいに奢《おご》りたかぶり、これを苦にがしくおもった稲葉正休が、

「このままでは、天下のためにならぬ」

と決意し、堀田を討ったともいわれるが、それだけのことではあるまい。

この二人は、幕府政治の中心になっていたので、なにかにつけて、かねてから気が合わず、稲葉としては、

「いろいろと、ふくむところがあったにちがいない」

と、権十郎も耳にしたことがあった。

こうして堀田大老が急死するや、将軍・綱吉は、その死を悼みながらも、何やら、

「ほっとした……」

おもいがなかったとはいえまい。

町民の場合でいえば、家業をついだ若旦那が、いちいち老番頭の指導を受けながら暮していたところ、その老番頭が死んでしまい、

「さあ、これからは、自分がおもうように商売ができる」

そうなるのと同様であった。

堀田正俊のはたらきなくして、綱吉が五代将軍となることは、

「むずかしかった……」

やも知れぬのだ。

それだけに綱吉は、堀田大老のみには頭が上がらなかったのである。

かくて、綱吉は〔独裁将軍〕としての第一歩をふみ出すことになる。

このとき、時代が混乱しているとか、激動期にあるとかしていれば、綱吉の才能も、おのずから別のものとなって成熟したろうが、いまや、日本の国に戦火が絶えて七十年余。徳川将軍の威光の下に天下が治まりつくして、まさに泰平の世である。

綱吉としては、政治への意欲をみたすところもない。

相変らず学問は大好きだが、今度は〔女色〕に目ざめた。

目ざめたら、

「このように、たのしきことが、世にあったのか……」

というわけだ。

大奥に群がる若き侍女たちを我物にすることなどは、自由自在なのである。

いったん、目ざめると、綱吉は止処《とめど》がなくなってしまった。

それまでの綱吉は男色一辺倒であったのだが、女の味わいを知るや、つぎからつぎへと手をのばし、綱吉一生のうち、愛翫《あいがん》した男女は合せて百数十人にのぼったという。

そのうちに、綱吉の〔女色〕が異常になってきた。

人妻を、将軍の威光によって我物とすることなど、平気になってしまった。

綱吉が若いころから側近く仕えていた家臣に、牧野成貞という人物がいる。

牧野は主《あるじ》が将軍となるにつれて昇進し、ついに将軍家の御側用人にまで立身出世をした。

この忠義な家来の妻を、綱吉は強引に江戸城中へ召しあげ、我物としたのである。

数年して、牧野の妻は家にもどされたが、当然、牧野夫妻は以前のような情愛を取りもどすことはできなかったろう。

この一事をとってみても、綱吉の学問がどのようなものか、よくわかる。

仁、義もなければ、礼も智もない。

さらに綱吉は、またしても牧野成貞の女《むすめ》の安子へ目をつけた。

安子は人妻である。牧野成住という養子の妻であった。

将軍は、気軽に牧野邸へ遊びにやって来て、安子の美貌に目をつけ、これまた江戸城中へ召し出した。

このときは、一日か二日で、安子を帰邸させている。

わがむすめの不幸にも、気の弱い忠臣である牧野成貞は、凝《じっ》と目をつぶったが、養子の成住はこらえ切れなかった。

だからといって、江戸城内へ潜入し、将軍を殺すわけにもまいらぬ。成住は自殺をしたのである。これが、狂人か獣《けもの》のごとき将軍への精いっぱいの反抗であったのだろう。いや、獣にも道理がある。このあたりの綱吉のふるまいは獣以下であって、夫の成住が自殺した翌年、妻の安子は、その後を追って死んだ。病死ということになっている。

しかし、病死なのかどうか、知れたものではないのだ。

三

獣といえば、綱吉の治世に、ぬぐってもぬぐいきれぬ汚点をとどめた、かの〔生類《しょうるい》あわれみの令〕について語らねばなるまい。

綱吉の生母・桂昌院は、隆光《りゅうこう》という怪僧を寵愛していた。

隆光は、新義真言宗の僧で、大和《やまと》の国の生まれだという。

「長谷寺に入り、さらに諸寺に学んで顕密の秘奥を受け、儒学、老荘も学んだ」

などと、物の本に記されている。

将軍・綱吉が、たまたま重病にかかった折に、

「将軍家におかせられては、戌《いぬ》の年のお生まれにござります。なれば、犬のみか、他の畜類に対し、無益の殺生を禁じるがよろしいかと存じまする。かく獣畜の類をいつくしむことによって、御家はますます御繁栄、御病気もたちどころに快癒《かいゆ》いたしましょう」

と、隆光が桂昌院に進言をした。

すると桂昌院が、この愚劣きわまる進言を信じこみ、綱吉へ、

「隆光どのの申さるることを、おろそかにおもうてはなりますまい」

という。

すると、偶然に、綱吉の病気が癒《なお》ったものだから、綱吉自身も隆光を信じこみ、桂昌院が
すすめるままに、

〔生類あわれみの令〕

という法令を発した。

このことによって綱吉は、

「われは、孝に厚き将軍である……」

ことを天下に誇示し、満足をおぼえるのだ。

ところが、この法令たるや大変なものであって、当初は、さして影響もなかったけれども、
やがて、

「馬の尻尾《しっぽ》を縄でしばってはならぬ」

とか、

「野良犬を出してはならぬ」

などというものから、しだいに条例がきびしくなってきた。

こんなはなしがある。

江戸城の台所に、猫が二匹死んでいたというので、台所頭《がしら》の天野某《なにがし》という侍が、島ながしになってしまった。

それが昂《こう》じると、自分の頬を刺した蚊を叩きつぶした侍が、それを密告され、これまた八丈島へ流刑されるという異常事態になったのである。

ことに、犬に対しては、呼びつけにしてはならぬ、お犬さまと呼べとか、野良犬が病気になったりすると、すぐさま犬医者が駈けつけて保護をする。

人間なみに犬の登録がおこなわれ、野良犬などは、郊外の中野と大久保に設けた〔御犬屋敷〕へ保護される。

ここに収容された野犬が、一時は、十万頭におよんだ。

おどろくべし。これらの犬のために、幕府は年間に二十万両もの莫大な予算を組んだという。

犬を保護するために〔犬目附《めつけ》〕という新しい役職ができ、この役人どもが血眼になって犬を保護しようとする。

人間のほうは、たまったものではない。

犬のために税金はとられるし、我物顔に台所へ入って来て、食物を喰い荒らす犬どもを、

「追い散らすこともできぬ……」

のである。

「犬には近寄るな」

というのが、そのころの江戸市民たちの口ぐせになってしまった。

笑うにも笑えぬ。

怒るにも怒れぬ。

将軍に刃向うことはゆるされぬのだ。

これも綱吉の桂昌院への孝心から発したものだとすれば、

「学問というものは、どのようにも理屈がつくものだ」

ということになる。

犬のみか、やがては「鶏をしめ殺し、売買をしてはならぬ」などという法令が出るようになった。

江戸のみではない。全国にわたっての法令であるから、諸大名それぞれに、おのれの領国においても、これに従わねばならぬ。

「猟をしてはならぬ」

というので、猪《いのしし》や狼《おおかみ》が大威張りで田畑を荒らしまわる。

人間のみが、疎外された。

これを現代の人びとは笑いきれまい。

多量の車輛《しやりよう》に道を奪われ、生命を奪われながら、疎外されている人間を、政治は救い得ぬではないか。

このように、たわけた法令を発する将軍になってしまった徳川綱吉だが、もともと学問や法律にくわしいものだから、法令にそむいた者に対しては、いささかもゆるさぬ。

癇癖《かんぺき》がつのってくると、やたらに罰をあたえる。

それでいて、胸の内は、いつも空虚なのだ。

おのれが、あれほどに好む学問が、こういう形でしか表現できぬのだから、いつまでたっても身につかぬ。

さらに、おのれの精神の空虚さの実体もつかめない。

書物に記してあることが本当なのか、嘘なのか……それを自分の日常の生活でたしかめることができない。できないというよりは機会がないのだ。

若いころの質素な生活の反動で、綱吉は、夢中になって金をつかい、豪華とぜいたくをもとめてやまぬ。

幕府の財政は見る見る行き詰ってきたが、これを綱吉に告げるものとていない。

こうした将軍が日本を治めていたのだから、

「これでは、国が立ち行かなくなる……」

と、こころある人びとは憂えた。

だが、綱吉の学問好きは、当然、学問の奨励となってあらわれた。

湯島に〔聖堂〕を設け、これを幕府の学問所として、儒学を興隆せしめた。

むろん、これとて、

「学問をさかんにして、将来、国家のためになるような人材を生み出そう」

という意図から出たものではない。

すでにのべたように、学問は綱吉の〔趣味〕にすぎないのだ。

天下の将軍が金を惜しまずに学問をひろめようというのだから、そこには、さまざまな弊害もあったろうが、この学問奨励の風潮は、日本全国へ行きわたり、諸大名も大いにちからをつくして綱吉にならったので、諸国に人材が輩出するようになり、しだいに、エリートのみならず一般庶民の間へも〔読み書き〕が行きわたるようになって行くのである。

こうして、幕末のころの日本は、世界一の〔教育国家〕になっていたといっても過言ではない。

それがどうであろう。

昭和も五十年を越えた現在、けたたましく国民の幸福のためにはたらくと叫ぶ、過半の議員候補者たちは、その総選挙にあたり、おのれの姓や名を平仮名をもって登録する。〔いけなみ正太郎〕だとか〔池波しょうたろう〕だとか、まるで、幼児を相手にするような態度で、国民に一票を乞うのである。

この態《さま》を地下に眠る〔犬公方《いぬくぼう》〕の徳川綱吉は何というであろうか。

「世も末じゃ」

と、嘆くにちがいあるまい。

四

将軍・綱吉が、ようやくに病歿《びょうぼつ》したとき、つぎのような狂歌をよんだものがある。

町方は今で静かになりにけり
　犬馬の沙汰もあらしとぞ思う

さて、徳川綱吉の後に、六代将軍となったのは、徳川家宣である。

綱吉は、あれほど〔女色〕にふけったけれども、ついに跡つぎの男子を得ることができなかった。

一人、子が生まれたが、わずか五歳で早世してしまった。

怪僧・隆光は、桂昌院と綱吉の引き立てにより、江戸城の大奥において絶大な勢力を得ると同時に、神田橋外・護持院の開山となり、さらには〔大僧正〕という最上位の僧官に成り上った。

この隆光が〔生類あわれみの令〕を発することをすすめたり、懸命に祈禱《きとう》をおこなったりしても、ついに綱吉は、実子の世嗣《よつ》ぎを得ることができなかった。

六代将軍となった家宣は、綱吉の亡兄で、甲府城主二十五万石・徳川綱重の子だ。将軍になる前の名は〔綱豊《つなとよ》〕である。

だから徳川家宣は、綱吉の甥《おい》にあたる。

あの、赤穂《あこう》浪士が吉良上野介邸へ乱入し、吉良の首を討ち取るという大事件があったのち、五代将軍の乱行も、しだいに鎮まったかのようになり、健康もおとろえはじめたが、それでも死にのぞむや、

「生類あわれみの令を、廃止してはならぬぞ」

と、遺言をしたそうな。

しかし、だれが、このような悪法を存続させようか。

六代将軍となった家宣は、ただちに、この悪法を消滅させてしまった。

そして、これまで罪に問われていた赤穂浪士の遺子たちを赦免し、自由の身にしてやり、長年にわたり、五代将軍の側近として威勢をふるった老中・柳沢吉保《よしやす》を致仕せしめた。

金銀の改鋳を命じ、行き詰った幕府財政の建て直しにかかったりして、綱吉時代の治世のゆがみを正すべく、つぎつぎに新しい政令が発せられた。

家宣は、数年前より五代将軍の養嗣子に迎えられていたから、

（自分が将軍になったときこそ……）

養父の将軍が残した時代の澱《おり》を一掃するために、種々、考えるところがあった。

〔生類あわれみの令〕の悪令によって、罪を受けていた人びとは一万に近く、これらの人びともみな、自由の身となった。

家宣も、学問が好きであるが、綱吉のそれとは大分にちがう。

家宣が生まれたとき、父の徳川綱重は十九歳であったが、この綱重は三代将軍の子に生まれながら、つまらぬ迷信によって江戸城から出され、将軍の姉にあたる天樹院《てんじゅいん》の許《もと》で育てられた。

この天樹院こそ、豊臣秀頼《とよとみひでより》に嫁し、大坂落城と共に脱出した千姫《せんひめ》の後身である。

天樹院の手許に引き取られているうち、綱重は召使いの女に手をつけ、家宣が生まれた。

こういう生い立ちであるから、父・綱重が将軍の命によって正式に結婚をし、甲府城主となったとき、家宣という子がいては、

「ぐあいがよろしくない」

というので、家臣・新見《にいみ》正信の養子にやってしまったのだ。

父のほうは、京都の公家《くげ》から二度も妻を迎えたが、子ができない。生まれてもすぐに死んでしまう。当時の貴族の女は、いずれも脆弱《ぜいじゃく》の血を受けついでいたらしい。

こういうわけで、甲府侯・徳川綱重が病床についたとき、跡つぎの男子がいないことになった。

そこで、家宣が新見家からもどって来て、実父・綱重の跡目をついだわけだが、この間には、複雑な御家騒動もからみ、若い家宣は非常に苦労をしているのである。

当時の碩学《せきがく》・新井白石を侍講に召し抱え、おのが学問を深くきわめると共に、政治感覚もすぐれていた白石の進言をよく受け容れ、

「教学と政治との一致」

を、実践しようとした。

ところが惜しいことに、六代将軍・家宣は、就任四年にして、五十一歳の若さをもって病歿してしまうのだ。


徳山権十郎の父・重俊が、これも、ようやくに息を引き取ったのは、五代将軍・綱吉が死去した宝永六年の夏であった。

それでも、権十郎が江戸へもどって来てより、一ヶ年を生きていたことになる。

権十郎は帰府以来、日に一度は、かならず父の病間へ行き、挨拶をした。

「父上。ごきげんは、いかがでございますか?」

すると徳山重俊は、こたえもせず、哀《かな》しげに目をつぶり、傍《わき》を向いてしまう。

権十郎は、いささかも動じない。

微笑を浮かべ、

「では、これにて、ごめんをこうむります」

一礼して、病間から下る。

この繰り返しであった。

ところで……。

江戸へもどった徳山権十郎が、用人・柴田宗兵衛から、駿河屋《するがや》又兵衛《またべえ》の死を聞いたのは当然として、

「実は、あらためて、申しあぐることがございます」

と、宗兵衛が、

「このことは、殿様より、かたくかたく、他言はならぬと申しつけられておりましたゆえ、ついつい、申しそびれておりましたが……」

「何のことだ?」

「実は……駿河屋又兵衛どのは、あなたさまの祖父《おじい》さまにあたられます」

「何……」

さすがに、おどろきはしたが、さほどに強い衝撃を受けたともおもえぬ。

むろん、権十郎は駿河屋又兵衛を、たとえ、おぼろげにでも、祖父であるやも知れぬ?

……と、感じたことはなかった。

むかしから徳山家へ出入りをしている扇問屋の老主人で、権十郎の生い立ちをあわれみ、いろいろと、

(親切にしてもらった……)

そう、おもいこんでいたわけである。

柴田宗兵衛は、その〔若様〕の生い立ちを、はじめて語った。

主人の徳山重俊の再起は、今度こそ、だれの目にも不可能だとわかっている。

なればこそ、こうして打ち明けたのであろう。

権十郎にしても、自分が妾腹《しょうふく》の子であることは、よくわきまえてい、母の身性《みじょう》が秘密にさ

れているのは、武家方の出の女ではないわけだから、自分の母の生家は、

（町家であろう……）

と、看ていた。

それゆえ、そのことについては別におどろくこともない。

だが、まさかに駿河屋又兵衛の次女に生まれたお静《しず》が、

（おれの生母とは……）

おもわなかった。

「さようか……」

聞き終えた権十郎は、しばらくは沈黙をしていたが、ややあって、

「宗兵衛……」

「はい？」

「よう、打ち明けてくれたな」

「おそれ入りまする」

「何の……これにて、長年の間、この身の内に停留していた腫《は》れ物が、一度に消え去ったようなおもいがする」

「は……」

事実、権十郎はさわやかな顔つきになっていたので、宗兵衛もほっとした。

「母上は、美しいお方であったか、どうじゃ？」

「あなたさまのお顔を、鏡に映してごらんなされませ」

「何……？」

「さすれば、鏡の中に、亡き御母上さまのお顔があらわれましょう」

「生き写しと申す……？」

「そのとおりでございます」

「さようか……」

ここで、はじめて、権十郎は深いためいきを吐いた。

その両眼が、わずかにうるみかかっているのを見て、柴田宗兵衛も落涙せずにはいられなかったのである。

幼少のころから気が強く、生母を慕うさまを口にも顔にもあらわさなかった権十郎だけに、いまさらながら、これまでの生い立ちの中で、

（若様は、さぞ、亡母さまのことを慕われていたことであろう）

はっきりと、のみこめてきたのであった。

すぐさま権十郎は、日本橋・本石《ほんごく》町の駿河屋を訪ね、いまは亡父の名の又兵衛を名乗り、当主となった養子の又太郎をはじめ、又兵衛の遺族たちへ、

「これよりは、この権十郎を親類とおもうて下され」

と、挨拶をした。

これより先、又太郎を〔駿河屋又兵衛〕の名をもってよぶことにしたい。

権十郎が成長するにしたがい、駿河屋との縁《えにし》は、いよいよ深くなるからである。

五

徳山重俊の再起が確実に不可能となったばかりではなく、主治医の遊佐良仙《ゆさりょうせん》にいわせると、

「一年は、お保《も》ちなさるまい」

とのことだ。

そこで柴田宗兵衛は、重俊が歿する前に、権十郎の縁談を取り決めなくてはならぬと決意した。

権十郎が無事にもどった以上、病みおとろえた重俊は、もはや徳山家にとって無用の存在になったわけだが、そこは宗兵衛も長年にわたって仕えてきた主人だけに、いざとなると、

「殿が生きておわすうち、縁談をととのえ、殿のお耳へ入れておきたい」

と、むすめの千に洩らした。

「そのようなことは、殿さま御他界の後になさるがようございます」

いまや年齢も四十に近くなった千は、徳山家の老女としての貫禄もそなわり、侍女たちに、

「けむたがられて……」

いるのである。

「そもそも、そのようなことを父上がおはからいなされても、殿さまは、およろこびなされますまい」

「何故じゃ?」

「毎朝、若様が御病間へ挨拶に見えられますときの、殿さまの様子を、父上もごらんなされてではありませぬか。さも、いまいましげに横を向かれて一言もおこたえになりませぬ」

「千よ。そこが女のあさはかなところじゃ」

「どこが、あさはかでございますか?」

「殿が権十郎様を最後まで疎ましくおもうておられることは、わしにもようわかっている」

「ならば何故に……?」

「いや、その事と、徳山家の存続ということは、また別なのじゃ。それを殿さまも、ようわきまえておられるはず。御生前に、権十郎様の縁談がととのえば、権十郎様のためによろこばれなくとも、徳山家のために、殿は安心をなさるにちがいない」

「まあ……」

「このことがわからぬか?」

「わかりませぬ」

「仕様のない老女だのう」

「相すみませぬことで」

千は、さっさと、父の前から立ち去った。

柴田宗兵衛は、権十郎の縁談について、またしても神尾五郎左衛門守親へ相談をした。

神尾守親は、

「重俊殿が息絶えるまでは、いささかも安心ならぬゆえ……」

と、いい、いまも件《くだん》の徳山家の家宝・下原康重《しもはらやすしげ》が鍛えた脇差をあずかったままでいる。

「さようか。よろしい。ちからになろう」

守親は、たのもしく受け合ってくれた。

帰府した権十郎が挨拶に来たのを見て、神尾守親は、

「ふうむ……これならばよし。見ちがえるばかりの大人振《おとなぶり》になったのう」

と、以来、権十郎をすっかり気に入ってしまったのだ。

神尾守親は、徳山重俊の亡妻・滝子《たきこ》の甥にあたる。

町家の女が生んだ権十郎と血のつながりはないけれども、「権十郎殿のためならば、一肌も二肌も脱ごうではないか」

そういってくれた。

そこで、神尾守親が奔走してくれ、一つの縁談がすすめられることになったのである。

相手は、大身《たいしん》旗本・藤枝若狭守《ふじえだわかさのかみ》の次女・勢《せい》以であった。

藤枝家は、武蔵の国・相模《さがみ》の内で四千石を領し、代々、幕府の要職に在って、羽振りもよい。

この婚約がととのったとき、徳山権十郎は二十歳。

勢以は十五歳であったから、二人が名実ともに夫婦のちぎりをむすぶのは、三、四年後ということになったが、ともかくも、婚約が成立した。

このことを、柴田宗兵衛が徳山重俊のもとへ報告におもむくと、重俊は例のごとく、

「苦虫を嚙《か》みつぶしたような……」

顔つきで、宗兵衛の話を聞いていたが、聞き終えると、深くうなずき、

「苦労をかけたのう」

何と、ねぎらいの言葉を宗兵衛へかけてよこしたではないか。

このとき、柴田宗兵衛は得体の知れぬ感動に五体をつらぬかれ、おもわず、慟哭《どうこく》してしまった。

徳山重俊は死にいたるまで、わが血をうけた跡つぎの権十郎を、

「きらいぬいていた……」

これは、たしかなことだ。

でき得るならば、権十郎以外の養子に徳山家をつがせたかったろうが、いざ、すべての手段がつき果て、自分の再起が不可能となったとき、徳山家の存続のために、目をつぶって、用人・柴田宗兵衛のはからいを受け入れ、その労をねぎらった。

徳山重俊は、終始、憎い権十郎の味方であった柴田用人を疎みはしたが、これを退けようとはしなかった。

重俊の謀略をもってすれば、宗兵衛を追放することなど、わけもないことであったろうが、そうしたことを考えたこともなかったらしい。

自分は疎んでいても、徳山家にとって、柴田宗兵衛が大切な人物だということを、よくわ

きまえていたからであろう。

こうして、日に日に、徳山重俊の生命のちからはおとろえてゆき、ついに、死を迎えることになった。

その日の午後もおそくなって、突如、雷鳴となった。

わが部屋にいた権十郎へ、

「御臨終でございます」

と、すでに傷も癒《い》え、京都から帰っていた小沼治作が駈け込んで来たのは、このときである。

六

すぐに、権十郎は父の病間へおもむいた。

控えの間に老女の千と柴田勝四郎がいて、徳山重俊の枕辺《まくらべ》には、用人・柴田宗兵衛と主治医の遊佐良仙がつきそっている。

入って来た権十郎を見るや、柴田宗兵衛が、

「殿……殿……」

重俊の耳もとへ口をさし寄せ、

「権十郎様がお見えになりましてございます。殿……殿……」

低いが、ちからのこもった声で呼びかけた。

稲妻が青白く疾《はし》り、病みおとろえた徳山重俊の横顔を浮きあがらせた。

「父上……」

枕辺へ坐った権十郎が、

「権十郎でございます」

呼びかけると、重俊が目をひらき、横目にちらりと権十郎を見やったが、また、仰向けに寝たまま両眼を閉じた。

雷鳴がとどろきわたった。

重俊の呼吸が、忙《せわ》しなくなってきた。

「殿、権十郎様へ御言葉を……」

たまりかねたように宗兵衛がいいさしたのへ、権十郎が目顔で「もう、よい」と、とどめた。

そのとき、徳山重俊の薄い灰色の唇《くち》が、わずかにうごくのを権十郎は見た。

何か、いいかけているらしい。

そこで、

「父上……」

顔を近づけると、重俊が目を閉じたまま、つぶやくがごとくに、

「憎いやつめ……」

と、いったものである。

低い低い声であったが、これは柴田宗兵衛と遊佐良仙の耳へも聞こえた。

宗兵衛が、烈しい目の色になり、重俊を睨《にら》むように見据えた。

この期におよんで尚《なお》、跡つぎの息子へ、このように、憎悪の念を露骨に表現することしかできぬ主人なのか……。

柴田宗兵衛は、口惜《くや》しかったにちがいない。

遊佐良仙は、おだやかな微笑をたたえ、まるで腕白小僧でも見るように、瀕死《ひんし》の徳山重俊を見やっている。

権十郎も、どちらかといえば、良仙と同じようなおもいであったろう。

また、稲妻が光った。

その閃光《せんこう》の中に、重俊の両眼が活《かっ》と見ひらかれ、権十郎を見た。

重俊の双眸《そうぼう》には、最後の意力がこもっている。

さすがに権十郎も、はっとなった。

「権十郎……」

呼びかけて、いったん唇を引きむすんだ徳山重俊が、

「徳山家を、たのむぞよ」

と、今度は、控えの間にいる千や勝四郎の耳へもとどいたほどの、明確な声でいったものだ。

「御安心なされますよう」

権十郎が叫ぶようにいい、重俊が、うなずいた。

宗兵衛も良仙も目をみはり、声もなかった。

このとき、近くに落ちたかとおもわれるほどの凄《すさ》まじい雷鳴が響きわたった。

そして、雷鳴が熄《や》んだとき、徳山重俊は息絶えていたのである。

遊佐良仙が重俊の脈を看て、しずかにかぶりを振った。

柴田宗兵衛の号泣が起ったのは、このときであった。

たがいに疎み合い、ときには激しく怒りを打《ぶ》つけ合ってきたこの老主従の間には、手段こそ違っていても、

「徳山の家をまもり存続させる……」

ことにおいては、間然するところなく一致していたのだ。

疎んではいても、主人は用人を退けようとはせず、用人もまた、怒りにまかせて身を引くこともなかった。

これは何も、大身の旗本の家柄だからというのではない。

武家のみならず、町家、農家においても、わが家の存続は何よりも大事のことであったのだ。

現代のように、それぞれの家族が分裂し、家名も血脈も、

「問題にならぬ……」

という時代ではない。

およそ二百七十年ほど前の、そのころにあっては、一つの家、一つの家族が一国の基盤を成していたのである。

その感覚をもって、人びとの生活がいとなまれ、政治が存在した。

なれば、一つの家は、

「一つの小さな国……」

といってよかった。

その国が消え絶え、潰滅《かいめつ》してしまっては、どうにもならぬという感覚なのである。

徳山権十郎にとり、この日の、死にのぞんだ父・重俊の言葉と声は、おもいもかけぬほどの重味をもち、我身を抱きすくめてきたといってよい。

徳山重俊にとって、権十郎は最後の最後まで「憎い奴……」であったわけだが、その憎い息子に徳山家をゆだねざるを得なくなったとき、

「家をたのむ」

の、一言が生まれた。

このことに、権十郎は衝撃を受け、深く感銘したのであった。

「憎い奴と、死にのぞんだ父上に、あからさまにいい切られても、わしは、あのときの父上の最期に立ち合うて、むしろ、父上を好ましいとおもうようになった。日が経つにつれ、このおもいは強くなるばかりじゃ」

のちになって徳山権十郎は述懐している。

ところで……。

父の死によって権十郎は、家督をし、名実ともに徳山家の当主となった。

同時に、父・重俊の名〔五兵衛〕をも受けついだわけだから、これより後、権十郎を、

「徳山五兵衛秀栄《ひでいえ》」

と、よばねばなるまい。

神尾守親は、

「先《ま》ずは、めでたい」

大いによろこんでくれ、徳山家の家宝・下原康重作の脇差を権十郎へ……いや、徳山五兵衛へ返してくれた。

七

こうなると、いよいよ、徳山五兵衛も妻を迎えねばならぬ。

すでにのべたごとく、一家の存続のためには、妻を娶《めと》り、男子をもうけなくてはならぬ。当主であり、夫であり、父である身となって、五兵衛自身が家風をととのえ、これを跡つぎの我子へつたえなくてはならぬ。

このように書いてしまえばわけもないことながら、やってみると生《なま》なかなことではないのだ。

妻を迎えるといっても、肉親の女を家に入れるのではない。

他家に生まれた女《むすめ》を妻にして、この女が、どこから見ても、

「徳山五兵衛の妻……」

となるまでには、それ相応の歳月を必要とする。

子が生まれる。これとても、

(どのような子が生まれるか、知れたものではない……)

のである。

それは五兵衛と亡父・重俊のことを取ってみても、ただちに感得されることではないか。

なるほど、五兵衛にしてみれば、

「おれには、いささかも疚《やま》しいことはない」

というであろう。

けれども、重俊には重俊なりの理由があったからこそ、

「権十郎めに、わが家をゆずりわたすわけにはまいらぬ」

と、おもいきわめたのであろうし、事ごとに反撥する息子を、ついには暗殺せんとするまでに憎悪したのである。

血を分けた父と子の間でも、何かのはずみで、このようになってしまうのだから、当主が自分の家一つを治めることも、やさしいことではないのだ。

まして、当主が幕府の役目に就くようなことがあれば、その責任の重さというのは計り知れぬ。

というよりも、それは、

「失敗がゆるされぬ」

このことなのであって、武士が公の事に失敗をすれば、家を取り潰《つぶ》されかねないし、自分が腹を切って天下《てんが》に申しわけをせねばならぬ。

徳山五兵衛も、権十郎の若き日のように、

「屋敷にいるのが、おもしろくない」

とか、

「江戸で暮すのが飽きた」

などと、勝手放題に旅へ出たりするわけにはまいらぬ。

もしも、そのようなことをしたら、将軍と幕府は、たちどころに重い処罰を徳山家へ下すであろう。

それのみか、江戸の屋敷に在ってさえも、

「どこぞへ酒でものみに行こう」

ぶらりと、外出《そとで》をすることも遠慮をせねばならない。

つくづくと考えてみて、

（ああ……おれも、こうなっては万事終りだ）

と、五兵衛もいまさらながら、若き日の奔放に生きた歳月をかえりみて、嘆息をもらした。

しかし、そのかわりには、いまは、だれにはばかることもない二千二百四十石の当主にな

ったのだから、家来たちも侍女たちも、その他の奉公人も、

「殿様……」

と、五兵衛を敬い、五兵衛に忠義をつくさねばならぬ。

これは、まだ若い五兵衛にとって、むろん不愉快なことではなかった。

自分がおもうままに命令を下し、彼らはこれに従わなくてはならない。快適である。

もっとも、柴田宗兵衛が用人として、若き主人をきびしく見まもっているので、迂闊《うかつ》なまねはできなかった。

宗兵衛は養子の勝四郎へ、こういったそうな。

「一日も早く、おぬしに用人の役目をゆずりわたし、わしも隠居をせねばならぬところじゃが、いま、三年ほどは辛抱せよ。殿様が二千二百四十石の御家にふさわしい御方になられるまでは、わしも目がはなせぬ。また、そのほうが、おぬしの行末のためにも相なろう」

柴田宗兵衛の老顔は、以前にも増して、きびしいものを湛《たた》えはじめたようだ。

五兵衛が徳山家の当主となったよろこびを、もっともよく顔にあらわしたのは、老女の千であったろう。

亡父・重俊の居間と寝所も、五兵衛のものとなった。

いや、屋敷のすべてが五兵衛の所有するところとなったのである。

千は、五兵衛へ附き切りになり、いそいそと身のまわりの世話をやき、ときには、

「権十郎さま……」

などと、親しげにささやいたりする。

袴《はかま》の紐《ひも》なども、千は他の者に結ばせなかった。

五兵衛の前へ両膝《りょうひざ》をついた千が、袴の紐をむすぶときなぞ、偶然にそうなるのか、わざとしているのか、千の手が五兵衛の股《もも》のあたりを袴ごしに触れたりする。

羽織を着せかけるときなど、ことさらに千の顔が近寄ってきて、五兵衛の耳朶《みみたぶ》へ熱い息吹きを送ってくるのだ。

千はすでに四十近いにちがいないが、五兵衛が京都から帰府して以来、急に若やいできて侍女たちもおどろいているらしい。

五兵衛は、閉口したが、さりとて、千を遠ざけるわけにもまいらぬ。

いうならば、千は、五兵衛の「育ての親」なのだ。

これまでに、父の宗兵衛とちからを合せ、五兵衛の身をまもってきた千の忠誠に対し、五兵衛は何もいえぬ。

いや、いささか、頭の上がらぬところもないではない。

むろん、それは五兵衛と千のみが知っている、一つの秘密のようなものといってよい。

男女の交わりをしたというのではないが、五兵衛は、乳母だったころの千の、熱く火照った肌身や濃い体臭をいまだに、よくおぼえているし、千もまた同様に、少年のころの五兵衛の肉体を、隈《くま》なく知りつくしているのであった。

いまの五兵衛は、そのことに、ひどく羞恥《しゅうち》をおぼえる。

それに反して、千のほうでは、

（殿様。むかしのことを、お忘れにはなりますまいな……？）

とでも言いたげな、意味ありげな眼の色で、凝《じっ》と五兵衛を見つめたりするのだ。

だが、さすがに、家来や侍女たちの前では、千も老女としての風儀をくずさぬし、怪しまれることはない。

そこは、まことに利巧な女なのである。

（ああ……それにしても窮屈な……）

殿様とよばれる身の上になってみて、五兵衛は、つくづくと、

（亡き父上も、このような毎日を送っておられたのか……）

と、おもい知った。

〔若様〕のころの自分が、自分の部屋で、気ままに肌ぬぎになって汗をぬぐったり、昼寝をむさぼったりしたことが、夢のように想い起された。

（あのころは、まこと、極楽であった……）

のである。

大仰にいうならば、目ざめてから眠るまで、絶えず家来たちや侍女たちに見まもられているようなものなのだ。

洗面、食事から、用人の柴田宗兵衛の報告を聞き取ったり、家来たちへもいちいち指図をあたえねばならぬので、別段、御役に就いているわけではないのだが、一人きりになる時間

というものが、きわめて少ない。

〔東林〕のお梶が餞別《せんべつ》によこした、かの男女の秘戯を描いた絵巻一巻を、

(落ちついて、たのしむこともできぬ……)

ありさまなのだ。

その絵巻を、五兵衛は密《ひそ》かに或る場所へ隠してある。

人の目にふれぬ場所ゆえ、簡単に取り出すわけにもまいらぬ。

絵巻をひろげて見入る夜が、月に一度ほどあればよいほうであった。

見れば見るほど、飽きぬ。

そのたびに、五兵衛は京にいるお梶を想い、全身が、じっとりと汗ばんでくる。

(そうだ。お梶どのへはおれから、何も贈らぬままに別れてしまった……)

と、気づいて、

(江戸から、何か送りとどけよう。何がよいか……?)

あれでもない、これでもないと、おもいをめぐらしていると、わけもなく夜が明けてしまう。

いま一つ、徳山五兵衛のたのしみがないでもなかった。

それは婚約中の、藤枝若狭守の次女・勢以のことであった。

これまでに、二度ほど、五兵衛は勢以を見ている。

一度は藤枝屋敷で、一度は自邸に勢以を迎えてだ。

人形のように美しくととのった顔《おもて》は、まだ硬い少女のものだったし、親しく語り合ったことはないが、すっきりとした細身の勢以の裸身が、どんなものかと、五兵衛は臥床《ふしど》の中で、いろいろに想いをたくましくしている。

勢以との結婚は、正徳三年（一七一三年）の九月一日に定められていた。

そのとき、徳山五兵衛は二十四歳。

勢以は十九歳になっているはずだ。

（勢以どののと、あの絵巻の中の男女のように交わりたいものだ……）

このことであった。

新妻

一

それは、正徳二年の正月のことであったが……。

大坂から、佐和口忠蔵の手紙が徳山五兵衛へ送られてきた。

五兵衛が京都から帰府してより、四年がすぎている。

この間、佐和口は、大坂の天神橋に店舗を構える薬種屋・長崎屋庄之助方へ嫁いでいる妹・お幸のもとへも、姿を見せなかったことになる。

「権十郎殿……」

と、佐和口忠蔵は、手紙で、五兵衛の前名をもってよびかけてきていた。

「……諸国をまわり歩き、大坂へ来て、数年前に権十郎殿が自分を訪ねて見えたことを妹から聞き、まことにおどろき申した」

佐和口は、そう書きしたためている。

すぐに佐和口は、京都へおもむき、柳馬場《やなぎのばば》・誓願寺通りの旅籠《はたご》・尾張屋を訪ね、主《あるじ》の源右衛門から、徳山権十郎のその後のことについても耳へ入れたのだそうな。

何のちからにもなれなかったが、先《ま》ず、権十郎の身が落ちついたことをよろこび、

「……自分は、しばらくの間、大坂に滞留することになるとおもうが、やがては、江戸へ久しぶりに出てみたいと考えている。その折は本所の御屋敷をお訪ねし、お目にかかるのを、いまより、たのしみにしている」

と、文面は、いたって変哲もなかったが、佐和口忠蔵の筆跡に見入っていると、五兵衛は佐和口の視線を、ひしひしと感ぜずにはいられなかった。

佐和口も、いまは、四十に近い年齢となっているはずだし、五兵衛もまた二十三歳の初春を迎えた。

この四年間の歳月のながれは、まことに文字どおり、

「光陰、矢のごとし」

であって、それ以前の一年は、五兵衛にとって、いまの十年にも相当するようにおもえた。よきにつけ、悪しきにつけ、京都における一年の月日は、それほどに、

「充実していた……」

ことになるのであろうか。

二十三歳になった徳山五兵衛は、何やら急に、自分が、

(老けこんでしまったような……)

おもいがしてきている。

(年月というものは、このように、わけもなく過ぎてしまうものなのか……)

徳山家の当主となってからの日々は、いうまでもなく、少年のころにくらべると単調をきわめたものだ。

五兵衛は、庭の一隅に十坪ほどの道場のような建物を造り、小沼治作を筆頭に、家来たちへ剣術の稽古をつけはじめたし、弓の稽古もはじめた。

先ず、これだけが日常の、唯一のたのしみといってもよいであろう。

その他には、徳山家の当主としてなすべきことをする。これが単調なのだ。

単調で退屈なものだが、いちいち、耳をかたむけたり、目を通したりせねばならぬ。

あるとき、たまりかねて、

「所在ないことだな……」

つぶやいたところ、柴田宗兵衛が聞き咎《とが》め、

「所在ないのは、あなた様ばかりではございませぬ。人びとはみな、変化曲折もなき一日一日を、倦《う》むこともなく相つとめているのでございますぞ」

きびしく、たしなめられた。

家督をした五兵衛は、小普請組へ列している。

小普請組というのは、幕府の役職に就かぬ二千九百石以下の幕臣が編入されるもので、三千石以上の無役の旗本は〔寄合《よりあい》〕に入る。

五兵衛の亡父・徳山重俊が二千二百四十石の身分でありながら、無役のときは〔寄合〕に入っていられたのは、長年にわたって諸役を歴任し、遺漏がなかったことを幕府がみとめ、格を上げてくれたわけだ。

しかし、家督をしたばかりの若い五兵衛が〔寄合〕の席へ列することは、むろん、かなわぬ。

小普請組というのは、御役目に就かぬかわりに、幕府がおこなう種々の補修工事の費用を振り当てられ、身分と持高《もちだか》に応じて、〔小普請金《がね》〕というものを幕府へ納めねばならない。

いずれにせよ、徳山五兵衛の将来は、

「これから……」

なのである。

御役に就き、相応の功績を残し、しだいに、昇進を重ねるということになれば、おもいもかけぬ出世をするわけなのだから、柴田宗兵衛も一所懸命らしい。

御役に就こうとおもうなら、手をつかねて、ぼんやりとしているわけにはまいらぬ。

それ相応の猟官運動もしなくてはなるまい。

五兵衛の結婚を待って、宗兵衛はうごきはじめるつもりなのだ。

「急《せ》くにはおよびませせぬが、しっかりとしていただかねばなりませせぬ」

と、宗兵衛は何かにつけて、五兵衛にいいふくめたものである。

佐和口忠蔵の手紙を読んだとき、なつかしさのあまり、

(また出奔して、大坂へ……京へ、行ってしまおうか……)

そのおもいに駆り立てられたけれども、現実は、これをゆるさぬ。

いまの五兵衛は徳山家の当主であって、そうした我儘《わがまま》勝手がゆるされるはずもない。

強いて決行すれば、これを幕府が見逃すはずもない。

旅をするならするで、それ相応の理由があり、これを幕府へ届け出て、許可を得なくてはならぬ。

駆り立てられたおもいは、たちまちに鎮まった。

用人・柴田宗兵衛以下、その家族は別として、家来から小者、侍女までふくめると五十人に近い奉公人を抱えている旗本の主は、いいかえるなら、一国の主といってよい。

現代とちがい、一つの家は一つの国の単位を為《な》すという感覚のもとに、人びとの生活がいとなまれていた日本であるから、それゆえにこそ、一つの家は、一つの国といってもよいのだ。

五兵衛は、すぐさま筆をとって、佐和口忠蔵へ返書をしたためた。

佐和口と別れて後のことを長々と書きつらね、

「……一日も早く、江戸へもどらるる日を待ちかねております」

と、書きそえた。

この手紙の中で、曾我の喜平治父娘《おやこ》をめぐるいきさつや、さすがに、東林のお梶のことは書きしたためなかった五兵衛だが、

(そうだ。あの人びとは、いま、どうしていることか……?)

ことに、お梶へは、江戸へもどってからも無沙汰のままであった。

別れぎわには、山口権三郎などと偽名をつかっていた自分の本名と身分を打ち明けた徳山五兵衛だが、当時、こちらが手紙を送っても、お梶からは何の返事もない。

ということは、

(おれからの手紙に、お梶どのは迷惑をしているのではないか……?)

そうおもい、打ち絶えたままになっている。

尾張屋源右衛門へも、礼状を出したり、その後も手紙を送ったりしたが、これまた返事がない。

ゆえに、源右衛門との間も、打ち絶えたままになっている。

お梶に対して、もしや、再婚でもしたのではないかと考えている五兵衛も、尾張屋源右衛門が返書もよこしてくれぬことについては、

(はて……?)

おもいあたることが、いささかもない。

自分が帰府したのち、京都へ残り、傷が癒《い》えるのを待っていた小沼治作の世話もよくしてくれたというし、源右衛門が自分に対して不快を抱いているはずはない。

あれほど、親切に面倒を見てくれた源右衛門が、一度も返書をよこさぬというのは、それだけの理由があるはずであった。

その理由が、

(どうしても、わからぬ……)

のである。

二

佐和口忠蔵は大坂へもどり、妹・お幸の口から徳山五兵衛のことを聞くや、京都へ出向いて、尾張屋源右衛門にも会い、当時のありさまをいろいろと聞きとったらしい。

とすれば、尾張屋源右衛門は依然、健在であり、五兵衛に対しても、別に不快の念があるわけでもないということになる。

五兵衛は、すぐさま、佐和口への返書をしたためたが、尾張屋源右衛門については、ふれなかった。

それというのも、あの、小田原の針屋・堺屋太兵衛と尾張屋源右衛門との不可解な関係におもいおよんだからであった。

佐和口への手紙を大坂へ送った翌々日になって、五兵衛は、

「日野屋文吉をよぶように」

と、家来へ命じた。

下谷《したや》・池《いけ》の端《はた》仲町の高級小間物店のあるじ・日野屋文吉は、徳山家や、親類の神尾家に出入りをしており、京都の三条大橋の西詰に佇《たたず》む五兵衛を見かけ、これを神尾家へ報告した男である。

そうしたこともあったので、五兵衛も以前に増して日野屋の品物を入れるようにしているし、柴田宗兵衛にしても、日野屋の知らせによって、行方不明だった五兵衛の所在が知れたわけだから、格別に目をかけるようになっている。

その日の午後に、日野屋文吉が徳山屋敷へあらわれた。

「おお。よく、まいってくれた」

居間へ日野屋を迎えた徳山五兵衛は、二人きりになってから、

「さて、日野屋……」

「はい?」

「いささか、たのみたいことがある」

「何なりと、おおせ聞かせ下さいますよう」

「実は、な……」

「はい？」

「他言無用じゃ。よいな？」

「は……」

「よいな？」

「はい。心得ましてございます」

「あの折、な……」

「はあ……？」

「わしが、京にいたころじゃ」

「あ……はい、はい」

「縁あって、ある婦人に、いろいろと世話になった」

「ははあ……？」

「以来、打ち絶えたままになっておるのだが、おぬしは商いの仕入れとやらに、京へも、たびたび出向くことがあるそうな」

「はい、はい」

「そこで、たのみじゃ」

「何なりと……」

日野屋文吉の口辺に微笑がただよった。

早くも、五兵衛とその婦人なるものの関係を嗅《か》ぎとったらしい。

五兵衛は絶句し、顔をそむけた。

日野屋は、真面目顔となり、しばらくは面《おもて》を伏せていた。

自分の微笑が、

(殿さまに、場都合《ばつごう》の悪いおもいをさせてしもうた……)

と、感じたのだ。

ややあって、日野屋文吉が形をあらため、

「殿さまへ、申しあげまする」

「む……」

「私めを御信用下されまして、何なりと、お申しつけ下さいますよう、御願い申しあげまする」

両手をつき、誠意をこめていうと、五兵衛が、はにかみの苦笑を浮かべ、

「ま、そのように大仰なことでもないのだが……」

「お申しつけ下されまするか?」

「たのまれてくれるか?」

「はい」

「おぬしにまかせるゆえ、何ぞ、気のきいた品物をあつらえて、おぬしが京へまいった折、その婦人へ贈りとどけてもらいたいのだが、いかがであろう?」

「たしかに、お引き受けいたしましてござります」

徳山五兵衛は若いに似ず、二千何百石の当主となってからも、町家の人びとや奉公人たちへも威張った言動をせぬ。

これはやはり、徒《ただ》の生い立ちではなく、少年のころから、さまざまな階級の人びとに関《かか》わり合い、その恩恵を受けてきたとおもいきわめているだけに、そうした態度なり言葉づかいなりになってくるのであろうか。

「さて、どのような品物にいたしましょうかな……？」

いいつつ、日野屋はたのしげであった。

京都に、兄が経営をしている本店もあって、日野屋文吉があつかう小間物は化粧品、化粧道具、装飾品はもとより、江戸では手に入れることができぬ高級玩具《がんぐ》や雛《ひな》人形なども京都から仕入れてくるので、近年は諸方の大名・武家屋敷への出入りも多くなったそうな。

日野屋は、徳山五兵衛の謙譲な人柄に、すっかり惚《ほ》れこんでしまっていて、

（この殿さまのためならば、どんなことでもしてさしあげよう）

と、考えている。

五兵衛にしてみれば、自分が謙譲な男だとおもってもいないし、意識にのぼせてもいない。けれども、若いうちに、大身の旗本の子息にしてはめずらしいほどの体験をしてきているわけだから、自《おの》ずからそうなる。また、そうでなくては、身分も肩書もない者が世の中をわたって行けるものではないことも、わきまえている。

「価《あたい》にかまわず、よい品をな。いかにも、こころのきいた品をたのみたい」

「かしこまりました。それで、あの……?」

「何じゃ」

「その、お方のお年齢《とし》ごろは?」

うなずいた五兵衛が、むしろ茫然となって、

「さて、いくつであろう……?」

「御存知ではございませんので?」

「身共より年上であることは、たしかなれど……」

「ははあ……」

「そのとき……いや四年前に、たしか、四歳になる女の子どもがいたのだが……」

四年前のお梶が二十六歳だったことを、徳山五兵衛が知るのは、もっと後年になってからである。

「はい。わかりましてござります」

「それで、よいか?」

「さぞ、お美しい方なのでござりましょうな」

また、五兵衛が、まぶしげに顔をそむけた。

「この夏がすぎましたなら、京へまいりまする。そのときまでに何ともして、しかるべき品をととのえさせていただきまする」

「たのむ」

「私めが、そのお方へおとどけしてよろしいのでございますな？」

「おぬしよりほかに、たのむ人とてない」

「はい、はい。ところで、そのお方は京のいずれにお住まいの、何というお方なのでござります？」

「おお、そうじゃ。それを申さぬことには、な……祇園の社の南の門外を東山の裾へ入ったところに、東林と申す風雅な茶店がある。そこの女あるじにて、名は、お梶どのという」

　これを聞いて日野屋文吉が、目をみはった。

三

　そのころの〔東林〕のお梶といえば、日野屋文吉の耳へも入っていたほどの女であったことが、このときの日野屋の様子を見てもわかろうというものだ。

「さようでござりましたか……」

日野屋は、意味もわからぬ嘆息をもらした。

「いかがしたな？」

「いえ、別に……」

「お梶どのを、知っているのか？」

「うわさだけは、京へまいりましたとき、耳にいたしましてござります」

「どのようなうわさを……？」

「先ず、主人《あるじ》どのが亡くなられました折に、何のもめごとも起さず、四条の縄手の茶問屋、東林軒をいさぎよく主人どのの弟ごへおゆずりなされ、幼女《おさなご》をつれて、円山《まるやま》の茶店へ移られたことを、京の人びとは、ほめたたえておりましたもので……」

「うむ、うむ……」

満足そうに徳山五兵衛がうなずき、

「さようさ。お梶どのは、そうしたお人なのだ」

「はあ……」

と、息を引いて日野屋文吉が、まじまじと五兵衛を見まもった。

勘のはたらきのするどい日野屋は、早くも、お梶と五兵衛との関係を看破していたわけだが、

(それにしても、あの、貞女と評判の高い東林軒の後家と、この五兵衛さまが、どのようにして知り合われたものか……?)

好奇心に駆られたけれども、さすがに、これ以上のことを尋ねるわけにもまいらぬ。

しかし、贈り物をする相手が〔東林〕のお梶とわかって、

(それならば、品物を誂《あつら》えるにしても、選ぶにしても……)

見当がついたのであった。

「では、日野屋。よろしゅうたのむ」

「かしこまりましてござります」

そこで五兵衛は、侍女を呼び、

「宗兵衛を、これへ……」

と、いいつけた。

用人・柴田宗兵衛があらわれるや、五兵衛がこういった。

「先年、京へ滞留をいたした折、一方ならぬ世話を受けた人びとが五人ほどいる。そこで、その人びとへ、身共が礼ごころとして、それぞれに贈り物をしたい。そこで今日は日野屋に来てもらったのじゃ」

「それは、結構なことでございますな」

と、宗兵衛は、むしろ、乗気であった。

そばで聞いていた日野屋文吉は、

(この殿さまは、お若いに似ず、大変なお方じゃ)

おどろいたものである。

贈り物の相手を五人といったことによって、高価な品をととのえても、

(御用人さまには、怪しまれまい)

このことと、いま一つ、人数を増やすことにより、相手が女性《にょしょう》であることを隠すことができる。

咄嗟《とっさ》におもいついたものか、それとも前もって分別をめぐらしていたものか、いずれにせよ、二十三歳の若い五兵衛が、

(なすべきこととはおもわれぬ……)

このことであった。

しかも、その上に、

「いずれも身共にとって大切な人びとゆえ、日野屋にたのみ、いささか高価な品を贈ることにいたした。宗兵衛も、わきまえておくように」

日野屋の前で、五兵衛が念を入れた。

このことにも、日野屋は、

(このお方は、のちのち、きっと立派な殿さまになられ、いまよりも、もっと御出世をなさるにちがいない)

と、感動をした。

「はい。御念にはおよびませぬ」

と、宗兵衛が、

「日野屋。よろしゅうたのむ。こころをこめた品をととのえてくれるよう」

「およばずながら、お引き受けさせていただきまする」

徳山五兵衛は、清《すま》した顔で日野屋に、大きくうなずいて見せた。

やがて、徳山屋敷を辞した日野屋文吉は、

(さて、どのような品をととのえようか……)

とか、

(ととのえた品を、殿さまへごらんに入れるのがむずかしい。御用人さまに見られては、ちよいと、まずいのではあるまいか……)

とか、いろいろ思いをめぐらしつつ、道を歩いていたものだから、両国橋をわたるのも忘れ、竪川《たてかわ》の一の橋をわたって、何と深川まで行ってから気がついたという。

このように、徳山家の当主となった五兵衛は、自分の懐中に一文の金も持つことができない。

すべての費用は、用人たる柴田宗兵衛の目を通して出される。

それがつまり、

「殿さまというもの……」

なのである。

このとき以来、五兵衛は、日野屋文吉が、

(どのような品を、ととのえてくれるであろうか……?)

そのことを想うだけでも、一日一日がたのしくなってきた。

つまりはそれほどに、単調きわまる日々を送り迎えていたといってもよい。

五代将軍・綱吉が歿《ぼっ》してのち、幕府はとみに、大名や武家方に対し、綱紀を引きしめつつあった。

これまでの反動というばかりではなく、五代将軍時代に濫費のかぎりをつくしたので、幕府の財政は重大な危機を迎えていたのだ。

これまでのような、放漫な財政をつづけていたなら、将軍自身が莫大な借財を背負うばかりになってしまう。

将軍や幕府が威儀を正しはじめたのだから、いきおい、大名も武家も、自粛せざるを得ないことになる。

そして……。

この年の十月十四日に、六代将軍・徳川家宣が病歿した。ときに五十一歳であった。

四

徳川家宣は、甲府時代から儒臣として仕えていた新井白石を政治顧問に登用し、教学と政治の一致を目ざし、着々と自身の理想を目ざしてすすみかけたが、将軍在位四年というのでは、その結実を見なかったのもいたしかたあるまい。

家宣には、三人の男子があった。

そのうちの二子を失ってしまったので、末の子の鍋松《なべまつ》が、七代将軍・家継《いえつぐ》となるわけだが、家宣が病歿したときは、わずか四歳の幼児にすぎなかった。

「御公儀にも、なかなか、むずかしいことがあったようだが……わしなどは、後年になってはじめて、ああ、なるほどとおもったようなものじゃ」

と、徳山五兵衛は、

「そのころのわしは、まだ、年も若く、御政道についての意見もないようなもので、実のところ、文昭院殿様(六代・家宣)から有章院殿様(七代・家継)へ天下が移っても、別に、これといって感ずるところもなかったようにおもう」

のちになって、述懐している。

当代一流の学者であり、政治家でもある新井白石は、依然、幼い将軍を補佐している。

さらに、先の将軍・家宣の側用人《そばようにん》で、上州・高崎五万石の城主でもある間部《まなべ》詮房《あきふさ》も幼君をまもり、先の将軍の遺志を体した政治がおこなわれるというので、

「先ずは、御安泰と、わしなどはおもっていたことよ」

なのである。

巷《ちまた》に住み暮す人間たちの生態については、五兵衛もいささか体得するところがあったが、将軍だの幕府だの、御政道などといわれても、

「ただ、もう、面倒になるばかり……」

であったそうな。

側用人の間部詮房は、六代将軍が甲府卿《きょう》であったころ、一介の能楽師から寵愛《ちょうあい》を受け、小姓となり、しだいに頭角をあらわし、徳川家宣が将軍位に就くや側用人に登用され、新井白石と共に家宣を補佐するようになった。

間部詮房の立身出世は、先の五代将軍・綱吉の側用人・柳沢吉保のそれに勝るとも劣らぬ異例のものといってよい。

だが、その人格は、大分に柳沢吉保とはちがう。

当時、高名な或る学者は、間部詮房の人柄を評して、

「……玉のごときの人と申すべく候。ただ美しく、温厚にて、しかも情理わかり候て、見事にござる」

と、のべている。

その、間部詮房の美男ぶりについては、

「そのころの、わしの耳へも聞こえたほどのものよ」

と、五兵衛がいっている。

能楽師の出身だけに容姿も見事であったのだろうが、顔貌《がんぼう》そのものが、

「類い、まれなるもの……」

であった。

しかも、物の道理をわきまえ、柳沢のごとく、将軍の寵愛をよいことにして、おのれの権勢をほこるというわけでもない。

ひたすらに、将軍をたすけてはたらこうという間部の誠実を、だれもが感じ取っていたのであろう。

こういう側用人であったから、江戸城・大奥の御殿女中たちの人気もすばらしかった。

七代将軍・家継を生んだのは、家宣の側室・月光院であるが、この将軍生母と間部詮房とが、

「ただならぬ関係をむすんだ……」

という風評がひろまったのも、間部の人気と人柄が前述のごときものだったからであろう。

徳山五兵衛は、

「男と女のことなど、他人にはわかるものか。先ず、そうした風評というものの、十のうち八までは絵空事じゃ」

苦笑しているところを見ると、月光院と間部の情事を否定していたらしい。

ところで……。

日野屋文吉にたのんだ贈り物は、六代将軍が病歿する一ヶ月ほど前にととのえられた。

これを、

(どのようにして、殿さまへごらんに入れようか……?)

日野屋は考えあぐね、徳山屋敷へあらわれ、五兵衛に、

「御当家へ持ってまいりましても、よろしゅうございましょうか?」

「いや、持ち運ばずともよい。どのような品をととのえたか、それを聞けばよい」

「はい」

日野屋が、お梶のためにととのえたのは、十二種におよぶ髪飾り道具と、これを納める三段重ねの手箱であった。

五兵衛が少年のころのことを思い合せてみても、近年は、女たちの髪のかたちの種類が増え、年毎に、流行があるというわけで、それにともなって髪飾りの道具も贅沢《ぜいたく》で多種多様の

品がつくられるようになった。

櫛《くし》、笄《こうがい》、簪《かんざし》なども一様のものではなく、現に、日野屋文吉がととのえた品の中には、四種類の櫛があり、その一つ一つに、京の賀茂川のながれを中心にした風物が、精妙な蒔絵《まきえ》によってほどこされている。

また、さまざまな金属や、鼈甲《べっこう》、水晶、珊瑚《さんご》、螺鈿《らでん》などの細工によって十二種の道具がととのえられたわけだから、その費用も生《なま》なかのものではない。

日野屋は、このとき、出来あがった二種の櫛を懐中に忍ばせてきて、五兵衛に見せた。

「ふうむ……」

低く唸《うな》り、この櫛の見事な細工に見とれていた徳山五兵衛が、

「ようも、できたものよ」

感嘆の声を発した。

「ごまんぞくをいただけましてござりましょうか?」

「うむ、うむ」

五兵衛の双眸《そうぼう》が輝き、

「これならば、お梶どのもよろこんでくれよう」

「それをうけたまわりまして、ほっといたしましてござります」

「この二品《ふたしな》を見たからには、他の品を見ずとも相わかった」

「おそれ入りましてござりまする」

日野屋も、非常なよろこびをおぼえた。商人として当然であったろう。

そこで日野屋文吉は、いったん、池の端仲町の家へ帰り、しかるべき絵師をたのみ、お梶へ贈る髪飾り道具と、三重の手箱を、彩色《さいしき》で克明に描かせ、これを五兵衛のもとへ持参した。

「なるほど、なるほど……」

またしても五兵衛は、大満足である。

十二種の髪飾りをおさめる手箱といっても、三段重ねの、小さな箪笥《たんす》のような造りで、この箱は桜材を使用し、見たところは変哲もないものだが、引出しを開けた、その中には、四季それぞれの草花が蒔絵によって、引出しの中に浮き出していようという……まことに贅沢な、こころきいた細工なのである。

「では、殿さま。これで、よろしゅうございましょうか？」

「うむ、うむ」

「近いうちに、京へのぼりまする。私が東林のお梶さまへおとどけいたしまするが、何ぞ、お言伝《ことづて》がござりましょうか？」

「さようさ……」

五兵衛は、しばらく沈思していたけれども、

「いや、いや……」

おのれに言い聞かすかのように、かぶりを振って、

「別にない」

「なれど、殿さま……」

「よい。わしからの贈り物というて、とどけてくれれば、それでよい」

「さようでござりますか……?」

「うむ、うむ」

そこで日野屋文吉は、下男に件《くだん》の道具を背負わせ、京都へ向った。

六代将軍・家宣が亡くなったのは、日野屋が、まだ、江戸にもどらぬうちのことであった。

徳山五兵衛は、この間に、柴田宗兵衛をよび、

「日野屋には、ずいぶんと世話になったゆえ、贈り物の価《あたい》のほかに、こころをつけてやってもらいたい」

「承知いたしまいた」

あとで、宗兵衛がこういった。

「おもいのほかに高価な品を、お贈りなされまいたな」

「ほう……いかほど、かかった?」

「そのようなことを、殿がお尋《き》きあそばしては相なりませぬ」

「うむ、うむ……」

である。

おそらく、何十両というよりも、

(何百両であろう……)

と、五兵衛にも想像がついた。

十一月も末になって、日野屋文吉が江戸へ帰って来た。

「どうであった？」

「それはもう、大変な、およろこびようでございまして……」

「お梶どのが？」

「はい、はい」

「さようか。それほどに、よろこんでくれたか……」

「嘘いつわりを申しているのではございませぬ」

「うむ。して……して、お梶どのは何ぞいうたか？」

五

徳山五兵衛が、このとき、大変によろこんだというお梶の、その言葉を、もっと具体的に聞きたかったのはむりもないことであったろう。

「何というた？　お梶どのは、何と……？」

「はい……」

と、日野屋文吉が、何となく浮かぬ顔になって、

「あの……徳山権十郎さまへ、くれぐれもよろしゅうと……」

「うむ、それで……それで？」

「はい……」

ほかには、もう、日野屋もいいようがないらしい。

「くれぐれも、よろしゅうと……?」

「はい……」

「それだけか?」

「はい……」

「ふうむ……」

あまりにも、物足りぬではないか。

日野屋文吉も、物足りなげな顔つきなのである。

「さようか……」

躰中《からだじゅう》のちからが抜け落ちてしまったようで、五兵衛は、茫然となった。

日野屋文吉が、すまなそうな顔つきで帰って行ったことも、よくおぼえていない。

気がつくと、いつの間にか、居間の灯《あか》りが点《とも》っていた。

夕餉《ゆうげ》の食膳が運ばれてきて、侍女の給仕で食べたのだが、まるで味気《あじけ》もなかった。

(せめて、お梶どのは、手紙などでも、日野屋へわたしてくれてもよさそうなもの……)

このことである。

実は五兵衛、お梶の手紙こそ、もっとも期待していたのであった。

「何ということだ……」

おもわず口にのぼせ、五兵衛が乱暴に箸《はし》を膳の上へ投げ置いたものだから、二人の侍女がおどろき、青ざめて、うつむいた。自分たちが何か失態をしたのかとおもったのであろう。

五兵衛が、これに気づいて、

「よい。膳を下げよ」

「は……」

「下げよと申している」

「は、はい」

這《ほ》う這うの体で、侍女たちが引き下って行った。

(このおれと、あのようにして肌身を合せ、あのようなことまでしたというのに、お梶どのは、もう、忘れてしまったのか……)

自分が、四年もの間、お梶へ無沙汰をしていたことを、徳山五兵衛は忘れている。

もっとも、四年の間、五兵衛にしてみれば、

(一日とて、お梶どののことを、胸の内に忘れたことはない……)

と、いいたかったろう。

ともかくも非常に意気込んで、さまざまに思案をめぐらし、ようやくに届けた贈り物だけに、五兵衛の気落ちも生なかなものではなかった。

(京の女というのは、このように、情がうすいものなのか……)

落胆が、怒りに変ってきたとき、

「もし……もし、殿さま……」

控えの間へ、老女の千があらわれ、

「何ぞ、お気におさわりになりましたことでも、ございましてか?」

声をかけ、居間へ入って来ようとするのへ、

「何でもない、何でもない。下れ。入って来るな!!」

と、五兵衛が叫んだ。

その見幕があまりに凄《すさ》まじいものであったから、さすがの千も度肝を抜かれたらしく、音もなく居間から出て行った。

(女などという生きものは、こんなものなのか……)

お梶にくらべたら、何年も会わずにいた佐和口忠蔵のほうが、

(どれほど、情合いがあることか……)

五兵衛は、そうおもったりした。

なるほど女性《にょしょう》というものは、あくまでも現在の自分をたしかめることによって生きているのであって、男のように、いつまでも過去を想い、過去にとらわれるような性情をもっていないともいえる。

あのときのお梶にとって、徳山五兵衛……いや、権十郎は、

「後腐れのない、恰好な、浮気の相手……」

に、すぎなかったのであろうか。

そうだともいえる。いや、そうであった。

あったが、しかし、ただ単に、それだけのものかといえば、そうでもないのだ。

徳山五兵衛が、こころをこめた贈り物を受け取ったお梶が、おのれの心情を手紙にしたためて日野屋文吉へわたすこともせず、ただ、くれぐれもよろしゅう……とのみ、日野屋へ託《ことづ》けたにとどめた、その胸の内がどのようなものであったか。

それを、五兵衛があらためて知るのは、十数年後のことになる。

その十数年後、四十に近い年齢となった自分に、おもいもかけぬ、意外きわまる運命が待ちかまえていようとは、知るよしもない徳山五兵衛だったのである。

さて……。

この年、正徳二年の十月に、六代将軍・徳川家宣が病歿し、七代将軍・徳川家継の将軍宣《せん》下《げ》は翌年の春に決まった。

幼少の将軍を擁して、新しい時代に立ち向わねばならぬ幕府には緊張の色が濃い。

派手やかな、ぜいたくな風潮を引きしめ、

「武家は質実でなくてはならぬ」

この姿勢を政事《まつりごと》の軸にし、逼迫《ひっぱく》した財政を建て直そうというわけであった。

翌年にせまった徳山五兵衛と藤枝勢以との婚儀についても、

「前《さき》の将軍家が亡くなられたばかりでもあるし、いますこし先に、延ばしたらいかがであろう」

などと、両家の親類の間での相談もあったらしいが、結局は、

「万事、質素に取りおこなえばよろしかろう」

ということになり、婚儀は翌年の九月一日に決定した。

六

正徳三年の年が明けた。

徳山五兵衛、二十四歳である。

「殿さまも、まことにもって、御立派におなりでございますなあ」

本所の屋敷へ、年始にあらわれた駿河屋又兵衛が、用人の柴田宗兵衛に、つくづくといった。

「おぬしも、やはり、そうおもうてくれるか？」

「はい。亡くなった義父《ちち》に、いまの殿さまを見せたなら、どのようによろこぶことでございましょう」

「いかさま……」

宗兵衛にしても、感無量であった。

このころになると、徳山五兵衛は、二千二百四十石の旗本の、当主としての生活がすっかり身についてきた。

すくなくとも、外見《そとみ》には、

「堂々として、御立派に……」

見えるようになった。

権十郎だったころの〔美少年〕ぶりに、しかるべき貫禄が加わり、いかにも男らしく、颯《さっ》爽《そう》とした風貌であって、新参の若い侍女などは、この主人の食膳の給仕に出ていて、われ知らず、五兵衛に見蕩《みと》れてしまい、おもわず、手もとが狂ったりする。

五兵衛にしてみれば、徳山家の主《あるじ》となったからといって、威厳をつくったり、おさまりかえっているつもりではない。

けれども、多勢の家来や奉公人に傅《かしず》かれ、主としての生活をつづけていると、無意識のうちに、その生活が五兵衛へ影響をおよぼしてくる。

多勢の家来と奉公人、そして二千二百余石の家柄。こうしたもののすべてを背負って立っているという認識が、知らず知らず、五兵衛に重味を加えてくる。

それは、

「好むと好まざるとにかかわらず……」

旗本の当主としての生活が、そのように五兵衛を変えて行くのである。

柴田宗兵衛・千の父娘《おやこ》が、

「もはや、これにて大丈夫」

「御苦労が、ついに、実りましたなあ」

「お前も、よくつくしてくれた。わしはもう、いつあの世へまいってもよい」

「何を申されます。これよりも尚《なお》、殿さまのために御奉公をしていただかねばなりませぬ」

「いや、もう大丈夫じゃ」

「殿さまが、二千二百四十石の御当主におなりあそばしただけで……それだけでよいのでございますか?」

「何と申す?」

「それだけで御満足なのでございますか?」

「う……」

「殿さまの、この上の御出世について、もっと、お考え下さいませ」

「うむ……そうじゃ。そうであったな」

徳山家の当主となっても、小普請入りのままでは、ただそれだけのものだ。

しかるべき御役目につき、将軍と幕府のためにはたらき、相応の実績をあげることによって、さらに役目の上の昇進を重ねれば、

「おもいもかけぬ……」

重職に就くことも、

「夢ではない……」

と、千などはおもっている。

(先ず、御役目に就かぬことには、殿さまのおちからを天下《てんが》に見せることもできぬ)

千は、意気込んでいた。

その意味で、四千石の大身《たいしん》旗本・藤枝若狭守の次女・勢以との結婚は、徳山五兵衛にとって、

「悪いことではない」

のである。

藤枝家は、代々、幕府の要職をつとめ、なかなかに羽振りがよい。

むすめ聟《むこ》となる五兵衛秀栄《ひでいえ》についても、

「悪しゅうは、はからわぬ」

と、藤枝若狭守が、神尾五郎左衛門守親へ洩らしたそうな。

数ある子たちの中でも、藤枝若狭守が、もっとも愛しているのは次女の勢以だという。

その次女の夫となる徳山五兵衛の栄達は、取りも直さず、勢以の幸福につながることなのだから、若狭守が五兵衛のために、一肌ぬごうという気もちになるのは当然であった。

このように考えてくると、藤枝家との婚姻に骨を折ってくれた神尾守親の労に対し、柴田宗兵衛としては、

「神尾様御屋敷へ、この足を向けては寝られぬ……」

ことにもなるのだ。

また、同時に、徳山五兵衛としては、

「柴田宗兵衛なくば、今日の自分はなかった……」

ことにもなるのだが、五兵衛に、それがのみ込めるようになったとき、すでに、この老用

人は世を去っていたのである。

「いまにしておもえば……」

と、後年になって、徳山五兵衛がこういっている。

「……なるほど、宗兵衛は我家にとって大事の用人であるばかりでなく、わしにとっても育ての父同様の人物で、なればこそ甘えもし、わがままもいい、また、ありがたくもおもうていたなれど……あのころは、わしもまだ若く、宗兵衛へかけるおもいも、まことに自分勝手なもので、おのれの都合のよいときのみに、ありがたい用人どのじゃ、育ての親も同然じゃなどとおもいこそすれ、絶えず宗兵衛の身の上におもいをいたしたわけではない。いまにしておもえば、わしが妻《おく》と婚礼をあげた折、かの用人どのは七十を一つ越えていたのじゃ。その老齢をもって、よくもよくも、わしのためにつくしてくれたことをかえりみれば、何やら居たたまれぬおもいがする。

宗兵衛が生きてあるうちに、ああもしてやればよかった、こうもしておけばよかったと、いまにして悔まれるのじゃ。わしも一通りは剣術の修行もし、人間《ひと》の生死《しょうじ》について、わきまえていたつもりであったが、なかなか、そうではなかった。人は生まれたのち、すぐさま死ぬることに向って歩みはじめる。死への道中が、すなわち生であるということが、頭ではのみこめていても、身にこたえてはおらなんだのじゃ。

この一事を、しっかりとのみこめていたならば、当然、柴田宗兵衛が、いずれは死ぬることも、おのれの一命とて、いつ絶たれるか知れたものではないことゆえ、いのちあるうちに、仕てのけねばならぬことが、はっきりと、この目に見えていたはずなのじゃ。なれど、相手に死なれてしもうては、もはや、為《な》す方法《すべ》もない。われながら、あきれ果てたものよ」

神尾五郎左衛門守親は、五兵衛の亡父・徳山重俊の亡妻・滝子の甥《おい》にあたる旗本で、重俊とは仲がよくなかったが、五兵衛には目をかけてくれた。

しかし、それだけで神尾守親が、みずから徳山屋敷へわざわざ出向いて、強引に重俊を説得し、家宝の脇差をあずかったり、さらには藤枝家との婚姻に努力をしてくれたりという、親身もおよばぬことを、

「してくれるはずもない」

のである。

そこには、やはり、長年にわたっての用人・柴田宗兵衛のたゆむことなき活動があったからだ。

宗兵衛は、数ある親類の中でも、

(権十郎様に首尾よく家督をおさせ申すため、ちからになって下さるのは、この方お一人じゃ)

と、ひたすらに、神尾守親をたのんだ。

それも、ただ、自分の胸の内だけで、たのみにしていたのではない。何かの折には神尾邸へ足を運び、五郎左衛門守親の機嫌をうかがうことを忘れず、神尾家の冠婚葬祭などあると

きは、主人・徳山重俊の意にそむいても、念には念を入れて、事を取りはからってきた。

こうした柴田宗兵衛のこころ入れは、すぐさま神尾家の用人・福田平太夫《へいだゆう》の胸にひびく。

平太夫とて、わるい気もちではないから、このことを主人の神尾守親の耳へつたえる。

守親も、そうなれば、

「宗兵衛は忠義の者よ。よし、よし。宗兵衛の、そのこころを無下《むげ》にしては武士の道に外れることになる。わしに、できることなれば何でもしてつかわそう」

硬骨の人柄だけに、柴田宗兵衛の心情には深く感ずるところがあった。

また、柴田宗兵衛は、神尾家の用人として、福田平太夫をも大切にあつかった。

平太夫の家族に対しても、こまやかに神経《き》をつかった。

これでは平太夫とて、

「宗兵衛殿のこころ入れに対しても、徳山家については、およばずながら、ちからをつくさねばならぬ」

そうおもうことになる。

柴田宗兵衛の、長年にわたる、こうしたこころくばりが、五兵衛の家督から結婚にいたるまでの間に、

「実をむすんだ……」

ことになるのだ。

おもてにはあらわれぬ、地道な宗兵衛の辛抱づよい努力がなかったら、徳山五兵衛の生涯

も、どのようなものになったか知れたものではない。

それだけに、五兵衛の婚礼を間近にひかえた宗兵衛のよろこびは、非常なものであった。

春になって、徳川家継の将軍宣下があり、そのころから、徳山家でも婚礼の準備で忙《せわ》しくなった。

大坂の、佐和口忠蔵の妹から、

「徒事《ただごと》ではない……」

便りがとどいたのも、そのころであった。

その異変は、佐和口忠蔵の身に起ったのである。

七

佐和口忠蔵の妹・お幸は、大坂の薬種商・長崎屋庄之助の妻となり、一男二女をもうけ、幸福に暮していて、大坂滞留中の忠蔵が、長崎屋方で日を送っていたことはいうまでもない。

お幸の手紙によると、半月ほど前の或夜、いつの間に帰って来たのか、だれも気づかぬうちに佐和口忠蔵が自分の居室となっている奥の間から、お幸をよんだ。

「まあ、兄《あに》さま……いつ、お帰りに?」

兄の部屋へ入ったとき、お幸は、何ともなしに、

「胸がさわいだ……」

という。

しかし、それが何であるかは、わからなかった。

ただ、不審におもったのは、外から帰って来て着替えをすませた兄の忠蔵が、袴《はかま》をつけていたことであった。

兄が外から帰って袴をぬぎ、その袴とは別の袴をつけていたことに、お幸は気づいた。

「兄さま、また、これから、お出かけに？」

「うむ……」

佐和口忠蔵は落ちつきはらっており、顔色も平常と変らなかった。

「急に、旅へ出ることになってな……」

「まあ……」

「ともかくも、先《ま》ず、大坂を離れねばならぬことになった」

「それは何故に……？」

「わけを尋《き》かずともよい」

と、押しかぶせるようにいった兄の声が、お幸を不安にさせた。

あまりに、お幸が執拗《しつよう》に尋ねるものだから、ついに忠蔵が苦笑を浮かべつつ、

「人を三人ほど、殺《あや》めてな……」

「えっ……」

「忘れるな、わしは剣客だ。剣の道をたどる者にとって、このようなことはめずらしいことではない。お前もわしと同様、亡き父上の子ゆえ、それはよくよく、わきまえていよう」

「は……」

兄妹の亡父・佐和口彦九郎は、一刀流の剣客で、以前は大坂の王仁塚《わにづか》へ小さな道場を構えていたものだ。

「わしがここにいて、もしも、長崎屋殿や、お前に迷惑がかかってはならぬ」

お幸は、返す言葉がなかった。

「案ずるな。二、三年のちには、また、会えようよ」

長崎屋庄之助にも、店の者にも、

「だまっていてくれ。明日、お前から庄之助殿にはなしておけ。くわしいことは語らずともよい。いや、語ってはならぬ。ただ、わしが急用あって発足をしたと……それのみにてよい」

念を入れて佐和口忠蔵は、すぐさま旅仕度にかかり、お幸にみちびかれて、奥庭から姿を消したそうな。

「もしやすると兄は、江戸へ向ったやも知れませぬ。もしも、徳山様御屋敷へ、兄が顔を見せましたときは、そのことのみにても結構でございますゆえ、ぜひぜひ、お知らせ下さいますよう、御願い申しあげます」

と、お幸は、徳山五兵衛へあてた手紙に書きのべている。

これは、いったい、どのようなことなのか……。

いずれにせよ、人を三人、斬って殪《たお》したその夜に、佐和口は急ぎ大坂を、

「脱出した……」

ことになる。

それは、つまり、

「危急がせまっていた……」

ことになるのではないか。

佐和口はお幸に、剣客なるがゆえの決闘で、人を殺めたといったようだ。すくなくとも、そのように受けとれる。単なる果し合いではなかったのであろう。

五兵衛は、小沼治作をよび寄せ、お幸からの手紙を見せ、

「いかが、おもう?」

「私めが、大坂へまいって、様子を見てまいりましょうか?」

「いや、お幸どのに尋ねたとて、何もわかるまいが……」

「それは……」

「いずれ、佐和口忠蔵殿は、江戸へまいられるのではないか、どうじゃ?」

「はい。私も、さようにおもいまする」

小沼がこたえた、その瞬間であった。

「あ、そうじゃ。忘れていたぞ」

突然、五兵衛が叫ぶようにいった。

「いかがなされまいた?」

「忘れていたというより、いままで、気づかなんだ。小沼、ゆるせ」

と、五兵衛が若党の小沼治作へ軽く頭を下げたものだから、小沼がおどろいたのも当然であった。

連想というものは、まことに、ふしぎなものである。

現代の或る力士が、土俵へあがって塩をまいたとたんに、小学生のころの女教師の顔をおもい出したそうな。

「おかしなものですねえ。その女の先生には、特別に可愛がられたわけでもないし、卒業してからも、一度だっておもい出したことがないのです。それが、いざ、これから星を争う土俵の上で相手にぶつかろうというときに、ひょいとおもい出した。これはいったい、どういうことなんでしょうか？」

と、筆者に尋いたことがある。

これはもう、理屈ではないのだ。人間の感能のはたらきと潜在意識の奇妙さにおどろくよりほかはない。筆者のように小説を書く仕事をしているものにとって、この連想のはたらきが消えたなら、万事休すなのだ。

このときの徳山五兵衛が、佐和口忠蔵の安否を気づかっているうちに、はっとおもいあたったことは、

（徳山家と、このおれのために、わが腹へ刀を突き立てたほどの男を、何故、いままで若党の身分のままに打ち捨てておいたのか……）

このことであった。

すぐさま、五兵衛は用人の柴田宗兵衛をまねき、

「小沼治作を中小姓にしたい。どうじゃ?」

こういうと、宗兵衛も、

「まことにもって、私としたことが迂闊《うかつ》なことでございました」

顔を赤らめたものである。

若党は、侍の最下級であるが、侍だともいい切れぬところがある。だが中小姓ともなれば、常に主人の側にあって用をつとめ、事あるときは主人の左右を警備せねばならぬ。

これならば、間ちがいもなく一個の〔侍〕である。

小沼治作は、

「このままにて、結構でございます。いえ、このままのほうがよろしいのでございます」

本心から辞退をしたが、五兵衛も宗兵衛も、これをゆるさなかった。

「さて、このつぎは、小沼に嫁をもろうてやらねばならぬな」

と、徳山五兵衛がいった。

すでに、三十をこえている小沼治作なのだ。

「どうじゃ、小沼。わが屋敷の女どもの中に、気に入ったのがおるか?」

小沼は、ほろ苦く笑い、

「女など、面倒なことで……」

「何と……では、一生、妻をもらわぬつもりか？」

「はい」

「面倒か、それも……？」

「はい」

「これ、小沼。おれも、その面倒なものを、近いうちにもらうのだぞ」

「さようで……」

「さほどに、女とは面倒なものなのか？」

「そのようにおもわれまする」

と、小沼治作のこたえは、明快をきわめたものであった。

日いちにちと、徳山五兵衛の婚礼のときがせまりつつあったが、佐和口忠蔵は、いっかな江戸へ姿をあらわさなかった。

八

藤枝勢以との婚礼の日が近づくにつれて、徳山五兵衛も、何となしに落ちつかなくなってきた。

五兵衛は、お梶と別れてより今日まで、五年にわたる歳月を、まったく女体にふれずにすごしてきた。

お梶によって、五兵衛の性本能は、充分すぎるほどに目ざめ、女体に対する男の躰《からだ》のはたらきを完全に自覚した。

しかも、五兵衛は若い。

旗本の家の当主となった窮屈さに、よくぞ耐えられたものだが、

「いや、いまにしておもえば、若いころのほうが、何事にも耐えられ、慣れることができた。むしろ、三十をすぎてからのほうが、味気もなき明け暮れにたまりかね、何度、屋敷を逃げ出そうとしたことか……」

そのころには、用人・柴田宗兵衛も亡くなっていたことだし、事実、五兵衛は、

「何も彼も打ち捨てて……」

出奔の事を想い、血をさわがせ、ひそかに、その準備をしかけたこともあるのだ。

それはさておき……。

新妻となる藤枝勢以について、五兵衛が、さまざまな期待を抱いたのもむりはなかったろう。

きくところによると、勢以は薙刀《なぎなた》と小太刀をよくつかい、さらには大身旗本の息女として、

「何一つ、欠くるところがない……」

教養を身につけているそうな。

藤枝家では、

「徳山には、すぎたるもの……」

と、勢以を自慢にしているし、柴田宗兵衛なども、口にこそ出さぬが、やはり、そうおも

っているらしい。

しかも、この結婚によって五兵衛が、岳父・藤枝若狭守の引き立てを受け、御役に就くことへの期待があれば、尚更《なおさら》であったろう。

柴田宗兵衛は婚礼をひかえて、日々、多忙をきわめた。

時節柄、簡素な婚礼にしようとしても、そこは身分ある武家の婚礼であるから、しかるべき筋道を通らねばならぬ。

結納の事がすみ、婚礼の当日がせまるにつれて、柴田宗兵衛のよろこびも高まり、同時に激しい疲労が老体を蝕《むしば》みつつあったのだ。

肉体の疲労のみではない。

（何事にも、ぬかりのないように……）

と、神経をくばるので、夜も、よく眠れぬ。

その所労が宗兵衛の顔にも躰にもあらわれはじめたが、それでいて表情は明るい。よろこびがみなぎっているのであった。

徳山五兵衛は、老女の千に、

「宗兵衛が、ひどく疲れておるそうな。まことなのか？」

「いえ、大丈夫でございます」

「なれど、何やら痩《や》せおとろえてまいったような……？」

「大丈夫でございます」

このごろの千は、ともすれば、いわゆる切口上になる。

五兵衛の婚礼が近づくにつれ、千の顔からは笑いが消えた。

侍女たちは蔭《かげ》で、五兵衛の婚礼を千が嫉妬《しっと》しているような……などと、ささやきかわしている。

侍女たちの目にも、そのように映るのだから、五兵衛が見ても、千の変貌ぶりはあきらかであった。

そして五兵衛は五兵衛なりに、千の不機嫌の理由が、

(のみこめぬものでもない……)

のである。

これは理屈ではない。五兵衛と千のみが知る感覚なのだ。

五兵衛も、ちかごろの千の態度が目にあまるのだが、だからといって叱りつけることはできぬ。

「その口のききようは何事じゃ!!」

と、たしなめることすら、何やら、はばかられるようなおもいがする。

別に、千に対して悪いまねをしたわけでもなく、咎《とが》められる事もなく、疚《やま》しい事情もないのだが、しかし、切口上で物をいいつつ、こちらを穴のあくほどに凝視している千の、四十三歳の女の情念が白く光る両眼を、五兵衛は見返すこともならぬ。

(ああ……間もなく、妻と共に、この屋敷で暮すようになるのだが、この老女めは、いつま

でも、このような目つきで、おれを見るのであろうか……）

そうおもうと、千が疎ましくなってきた。

夏がすぎようとするころ、大坂のお幸から、

「兄から、そちらへ便りなぞ、ございましたでしょうか？」

問い合せがあった。

五兵衛は返書をしたため、

「自分も、あれ以来、佐和口忠蔵殿の身を案じつづけているが、徳山家の当主となってより、わが身一つがおもうままにならず、佐和口殿の行方を探すこともできぬのが残念……」

と、いい送り、さらに、

「京の、尾張屋源右衛門殿へ、おもいきって事情《わけ》を打ち明けたならいかがであろう。尾張屋殿は俠気《おとこぎ》のある立派な人《じん》ゆえ、かならずや、ちからになってくれることと存ずる」

書き添えたのである。

自分から尾張屋源右衛門へ手紙を書いてもよかったのだが、事が事だし、佐和口兄妹の身にも関《かか》わることなので、

（迂闊なまねはできぬ）

五兵衛は、そうおもった。

しばらくして、お幸から、また、手紙がとどいた。

「徳山様のお言葉に従い、京の尾張屋さまへまいり、わけを語りましたところ、源右衛門さ

まも、たいそうおどろかれ……」

　そのとき、尾張屋源右衛門は、お幸にこういったそうな。

「このことは、長崎屋さんも御存知のことでしょうかな……?」

「いえ、主人《あるじ》には申しておりませぬ。兄が、ひそかに大坂を発ちましたとき、かたく、口どめをされておりましたゆえ……」

　源右衛門は、ややしばらく、沈思していたが、

「ふうむ……なるほど。ようわかりました。この上も、長崎屋さんの耳へは入れぬほうがよろしい」

　そして、源右衛門は、ちからのこもった声で、

「すこしも心配はいりませぬ。およばずながら私も、手をつくしてみましょうゆえ。それに、忠蔵さまは、あれほどのお人ゆえ、めったに、人の手にかかるようなこともありますまい」

　お幸は尾張屋源右衛門に会って、非常に元気づけられたらしい。

　源右衛門は、

「江戸の徳山様へ、お手紙でも差しあげる折には、私も息災ゆえ、他事ながら御安心を、と、おつたえ下さい」

　と、いったそうな。

（それならば何故、直《じ》かに手紙をくれぬのだ。あれほど、おれが手紙をとどけたのに、源右衛門殿は返事もくれなんだ……）

けれども、尾張屋源右衛門は、決して五兵衛のことを忘れてはいなかったことが、これでわかった。

五兵衛は、源右衛門への不満を忘れることにした。

婚礼の日も、いよいよ近づき、五兵衛の胸は躍った。

躍らざるを得ない。五兵衛も若い男なのである。

しかも五年の間、禁欲をつづけ、屋敷の侍女へも手をつけなかったのだから、

(勢以どのの乳房は、どのようにふくらんでいるのであろうか……?)

深夜、お梶がくれた秘図の絵巻を見ては、あれこれと想察をたくましゅうするのもむりはない。

ともあれ、藤枝勢以は処女《むすめ》である。

とてもとても、お梶のようにはまいらぬ。

処女というなら、むかし、自分が文庫蔵の中で、不充分ながらまじわりをした十七歳の侍女・鶴《つる》のようなものだ。

あのときは五兵衛、十四歳の少年であった。

いまは、ただ、鶴の苦痛に堪えた顔と、南天の実のように愛らしい乳首のみが印象に残っているのみであった。

九

正徳三年の九月一日が来た。

徳山五兵衛秀栄《ひでいえ》（二十四歳）と、藤枝若狭守の次女・勢以（十九歳）の婚礼の当日である。

さいわいに、秋晴れの日和で、めでたく婚儀は終った。

その模様を書きのべるまでもあるまい。

男にとって、婚礼の様式なぞは、

「どうでもよい」

ことなのである。

白無垢《しろむく》の花嫁衣裳《いしょう》を身にまとった勢以の横顔を、五兵衛は盗み見て、

（うむ。やはり、これならばよい……）

あらためて、満足をおぼえた。

四年前に、勢以との婚約がととのった折に、五兵衛は、少女のころの勢以を見たことがある。

それがいま、しばらく見ぬ間にすくすくと成長をした勢以の横顔の、いささか隆《たか》い鼻すじと、背丈の高いのが、

（何とはなしに、取りつきにくい……）

感じもせぬではないが、まずもって人並以上の美女といってよい。

かくて、五兵衛待望の、

「初夜の床入り」

となった。

その世話を、新妻に附いて徳山屋敷へ来た二人の侍女と共に、老女の千がおこなったわけだが、無表情のまま、白く光る眼を自分と新妻へ投げかけてくる千には、五兵衛も閉口をした。

やがて、二人きりになる。

淡い灯影《ほかげ》の中で、五兵衛は、いよいよ一儀におよぶことになった。

処女《むすめ》に対しては、乱暴な振舞いに出ることをつつしまねばならぬとわきまえていた徳山五兵衛であるが、何さま、京都以来、女体に一指もふれていない若い男の躰が、どのように燃えさかっていたか……それはいうまでもなかろう。

実は、これまでにも、何度か、屋敷の侍女の内の一人を、

（わしの物にさせてくれてもよいではないか……）

と、きびしい老女・千の監視を怨んだこともあったのだ。

五兵衛が勢以の躰へ、手指を触れると、勢以が微《かす》かにふるえている。

（もっともなことだ……）

と、おもい、やさしく抱き寄せ、

「安らかになされ。ちからを抜き、楽になさるがよい」

五兵衛は勢以の耳もとへささやいたが、その声もまた、ふるえている。

薄化粧の香りがただよい、勢以の呼吸がせわしげになりつつある。

たまりかねた五兵衛が、勢以の唇《くち》を吸おうとした。

勢以は顔を振って、これを拒む。

(ふむ……はずかしいのであろう……)

と、おもい、耳朶《みみたぶ》へ唇をつけながら、五兵衛は右手を伸ばし、努めてしずかに、勢以の寝衣の胸もとへすべりこませた。

「あ……」

わずかに声を発し、踠《もが》いたが、今度は、五兵衛の為《な》すがままにまかせた。

(や……?)

五兵衛は、意外におもった。

意外に、乳房が薄い。

男のそれよりも、わずかな膨らみをもっているにすぎない。

(こ、これほどに薄かったのか……)

である。

(衣裳の上からでは、わからぬものよ)

ま、仕方もあるまい。

五兵衛は、新妻の薄い乳房をまさぐりつつ、その手をさらに伸ばした。

勢以が懸命に、自分の喘《あえ》ぎを洩らすまいとしている。このため、新妻の鼻息が荒くなった。勢以の肌身……その胸のあたりは、薙刀と小太刀の修行をしたというだけあって、固い弾力を秘め、引きしまっている。

お梶のように、やわらかな肌身を期待していた五兵衛は、やや興醒《きょうざ》めのおもいがした。

体温も女にしては温かすぎるし、肌の手ざわりが、なめらかではあっても、それは何か、獣《けもの》の鞣革《なめしがわ》のように強靭《きょうじん》な感触なのだ。

(ああ……女というものの躰は、衣裳の上からでは、まったくわからぬものだ……)

と、五兵衛は慨嘆をしたが、女から見れば、やはり同じことをいうであろう。

(ええ、ままよ……)

であった。

上半身とはちがい、腰から下肢のあたりには、十九歳の処女のふくらみが感じられたので、五兵衛は、もう、たまりかね、

「勢以どの……勢以どの……」

それでも精一杯、あまやかにささやきつつ、新妻の裸身を、くまなく確かめるべく、手をうごかしはじめた。

「な、なりませぬ」

と、勢以がいった。

「せ、勢以どの……」

「いけませぬ」

「か、かまわぬではござらぬか……」

「なりませぬ。あ……あっ、な、何をなされます」

低いが、勢以の声には怒りがこもっている。

五兵衛は、気勢を殺《そ》がれた。

（何をする……きまっているではないか。この女は、おれを何とおもっているのだ。新枕《にいまくら》の心得もないのか、勢以どのは……）

かまうものかとばかり、五兵衛が勇気をふるい起し、手荒くせまると、

「ちゃ、着衣の……」

と、勢以が身を硬直させ、五兵衛の手を押えつけて、何やらいった。

「着衣……？」

「着衣のままで……着衣のままで、なされませ」

叱りつけるように、勢以がいったのである。

勢以は、初夜の緊張に四肢を強張《こわば》らせているけれども、その声は、故意な恥じらいから発したものではない。

妻となったからには、仕方もなく、

「事をおこなう……」

ゆえに、裸身を見せるなどとは、もってのほかであると、勢以はおもっているらしい。

五兵衛とて、何も初夜のうちから新妻の寝衣を剝《は》ぎ取るつもりはなかったが、勢以の反応の冷やかさと味気なさに怒りを発し、手荒な振舞いに出ようとしたのだ。

つまり、勢以は、着衣のままで、寝衣を解かぬままで、事をおこなうべしと、五兵衛にいっているのだ。

この新妻は、男女のまじわりを、

「みにくいもの……」

と、おもっているにちがいない。事実、そうであった。しかし、夫婦となった上からは、

(仕方もなく、これを為さねばならぬ……)

と、おもいきわめている。

口唇を吸おうとすれば、きびしく顔をそむけ、

「なりませぬ」

である。

乳首を口に含まんとすれば、

「何をなされます」

である。

五兵衛は、幻滅の衝撃に心身も萎《な》えかけたが、

(おのれ。負けてなろうか……)

そこは五兵衛、何といっても若かった。

辛うじて、用の足りる部分だけを開くことに同意した花嫁と、索漠たる契りをむすぶことを得たのである。

(ああ、何たることだ……)

翌朝になって、砂を嚙《か》んでいるような顔つきで居間へあらわれた徳山五兵衛を見て、老女の千が、にんまりと笑ったのを、五兵衛は見逃さなかった。

「ほれ、ごらんなされませ」

とでも、いいたげな、千の笑いであった。

(いまに、見ておれ!!)

五兵衛は、あきらめるには、まだ、早いとおもった。

お梶が、

「権さま。女という生きものは、何事も男しだい。男の手によって、どのようにも変ります る」

そういった言葉を、あらためて五兵衛はおもい起した。

(知らぬからだ。勢以どのは、まだ、男女のまじわりが、どのようにたのしきものであるかを知らぬのだ。ま、むりもあるまい。おれも、いささか粗放であった。勢以どのとお梶どのとは、まったくちがうし……また、勢以どのと鶴ともちがう)

侍女の鶴を、文庫蔵で手ごめにしたとき、五兵衛の荒々しい振舞いに、鶴はおどろきもし、身を踠きもしたが、そこにはやはり、乙女の恥じらいと、少年だった五兵衛への好意が感じられた。

勢以は、四千石の大身《たいしん》旗本・藤枝家の息女である。

お梶や鶴とは、ちがっていて当然であろう。

（よし、よし。おれの手で、すこしずつ、勢以どのを真《まこと》の女性《にょしょう》にしてつかわそう）

昨夜の感触からいうと、あまり魅力もない勢以の女体であったが、

「男を知った女の肌身は、見ちがえるほど、美しゅうなるものでござります」

と、お梶が洩らしていたではないか。

十

ともかくも、徳山五兵衛は手を替え、品を替えて、勢以を、

（女にしよう……）

と、ちからをつくした。

名実共に、

（おれの女に……）

しようと、はたらきかけた。

だが、二千二百四十石の旗本屋敷というものは、まことに不便なものであって、二間《ふたま》か三間の新婚の世帯《しょたい》で、夫婦が気がねもなく二人きりで食事をしたり、寝起きをしたりするのとは、まったくちがう。

新妻が台所へ出て、新夫の好きなものを料理することもない。

千五百坪の屋敷をかまえ、侍女や小者《こもの》をふくめると五十人近い奉公人を抱えており、屋敷内も〔表〕と〔奥〕に別れていて、殿様の夫人ともなれば〔奥〕の居住区で、老女や侍女に囲まれて暮すわけだから、寝所を共にすることも、おもうままというわけにはまいらぬ。

もっとも、新妻が、

「それをのぞむ……」

とあれば、はなしは別のことであるが、勢以は、男女のまじわりについて、まったく興味をしめさぬ。

寝所を共にするのは、あくまでも、

「仕方なしに……」

であった。

一度、五兵衛は、わが腕を勢以の臀部《いしき》の下へ差し入れたが、このとき勢以は夫の躰を突き退《の》け、

「猥《みだ》りがましきことをなされますな!!」

叱りつけて、はったと五兵衛を睨《にら》み据えたものである。

わが妻の臀部《でんぶ》を愛撫《あいぶ》することが、

(何が、猥りがましいのか!!)

五兵衛は、もう、呆《あき》れ果ててしまった。

(ああ……とんでもない女を、妻にしてしまったものだ)

悔んだが、追いつくものではない。

大身旗本の家の結婚には、よほどの理由がないと、離縁は成立せぬ。

日夜、徳山五兵衛の脳裡《のうり》に去来するのは、

「京で見た夢……」

であった。

自分《おのれ》の腕の中で、恍惚《こうこつ》と両眼を閉じ、喘ぎを高めて行くときの、お梶……。

また、あられもなく口走った言葉の数々。その声……。

五兵衛の肌身を、それこそ、隈なくまさぐりつづけたお梶の口唇、その感触……。

こうしたことを、勢以に要求したら、この新妻はどのような顔をするであろうか。おもうだに寒気がする。

(ああ……京へ行きたい。お梶どのに、一目会いたい)

うす汗にしめった、あの豊熟の肌身の甘やかな匂いにおぼれ、絶頂を極めた夜のことが、くり返し、くり返し脳裡に浮かんでくる。

そして、また、新しい年が来た。

正徳四年である。

徳山五兵衛は、二十五歳になった。

ところで……。

この年の春も過ぎようとするころになると、徳山屋敷における勢以の評判は非常によくなってきた。

嫁入った当初、自分に附き添ってきた実家《さと》の侍女二名を、勢以は間もなく帰してしまった。

これが先《ま》ず、徳山家の侍女たちの好感をよんだ。大身の家のむすめが嫁ぐとき、実家方の侍女が何人も附きそって来るのは常例であり、当然である。

「なかなかに、できぬことじゃ」

老女の千も、このときは、甚《いた》く感服をしていたそうな。

生身の肌と肌を寄せ合わずに、男女双方の肉体の、あらゆる器官と機能をはたらかせることもなく、

（かたちのみの、まじわりをするなど、それこそまさに獣同然ではないか……）

嘆く五兵衛の、閨房《けいぼう》の大欠点以外の勢以は、旗本夫人として、ほとんど完璧《かんぺき》といってよい。

実家の藤枝家では、老女の橋尾というのが、勢以の幼時からの教育に当ったそうだが、勢以の一文字に引き結んだ唇から発せられる一言一言は、

「わが家の古狸《ふるだぬき》……」

などと、蔭で五兵衛が苦笑をしている、老女の千までも屈服させてしまった。

千も蔭へまわっては、

「ああ、殿さまは、とんでもないものをおもらいあそばした……」

などと、悪口を洩らしていたそうだが、それもぴたりと熄《や》んだ。

この年の二月に、千が風邪を拗《こじ》らせ、高熱を発した折、勢以はみずから千の枕頭《ちんとう》に附きそい、夜も眠らずに甲斐甲斐《かいがい》しく看病に当ったものである。

「ふうむ……」

と、医者の遊佐良仙が感動してしまい、徳山五兵衛の居間へやって来て、勢以をほめそやした。

五兵衛は、憮然《ぶぜん》となった。

閨房が、いかに味気なくとも「わが家の古狸……」の存在をみとめているからこそ、奥方みずから夜を徹して看病に当ってくれた。しかも一夜や二夜ではないのだ。

これは五兵衛も、

(みとめぬわけにはまいらぬ……)

ことであった。

だれよりも感動したのは、当の千であって、病気が癒《なお》ってからは一も二もなく、勢以の〔ふところ刀〕になってしまった。

五兵衛は、折あらば、若い侍女に手をつけて、これを側妾《そくしょう》とすることを考えていた。旗本屋敷には、すこしもめずらしいことではなく、夫人公認のもとに、同じ屋敷へ置くことができるのだ。

しかし、老女の千が、今度は以前と違った意味で目を光らせはじめた。勢以という正夫人に忠義をつくしはじめたのである。もっとも、その裏側にはたらいている心理もないではなかったろうが……。

夏がすぎようとするころに、勢以の懐妊が確実のものとなった。

五兵衛は、茫然とした。

(あのような、まるで砂を噛むがごとき呆気《あっけ》もないまじわりによって、子を身ごもるものなのか……ああ、何たることだ、女という生き物は……)

慨嘆したけれども、我子が生まれるという一事については、

(うれしくないこともない……)

のである。

用人・柴田宗兵衛が病床につくようになったのは、そのころからだ。

本所見廻り方

一

用人・柴田宗兵衛が徳山家のために、どのようなはたらきをしたか、それは今更、のべるまでもあるまい。

それが、用人としての役目であるとはいえ、

「御家の跡目をお継ぎなさるのは、権十郎様をおいて、他《ほか》にはなし!!」

と、おもいきわめ、亡き先代の徳山重俊に対し、

「あるときは巧妙に綾《あや》なし、あるときは一命をかけ、手強《てごわ》く手向って……」

ついに、おのれがおもうところをつらぬくまでには、宗兵衛も、

「苦心のかぎりをつくした……」

といってよい。

その苦労が実って、権十郎は〔徳山五兵衛秀栄《ひでいえ》〕となり、めでたく家督をし、さらに宗兵衛にいわせれば、

「この上もない良縁……」

を得て、藤枝若狭守の女《むすめ》・勢以を妻に迎えることができた。

(この上は、殿様が、御公儀の御役目に就くまで、何ともして生きていたいものじゃ)

そうおもわぬではなかったけれども、宗兵衛はこの年、七十二歳。すでに、

「人生七十、古来稀《まれ》なり」

といわれた古稀《こき》をすぎている。

(先《ま》ず、よかった……)

長年の心労から解放されたことも事実であった。

まだ、躰《からだ》がおとろえていないうちなら、心労の消えたことによって健康を回復するわけでもあろうが、人間の躰というものは、老年に達すると、たとえば一つのよろこびを得たとき

も、その昂奮《こうふん》が躰を傷《いた》め、損ねる場合もあるのだ。

この年の梅雨に入るころから、柴田宗兵衛は、

「今日は、やすませていただこうか……」

こういって、代りに養子の勝四郎を用部屋へおもむかせ、自分は寝床へ身を横たえたまま、ぼんやりと雨の音を聴いていることが多くなった。

勝四郎も、妻のお初《はつ》との間に、長男・平太郎をもうけてい、宗兵衛にとっては初孫《ういまご》の平太郎は、六歳になっている。

柴田勝四郎は、万事に養父・宗兵衛の仕様をまもり、遺憾がない。

梅雨が明けるころになって、柴田宗兵衛は、ついに、

「隠居をいたしたく……」

徳山五兵衛へ申し出た。

「よいとも」

即座に五兵衛は、これをゆるした。

長年にわたっての、この用人の忠勤と自分へかけてくれた愛の大きさ深さを、五兵衛は終生忘れることがなかった。

それだけに、

（宗兵衛も、さぞ、疲れたことであろう）

おもいやったのである。

いまのうちに隠居させ、跡を継がせた柴田勝四郎の後見をしてもらったほうが、宗兵衛の健康にもよいと考えた。

（そして、いつまでも、長生きをしてもらわなくてはならぬ……）

そうおもったのである。

なればこそ、こころよく宗兵衛の隠居願いをゆるした。

ここに勝四郎は、養父の跡をおそい、その名も、

「柴田宗兵衛」

と名乗るようになるわけだが、煩雑を避けるため、これまでどおりの二人の名をもって、はなしをすすめたいとおもう。

勝四郎は、

「まだ、私が御当家の用人となるは、早うございます」

しきりに辞退をしたが、宗兵衛はゆるさなかった。

「お前は、これまでに、わしがしてまいったことを、わしの側にいて、よくよく、その目にたしかめたはずじゃ、ちがうか？」

「いえ、それはまさに……」

「なれば、用人の役目がいかなるものか、もはや、腑《ふ》に落ちていよう」

「はあ……」

「もっとも、一口に用人というても、それぞれの家によって、為《な》すところは自《おの》ずからちがう。

御当家の用人として為すべきことは、ようわかっているはずじゃ」

「父上が身命を賭《と》してのおはたらき、勝四郎、ようわきまえております」

と、ここまで勝四郎はのみこんでいるのである。

「うむ……うむ……」

何度もうなずきつつ、柴田宗兵衛は満足げな微笑を浮かべたが、急に、その顔色をきびしく引きしめて、こういい出たものである。

「わしはな、勝四郎。何も嫌々ながら、忠勤をはげんでまいったのではないぞ。わかるか？」

「は……」

勝四郎は顔を伏せて、ややしばらくの間、沈思していたが、

「父上は、御幼少のころより今日にいたるまでの殿様が、お好きだったのでございましょう」

にっこりと、笑って見せた。

このこたえは、宗兵衛の満足を層倍のものにしたようだ。

「お前は、どうじゃ？」

「父上と同様でございます」

「さもあろうと、おもうていたわい。わしはな、殿様が好きなればこそ、これまで、懸命に御奉公をいたしてまいった。嫌いな主人《あるじ》のためにしてまいったのではない」

「はい」

「真《まこと》の忠義とは、このことじゃ。よう、おぼえておけ」

「はい」

「自分《おのれ》が気にそまぬ主人に仕えるほどなれば、むしろ、退身をし、浪々の身となったほうがよい。これが侍と申すものじゃ。男と申すものじゃ」

「うけたまわりましてございます」

「なれば、よ……」

「は……?」

「これより先、もしも、お前が、殿様を嫌うようになり、ああ、この主人の下《もと》で奉公をするのは生きる甲斐《かい》もないとおもうたなら、たちどころに、殿様も、御当家も見捨ててよいぞ」

「は……」

「殿様も人の子じゃ。これより先、どのように変るか知れたものではない。もしも、悪うなられたら見捨ててしまえ。そして、妻子をつれ、この屋敷を出るがよい。また、お前のほうが悪用人《わる》に変ったとしたら、殿様のほうでお前を見捨てるにちがいない」

「いかさま……」

「心と心が通い合わぬ主従なぞは、あって無きに等しいのじゃ。そのような主人と家来なれば、世の中に、害毒をもたらすだけのことよ。わかっていような」

　このとき、柴田宗兵衛は、

「笑うなよ、勝四郎……」

そういって、手文庫の中から、何やら袱紗《ふくさ》に包んだものを出し、勝四郎の前へ置き、

「開けて見よ」

「何でございましょう?」

「よいから、開けて見よ」

勝四郎が袱紗をひらいて見ると、中から百五十両の小判があらわれたではないか。

「こ、これは……?」

「わしの、ふところ金《がね》じゃ。お前に、つかわそう」

「いえ、とんでもないことで……」

「遠慮するな。それだけあれば十年や十五年は、細ぼそながら暮して行けよう。いざ、何かの折に、お前が決心をして、御当家を出て行くようなことがあったときには、いささかの役に立つであろうよ」

「ち、父上……」

「わしは、いつも、その覚悟で御奉公をしてまいった」

それにしても、一用人が、これだけの金を貯《た》めたというのは、容易なことではない。

柴田宗兵衛は、

「これ、勝四郎。その金は、不浄の金ではない。わしがこれでも苦労をして蓄えた金じゃ。一両を二両、二両を三両というように増やしてまいったのだが、どのように増やしたかとい

うことを語ってもはじまるまい」

苦笑を洩らしつつ、

「男というものは、金のちからを軽《かろ》く看てはならぬぞ」

「はい」

「そしてまた、金のちからに振り廻されてもならぬ」

「はい」

「さ、しまっておけ。まことにもって、ささやかなものじゃ。気が向いたなら、女遊びにつかってもよいのだぞ。うふ、ふふ……」

二

夏も終ろうとするころになって、柴田宗兵衛は、

「疲れた……疲れきってしもうたわい」

と、いい、臥床《ふしど》から離れようとはしなくなった。

徳山家の主治医・遊佐良仙は、

「なに、涼しゅうなれば、元気も出てまいろうよ」

そういっていたし、終日、寝ているとはいえ、耳も口も以前の宗兵衛とはすこしも変らぬ。

勢以の懐妊を知ったとき、柴田宗兵衛は、

「どれ、殿様へ御祝いを申しあげてまいろう」

と、いい出し、勝四郎の妻が危ぶむのへ、

「案ずるな。仕度をしてくれい」

衣服をととのえ、用人長屋を一人で出て行った。

居間へあらわれた宗兵衛を見て、徳山五兵衛は、

「宗兵衛、大事ないのか……?」

おどろきもしたが、それよりも、いくぶん痩《や》せおとろえたとはいえ、うれしげに祝いをのべる柴田宗兵衛の声音にも張りがあったし、

(む、これなら大丈夫じゃ)

むしろ、安堵《あんど》のおもいのほうが大きかったといえよう。

「生まれる子が、男だとよいのだが……」

五兵衛がそういうと、

「何の……」

宗兵衛は、かぶりを振って、

「これよりは、幾人《いくたり》もお生まれあそばしまする」

こたえたものである。

「ふむ……」

五兵衛は憮然となった。

なるほど、幾人もの子があってよいわけだが、子をもうけるためには、自分と勢以とが、

（為すべきことを為さねばならぬ……）

のであって、そこへおもいがおよぶとき、どうしても五兵衛は、索漠としたおもいにとらわれてしまう。

「いかがなされまいた？」

「いや、なに……それよりも宗兵衛。今日は、その元気な姿を見て、うれしいぞ」

「さようでございますか、私めも、うれしゅうございます」

めっきりと皺《しわ》の深くなった宗兵衛の老顔には、あざやかな血の色が浮いており、両眼は、童《わらべ》のごとく無心にかがやいていた。

この日の柴田宗兵衛の相好《そうごう》は、

（まるで、別人のように……）

五兵衛には見えた。

それは、まぎれもなく、七十をこえた老人の顔でありながら、無邪気な表情をたたえ、いかにもたのしげに語る態《さま》は、それこそ七つ八つの子供のようにおもわれたのである。

父・宗兵衛があらわれたと聞き、老女の千も、用部屋にいた柴田勝四郎もやって来て、

「父上。むりをなされてはいけませぬ」

「さ、早う、お下りなされ」

心配のあまり、宗兵衛を抱きかかえ、しきりに退出させようとした。

「よいわ。向うへ行っておれ」

宗兵衛は、甘えて駄々をこねるように逆らった。

五兵衛にしても、

（あまり長く引きとめては、せっかく元気になった宗兵衛の老体に、さしさわりを生ずるやも知れぬ）

気づかうあまり、千と勝四郎をとどめようとはしなかった。

二人に手をとられ、居間を出て行く宗兵衛へ、

「また、まいってくれよ」

と、五兵衛がやさしく声をかけた。

「はい、明日にも、まいりまする」

「おお、そうしてくれ」

「では、これにて……」

両手をつかえ、自分を見あげたときの宗兵衛の目の色を、五兵衛は生涯、忘れ得なかった。

「人の目《まなこ》とはおもわれなんだ」

と、五兵衛は後に語っている。

「人という生きものからはなれ、はるか彼方《かなた》の、見も知らぬところに棲《す》む神仙のような、宗兵衛の目の光りであった。いまにしておもえば、その宗兵衛の目の色に、すべてがふくまれていたような気がする。すべてとは何かと申すのか？……さようさ、それは、おれと宗兵衛との二十何年におよぶ関《かか》わり合いのいっさいが、あのときの宗兵衛の目の色に看てとれたと、

そう申すよりほかに申しようもない」

この日の後刻、柴田宗兵衛が出仕したことを耳にした勢以は、老女の千をともない、みずから用人長屋へ宗兵衛を見舞った。

異例のことではある。

二千何百石の旗本ともなれば、その屋敷内も〔表〕と〔奥〕に厳然とわかれてい、夫人が家来の長屋へ見舞いにあらわれるなどということは、かってないことだ。

それだけに、千の感動は大きく、激しかった。

(この奥様のためならば、この千のいのちをかけて御奉公をしよう)

と、千は決心をした。

これは、徳山五兵衛にとって、

「はなはだ、迷惑……」

のことになるのだ。

千は、勢以の側近として、五兵衛が若い侍女に目をつけたり、手をつけようとすることに対し、きびしく、これを監視するようになってしまう。

五兵衛を監視するというよりも、奥向きの一切に目を光らせている千のきびしさに、侍女たちのほうがふるえあがってしまうのだから、どうしようもない。

もっとも、その他の事については、千も侍女たちをやさしくいたわる。なればこそ一層、侍女たちは、

（殿様のお手がつくようなことになっては大変……）

だと気を配るようになってしまう。

ところで……。

徳山五兵衛にしても、慣例などにこだわらず、妻の勢以が用人長屋へおもむき、柴田宗兵衛を見舞ってくれたことについては、

（ふうむ……あの勢以が、このように……）

悪い気もちはしなかった。

いや、うれしくないことはなかったのである。

同時に、侍女のみか、他の家来たちも、このことを聞いて感動をした。

小沼治作なども、

「なかなかに、お出来にならぬことだ」

いたく、感激の体《てい》であったという。

勢以の実父・藤枝若狭守方教《まさのり》が、勢以の懐妊のことをよろこび、

「久しぶりにて、聟《むこ》殿の顔が見たい」

と、いい、五兵衛を芝・愛宕《あたご》下の屋敷へ招いたのは、秋晴れの或日のことである。

徳山五兵衛は、この日の八ツ（午後二時）ごろに自邸を出て、岳父の屋敷へ向った。

三

藤枝若狭守夫妻は、上機嫌で徳山五兵衛を迎えた。

先ず、奥庭をのぞむ書院へ通され、語り合ううち、

（はて……？）

五兵衛は、何やら、胸さわぎをおぼえはじめた。

淡い夕闇が奥庭にただよい、別の間では酒宴の仕度がととのえられたようだ。

「いかがなされた？」

ぼんやりと庭の泉水のあたりへ視線を投げていた五兵衛へ、若狭守が声をかけたので、五兵衛は我に返った。

「気色がわるいようじゃが……」

「いえ、そのようなことはありませぬ」

「さようか……」

「御無礼をいたしました」

「いや、なに……」

別に躰のぐあいが悪いこともない。

ないのだが、急に、胸のあたりが重苦しくなってきて、気が滅入《めい》ってくるのである。

何故、そうなったのか、五兵衛にはわからなかった。

そのときのことをおもい起し、のちになって五兵衛が、

「強いて申すならば、急に……まったく急に、わが屋敷へ帰りたくなってきたとでも申すよ

りほかに、いいようがない。妙な……何ともいえぬ妙な気分になって、一時も早く帰りたくなってきたのだ」

別の間で酒宴になってからも、五兵衛は落ちつかなかった。

しかし、岳父の前で二度と失態を見せてはならぬと気を引きしめたので、藤枝若狭守も気づかなかったらしい。

やがて、五兵衛は藤枝屋敷を辞去した。

供の者は、用人・柴田勝四郎、小沼治作のほか、小者《こもの》をふくめて六名であったが、五兵衛は藤枝屋敷を出るや、

「急げ」

足を速めた。

家来たちも、五兵衛が何で急ぐのか、さっぱりわからぬ。

本所の屋敷へ着いて、先ず、小沼治作が先行し、五兵衛の帰邸を告げた。

表門が開き、邸内へ足を踏み入れたとき、五兵衛は異常を感じた。

これは勝四郎も小沼も、同様だったにちがいない。

勢以が、老女の千と共に玄関の式台へあらわれ、五兵衛を出迎えた。これも異例の事といわねばなるまい。

事情は、たちまちに判明した。

柴田宗兵衛が、夕暮れに息を引き取ったのである。

「何故、知らせをよこさなんだか!!」

と、五兵衛が叫んだ。

実は五兵衛のみか、勢以も、いま、これを知ったのだそうな。

柴田宗兵衛は息絶える少し前に、勝四郎の妻・お初をよび、

「平太郎は、いるかな?」

と、尋《き》いた。

「おりまする」

「此処《ここ》へ呼んでもらいたい」

「はい」

「そして、すまぬが、千を呼んで来てもらいたい」

「老女さまを……?」

お初は、このとき、

(妙な気がした……)

そうである。

かつてないことではあるが、用人・柴田勝四郎の後見として、奥向きのことにつき、何か意見をのべることでもあるのかとおもい直し、すぐに用人長屋を出て行った。

このあとで、病間へ入ってきた初孫の平太郎へ、

「ここへまいれ」

枕もとへまねき、手をのばした柴田宗兵衛が、六歳の平太郎の小さな手をにぎりしめて笑いかけ、

「のう、平太郎……」

「はい」

「父と母を、たいせつにせいよ」

と、いったそうである。

お初がもどって来て、

「間もなく、お見えになるそうでございます」

「さようか。勝四郎は殿の御供にて、藤枝様御屋敷へまいったのであったな……」

「はい」

「うむ……さようか……」

宗兵衛の顔色は、やや蒼《あお》ざめていたけれども、声に張りがあったし、今朝も卵の入った粥《かゆ》を軽く二ぜんも食べたほどだったので、お初はいささかも不安をおぼえなかった。

千があらわれ、

「まあ、父上。いかがなされました？」

「いや、別に何でもないのじゃが……千とお初に、たのみがある」

「何でございます？」

「千は、わしの右足を、お初は左足を、ゆっくりと、しずかに摩《さす》ってもらいたいのじゃ」

「まあ……」

千とお初が、おもわず顔を見合せた。

「父上。甘えておられますのか？」

笑いをこらえて、千がいった。

「うむ、そうじゃ。甘えておるのじゃ」

ちかごろの柴田宗兵衛は、子供に返ったようなところがあるのを、千もお初もわきまえている。

そこで二人して、いわれたとおりに宗兵衛の両足を手分けして摩りはじめた。

平太郎は、祖父の枕元に坐っている。

「父上。いかがでございます？」

「む……よい心地じゃ。まことに……よい心地……」

そのうちに宗兵衛は、こころよげに眠ったらしい……いや、千とお初は、そうおもっていた。何かはなしかけても、こたえがなかったからである。

と……。

突然に、平太郎が、

「祖父《じじ》さまが……祖父さまが……」

叫んで立ちあがった。

はっとして、千とお初が宗兵衛の足からはなれ、枕元へ擦り寄ったとき、すでに柴田宗兵衛は息絶えていたのである。

微《かす》かな笑みをふくんだ、しずやかな死顔を前に、千とお初は茫然となった。

ちょうど同じころに、藤枝屋敷にいた徳山五兵衛が胸さわぎをおぼえたのであった。

千は、足を摩っている自分たちも知らぬうちに息絶えてしまったのだから、藤枝屋敷におられる殿様へはお知らせをせぬほうがよい。何といっても、これからの殿様にとって、藤枝若狭守様は大事の御方であるゆえ、せっかくの酒宴の席の感興を殺《そ》ぐことは、亡き父の本意ではあるまい……と、お初にいいふくめた。

また、宗兵衛の死去を勢以に知らせれば、

「すぐさま、殿にお知らせを……」

と、いうにきまっているので、これも差しひかえたのだ。

「何と……」

徳山五兵衛は、用人長屋へ駈けつけ、柴田宗兵衛の死顔に対面をした。

「父が亡くなられた折には、一滴の泪《なみだ》もこぼれなかったわしだが、宗兵衛の死顔を見たときには、何としてもこらえ切れず、おもわず、大声をはなって泣いたものよ……」

と、これは五兵衛の述懐である。

四

おそらく柴田宗兵衛は、この日に、自分《おのれ》が幽冥《ゆうめい》の彼方へ旅立つことを予期していたにちがいない。

なればこそ、徳山家の老女であり、自分のむすめである千を用人長屋へよび寄せ、養子・勝四郎の妻と共に、わが両足を摩らせたのであろう。

ゆえに、何か遺言でもあれば、このとき、二人にいい出たはずである。

また、死期をさとっていたのなら、かねて勝四郎に遺言をしたはずであった。

あれほどに愛し、おのれの半生を捧《ささ》げたといってよい徳山五兵衛にも、宗兵衛はあらたまって何も言い遺さなかった。

それはつまり、

(言い遺すことなど、何一つない)

と、考えていたからであろう。

すべては、自分の存命中に、それこそ、

(こころ残りなく、為《な》しとげた……)

からこそ、言い遺すことも、この世への執着もなかったのだ。

そして、娘と嫁の二人に足を摩らせ、こころよげに、まるで眠りへ落ち込んでゆくように、

(あの世へ旅立った……)

のであった。

それも宗兵衛が、当今の旗本の一用人ともおもわれぬ〔さむらい心《ごころ》〕をそなえていたからにちがいない。

若いころ、身を入れて剣の修行を積んだだけに、宗兵衛は人間という生きものが、

「生まれた、そのときより、日いちにちと死に向って歩みはじめる……」

という、しごく当然のことを、よくよくわきまえていたのであろう。

死ぬがために生まれてくる……これほどの不条理、矛盾があろうか。

人間こそは、矛盾の具現であることを、宗兵衛は、用人という職務の中で、はっきりと認識していたのだ。

なればこそ、矛盾にみちみちた亡き徳山重俊をも、理解することができた。

理解ができたからこそ、長い年月にわたって辛抱をし、その間、たゆみなく努力をつづけ、権十郎家督の成功に漕《こ》ぎつけたのであった。

このように柴田宗兵衛は、旗本の用人として、ちからの限りを生きぬき、為すべきことを為したのであって、

（なれば、言い遺すこともなかったのであろうか……）

徳山五兵衛は、宗兵衛亡きのち、数ヶ月の間、虚《うつ》ろなおもいにとらわれ、ぼんやりと日を過すことが多かった。

いまになってみると、

（宗兵衛が生きて在るうちに、ああもしてやればよかった。こうしてやればよかった……）

その悔いに、胸を噛《か》まれる。

（それもこれも、おれが宗兵衛ほどに、人の生涯というものへ、おもいをいたさなかったか

らだ）

つくづくと、五兵衛はそうおもった。

そのくせ、宗兵衛が病間へ引きこもったきりになってからは、

（宗兵衛のいのちも、もはや、長くは保《も》つまい）

などと、おもいもしていたのである。

おもいながらも、当の宗兵衛が生きているうちは、その日その日の、わけもない出来事に心をとられ、月日が通り過ぎて行くことに何のおもいもわかず、無為に日を迎え、日を送ってきてしまった。

だが、いざ柴田宗兵衛が死去してみると、いかに宗兵衛が自分の心身の内へ、しっかりと、その存在を残しておいたかに気づいた。

実父の重俊の死去とは、まるで、

（くらべものにならぬ……）

ことであった。

それに引きかえ、老女の千は、一月《ひとつき》もすると、父の死などは、もう念頭にないかのようである。

千は、ひたすら〔奥様〕の勢以に附き添って、忠勤にはげんでいる。

「千は、亡き宗兵衛のことを、おもい出すことでもあるのか？」

或日、五兵衛が千に尋ねたことがあった。

このとき千は、微かに笑いながら、

「亡き人のことを、いつまでも想うてみたところで仕様がございませぬ」

と、こたえたものだ。

五兵衛は呆《あき》れもし、怒りさえおぼえた。

「宗兵衛は、千の父親ではないか……」

「はい」

「わしの父上とはちがい、宗兵衛は千のことを慈しんでいた。それでも悲しゅうはないのか？」

「いつまでも悲しんでいたとて、何になりましょう。そのようなことを、亡き父はよろこびますまいかと存じまする」

千のこたえは、明快をきわめていた。

「ふうむ……」

女とは、こうしたものなのか。

（女は、すぐに忘れてしまう……）

このことであった。

千と事情はちがっているが、東林のお梶も、

（同じようなものだ……）

と、五兵衛はおもった。

（あれほどに激しく、強く、おれと睦《むつ》び合うたくせに、いったん別れたとなれば、一夜の夢を見たほどにも、おもいを残さぬではないか。これが、女というものなのか……）

五兵衛がいいたかったのは、女にとって、よろこびも悲しみも、すべて上《うわ》の空なのだということであった。

現に、勢以が嫁入って来た前後には、あれほどに冷ややかな、皮肉な、意地悪げな眼《まな》ざしを向けていた千なのに、それがいまはどうだ。

勢以の言動のすべてに、嬉々として従っているではないか。

柴田宗兵衛は、浅草・橋場の浄徳《じょうとく》寺へ葬られた。

藤枝若狭守は用人・山口喜兵衛を弔問にさしむけてよこしたし、神尾五郎左衛門守親は、いうまでもなく用人の福田平太夫を、

「わしの代りに……」

と、さしむけた。

福田平太夫は、まるで自分の実の兄弟が亡くなったかとおもわれるほど、悲歎《ひたん》にくれていたものである。

宗兵衛の死後、名実ともに徳山家の用人となった柴田勝四郎は、亡父同様に、藤枝・神尾両家へ事あるごとに出入りをし、両家の用人との好誼《こうぎ》を深めていった。

「五兵衛殿は、倖《しあわ》せ者よ」

と、神尾守親が福田平太夫へ洩らしたそうな。

「二代つづいて、よき用人が手許《ても》にいるとは……」

「耳が痛うござります」

　と、平太夫。

「何の、皮肉を申しているのではない。素直に聞くものじゃ」

「いえ、私めも、殿と同様におもうておりまする」

　平太夫も、柴田勝四郎の万事にぬかりがないことを、よろこんでいてくれるようだ。

　この年も暮れようとするころになって、藤枝屋敷へ、

「近くを通りかかりましたので、立ち寄らさせていただきました」

　柴田勝四郎が芝口二丁目の菓子舗・鯉屋《こいや》織江《おりえ》方の〔利休あられ〕の菓子箱を持って、用人・山口喜兵衛の長屋を訪問すると、

「よう、まいられたな」

　山口喜兵衛が、よろこんで迎え入れ、

「実はな、勝四郎殿……」

「はい?」

「来春には、そちらの殿様に、よいことがあるやも知れませぬぞ」

「それは、いったい、どのような?」

「先日な、われらの殿様がお洩らしなされたのだが、御役に就くことが適《かな》いそうでござる」

「すりゃ、まことで……?」

「うむ。なれど、まだ、はきと決まったわけではないゆえ、そのところは……」

「はい。心得ておりまする」

藤枝若狭守は、聟の徳山五兵衛の就役につき、かねてから幕府へはたらきかけてくれていたが、それがようやく実をむすぼうとしているらしい。

「なれど、はじめての御役ゆえ、高望みはなりますまい。そのところを貴公が、よくよくわきまえておらぬと、な……」

「おさとし、かたじけのう存じます」

五

正徳五年の年が明けて、徳山五兵衛は二十六歳になった。

そして、この年の三月に、いよいよ五兵衛は幕府の御役に就くことになったのである。

その役職を、

〔本所見廻り方〕

という。

あまり、よい御役目とはいえなかったが、藤枝若狭守は、

「まず、辛抱をして相つとめるがよろしかろう」

と、はげましてくれた。

本所・深川の地は、むかし、下総《しもうさ》の国・葛飾郡《かつしかごおり》の内であったものを、元禄の初年に、幕府

が武蔵の国の内へ編入したもので、徳山五兵衛が生まれたころの本所は、武家屋敷も多くなく、大川(隅田川)の向うの江戸市中にくらべると、

「まるで、田舎……」

だったものである。

明暦の大火で、江戸が焦土と化してのち、大名や武家の屋敷を本所の地へ移すことがはじまり、竪川・横川などの運河を造り、江戸の府内ということになったわけだ。

しかし、何といっても、まだ〔新開地〕のおもむきがあって、中央の町政もなかなかに行きわたらぬところがある。

このため、町奉行所では〔本所方〕とよばれる一班をつくり、これに鯨船《くじらぶね》とよばれる船二隻をあたえ、本所・深川に関わる諸般の事務から、橋や道路、建物などの調査、土地《ところ》の名主の進退などをつかさどるようにしているが、それでも、手がまわり切らぬところがあった。

新開の町であるし、他国からも種々雑多な人びとがあつまって来る。

中央のように町奉行所その他の警備も充分ではなく、犯罪も多いし、火事も多い。

そもそも犯罪だの火事だのというのは、夜になってから起るものといってよく、そうなると尚更《なおさら》に、

「手がまわり切らぬ……」

ことになるのだ。

そこで幕府は、本所に屋敷を構える旗本を〔本所見廻り方〕という役目につけて、機動的

に本所と深川の警備をさせることにしたのである。

名目は、本所・深川の、

「火事場の見廻り……」

というのだが、むろん、犯罪が起れば、これを取り締らねばならぬ。

だが、町奉行所や火附《ひつけ》盗賊改方のように、与力や同心の部下が多勢いるわけでもなく、つまりは、そうした諸役と連絡をとってはたらくというので、いわば、下まわりの役目なのだ。

旗本の役職としては、

「あまり、よいものではない……」

のである。

しかし、徳山五兵衛は、

(これは、よい)

ひそかに、よろこんだ。

何となれば、本所見廻り方の頭《かしら》である以上、みずから屋敷を出て、本所・深川を、

「見廻らねばならぬ」

からであった。

笠に顔《おもて》を隠し、たとえ単独で外出《そとで》をしても、これが役目であるからには、だれに咎《とが》められることもない。

かつて、五兵衛の亡父・徳山重俊は、火附盗賊改方に任ぜられたことがある。

重俊は、さも苦々しげに、

「まことにもって、損な役目じゃ」

と、いい、身を入れてつとめようとはせず、みずから微行し、市中の見廻りをすることなど、ほとんど無かったといってよい。

そうして一日も早く、盗賊改方を、

「罷免されたい」

と、願っていたものである。

こうした御役目は、出費ばかり多くて、懸命につとめようとすれば骨が折れるばかりだし、そのくせ、

「何だ、本所の見廻りか……」

と、他の旗本の目からは見下げられてしまう。

この御役目に就任すると、町奉行所と火附盗賊改方から、同心二名、小者三名が交替で派遣される。つまり、連絡のためにだ。

そこで、彼らを待機させる溜所《たまりじょ》を屋敷内に設けねばならぬし、また、放火犯人などを捕えた場合、これをしかるべきところへ送るまでの間、とどめておくための小さな牢屋《ろうや》のごときものも新設しなくてはならぬ。

幕府からは、わずかな役料が出るけれども、とてもとても、そんなことで足りるわけがないのだ。

柴田勝四郎は、さぞ、五兵衛が嫌気《いやき》をおぼえているであろうとおもったのかして、

「お気を落さずに、おつとめなされまするよう……」

なぐさめるようにいい出たが、

「おお、申すまでもない」

と、五兵衛が凛然《りんぜん》とこたえたので、

「………？」

いささか奇異のおもいがしたけれども、先《ま》ず、安堵したことも事実であった。

（いまが、殿様にとって、まことに肝心な期《とき》だ）

勝四郎は、そうおもっている。

損な御役目につけられて、若き主人《あるじ》が自棄のおもいに駆られたりしたら一大事だ。

徳山五兵衛の就任を聞いた親類の神尾五郎左衛門守親も、用人・福田平太夫を徳山屋敷へさしむけ、

「この御役目を立派に相つとむることによって、五兵衛殿の行末が開けて来るのであるから、そのつもりで出精されたい」

と、いってよこした。

「かたじけないことでござる」

五兵衛はすぐさま、柴田勝四郎を従え、神尾屋敷へおもむき、礼をのべた。

「さてさて……」

五兵衛が帰ったのち、神尾守親が福田平太夫に、こういったそうな。

「変れば変るものよ。あれが、むかしの権十郎か……」

いうまでもなく、岳父・藤枝若狭守へも、五兵衛は贈り物をたずさえ、就任の挨拶に出向いた。

「将来《ゆくすえ》のことは心配なきよう」

と、若狭守も上機嫌である。

この聟《むこ》のためにならこれからも、どのようにも計らってやろうと、若狭守はおもっている。

五兵衛にしてみれば、実のところ、このたびの就任が、

（まことに、ありがたい）

ことなのだ。

一日中、屋敷にいて、勢以や千と顔をつき合せていなくともすむのである。

本所・深川の見廻りに、みずから出かけて行けば、市中のありさまを自由に、わが目にたしかめることもできるし、笠に顔を隠して行けば、それこそ、両国橋の〔原治《はらじ》〕へ入り、他の客にまじり合って蕎麦切《そばきり》を口にすることも、酒をのむこともできる。

これが、うれしくないはずがない。

ところが余所目《よそめ》には、

「ああ、感心なものだ。損な御役目にもかかわらず、一所懸命に相つとめようとしている。若いのに、よほどできた人物である」

というふうに映るのである。

「それでな、わしの評判も、たちまちによくなったものよ。なに、正直に申せば、御役目をつとむるのがうれしいのではない。ただもう、おもうままに外を歩けることがうれしくて、たのしくてならなかった。それだけのことだ」

と、徳山五兵衛がのちになって、

「そのとき、わしはおもうた。世の中のことは、みな、このような勘ちがいから成りたっているのではないかと、な……」

この場合は、その勘ちがいが五兵衛にとって、よい方にはたらいてくれたわけであるが、

「たとえて申せば、わしと亡き父上のことにしてもじゃ。いま、あのころのことを振り返ってみるに、どうも、たがいに勘ちがいをしていたようにおもわれてならぬ。父上があれほどにわしを憎み、わしが父上を疎んだのも、やはり、たがいにたがいの本心がわからなかったからであろう。また、東林のお梶どのにしてもそうじゃ。そしてな、われらの女房どの、すなわち勢以についても、老女の千についても、それぞれに勘ちがいをしているようにおもわれてならぬ。

わずかに一つの家のことのみにてもそれじゃ。まして天下《てんが》のこととなれば、これはもういうまでもないこと。勘ちがいがよい方にはたらいてくれるならよいが、悪しき方へはたらいてしもうては一つの家だけのことにはとどまらぬ。天下の政事《まつりごと》ともなれば、その波紋は万民におよぶことになる。

いや、そのようにおもうてくると、まことに人の世は恐ろしい。何、柄にもないことをいうと申すのか……さようさ、そのとおりじゃ。この徳山五兵衛ごときに、何で天下のことがわかろうものか。あは、はは……」

六

そのころの徳山五兵衛は、およそ、こうした情態にあったわけだが、幕府は、先の六代将軍・家宣が死去して以来、政道がなかなかに落ちつかず、藤枝若狭守なども、

「まことにもって、行末が案じられてならぬ」

などと、五兵衛へ洩らしたりしたものである。

現将軍・徳川家継は七歳の幼年にすぎない。

しかも病弱であって、この翌年には、八歳で死去してしまうのだ。

藤枝若狭守にいわせると、将軍・家継は、

「御英明にあらせられる……」

とのことである。

若狭守の耳へは、営中の風聞がいろいろと入ってくるらしい。

病弱で幼い将軍ではあっても、亡き父・家宣の血を引いているだけに、その言動には威儀があり、奥御殿から表御殿へ出るときなど、老女たちが表御殿まで附き従おうとするのへ、

「これまででよい」

と、御錠口《ごじょうぐち》から引き下らせてしまう。

将軍・大名の生活は〔表〕と〔奥〕に厳然と区別されている。すなわち〔表〕は公の場所であり、〔奥〕は妻妾《さいしょう》や侍女たちのみに取り巻かれての私生活がいとなまれる場所だ。

御錠口は、表と奥の境で、これより奥へは許可なくして男の家臣たちは入れぬし、これより表御殿へは、女たちが出ることはならぬ。

しかし、近年は、江戸城・大奥の風儀が乱れてしまい、老女や奥女中たちも、こうした慣例を無視し、平気でいるようなところがないでもない。

ともかくも、将軍があまりにも幼いので、おもわず老女たちが御錠口から表御殿への廊下へ附き添って出たところ、将軍がこれを、きびしくたしなめたことになる。

これは一昨年の出来事であったそうだが、表御殿の廊下に控えていた士《もの》が目撃したところによると、家継は御錠口の戸口がきっちりと閉まるのを見とどけた上で、

「よし」

というようにうなずき、表御殿へ向ったという。

そのときの家継の、いかにも将軍らしい、厳然とした態度に、老女たちの顔色が、さっと変ったそうな。

一昨年といえば、家継は五歳の幼君にすぎない。

その幼い将軍の威厳に、居合せた老女も家臣も圧倒されたというのだ。

ところで……。

この家継を生んだ女は、浅草の某寺の僧のむすめで、のちに、播州・赤穂五万三千石の城主、浅野内匠頭長矩《ながのり》の江戸屋敷に奉公をし、内匠頭夫人に仕えていたともいわれている。浅野家が、元禄十四年（一七〇一年）の刃傷《にんじょう》事件によって取り潰《つぶ》しとなったのち、伝手《つて》をもとめ、江戸城の大奥へ奉公にあがった。

このときの名を、お喜世《きよ》という。

そうして、しばらくするうちに、六代将軍の家宣が、お喜世の美しさと利発さにこころをひかれ、ついにわがものとした。

将軍の〔お手つき〕となって、お喜世は家継を生み、その子が七代将軍となったのだから、つまりは将軍家の御生母ということで、その大奥における威勢は、まさに、

「非常なもの……」

と、なるにいたった。

一説によると、お喜世は、家宣が将軍になる以前の「甲府の殿様」だったころに奉公をしていて、お手つきになったともいう。

家宣の死後、お喜世は「月光院」とよばれた。

家宣夫人も「天英院」とよばれ、後室（未亡人）になったわけであるが、何といっても現将軍を生んだ月光院の威勢のほうが大きく強くなる。

こうなると利発な月光院にも油断と奢《おご》りが生じてくるのは、ぜひもないところであろう。ことには女ゆえ、前後の見境がなくなってくる。

先の将軍・家宣には、間部《まなべ》越前守詮房《あきふさ》という側用人《そばようにん》がいた。

間部越前守は、もと能楽師で、それが家宣に目をかけられ、のちには五万石の大名となった人物である。

能楽師出身だけに、その風采《ふうさい》の優美さが生来の美貌と相俟《あいま》って、大奥の若い女中などは、間部越前守が廊下の向うからやって来るのを見ると、昂奮《こうふん》して躰《からだ》が、まるで、

「瘧《おこり》のごとく……」

ふるえたものだという。

間部越前守は、側用人として、表と奥とをつなぐ重要な役目を果して遺憾がなく、その公平な政務には、人びとも感じ入った。

六代将軍の信望が厚かったのも当然であろう。

当時、高名な或る学者は、間部を評して、

「玉のごとき人と申すべく候。ただ美しく、温厚にて、しかも情理わかり候て、見事にござる」

と、のべている。

先ず、このような人物であったから、六代将軍なきのち、月光院が、

「たのみにおもう……」

ようになった。

間部越前守は月光院をたすけ、将軍・家継を補佐することにつとめた。

男子禁制の大奥へも、間部だけは特別に、自由に出入りをゆるされる。

何事にも、

「幼い将軍家を補佐する」

という名目があるわけだし、将軍御生母たる月光院の要請もあり、幕府もこれをみとめざるを得なかった。

間部越前守が、大奥へ泊り込みになることもめずらしくない。

もっとも間部は、六代将軍在世のころも、大奥へ泊り込み、夜ふけまで、将軍と共に政務にはげんだというから、別段、異とするに足らぬわけだが、いまは、将軍の相手をするといっても、家継は幼年である。夜半まで政務にはげむわけでもあるまい。

とすれば、間部は月光院の、

「おはなし相手になっている……」

のであろう。

ここで、月光院と間部越前守の醜聞《スキャンダル》が、人の口の端にのぼるようになった。

七

こういうわけだから、幼い将軍の家継が、後見役の間部越前守詮房を、

「えち、えち……」

と呼んで、慕ったそうな。

また、間部詮房も、

（いたらぬながらも、亡き先君の代りに……）

なって、家継を立派な将軍に育てようという責任感から、つききりで世話をつくした。

こうなれば当然、詮房に男としての〔父性〕がにじみ出てこようし、家継また、間部詮房にそれを感じたにちがいない。

となれば、家継を中心にして、詮房と月光院の間に、深い連帯の感情が生まれたとしても怪しむにはたらぬ。

むかしの物の本に、

「……間部詮房は、大奥の月光院の部屋を訪れることが多く、あるとき、二人が差し向いで炬燵《こたつ》に入っているのを見た将軍・家継が、間部を、将軍《うえさま》のようじゃ、などといった」

などとある。

それに近い親密さがなかったとはいえまい。

なればこそ、月光院と間部詮房との醜聞が、たとえば徳山五兵衛の耳へも入るほどにひろまってしまったのであろう。

その態《さま》を筆者が見たわけではないが、おそらく、間部と月光院の間には、男女の躰の関係はなかったのではないかとおもう。

間部詮房は、一個の男としてより、

「老女にでもなったつもり……」

で、大奥へ入り、家継から目をはなさず、合せて月光院のよき相談相手になっていたのではないか。

間部の人柄は、そのようなものであった。

けれども、男子禁制の大奥へ、ほとんど自由に出入りをし、親しく月光院の部屋を訪れるということになれば、二人の醜聞がひろまるのも当然のことだ。

亡き六代将軍が月光院へ、

「御手をおつけあそばす以前から、間部越前と月光院様は、ただならぬ間柄であったようじゃ」

などというささやきも、聞こえはじめた。

月光院や間部の耳へ、そうした世上の風評が、どれほどまでに聞こえていたか、うたがわしい。

もっと後になってからは、耳へも入ったろうが、世間のうわさというものは、それが当事者の耳へ入ったとき、すでに二歩も三歩も先の事態を生んでいる。

つまり、それほどに、

「自分のことは、自分にわからぬ……」

ものなのである。

それに、月光院は現将軍の生母として、大奥に君臨していたのだから、老女や侍女たちが幾重にも取り巻き、悪いうわさなどは絶対に聞かせまいとする。

また、町育ちの月光院は、六代将軍の正夫人だった天英院とは、まるで性格がちがう。

天英院は名を凞子《ひろこ》といい、京都の近衛家から将軍・家宣のもとへ嫁いできた、身分の高い公家《くげ》のむすめであった。

胸底にひそむ喜怒哀楽の感情も容易には顔《おもて》にあらわさず、笑顔を見せることもめったにはない天英院に引きくらべて、月光院のほうは、よく笑い、よく悲しむ。

気さくで、若い侍女たちを可愛がるし、みなに取り巻かれてにぎやかにしているのが好きだ。

こういう月光院に、大奥の人気があつまるのも、

「むりからぬこと……」

であったろう。

徳山五兵衛は、むろん、大奥へあがって月光院の美しい顔や姿を見たこともない。

そのうわさを耳にするだけであったが、五兵衛としては、月光院が、

（たとえて申すならば、東林のお梶のごとき御方《おんかた》……）

に、想えてならなかった。

五兵衛は、月光院と間部詮房との醜聞を、

（男と女のことなど、他人にはわかるものか……）

と、半ば否定していたものだが、お梶と月光院のイメージが一つに重なるとき、必然、月光院へ好意を抱くことになってしまう。

そうなるとまた、間部越前守詮房に対しても、

(堂々と大奥へ入り、風流なことをしていなさる……)

微苦笑が浮いてくるほどになる。

このまま、何事もなく歳月がながれ過ぎ、家継が成長して立派な将軍となったなら何もいうことはないのだが、月光院にも、また間部詮房にとっても、

「おもいもかけぬ……」

事件が突発した。

これが、かの、

「絵島事件」

であった。

絵島は、大奥の年寄である。御家人・白井平右衛門のむすめに生まれ、名をみよといった絵島は、江戸城の大奥へ奉公にあがり、奥女中の中でも末端の御使番《おつかいばん》からつとめ出し、その美貌と才気をもって、しだいに昇進した。

ことに月光院の気に入られ、月光院が家継を生んだときから、年寄に昇り、大奥における声望がさらに大きなものとなったのである。

そして、ついには、月光院の名代として、将軍家の菩提所《ぼだいしょ》である増上寺や寛永寺への代参をもつとめるようになり、そうしたときの休息の屋敷まで、江戸城外にたまわるほどの存在となった。

そうなれば自由もきく。

絵島は代参などの外出を利用し、芝居見物などをはじめるようになった。

それは正徳四年というから、徳山家の前《さき》の用人・柴田宗兵衛が病歿《びょうぼつ》した年の一月十二日に、絵島は増上寺代参の帰りに木挽《こびき》町の山村座へ立ち寄り、芝居見物をおこなった。

供の女中たちをしたがえた絵島は、桟敷《さじき》へ入って、人気役者の生島《いくしま》新五郎の舞台を観た。

そして芝居茶屋へ入ると、酒肴《しゅこう》を取り寄せ、生島新五郎はじめ、役者たちをまねき、たのしげに遊び、日が暮れかかるころになって、御城へ帰った。

これが、いけなかった。

というよりも、すでに幕府は、大奥の風紀の乱れを、

「いつかは、取り締らねばならぬ」

と、機《おり》を窺《うかが》っていたのだ。

いうまでもなく、天英院を中心にする大奥の勢力が、幕府へはたらきかけたこともあったろう。

しかし、幕府としても、

「見るに見かねる……」

ほどに、月光院周辺の奥女中たちは、

「浮かれきっていた……」

と、いってよい。

幕府は、一月十二日の絵島一行の芝居見物をきびしく咎めることにした。

当日、絵島一行は、規定の時刻すれすれに帰城し、辛うじて御錠口は通りぬけたけれども、その先の〔七ツ口〕とよばれる扉は、すでに閉まっていた。

これを開けさせて、大奥へ入ったのである。

しかも、この日は前《さき》の六代将軍の代参に出て、その帰りに、芝居見物をし、芝居茶屋で遊楽にふけったことになる。

不謹慎であることはいうまでもない。

絵島以下九人の女たちは、たちまちに禁足を命じられた。

そして、江戸の四座の芝居関係者が厳重な取り調べをうけ、この月の十九日には、役者の生島新五郎以下が牢屋から引き出され、罪の申しわたしを受けた。

月光院も、

(しまった……)

と、反省せずにはいられなかったろう。

人の善い自分が、絵島たちの浮かれざまを咎めなかったことを悔まずにはいられなかったろう。

こうして芝居関係の方から、きびしい探索がおこなわれ、つぎつぎに新しい事実が浮かびあがってきた。

絵島をはじめ、奥女中たちは、金品を諸方へふりまき、大奥出入りの商人などを手なずけ、深夜におよんで役者を長持や大葛籠《つづら》の中へ隠し入れ、巧みに大奥へ運び込んだことがわかった。

月光院も間部詮房とはかり、

「なるべくは穏便に……」

と、幕府へはたらきかけてはいたが、こうなってはどうしようもなかった。

徳山五兵衛は、このことを聞いたとき、

「なかなかにやるのう、女どもは……」

さも、おもしろげに洩らしたという。

八

幕府の評定所《ひょうじょうしょ》が、絵島へ下した判決は、つぎのごとくだ。

「絵島事、段々の御取り立て候て、重き御奉公をも相つとめ、多くの女中以上に立ち置かれ候身にて、その行い正しからず。御使に出《い》で候折々、または宿下り（休暇）の度び度び、貴《き》賤《せん》をえらばず、よからぬ者どもに相近づき、さしてゆかりなき家々に泊り明かし、中にも狂言座の者どもと年頃馴れしたしみ、その身のおこない、かくの如《ごと》くなるのみにあらず、傍輩《ほうばい》の女中をすすめ、導引あそびあるき候事ども、その罪重々に候えども、御慈悲をもって命をお助けおかれ、永く遠流《おんる》に行われ候ものなり」

この事件で、絵島以下の奥女中たちや役者たち、さらには絵島の肉親や親類、幕臣をふくめ、罪の軽重はさておき、事件に連座したものは千五百人にものぼったという。

絵島の兄などは、さしたることもないのに、

「妹の監督が不ゆきとどきである」

というので、刑場へ引き出され、首を切られてしまったほどに、処罰はきびしかった。

町奉行所が、このように、過酷といってもよい処罰を短時日の間に断行したのは、やはり、月光院・間部詮房への反撥が政治的にうごきはじめたといってよいだろう。

絵島は、信州・高遠《たかとお》へ遠流となり、山国の城下町の外れの小さな屋敷へ押し込められ、二十数年も生きたのち、さびしく死んだ。

絵島の相手の生島新五郎も、遊びの手引きをした御用商人と共に三宅島へ遠流となったが、これは、二十九年間の罪に服したのち、ゆるされて、老いさらばえた七十三歳の身で江戸の土をふむことを得た。

さすがの月光院も、この事件によって、すっかり打ち萎《しお》れてしまい、

「ああ……何ということであろうか……」

間部詮房と顔を見合せ、ためいきを吐くのみであった。

「お気の毒に、な……」

と、徳山五兵衛は、そうした月光院の胸の内を自分なりに想いやって、

「すこしは、おれの女房どのの、爪の垢《あか》でも煎《せん》じておのみなされておけばよかったに……」

これは皮肉をこめ、小沼治作にいうと、

「いかさま……」

小沼は、まじめに受け取って、

「そのとおりでございます」

声にちからをこめ、こたえたものだから、五兵衛はうんざりした顔つきになったものである。

事件当時は、徳山五兵衛なども、うわさを聞くだけで江戸城内の表・奥のことなど、くわしくわかるはずもなかった。

それよりも、若い五兵衛にとっては、わが屋敷の表・奥のことを処理するのに精一杯であった。

秋になると、わが父ともおもう柴田宗兵衛が亡くなったし、年が明けると本所見廻り方に就任というわけで、五兵衛にとっては、

「絵島事件など、どうでもよい……」

ことであった。

しかし、そのうちに、七代将軍・家継が病床につくことが多くなった。

家継は、まだ七歳の幼年にすぎぬが、すでに、霊元上皇の皇女の降嫁が取り決められている。

それにもかかわらず、家継が、この婚儀をおこなうまで果して存命しているかどうかが危ぶまれた。

生まれ落ちたときより、いかにもひ弱かった家継であるが、下痢を起したり、発熱したり、病気の絶えることがない。

正徳五年の夏に入ると、下痢がつづき、ほとんど寝たきりになった。

こうなると、現将軍の座がこのままに長くつづくことは、

「おぼつかぬ……」

ことになってきた。

そこで、つぎの八代将軍はだれかというと、申すまでもなく七歳の家継に子があるわけもない。

こうしたときには、徳川将軍家にもっとも近い親族である尾張家（名古屋六十一万九千石）紀伊家（和歌山五十五万五千石）水戸家（水戸三十五万石）の、いわゆる徳川御三家の中から、しかるべき人物がえらばれ、将軍位につくことになる。

この三家は、初代将軍・家康の血統を保持し、将軍を補佐する重大な責任があり、いわば徳川将軍家の〔国老〕といってもよい。

前《さき》の将軍・家宣は、我子の家継がひ弱な生まれつきであるのを看てとって、

（自分の跡には、むしろ、尾張家から迎えて七代将軍位につけるがよいのではないか……？）

おもったこともあるらしい。

そして、その意中を密《ひそ》かに、側用人の間部詮房と新井白石に洩らしていたのだ。

いずれにせよ、六代将軍は、跡つぎを紀伊家から迎え入れるつもりはなかったであろう。

自分が五代将軍・綱吉の跡をつぐときに、紀伊家が綱吉へ取り入り、綱吉もまた血を分けた甥《おい》の家宣をきらって、何とか紀伊家から自分の跡つぎを迎えようとした。

このことを家宣は六代将軍になってからも忘れなかった。

そこで当然、万一のときは紀伊家よりも尾張家からという遺志があったものとみてよい。

間部詮房は、この前の将軍のこころをわきまえていたから、尾張家から次代の将軍を迎えるべく、ちからをつくしたし、月光院もまた、間部と同じおもいであった。

こうして、七代将軍の死去をめぐり、紀伊・尾張両家の、将軍位を争うための政治運動が熾烈《しれつ》をきわめることになるのだが……。

そのことにふれる前に、本所見廻り方となった徳山五兵衛へ目を移さなくてはなるまい。

五兵衛は、この役目に就任するや、その日を、

「待っていた……」

と、いわんばかりに、小沼治作一人を供に、本所・深川の見廻りに飛び出して行った。

袴《はかま》こそつけているが、わざと粗末な衣服を身にまとい、編笠に顔を隠して外へ出たときの徳山五兵衛は、

「まるで、自分が別人になったような、ものめずらしさであったよ」

と、のちに語っている。

そして或日。五兵衛はおもいもかけぬ場所で、おもいもかけぬ人に出合うことになるのだ。

九

その日の昼前に、徳山五兵衛は例のごとく、編笠に面《おもて》を隠した微行の姿で、本所の屋敷を出た。

供をするのは、小沼治作ひとりである。

小沼も編笠をかぶり、これは袴もつけぬ浪人姿で、

「小沼。おれと肩をならべて歩け」

五兵衛にいわれるとおりにして、二人ならんで歩むと、これが二千何百石の旗本主従だとは、だれの目にもわかるまい。

春から初夏へ移りかけた日射しの輝きに、

「ようも晴れたわ」

大きく息を吸い込み、青空を仰いだ五兵衛の目の前を燕《つばめ》が一羽、矢のように掠《かす》め飛んだ。

「小沼。この御役目は、まったくもって、たまらぬなあ」

たまらなく、たのしい御役目だと、五兵衛がいっているのだ。

小沼は、いささか苦い顔つきになったが、笠の内のその顔を五兵衛は知らぬ。

小沼をはじめ、徳山家の家来・奉公人たちは、若き主人の、

「はじめての御役目……」

だというので、一所懸命にはたらき、緊張の日々を送っている。

ところが肝心の主人は、三日に一度か、ときによっては一日置きに、

「見廻りにまいろう」

と、小沼を従えて屋敷を出るのはよいが、本所や深川を一通り見廻ってしまうと、あとは日本橋の堺町《さかい》・葺屋町《ふきや》の芝居町や、新吉原の遊里を廻り歩いたり、行く先々で酒をのんだり、物を食べたりするものだから、

「このごろの殿さまは、食《しょく》がおすすみにならぬような……」

と、妻の勢以が気づかっているそうな。

それほどに夫の身を気づかうのならば、夫婦の夜のあのことにも、

(すこしは、気をつこうてくれるがよいではないか……)

なのである。

依然として、勢以は、五兵衛の前に裸身を見せようとはせぬ。

辛うじて乳房はのぞかせてくれるのだが、勢以の乳房の薄いふくらみなど、

(見ても、触っても仕方がないもの……)

だと、五兵衛はあきらめきっている。

五兵衛は、おのれの若い肉体に充満した精力をもてあましぎみになると、

「勢以、ねがいたい」

と、ささやく。

勢以は仕方なさそうにうなずく。

ときには、

「いまは、相なりませぬ」

ことわられることもあるのだ。

夫婦のいとなみというものは、

「子孫の繁栄のためにこそある」

勢以は、老女の千に、そういったことがある。

いとなみの快楽などは、知りたくもないし、そのように、はしたないまねをしては神聖なる目的を、

（汚《けが》すものである……）

との信念を変えようとはせぬ。

だが、五兵衛は若いだけに、人形のような勢以の躰を抱いても、味気なく目的を果すこともできた。

夫と妻とは、いとなみの目的がちがうのであった。

ことに近ごろは、勢以の初産《ういざん》の日がせまったので、かの〔いとなみ〕は完全に絶えている。

勢以の腹もふくらんできたので、

「殿さまの、お目ざわりになるゆえ……」

とかで、五兵衛の前へ姿を見せなくなってしまった。

このごろの勢以は、老女の千や侍女たちのみか、家来たちのすべてを心服させてしまい、

現に、小沼治作さえも勢以については、

「つくづくと、感服つかまつりました」

というわけで、五兵衛が、

「今日は、ついて来なくともよい。おれが一人《いちにん》にて見廻る」

といっても、

「なかなか……」

小沼は強くかぶりを振って、絶対に承知をせぬ。

五兵衛が権十郎時代の、奔放きわまる過去の出来事のすべてを承知している小沼治作だけに、

(まだまだ、目は放せぬ)

そう考えているらしい。

「小沼。今日は駿河屋へまいろう」

両国橋をわたりながら、五兵衛がいった。

小沼は、だまってうなずく。

生母の実家である駿河屋へ行けば、当代の又兵衛が大よろこびで迎えてくれ、下へもおかぬもてなしをしてくれ、それに、本所の屋敷では口にすることもない珍しい食べものを出してくれたりするので、いまの徳山五兵衛にとっては、駿河屋訪問が、

「何よりの、たのしみ……」

なのであった。

小沼は、

(さいわい、いまのところは御役目に異状はないが、もしものことがあったときは、いまの殿では御役目が相つとまらぬ。近きうちに、殿を、お諫《いさ》め申さねばなるまい)

ひそかに決意をかためつつあった。

小沼治作が肚《はら》を決め、五兵衛に諫言《かんげん》をするとなれば、口先だけのものではない。

その場で腹を切って死ぬつもりで諫めることは、京都で五兵衛の帰府をうながしたときの決死の行動を見てもわかる。

(殿は、あのときのことを、もはや、お忘れらしい)

笠の内から、浮き立っている主人の横顔を見つめる小沼の眼には、しだいに強い光りが加わってきた。

汗ばむほどの日和である。

両国橋・西詰の盛り場には人が群れていた。

そのとき、徳山五兵衛の足がぴたりと止まった。

人の群れの中に、佐和口忠蔵の顔を見出したからである。

十

そのころの両国橋・西詰の盛り場には、まだ、後年のような繁華があったわけではない。

後年には西詰の広場も大きくなり、さまざまの見世物小屋がたちならぶようになったが、いまはまだ、橋詰に町屋がゆるされてなく、武家屋敷が多かった。

といっても、大川を背にした河岸道には、煮売り茶屋が軒をつらねているし、朝方には「菜の市」といって、野菜や塩魚を売る露店がならぶ。

こういうわけで、人通りが多いことはいうまでもない。

寺社の門前や、大きな橋の橋詰などが、当時の都市の〔盛り場〕となるのである。

両国橋をわたりきると、右手に、幕府の蔵屋敷の、宏大な敷地をめぐる石垣塀《いしがきべい》と、いくつもの棟にわかれた瓦屋根がのぞまれる。

この蔵屋敷は「矢《や》の御蔵《おくら》」などとよばれていた。すなわち幕府の弓や矢を収蔵してある蔵があるからだが、弓矢の他の武器や、雑器も収蔵されている。

矢の御蔵の周囲には堀割がめぐってい、二つの門に橋が架けられている。

徳山五兵衛の三間ほど前を、横顔を見せて通りすぎた佐和口忠蔵は、矢の御蔵の堀割に沿った道を村松町の方へ、ゆったりと歩んで行く。

(あっ……佐和口殿……)

なつかしさと意外さの入りまじった叫びをあげかけた、その声を五兵衛がのんでしまったのは、佐和口と連れだち、何やら語り合いつつ、共に歩んで行く女の顔をも同時に見たからであった。

「見たか、小沼……」

「何をでございます？」

「佐和口忠蔵殿が、ほれ、あれへ……」

「えっ……」

小沼は、佐和口に気づかなかったらしく、おどろいて編笠の縁をあげた。

「来い」

「私が、よびとめまする」

走り出そうとする小沼治作へ、

「待て」

「は……？」

小沼が、怪訝《けげん》そうに五兵衛を見やった。

通行の人びとを掻《か》きわけ、佐和口の姿を見失わぬように歩をすすめつつ、五兵衛が、

「笠をぬぐな」

と、ささやいた。

佐和口と、その連れの女は、編笠姿の五兵衛と小沼に、いささかも気づかなかった。

そうだ。佐和口の連れはあの女なのだ。

曾我の喜平治のむすめ・お玉なのだ。

徳山五兵衛が権十郎の若き日、江戸を出奔して東海道を上る途中、戸塚の宿《しゅく》外れの千本松で、曲者《くせもの》どもに襲われて危うかった喜平治父娘《おやこ》を救ったとき、お玉はまだ十五、六の小娘に

すぎなかった。

あれから八年を経たいま、お玉は二十三、四の女になっているはずだ。

佐和口と共に先を行くお玉の後姿には、成熟した女の肉置《ししお》きがみなぎっているではないか……。

五兵衛が佐和口忠蔵を見て、とっさに声をかけきれなかったのは、佐和口の傍《そば》に、お玉が寄り添っていたからである。

(はて……?)

この二人の取り合せが、五兵衛に異様なものを感じさせた。

(何故、あの二人が、この江戸にいるのか?)

しかも佐和口とお玉は、何やら親しげに語り合っている様子が、その後姿から看てとれた。

村松町へ入ると、人通りも多くない。
一、二度、佐和口が後ろを振り向いた。
何をおもったか五兵衛が、

「あの二人の後を尾《つ》けよ」

と、小沼に命じた。

「佐和口先生の、後を尾ける……?」

「いかにも」

「それは、いかなるわけなのでございます。何故、お声をおかけなされませぬ?」

「おれのいうとおりにせよ」

いつになく、五兵衛の声はきびしかった。

「小沼、かまえて、さとられるな。よいか」

「は……」

主命であったし、自分が知らぬ事情が何やらあると看た小沼治作が、五兵衛を残して佐和口とお玉の後を追って行った。

徳山五兵衛は両国橋をわたり返し、そのまま、どこへも立ち寄らず自邸へもどった。

五兵衛みずから、二人を尾行することもできた。

いや、そうしたいとおもったのだ。

しかし、佐和口忠蔵の目をかすめ、密かにこれを尾行することに、五兵衛は気が咎《とが》めたのであった。

それにもかかわらず小沼に尾行を命じたのは、かねてから胸の内にわだかまっていた、いくつかの疑問が、いまこのとき、かたちとなってあらわれたかのように感じたからである。

曾我の喜平治父娘や、酒匂川の岸辺の、怪しげな茶店の老婆おとき・寅吉《とらきち》の母子《おやこ》……そして、小田原城下の針屋・堺屋太兵衛。

これらの人びとの連携と好意によって、五兵衛は無事に京都へ到着することを得たのだ。

そして……。

堺屋太兵衛の書状によって引き合された京都の柳馬場・誓願寺通りの旅籠《はたご》〔尾張屋〕の主

の親しい知り合いだということであった。

さらに、五兵衛の脳裡《のうり》に浮かぶのは、尾張屋源右衛門と佐和口忠蔵とが、ずっと以前から
人源右衛門……。

このむすびつきを、

(何と、考えたらよいのか……?)

であった。

そもそも、佐和口忠蔵が江戸へあらわれていたのなら、先《ま》ず第一に、

(おれを訪ねて来て下さるはずではないか……)

このことである。

佐和口とお玉は、旅姿ではなかったし、江戸へ到着したばかりとはおもえなかった。

そして、本所の徳山屋敷とは目と鼻の先の両国橋附近を徘徊《はいかい》していながら、

(おれを、お訪ねなさらぬ。これは、どうしたわけなのか?)

これは、徳山五兵衛を憚《はばか》っているとしかおもわれぬ。

佐和口とお玉を見た瞬間に、五兵衛が直感したものは、実にこのことであった。

帰邸し、居間へ閉じこもった五兵衛は、八年前のことを、おもい浮かべてみた。

曾我の喜平治や堺屋太兵衛をめぐる人びとの、あの怪しげな言動は、

(いったい、どのようなことであったのか……?)

いずれにせよ、

(世を、人を、憚るような生きざまをしているにちがいない)

そのことだけは、おぼろげながら、五兵衛にもわかる。

(すると佐和口殿は、人を三人も殺《あや》めて大坂を出奔し、尾張屋源右衛門殿をたより、その口ききで、喜平治どのや堺屋太兵衛どのの許《もと》へ身を寄せているのであろうか……)

かつての自分が、喜平治たちの世話になったように、である。

長い間かかって考えぬいたあげくに、徳山五兵衛の思念は、そこへ落ちついた。

それ以上のことはわからぬ。また、わかろうはずもない。

ふと、目をあげると、庭先に夕闇がたちこめている。

侍女が灯《あか》りを入れに、あらわれた。

「殿さま。何ぞ、御用はござりませぬか?」

「ない」

夕餉《ゆうげ》の時刻であった。

侍女にうながされ、五兵衛が腰をあげたとき、小沼治作が帰邸した。

五兵衛は夕餉の時刻を遅らせるように命じ、

「誰も入れぬように」

と、侍女にいいつけた。

「いかがであった?」

「はい……」

小沼が前へ寄って来て、

「女のほうは、橘《たちばな》町の小間物屋・伊勢屋藤七《とうしち》方へ入りましてございます」

「して、佐和口殿は？」

「女が伊勢屋へ入るのを、道端に立ち、見とどけておいでの御様子でございましたが、その後、尾張様の御下《おしも》屋敷へ……」

「何、尾張侯の……？」

尾張・名古屋六十一万九千石、徳川家の下屋敷が麴町《こうじまち》十丁目にある。

そこの裏門から、佐和口忠蔵が入って行ったというのだ。

「なるほど……」

わからぬながらも、五兵衛には納得がゆくような気がした。

京の尾張屋源右衛門は、尾張家の〔御用宿〕であったはずだ。

そうなると、尾張屋と佐和口の線が尾張家へむすびつくことになる。

(では、尾張屋どのの口ききで、佐和口殿は尾張家へ奉公が適《かな》いかけているのであろうか……？)

今日、五兵衛が見た佐和口は、以前と変らぬ剣客の姿であった。

小沼治作が告げたところによると、佐和口忠蔵は途中で、手にした塗笠をかぶり、尾張家の下屋敷へ入るまで、一度もこれをとらなかったという。

これまた、五兵衛には解せぬことである。

十一

佐和口忠蔵は、大坂を出奔する際に、

「人を三人ほど、殺めた。わしがここにいて、もしも長崎屋殿や、お前に迷惑がかかってはならぬ」

と、妹のお幸へいい残し、長崎屋方を立ち去ったそうな。

つまり佐和口は、おのれの殺人を見咎められることをおそれて、逃げたことになる。

その事情は知るよしもないが、世をはばかって逃げたからには、たとえ江戸にいようとも、白昼の盛り場に顔をさらして歩むというのが五兵衛にはわからぬ。

しかも佐和口は、手に笠を持っていたのだ。

その笠を、やがてはかぶったと小沼治作は告げたが、両国橋の西詰で、佐和口もお玉も平然と、多勢の人目に面体をさらしていたのである。

「殿。これは、どのようなことなのでございましょう?」

小沼は、不安げに五兵衛の顔をのぞきこむようにした。

「ふむ……」

「私めに、お聞かせ下されぬので……?」

そういわれては、五兵衛も返す言葉がない。

京都で、小沼が一命をかけて自分を諫めてくれたことをおもえば、

に、

（隠しだてはできぬ……）

ようにおもえてきた。

それに、これから先の、佐和口忠蔵と自分のことを考えると、たとえば今日のような場合

（小沼がいてくれぬと、どうにもならぬ……）

ではないか。

五兵衛は、肚を決めた。

「小沼。ともあれ、夕餉をすませてから、また、ここへ来てもらいたい」

「では、お聞かせ下されまするか？」

「聞いてもらいたい」

一刻《いっとき》（二時間）のちに、ふたたび、小沼治作があらわれた。

「小沼。実は、な……」

そこで五兵衛は、これまで、だれの耳へも洩らさなかった曾我の喜平治父娘にまつわる経緯を語って聞かせたのである。

「さようなことがございましたのか……」

小沼は息をのんで、

「尾張屋源右衛門殿は、そのようなことを、すこしも申されませなんだが……」

「そのことじゃ。なればこそ、われらも、うかつに足を踏み入れてはならぬ」

「いずれにせよ、いまの殿には関《かか》わり合いのないことでございますな」

「そういうてしまえば、それまでのことだが……」

尾張屋源右衛門にせよ、佐和口忠蔵にせよ、また、喜平治父娘や堺屋太兵衛にしても、五兵衛が江戸へ帰って以来、こちらの便りに応じてこぬのは、

（つとめて、自分を避けようとしている……）

ことになる。

「それにしても、小沼。せめて佐和口殿のみには、ぜひとも、お目にかかりたい」

「それは、私も同様でございます」

「いかがしたらよかろう？」

「さて……」

「明日、尾張家の下屋敷へ行ってみるか、どうじゃ？」

「佐和口様を、お訪ねなされますか？」

「まさか……そうもまいるまい。それでは、われらが佐和口殿の後を尾けたことがわかってしまうではないか」

「では、行ってどうなさいます？」

「あのあたりを歩いているうちに、佐和口殿が尾張屋敷からあらわれるやも知れぬ。そのときは、おもいがけずに行き合ったことにして、声をかけよう」

「なるほど……」

うなずいた小沼治作が、しばらく沈思していたが、

「これは、やはり、おやめあそばすがよいか、と……」

「何故だ？」

「いまの尾張家へ、御旗本が近づくのは、いかがなものでありましょうか？」

小沼がそういったのは、次代将軍の座をめぐる幕府内の暗闘を、かねて耳にはさんでいたからである。

あの〔絵島事件〕以来、月光院と間部詮房による幕府への威圧は、とみにおとろえてきた。

それに引きかえ、前《さき》の六代将軍の後室・天英院の勢力が大奥を支配するようになり、天英院からの幕府へのはたらきかけも、すこぶる活発になってきたという。

月光院と間部が、つぎの将軍を尾張家から迎えようとすれば、天英院は前将軍の遺志をかえりみず、御三家の一つである紀伊家から迎えようとする。

この大奥の勢力争いは、幕府内の勢力争いにむすびついてい、しかも、現将軍は病弱ながら、

「生きておわす……」

のである。

しかし、幼い現将軍が病床に親しむことが多くなって、それは天英院方の暗躍により、現将軍が少しずつ、

「毒をのまされているらしい……」

などという、根も葉もない怪《け》しからぬうわさがながれるほどであった。

こうしたときに、幕臣である徳山五兵衛秀栄《ひでいえ》が、たとえ相手が佐和口忠蔵にせよ、尾張家と関係があるらしい人物と会ったり語ったりするのは、

「つつしまねばならぬ……」

ことだと、小沼治作はおもったのであろう。

「いかさま、な……」

小沼にいわれてみると、五兵衛も、

（うかつなまねはできぬ）

おもい直した。

「なれど小沼。お前だけでも、行ってみてくれぬか?」

「行って、何をいたします」

「何となく、尾張家の下屋敷を……」

「見張れとでも?」

「まさかに……」

「もしも、佐和口様が出てまいられたなら、いかがいたします。声をかけよと申されますか?」

「いや、その……また、後を尾けてみてくれ。どこへまいられるか、それを……」

「それを知って何となされます」

と、小沼が屹《きっ》となり、

「もはや、御放念なさるがよいかと存じまする」

「佐和口殿のことを忘れよと申すか？」

「はい。佐和口様が、こなたを避けているのでございますぞ。それをこなたから手をのばしたのでは、かえって迷惑をなされましょう」

「ふうむ……」

反対をする理由とてない。

小沼がいうことが正しいからだ。

翌日……。

徳山五兵衛は、見廻りに出なかった。

小沼も、自分の長屋へ引きこもったままである。

「殿様の、ごきげんはいかがじゃ？」

と、勢以が老女の千に尋ねた。

「はい。何やら、凝《じっ》と、御居間においであそばします」

「凝と……？」

「何やら、御思案の体《てい》に見うけましてございますが……」

「ほう……」

勢以が眉をひそめ、

「お躰《からだ》のかげんが悪しゅうあそばすのではないか……？」

「さようにはおもわれませぬが……」

ちょうど、そのころであった。

五兵衛の居間へ、小沼治作が切迫の顔つきになってあらわれた。

「殿。お見えになりました、お見えに……」

「どうした、小沼。顔色《がんしょく》が冴《さ》えぬぞ」

「いえ、あの……佐和口様が、いま、御門外へ……」

「何、おれを訪ねて見えたのか？」

「は、はい」

「まことであろうな？」

「ただいま、門番より、告げてまいりました」

「何をいたしておる。早く……早く、お通し申せ」

「かまいませぬか？」

「小沼。先方より訪ね来たりしを、追い返すつもりなのか？」

「いえ、それは……」

「お前も佐和口殿には、亡き堀内先生の道場において、よくよくの稽古をつけていただいたはずだ。よも、忘れはすまい」

「忘れませぬ」

「よいか、小沼。われらは、このようにして、将軍家の旗本であっても、その本体は剣客であることを忘れるな。おれは、そうおもうている」

「おそれ入りましてございます」

小沼は、脳天を鉄槌《てっつい》で打ち叩かれたようなおもいがした。

「では、すぐさま……」

身を返し、小沼治作が居間を出て行った。

十二

徳山屋敷の書院へあらわれた佐和口忠蔵は、昨日、五兵衛と小沼が見かけたときと同じ風体であった。

衣服をあらためたので、五兵衛が佐和口より一足遅れ、書院へ入って行くと、

「おお……」

佐和口忠蔵が、まさに瞠目《どうもく》の体で、

「御立派になられましたな……」

おどろきの声をあげた。

その声に、

（嘘も偽りもない……）

ことが、ただちに五兵衛の胸へひびいたのである。

佐和口は、昨日の五兵衛に、まったく気づいていない。

佐和口にとっては、八年ぶりに五兵衛と再会をしたことになる。

八年前、権十郎を名のっていた徳山五兵衛は十八歳の若者で、元服をすましたとはいえ、まだどこかに、少年の面影が残っていたものだ。

佐和口が、その成長ぶりにおどろいたのも、むりはない。

「おなつかしゅうござる」

と、五兵衛は佐和口の前へ両手をつき、

「その節は、かたじけなく……」

丁重に頭を下げた。

堀内道場で修行を積んでいたころの五兵衛は、佐和口忠蔵によって、どれほどの大きな教導を受けたか、はかり知れぬものがある。

「いやいや……」

佐和口も、ていねいに礼を返し、

「先ずは、めでたく、御尊父の跡目をおつぎなされ、何よりのことでござる」

「御承知でありましたか？」

「尾張屋源右衛門殿より、うけたまわった」

「さようでござるか。私、尾張屋殿には、いかい御世話に相なりました」

「うむ、うむ……」

そのことも佐和口は耳にしているらしい。

「尾張屋殿には、お変りもなく……？」

「おそらくは……」

その佐和口の口調も、言葉も、いささか気にかかった。

（佐和口殿と尾張屋殿とは、このところ、打ち絶えているのか……？）

このことであった。

だが、佐和口は尾張家の下屋敷に滞留しているらしい。

となれば、尾張家の御用宿の主人である尾張屋源右衛門の消息を耳にせぬはずはない。

「権十郎殿……いや、五兵衛殿」

「はい」

「大坂の妹より、それがしのことにつき、何やらいうてまいりましたかな？」

「そのことでござる」

この一事を問いかけられたからには、別に、

（隠しておくこともない）

と、五兵衛はおもい、佐和口の大坂出奔の事情を知らせてよこした、お幸の手紙のことを語るや、佐和口は何度もうなずき、

「それはそれは、つまらぬことで、御心配をおかけ申した」

「いったい、どのようなわけあってのことでござる？」

「ま、お尋《き》き下されるな」

佐和口忠蔵の態度にも言葉づかいにも、以前にかわらぬ親しみがこもっていながら、いまは二千何百石の当主となった五兵衛へ対しての礼儀がにじみ出ている。

「五兵衛殿。これは剣客のならいと申すものでござる。なればこそ、それがしも……いや、亡き堀内先生も、そこもとが剣の道一筋にすすまれることをおとどめ申したのでござる。わが剣をもって生きぬくがためには、好むと好まざるとにかかわらず、血を見ずにはおさまらぬ。何故というに、この道は一命をかけて勝負を争うものゆえ……大坂でのことも、先ず、そのようなものとおもうていただきたい」

こういわれては、その上、問いかけることもできなかった。

そこへ、小沼治作があらわれ、あらためて佐和口へ挨拶をした。

五兵衛が、このときの佐和口を見ていると、昨日、小沼に尾行されたことにも気づいていないようだ。

小沼もまた、さすがに、昨日のことは気振《けぶ》りにも見せぬ。

「佐和口殿は、いつ、江戸へ……?」

「昨日でござる」

「昨日……」

「すぐにも、お訪ねいたしたかったが、日暮れになってしまいましてな」

「昨夜は、いずこへ、お泊りになられましたか?」

「御成道《おなりみち》の旅宿へ泊りました」

「そのようなことをなさらずとも、すぐに、私をお訪ね下さればよろしかったものを……」

「いや、かたじけない」

小沼が、五兵衛へ、

「今夜は、ぜひとも佐和口様にお泊りいただきたく……」

「そのことよ。酒肴《しゅこう》の仕度を申しつけていいような？」

「ぬかりはございませぬ。久方ぶりにて江戸の酒を佐和口様に……」

「うむ、うむ……」

うれしげにうなずく五兵衛へ、

「あ、いや……」

わずかに手をあげた佐和口忠蔵が、

「そうもしてはおられぬので……」

と、苦笑を浮かべた。

「まさか、すぐにも江戸を出立なされるのではありますまい」

「いや、今夜にも……」

「え……」

おもわず、五兵衛と小沼が顔を見合せた。

「これも、剣客のならいでござる」

淡々と、佐和口はいうのだが、何事も剣客のならいにされてしまっては、五兵衛も小沼も納得できるわけのものではない。

いくらすすめても、佐和口は、明朝早く、江戸を発《た》たねばならぬという。

仕方もなく、五兵衛が、

「では、当家より御出立下され。御成道の旅籠へ、人をつかわし、佐和口殿の荷物を運ばせましょう」

「いや……」

このときはじめて、佐和口忠蔵の顔に、

(面倒な……)

という表情があらわれたのを、五兵衛は見逃さなかった。

「小沼。むりにお引きとめもなるまい。すぐさま、酒肴を……」

あわてて、五兵衛が小沼治作へいいつけた。

十三

酒肴が運ばれてくると、佐和口忠蔵は、

「せっかくの、おこころづくしゆえ、頂戴いたす」

快く盃《さかずき》を手にしたけれども、

(何《なに》ともして、いますこしでも、くわしい事情を……)

と、おもう徳山五兵衛が、

「いま一つ……いま一つ……」

しきりに、酒をすすめる間もなく、

「いや、これにて安心をいたしました。五兵衛殿が、このように、立派になられた姿を亡き堀内源左衛門先生がごらんなされたら、さぞかし、およろこびでござろう」

こういって、早くも辞去の様子を見せたものである。

「佐和口殿。それでは、あまりにも……」

「いや、かまわれるな。本来なれば、このようにあわただしく立ち寄ることは、却《かえ》って礼を失するとおもいましたなれど……やはり、久方ぶりにて、五兵衛殿のお顔を見たくなりましてな」

「なれば、いますこし、おすごし下され」

「いや、急ぎの用事もござれば、これにて……」

引き止める術《すべ》もない。

「五兵衛殿をたのみましたぞ」

わざと、滑稽《おどけ》顔に佐和口が小沼治作へいい、腰をあげた。

佐和口忠蔵を門外まで見送った徳山五兵衛が、附きそっている小沼へ、

「早く……早く……」

と、いった。

「は？」

「後を……佐和口殿の後を尾《つ》けよ。いや、お前ではいかぬ。他の者に尾けさせるのだ」

「殿。もう、よいではございませぬか」

「だまれ!!」

久しぶりに、五兵衛が恐ろしい顔つきになり、

「主《あるじ》のいいつけにそむくのか!!」

「はっ……」

小沼は、おどろいて、ちょうど、門番小屋にいた足軽の鈴木亀太郎へ、佐和口の尾行を命じた。

鈴木は、日暮れ方に屋敷へもどり、小沼へ報告をした。

佐和口忠蔵は、下谷の御成道の旅宿・山城屋惣平《やましろやそうへい》方へ入って行ったという。

鈴木は、尚《なお》しばらく、山城屋を見張っていたが、佐和口が出て来る様子はなかったと、小沼に告げた。

先刻、佐和口忠蔵が、

「御成道の旅宿に泊っている……」

と、いったことは嘘ではなかった。

すると昨日は、夜に入ってからでも麴町の尾張家・下屋敷を出て、山城屋へもどったのであろうか……。

「よし。相わかった」
小沼治作から報告を受けた徳山五兵衛は、
「これまでのことだな……」
嘆息を洩らした。
これ以上、何の目的あって、恩人のひとりである佐和口忠蔵の身辺を探るのか……。
それは佐和口個人の事であって、
(おれが立ち入るべき事ではない……)
のである。
あきらめたらしい主人の顔を見やり、小沼も、ほっとしたようだ。
その翌日。
昼近くなって五兵衛が、
「小沼。見廻りに出るぞ」
と、いい出た。
小沼は、
(まだ、おあきらめなさらぬのか……)
眉をひそめた。
だが、引き止めるわけにもまいらぬ。
例のごとく、二人は編笠をかぶり、屋敷を出た。

五兵衛は、両国橋を西へわたった。

(御成道の山城屋へまいられるおつもりなのか……?)

と、小沼はおもったが、そうではなかった。

「小沼。あの折、佐和口殿と共に歩んでいた女は、橘町の小間物屋へ入ったと申したな」

「はい」

「そこへ案内《あない》いたせ」

「お訪ねなされますか?」

「いや、まだ、今日は……」

五兵衛は、ためらっている。

曾我の喜平治のむすめ・お玉と佐和口忠蔵が、あれほど親しげに語り合っていたところをみれば、この二人の共通の知り人である徳山五兵衛のことが、はなしにのぼらぬはずはない。

八年前の五兵衛と喜平治父娘《おやこ》の関係は、尾張屋源右衛門が知悉《ちしつ》しているはずだ。

となれば、源右衛門の口から佐和口忠蔵の耳へも、当然、入っているものと看てよい。

それなのに昨日、屋敷へ訪ねて来た佐和口忠蔵は、お玉のことなど、

(匂わせもしなかった……)

ではないか。

そこが、五兵衛にとっては不可解きわまるところであった。

つまり、佐和口とお玉は、自分たちのことを五兵衛に知られたくはないのだ。ないからこ

そ隠している。それも、この二人が恋情の関わり合いをもっているのかといえば、あきらかにそうではないことが、一昨日の二人の様子を見てもわかる。

「小沼。他人《ひと》の隠し事に喙《くちばし》を入れるつもりはないが、八年前のあの折に、おれが喜平治父娘から受けた恩恵をおもえば、打ち捨ててはおけぬのだ」

「はあ……」

「あの二人の身に、何やら危うい事でも起らぬとよいのだが……」

「そのように、おもわれますので？」

「うむ……」

それは五兵衛の予感にすぎない。

やがて主従は、橘町の小間物屋・伊勢屋藤七方の前に佇《たたず》んだ。

前といっても、堀川を隔ててであった。

この堀川を、このあたりでは「浜町堀《はまちょうぼり》」とよんでいる。

巾《はば》七間余の堀川は、伊勢屋のすこし先から始まってい、大川へ入っている。

その浜町堀のこちら側に、大坂屋という薬種舗があり、徳山五兵衛と小沼治作は大坂屋の横手の路地口へ、すこし身を入れたかたちになり、堀川の向うの、伊勢屋の店先を見まもった。

このあたりは、近くに堺町の芝居町をひかえているだけに、町屋の家並みも灰汁《あく》ぬけている。

店屋にしても、高級な品を商う店が多い。

伊勢屋も、店先に品物をならべたりはしていない。

半分ほど開けた門口へ、

〔小間物・袋物　伊勢屋〕

と、濃紺地へ金箔《きんぱく》でしるした暖簾《のれん》が掛けられているのみである。

「あれか、小沼……」

「さようでございます」

「ふうむ……」

いつまでも五兵衛がうごかないものだから、通りかかる人びとが、やや怪訝《けげん》そうにこちらを見る。小沼は気が気ではない。

「殿……殿……」

「うむ……」

「これより、いかがなされます?」

「あ……」

夢からさめたかのごとく、五兵衛が、

「帰ろう」

と、いった。

意外に、素直である。

「では……」

小沼が先に立ち、路地口を出ようとするとき、

「待て」

「………?」

振り向いた小沼治作は、五兵衛が伊勢屋の方をひたと見つめているのに気づいた。

小沼が見やると、いましも、伊勢屋の裏手へ通ずる路地口から、お玉があらわれたではないか。

お玉ひとりではない。伊勢屋の下男らしい老爺《ろうや》が従っている。

「小沼。後を尾けよ」

「また、でございますか?」

「とやかく申すな。行け」

五兵衛の声には、有無をいわせぬものがあった。

十四

五兵衛は、そのまま通油町《とおりあぶらちょう》から小伝馬町の方へ歩み去った。

お玉と老爺は、それと反対の方向……すなわち、浜町堀の北岸を大川へ向って行く。

そして、堀川を隔てた南岸を小沼治作が歩み出している。

初夏の空は、今日も晴れわたっていた。

両岸の道を行く人びとの声も、明るく高く聞こえてくるようだ。

浜町堀には、大川へ出るまでに四つの橋が架けられてある。

その三つ目の橋の手前に舟着きが設けられてあり、そこに小舟が一つ浮いてい、菅笠《すげがさ》をかぶった男が中に蹲《うずくま》っていたけれども、道行く人びとは気にとめてはいなかった。

小沼とて気づくことなく、編笠のうちから、お玉と老爺を横目づかいに見まもりつつ、ゆっくりと歩んでいたのだ。

と……。

後ろにいた老爺が、お玉の横を擦りぬけて先へ立った。

途端に、老爺とお玉の足の運びが速くなり、三つ目の橋へ見る見る近づいて行く。

小舟の中の男が竿《さお》をつかんで立ちあがった。

「あ……」

おもわず小沼は、笠の内で低く叫んだ。

舟着きへ下りた老爺が、お玉の手を取り、すっと小舟へ乗り移ったのを見たからである。

二人を乗せた小舟が岸をはなれ、浜町堀を大川めざして下りはじめた。

(これは、やはり、おかしい……)

小沼も我知らず胸がさわぎ、堀川をすべってゆく小舟を見まもりつつ、岸辺を歩む。

その小沼治作と同じように、向うの岸へも編笠の侍が二人、足を速めて小舟の後を追うようにしてあらわれた。

（や……？）

はじめて小沼は、向う岸の侍たちに気づいた。

二人の侍も立ち止まり、小沼を見て、あわただしく、何やらささやき合った。

（これは、いかぬ……）

と、小沼はおもい、お玉を乗せた舟を追うことを断念した。

もっとも、舟が大川へ出てしまえば、追おうにも追えぬことになるわけだ。

二人の侍が何の目的で、お玉たちを尾行しているのか、それは知らぬが、こちらは深い事情も知らずに、

（このようなまねをして、もしも余人に怪しまれたら何とする……）

このことであった。

こちらは、徳川将軍に仕える二千二百余石の旗本である。

（うかつなまねをして、殿に傷をつけるようなことになっては一大事だ）

小沼は身を返すや、後をも振り向かずに、この場を去った。

（なるほど、まさに奇怪《きっかい》だ。殿の御懸念のとおりだ）

小沼は小伝馬町三丁目から馬喰《ばくろう》町へ出て、わざと遠まわりの矢の御蔵を囲む道すじを両国橋へかかった。

大川の川面《かわも》には大小の船が行き交い、お玉の小舟が、たとえ、こちらへ来ても目につくまい。

川面には、燕《つばめ》が飛び交っている。

いったんは、橋の欄干から川面を見おろした小沼治作だが、

(ええ、おれまでが何のことだ)

舌打ちをし、両国橋を東へわたりきった。

その前へ、

「もし、お待ち下され」

横合いから、立ちふさがるようにあらわれた二人の侍がいる。二人とも編笠をかぶってい

るが、そのうちの一人を小沼は見おぼえていた。

先刻、浜町堀の向う岸へ駆けあらわれた二人のうちの一人だ。

「拙者に何用でござる?」

と、小沼。

「御浪人か?」

「さよう」

相手に、そう看られたことで、小沼は安心をした。

「何方《いずかた》の御浪人か?」

二人の侍は、笠もとらずに尋問してきた。傲然《ごうぜん》とした態度である。

「そのようなことを、申しあげるいわれはない」

「笠をとって、面体を見せい」

「人に物を尋ねるにしては、いささか無礼ではないのか」

と、小沼は、落ちつきはらっていたが、胸の内はおだやかではなかった。

（おれは後を尾けられていた……）

ことを、すこしも気づかなかったのである。その自分の油断を責めているのだ。

両国橋の東詰も、雑沓《ざっとう》をきわめていた。ことに日暮れ前のひとときだけに、行き交う人びとが好奇の目を向けてくるのを知った二人の侍が、

「こちらへ、こちらへ……」

「ちょと、おいで下され」

などという。

小沼は、よほど「笠をとって顔を見せなくては、つきあいかねる」と、いってやろうとおもったが、そうなれば、こちらも笠をとって顔を見せねばならぬ。これはまずい。

無言で、小沼は歩み出した。

その両傍《りょうわき》へ、二人がぴたりと寄り添った。

「いずれへ行くのだ？」

「そこまで……そこまで」

と、一人がいい、別の一人が、

「先刻、橘町の伊勢屋から出て、舟へ乗った女を御存知か？」

「さて……」

「御存知と看た」

「そのように看るのは、そちらの勝手」

「あの女と、どのような関《かか》わり合いがござるのだ?」

「そのようなものはないと申しあげる」

こたえつつ、小沼は苦笑を浮かべた。

この侍たちのすることは、ばかげている。しっかりした者ならば、先《ま》ず、小沼が何処へ帰るのかを見とどけるべきではないか。

それとも、二人は、小沼に尾行を気づかれたと勘ちがいをしたのであろうか……。

「申されい。あの女と……」

「何も知らぬとこたえている」

「知らぬはずはない!!」

「勝手になされ」

小沼の声には笑いがふくまれていた。

二人は、苛《いら》立《だ》っている。

大川から東へ入り込んでいる竪川沿いの道を、三人は二つ目の橋のたもとまで来ていた。

「どこまで行くのだ?」

と、小沼が鋭くいった。

「こちらへ……こちらへ……」

「行って、どうする?」

「ともかくも、まいられい」

「おのおの方は、無礼を無礼ともおもわぬ方々だな。将軍家おひざもとの江戸には不馴れの方々らしい。あは、はは……」

突然、小沼治作が大声に笑い出した。

その哄笑《こうしょう》に、道行く人びとが振り返った。

小沼の両傍に身を寄せていた二人の侍が、狼狽《ろうばい》した。

十五

小沼治作の躰《からだ》がうごいたのは、このときであった。

小沼は左脇に身を寄せているほうの侍の胸を、肘《ひじ》で強く突き退《の》けた。

「あっ……」

おもわず、その侍がよろめくのへ小沼は体当りをくわせた。

「何をする!!」

右脇の侍が叫んで、つかみかかろうとするとき、身を沈めた小沼治作の腰間《ようかん》から大刀が鞘《さや》走《ばし》った。

「う、うう……」

小沼の大刀に腹を打たれ、侍がの、め、り倒れた。

いうまでもなく、峰を返して打ったのだから気をうしなったまでである。

「おのれ……」

肘で突き退けられた侍が、あわてて飛び退《しさ》り、腰の刀へ手をやったが、すでに遅い。

反転した小沼の峰打ちが、これも相手の腹へ決まった。

右と左に、編笠をかぶったままの侍二人を、一瞬の間に打ち倒したのは、さすがに堀内道場で鍛えぬかれた小沼の手練であった。

道行く人びとの、おどろきの声があがるのを背にして、早くも小沼は相生《あいおい》町五丁目の裏道へ駈け入っている。

それから緑町へぬけ、津軽家・下屋敷の西側を走って南割下水《わりげすい》（堀割）をこえ、迂回《うかい》しつつ、尾行の人影もないのをたしかめ、徳山屋敷へもどった。

徳山五兵衛は、居間で、じりじりしながら小沼の帰りを待っていた。

「小沼。いかがであった？」

「いや、おどろきましてございます」

「何か起ったのか？」

「起ったどころではございませぬ」

と、小沼が始終を語り終えるや、五兵衛は緊張の色を隠そうともせず、

「やはり……やはり、徒事《ただごと》ではない、何事かがあるのだ」

「私も、さようにおもいます」

「ふうむ。これは、いよいよもって怪しいことだ」

「殿。申しあげます」

「何だ？」

「これよりは、もはや、殿が深入りをあそばしてはならぬと存じます」

小沼が、きびしい口調でいった。

「む……」

ちらりと、五兵衛が小沼を見やった。

小沼は、やや蒼《あお》ざめてい、両眼に強い光りが加わってきている。

それは京都で、腹を切りかけた直前の、小沼の眼の色と同じであった。

五兵衛は、うなずき、

「相わかった」

と、いった。

小沼の意中が、わかりすぎるほどによくわかったからである。

佐和口忠蔵やお玉の行動が奇怪《きっかい》なものであればあるほど、そして過去の五兵衛が二人と深い関係にあればあるほど、

（いまのおれが、二人に近づくべきではない）

このことであった。

（そうだ。この上、あの二人のことを探り出そうなどとは、おもうまい。おもったところで

はじまらぬ。なればこそ佐和口殿も、おれに近づくまい近づくまいとしておられるのだ)

その五兵衛の胸の内が眼の色にあらわれていたのであろう、小沼治作もくどく念を押さずに、

「くれぐれも、お気をつけられますよう……」

そういったのみで、引き下って行った。

それから数日の間、五兵衛は市中の見廻りをやめ、居間へ引きこもっていた。

外へ出れば、また、橘町の小間物屋なり、御成道の宿屋なりへ、足が向いてしまいかねない。


夏に入ると、いよいよ勢以の出産の日も近づいてきた。

そうなると、さすがに五兵衛も落ちついてはいられなくなり、佐和口やお玉のことも念頭からはなれてしまったようだ。

(おれの子が生まれる……そうか、おれは父親になるのか……)

実感は、まだわいてこぬが、胸はさわぐ。

落ちついていられないのに、外出をする気にもなれぬ。

もしも自分が屋敷を留守にしたりすると、その間に子が生まれてしまうような気がしてくる。われながら、ばかばかしいとおもった。

勢以は、健康のようだ。つわりも軽かったと聞いている。

「御案じなされますな。御安産に決まっておりますぞ」

と、遊佐良仙もいってくれている。

そういってもらうと気が安らぐ自分を発見して、五兵衛はおどろいた。

(たかが、自分の子が生まれるということのみで、世の男たちは、このような気持になるのであろうか……みな、……?)

昨日までの自分《おのれ》とは、

(人が、ちがってしまった……)

ように、おもえてくる。

亡き父・徳山重俊は、母が自分を身ごもり、出産の日が近づいてきたとき、

(おれと同じような気もちになったろうか……いや、ならなかったにちがいない)

むしろ、五兵衛なぞ生まれなくともよいと、おもっていたろう。

この年の八月二十七日の早朝……。

まだ、眠っていた徳山五兵衛は、用人・柴田勝四郎の声に目ざめた。

「と、殿……殿……お目ざめ下さいますよう……」

勝四郎の声は、切迫していた。

五兵衛は飛び起き、

「何ぞ、異変か?」

と、叫んだ。

勢以の出産が今日か明日かにせまっていたからである。

「いえ、あの……」

次の間との境の襖《ふすま》を開いた勝四郎へ、

「生まれたのか?」

「はい。めでたく……」

勝四郎の声が、ふるえている。

母子ともに健全であって、しかも、五兵衛秀栄《ひでいえ》の跡つぎの男子が生まれたのだ。徳山家にとって、これは何よりもめでたいことに相違ない。

「さようか。男子が生まれたか……」

「おめでとうござります」

「よし。すぐに、まいる」

着替えをする間も、五兵衛の手足が、

(見ともない……)

ほどに震えている。

それに気づいて、五兵衛は落ちつこうと努めるのだが、いっかな震えは熄《や》まぬ。

子が生まれてうれしいというよりも、もっと別の烈しい感動に、五兵衛は心身をゆさぶられていた。

十六

それから五兵衛は、およそ一刻《いっとき》ほど、我子との対面を延ばされた。

勢以の心身が落ちつき、産室が清められてのち、

「いざ、おはこびなされまするよう」

と、勢以のゆるしが出た。

おもわず駈け入った五兵衛が勢以に、

「めでたい!!」

ほとばしるように言葉をかけると、勢以は、あくまでも落ちつきはらい、

「殿。おしずかに、あそばしませ」

「む……」

「お髪《ぐし》が乱れておりまする」

なんということだ。

せっかくに、よろこびを分ち合おうとした五兵衛への、これが妻の言葉なのか……。

しかし今朝の五兵衛は、さほど気にもならなかった。

勢以の傍の褥《しとね》に、仰向けに寝ている我子の、まるで猿のような赤い顔をながめた五兵衛は、
ふといためいきを吐いた。

妻との、あのように味気もないまじわりによって、

（このような生きものが、生まれるものなのか……）

むしろ、茫然となって、赤子《あかご》から妻へ視線を移すと、勢以がひたと五兵衛の顔を見入っているではないか。

「めでたい。御苦労であったな」

仕方もなく今度は、つぶやくようにいうと、さすがに勢以も微《かす》かな笑みを口もとに浮かべ、

「かたじけのうござります」

神妙に、こたえた。

老女の千が、泣きくずれている。

何で泣きくずれるのか、五兵衛にはさっぱりわからぬ。

勢以の実家の藤枝家へも、めでたく男子出産の事を知らせに、小沼治作を走らせたと、五兵衛が告げた。

「かたじけのうござります」

「さぞ、苦しかったであろう？」

「何の……」

かぶりを振った勢以の笑顔が、五兵衛には眩《まぶ》しいほどであった。

妻の、このような笑顔を、五兵衛は結婚以来、見たこともない。

（やはり、勢以もうれしいのだ。子が生まれたのを機に、勢以も女らしゅうなるのではあるまいか……）

と、五兵衛はおもった。

事実、それから一刻ほども、五兵衛は産室にいて妻と語り合ったのである。

だが、その期待は、みごとに裏切られることになる。

出産後、半年の間、五兵衛は勢以と寝間を共にすることを、ゆるされなかった。

半年後のまじわりも、以前とすこしも変らぬ。

例によって、

「そのようなことを、あそばしてはなりませぬ」

である。

「何をなされます」

である。

五兵衛は、幻滅の極に達した。

(もはや、あきらめるよりほかに仕方なし……)

なのである。

ところで……。

生まれた子は、五兵衛の前名、権十郎と名づけられたが、この物語では混乱をまねくおそれがあるので、後の名の、

「次郎右衛門《じろうえもん》頼屋《よりや》」

をもって、よぶことにしたい。

この名は、徳山家の祖・二郎右衛門貞信から採った。

こうして、正徳五年も暮れ、正徳六年（一七一六年）となった。

この年は、六月二十二日に改元の事あって、享保元年となるので、はじめから、この年号によって書きすすめよう。

その享保元年の年が明けて間もなく、七代将軍・家継の病気がいよいよ重くなった。

といっても、病床につききりとなったわけではないらしいが、衰弱ぶりがひどくなり、だれの目にも、家継の寿命が尽きようとしていることがわかった。

「さようさ。この年が明けて間もなくのことであったが……その日は、小沼治作が藤枝家へ使いに出て、屋敷にはおらなんだ。そこで……」

そこで、ふと、おもいついた。

五兵衛は編笠をかぶり、市中見廻りの微行姿で、単身、屋敷を出たのである。

柴田勝四郎が、

「たれぞ、御供を……」

といったが、五兵衛は、

「かまうな。わしは子供ではないぞ!!」

叱りつけるようにいった。

「は……」

「すぐにもどる。案ずるな」

「承知いたしました」

こういうときの勝四郎は、亡き柴田宗兵衛や小沼治作のように、あくまでも反対をすることはない。

五兵衛を信頼しているようにもおもえる。

もっとも、五兵衛と小沼は、佐和口忠蔵の秘密めいた行動を柴田勝四郎に告げてはいなかった。

「御用人様が御心配なさるといけませぬゆえ……」

と、これは小沼のほうから、五兵衛へ念を入れてきたのだ。

この年、徳山五兵衛は二十七歳になった。

まさに、

「子供とはいえぬ……」

わけである。

当時の侍の二十七歳は、現代の男の四十歳にも相当するであろう。

さて、屋敷を出た徳山五兵衛は両国橋を西へわたった。

目ざすところは、日本橋・橘町の小間物屋〔伊勢屋藤七〕方であった。

伊勢屋の前まで来た五兵衛は、いささかもためらうことなく、

「ゆるせ」

編笠をぬぎ、すいと店の中へ入って行った。

「煙草入れを見せてもらいたい」

「かしこまりましてございます」

番頭らしい、品のよい老人が、三つ重ねの桐の箱を運んで来て、五兵衛の前へならべた。高級品をあつかう小間物屋だけに、品物はいちいち、奥から運び出して来るのだ。

煙草入れをえらびながら、五兵衛がにこやかに、

「この店の評判を洩れ聞いてな……」

「おそれ入りましてございます」

「なるほど。みごとな細工じゃ」

「品物の誂《あつら》えには、念を入れておりまする」

「さもあろう、さもあろう」

「この品なぞは、いかがでございましょう?」

「うむ……この店は、何代に相なるのじゃ?」

「いえ、手前どもの主人《あるじ》が、はじめて、お江戸へ出てまいりましたのでございます」

「ほう……さようか。ここに店を構えて、どれほどになる?」

「さようでございます、十年ほどになりましょうか」

「ふむ、ふむ……」

これ以上の詮索《せんさく》は、かえって怪しまれると、五兵衛はおもった。

金唐革の煙草入れをえらび、

「これをもらおう」

「はい、はい。ありがとう存じまする」

価《あたい》は一両二分であった。

（なるほど、よい価だ）

と、五兵衛はおもった。

二千何百石の旗本である徳山五兵衛が、このように、自分ひとりで買物ができて、品物の良し悪《あ》しと価の高い安いの判断がつくのは、やはり、若いころに屋敷をはなれたときの苦労が物をいうのであろう。

あのとき、江戸へ帰って来たとき、ふところに残っていた金を、いまも五兵衛は二十両ほど隠し持っている。

大身《たいしん》旗本の主人であれば、みずから、財布を懐中にして買物をすることなど、

「おもいもよらぬ……」

ことなのである。

五兵衛は、この間、店の中の様子に気をつけていたが、お玉の姿を見ることもできなかったのは当然であった。

十七

落胆というよりは、予期していたあきらめに、

（もはや、これまでのことにしておこう）

むしろ五兵衛は、さっぱりとした気分になり、伊勢屋藤七方を出るや、何処《どこ》へもまわらずに屋敷へ帰って来た。

それからしばらくして、藤枝家へ使いに出ていた小沼治作が帰邸し、五兵衛の居間へあらわれ、藤枝若狭守の言葉をつたえたのちに、

「本日、おひとりで、お出ましになられたそうでございますな？」

じろりと五兵衛を見やった。

「うむ。出た」

「いずこへ、おいであそばしました？」

「ぶらり、ぶらりとな……」

小沼が、さらに追究してくるかとおもったけれども、

「さようでございますか……」

そういったきりで、おとなしく小沼は引き下って行った。

以来、小沼は、五兵衛の外出に際して片時も側を離れなくなった。

また五兵衛も、佐和口忠蔵やお玉のことを放念することにし、小沼や柴田勝四郎の目をかすめるようなことはしなかったのである。

そして……。

この年、享保元年四月三十日に、七代将軍・徳川家継が病歿《びょうぼつ》した。

歿年は、わずかに八歳であった。

春になってから、家継の病気が快方に向い、病間へ入ることもなくなったので、生母の月光院と間部詮房《まなべあきふさ》が江戸城の庭園で祝いの酒宴を催し、そこへ家継を連れ出したのはよいが、たちまちに風邪をひいてしまい、それが原因で死亡したなどといわれているが、あてにはならぬ。

いずれにせよ、家継の宿命を変えることはできなかったろう。

八代将軍は、ついに、紀伊家から迎えられることになった。

紀伊・徳川家の、五代藩主であった徳川吉宗《よしむね》が、ついに将軍となったのである。

吉宗は、紀伊家の二代藩主・徳川光貞の四男として、紀州の和歌山に生まれた。

吉宗は、徳山五兵衛同様に、妾腹《しょうふく》の子だ。

吉宗を生んだ〔おゆりの方〕は、紀伊家の臣・巨勢《こせ》六左衛門の女《むすめ》ということになっている。

「とんでもない。あれは、紀州を経廻《へめぐ》っていた巡礼の女を、ちょうど野駈けに出ていた殿様（光貞）が見かけ、大層お気に入って、これを御殿へ連れて行き、御寵愛《ごちょうあい》のあげくに生まれたのが、八代の将軍家だ」

などという説もある。

元禄十年に吉宗は、時の将軍・徳川綱吉から、越前の国（福井県）丹生郡《にうごおり》三万石の所領をたまわった。

ときに吉宗は十四歳だから、徳山五兵衛は八歳ということになる。

吉宗（当時は頼方《よりかた》）は、どこまでも運のよい生まれつきであった。

宝永二年（一七〇五年）になると、紀伊家の三代藩主になっていた腹ちがいの長兄・綱教《つなのり》が病歿し、その後の四代藩主の座についた次兄の頼職も、数ヶ月後に急死してしまい、それこそ、

「おもいもかけずに……」

紀伊家の五代藩主となり、五十五万五千石の本家を継ぐことになったのである。

将軍・綱吉の気に入られていた頼方は、すぐさま従三位・左中将に叙任され、将軍の名の一字をたまわり、名を吉宗にあらためた。

そして翌年には、伏見宮の女《むすめ》・理子を夫人に迎え、さらに権中納言に昇進をした。

これより吉宗は十二年にわたり、紀伊家の当主として、窮乏の藩財政を建て直し、津波などに荒れ果てた領国の復興に成功をした。

吉宗は、徹底的な緊縮政治によって、この復興を成しとげたといわれる。

みずからも粗衣粗食を励行し、同時に武術を奨励した。

五代将軍の、あの華美で軽佻《けいちょう》浮薄な時代が終りかけていたことも、吉宗にとって倖《さいわ》いであった。

「これが武家というものなのじゃ。めずらしいことではない」

と、吉宗はいった。

紀伊家の財政が息を吹き返したのちも、質実剛健の気風をくずそうとはせぬ。こうした吉

宗の評判は江戸にも聞こえ、徳山五兵衛も、

「紀伊家の殿様は、大した御方らしい」

そうおもっていたらしく、吉宗が将軍となるや、小沼治作に、

「今度の将軍家《うえさま》は、まるで、戦国の時代《ころ》の豪傑のような御方じゃ」

うれしげに、いったそうな。

六代将軍・家宣のころ、次代の将軍位を紀伊家と尾張家が争ったことは、すでにのべた。

八代将軍位も、この両家が争ったわけだが、幕府と大奥との支持が二つに割れ、その凄《すさ》まじい暗闘の後に、

「吉宗が勝った……」

のである。

はじめのうちは、六代将軍の遺志をまもらねばならぬというので、月光院と間部詮房は尾張家を推していたはずだ。

それが六代将軍の後室・天英院も、また、同じように尾張家を推したので、これに対抗するため、紀伊家擁立に変ったという説もあるし、ともかくも、

(表にはあらわれぬことが、いろいろとあったらしい)

と、五兵衛にも察しがついた。

また、吉宗が将軍となって間もなく、吉宗と将軍位を争った尾張藩主・徳川継友《つぐとも》が急死した。

これは当時、東国に蔓延《まんえん》していた麻疹《はしか》にかかったのが原因だというのだが、

「いや、新将軍の手が、密《ひそ》かに尾張家へまわって、毒殺されたのだ」

という噂《うわさ》が、ひろまりはじめたりする。

しかし、新将軍は豪快に歩みはじめた。

自分の後の紀伊家の当主には、初代藩主・頼宣《よりのぶ》の孫にあたる宗直《むねなお》を西条藩から迎えた吉宗は、こころおきなく徳川将軍として、天下の政事《まつりごと》を切りまわすことになった。

吉宗の夫人・理子は、すでに病歿していたが、三十をこえた吉宗は再婚をしようともせぬ。

「いやはや、今度の将軍家は恐ろしい御方じゃ」

と、眉をひそめるものもいる。

気に入った女がいれば、

「手当り次第……」

だというのだ。

そして早くも、江戸城へ入るや、月光院を懐柔し、

「徒《ただ》ならぬ仲……」

になった、なぞというものもいる。

吉宗の後の九代将軍・家重《いえしげ》を生んだ〔お須磨《すま》の方〕をはじめとして、

〔おこんの方〕

〔お久の方〕

〔おくめの方〕

〔おさめの方〕

〔お咲の方〕

など、到底、数え切れぬというのである。

「それに引きかえ、このおれはどうだ。何たる情ないことだ」

と、やがて、徳山五兵衛の嘆きの声が聞こえるようになる。

もっとも、聞こえるといっても他人の耳へではない。

五兵衛が胸の内で、嘆息するのみなのだ。

ともかくも、柴田勝四郎や老女の千も、小沼治作までも勢以に心服をしているのだから、どうにもならぬ。

ことに小沼などは、

「生涯、女なぞというものは、かまいつけぬつもりでございます」

などという。

こういう家来が、五兵衛の側を離れようとしないのだから、身分を隠しての市中見廻りに出ても、妻以外の女に指をふれることもできぬ。

屋敷の侍女なぞは、いずれも勢以と老女の千にまもられ、これまた、五兵衛が手をつけることもかなわぬ。

勢以は勢以で、なるほど、妻としてのつとめはせぬこともないのだが、これまた依然とし

て、

「味気もない……」

　こと、おびただしいものがある。

　いつであったか、

（勢以の陰毛《ほとげ》は、どのようになっているのか……？）

　たまりかねて、手で探りかけた五兵衛へ、

「何をなされます!!」

　勢以は憤然として臥床《ふしど》から去り、それからは三ヶ月も寝間を共にしてくれなかった。

（何故、おれは勢以に弱いのだ……？）

　自問自答してみるが、はっきりとした答えは出ない。

　何といっても、家来や奉公人の大半が心服している妻を、こともあろうに夫婦のまじわりの不満だけで誹謗《ひぼう》するわけにはまいらぬ。

　こうした徳山五兵衛の鬱憤は、五兵衛自身が、

（おもうてもみなかった……）

　かたちとなって発散されることになるのだ。

　その日は、目前に近づいている。

八代将軍

一

新将軍・徳川吉宗は、初代将軍・徳川家康のころの武家政治へ、

「もどらねばならぬ」

と、いった。

だからといって、戦国の世を再現せしめようというのではない。日本に戦乱が絶えてより約百年がすぎて、天下は徳川将軍の威風の下《もと》に治められているわけだが、武家の精神は、

「あくまでも、勤倹尚武を基《もとい》とせねばならぬ」

と、吉宗は、みずから率先してこれに当った。

将軍になって間もなく、わずかな供廻りを従えたのみで、隅田川畔に鷹《たか》狩りをおこない、みずから弓、鉄砲をあざやかにつかって、十八羽の獲物をあげてみせた。

山野を駈けまわって、鳥獣を狩ることは吉宗の得意である。

三代将軍以来、このように、勇ましい将軍は絶えていただけに、

「これよりは、世の中がおもしろくなるぞ」

徳山五兵衛は、うれしげにいったものだ。

〔本所見廻り方〕として、将軍の鷹狩りには、家来たちをひきいて五兵衛も出張《でば》り、警衛に当った。

その折、無造作に目前を行き過ぎる新将軍の英姿を何度も見ることを得た。

〔見廻り方〕の警衛は正式のものではない。

「躬《み》の遊猟中に、百姓たちは仕事の手を休めるにはおよばぬ」

と、新将軍が達しを出したほどなのだ。

五兵衛は年少のころ、江戸城へあがって、将軍・綱吉に謁見をゆるされたことがあるけれども、大広間の遠い遠い彼方《かなた》の御簾《みす》の内に将軍はいて、こちらは頭を下げたまま、顔をあげられもせぬのだから、

（このような謁見なら、せぬほうが増しだ）

と、おもったことがある。

すべてが事大と形式と慣例により、武家が成り立つような世の中になってしまっていたのを、吉宗は爽快《そうかい》に打ち破ったと、五兵衛は感じた。

（これでこそ、将軍である!!）

このことであった。

吉宗は、我子の家重などにも、

「武家の遊楽には、鷹狩りが何よりである。それは、狩りの獲物の多少を競うからではない。

いまのように、戦《いくさ》も起らぬ泰平の世に、家来たちの心をたしかめ、知略を知ることにおいても大いに役立つ。また、それよりも尚《なお》、百姓たちの暮しぶりや、野良仕事の苦労を目のあたりに知ることができて、何よりのことじゃ」

と、教えたそうな。

鷹狩りに出かけて、にわか雨になったときなど、最寄りの寺などへ飛びこみ、すぐさま丸裸になって、雨に濡れた衣服を乾かさせたりした。

将軍御狩りの供をした大名たちが、家来に草鞋《わらじ》をつけさせているのに、将軍はみずから慣れた手つきで草鞋をつけたり、愛馬の世話をしたりするものだから、大名たちがあわてて、

「よし。余がいたす」

自分の手で草鞋をはこうとするのだが、慣れぬこととて冷汗をかくことになる。

兄の跡を継いで紀伊家の主となるまでの吉宗が、どのような苦労をし、下情に通じていたかが知れよう。

また、こんなこともあった。

或日の将軍の食膳の器の中に、虫が入っていた。

これが発見されて、御膳番の者に、

「切腹を申しつけよ」

ということになった。

するとと吉宗は、

「大仰なことよ。罰として、わしが口中にしたのと同じような虫を食べさせるがよい」

と、命じた。

また、いつものように本所の奥の方へ鷹狩りに出かけたとき、ちょうど、川べりで水死人が引きあげられる場面に出合った。

供先の者が、あわてて道を変えようとすると、馬上の吉宗が、

「何事じゃ？」

「水死人にござります。恐れ多いことにござります」

「さようか。よし」

将軍は気軽に馬から下り、水死人へ近づいて行く。

何をするのかとおもうと、みずから水死人の躰《からだ》を調べて見て、

「まだ、のぞみはある。早く、どこぞで鵙《もず》を一羽、手に入れてまいれ」

と、命じた。

そこで、鵙をつかまえて来た。

それをどのように用いたのか知らぬが、ともかくも吉宗が指図するままにして、水死人に服用させると、おどろくべし、その水死人が生き返ったというのである。

家臣たちが瞠目《どうもく》しているのへ、

「このようなことは、むかし、わしが紀州で冷飯を喰《くろ》うていたころ、山野を駈けめぐったりして、木樵《きこり》や猟師などに教えてもろうたのじゃ」

事もなげに、吉宗はいって聞かせた。

二

徳川吉宗は、八代将軍の座に就くや、六代・家宣以来、幕府に権勢を誇っていた人びとの大半を退けてしまった。

これは六代将軍となった家宣が、五代・綱吉の権臣を排除したときと同じであって、いわば政権の交替がおこなわれたわけだから、これも当然であったろうが、それにしても吉宗の変革は峻烈《しゅんれつ》をきわめていた。

前《さき》の将軍・家継の葬儀についても、

「ことごとく、あらためよ」

と、吉宗が厳命を下した。

たとえば、まわりを金銀珠玉で飾りたてた亡き将軍の柩《ひつぎ》にまで、吉宗は口をはさみ、すでにととのえられていた仕度を、すべて破棄させてしまった。

そして、吉宗がおもうような質素きわまる葬儀に変えた。

「武家は、あくまでも武家らしく……」

なくてはならぬという吉宗の主張には、反論すべき何物もない。

正論だからである。

たとえ、

「やりすぎる……」

ことであっても、論旨が間ちがっていなければ、反駁《はんばく》の余地はないのだ。

初代将軍の徳川家康は、江戸城に在っても厳寒の折に、平常は足袋をはいたりはしなかった。

そのため、廊下を歩む家康の足の踵《かかと》は、皸《ひび》やあかぎれのために血が滲《にじ》んでいたという。

将軍も幕府も、その家臣たちも、家康のむかしにもどさなくては、逼迫《ひっぱく》した幕府の財政や、ゆるみきった武家の気風を、

「立て直すことはできぬ」

吉宗は、そうおもっている。

これまた、正論なのである。

そして将軍自身、まるで、初代将軍の霊が乗り移ったかと見えるほどなのだ。

夏も冬も衣服は木綿である。

自分の子の家重も同様にさせた。外出《そとで》の折の袴《はかま》まで、木綿の小倉織《こくらおり》にさせたというから、まるで〔書生〕同然の服装である。

刀や、印籠《いんろう》、帯なども、いまどきの浪人たちでさえ使わぬようなものだ。

たとえば、将軍・吉宗と徳山五兵衛とをならばせて見たら、どちらの身分が上なのか、わからぬことになる。

江戸城内で、家臣が将軍の前へ出たりすると、吉宗は凝《じっ》と、家臣の着ているものを見つめ

たまま、いつまでもいつまでも口をきかぬ。

家臣たちはたまりかねて、冷汗をかきながら退出し、吉宗同様の質素な服装にならざるを得ない。

食事も、

「一汁一菜でよい」

と、いう。

まさか、そうもなるまいが、すこしでも贅沢《ぜいたく》な料理が膳に出ると、

「下げよ」

きびしく命じる。

茄子《なす》や芋の煮ころがしのようなもので、ぱくぱくと玄米の飯を食べるのが、

「何よりもうまい」

という将軍なのである。

こうした吉宗だが、女権が渦巻く大奥にだけは、こまかく神経をつかい、あまりに激しい変革をせぬ。

「女は面倒な生きものゆえ、うかつに手をつけてはなるまい」

と、考えたのやも知れぬが、それよりも、この八代将軍の好色ぶりは、これまた、初代将軍に劣らぬものがあった。

大奥には、将軍の側妾《そくしょう》や、老女、中﨟《ちゆうろう》以下の女中たちから、その下の小間使いなどをふく

めて二千にある女たちがひしめいている。

吉宗は、こうした下級の女中たちへも、どしどし、手をつける。

中には、夫のある女もいたそうな。

こうしたわけで、大奥に対しては、吉宗も気をつかわぬわけにはいかなかったのであろう。

しかし、将軍の好色といっても、これは女たちに何人もの子を生ませ、将軍家の子孫を絶やさぬためということになれば、これまた正論となってしまう。

吉宗も、この後、倹約と武術の奨励と人材の登用だけでは、あまりにも行きづまった幕府の財政を立て直すことができず、さらに強引な政策を打ち出し、諸大名へも、将軍の威令をもって、一万石につき、百石を幕府へ上納させたりしている。

けれども、将軍自身が、大名以下というより旗本以下、浪人同様の生活をしているのだから、

「嫌な顔もできぬ……」

ことになる。

それにしても……。

このような八代将軍と、おもいもかけぬ場所で出合い、口をきき合い、将軍の躰へ自分の手がふれるような事態が起ろうとは、さすがの徳山五兵衛も、

「夢にも見ぬ……」

ことであったといえよう。

三

それは、徳川吉宗が将軍となった翌年の秋のことだから、徳山五兵衛は二十八歳になっていた。

この年、享保二年（一七一七年）の晩春には、早くも五兵衛の次男・監物《けんもつ》を勢以が生んでいる。

（あのように、たまさかの、呆気《あっけ》もないまねをしていながら、ようも生むことよ。また、ようも生まれることよ）

五兵衛は呆気にとられた。

依然、五兵衛は本所見廻り方をつとめている。

この役目も、吉宗が将軍となって以来、何かといそがしいものに変ってきた。

それというのも、将軍・吉宗は寸暇を得ると、狩りや野あそびに出る。

これまでの将軍の外出となれば、何百何千の供揃《ともぞろ》えで、沿道の警戒もきびしく、物々しい行列をととのえて江戸城を出るわけだから、その準備だけでも大変なことになる。

だが吉宗は、突然に出かける。

供廻りなぞも、少ないときは百にみたぬこともあった。

狩りを好む吉宗であるが、馬を飛ばし、近郊を駈けまわるだけでもよい。

むかし、年少のころ、紀州で兄たちの厄介者として冷飯を食べていたころの吉宗は、

「撥馬《はねうま》の源六」

と、異名をつけられたほどだ。

源六というのは、吉宗の幼名からとったものである。

撥馬とは、暴れ馬のことだ。

供も従えず、山野に馬を駆っていて、村里の若者などが相撲をとっているのを見かけたりすると、

「よし。おれが相手だ」

と、馬から飛び下り、たちまちに裸体となって相撲の仲間入りをする。

とても、これが紀伊家の血をひいた〔若君〕だとはおもえぬ。

この野生を好む性格ゆえに、倹約も質素も、吉宗にとってはいささかも苦にならず、むしろ、そうした生活が快適なのだ。

紀州から取り寄せた梅干に握り飯が、野あそびや狩りの折の吉宗の弁当であった。

吉宗は大川（隅田川）をわたった、南葛飾の風色が気に入ったらしい。

その日の鷹狩りも、南葛飾郡《ごおり》・亀戸《かめいど》村のあたりを中心にしておこなわれた。

後年の吉宗は、小金ヶ原の狩りをしたときなど、勢子《せこ》をふくめて二万に近い大がかりな狩りをもよおしたこともあるが、そのようなことはめったにない。

この日。八代将軍の供をしたのは、大番組の精鋭三隊、新御番組二隊、それに先手組《さきてぐみ》、目

付、鷹匠、鳥見役などを合せ、二百人にもみたぬ簡略なものである。

このような編成で、ごく気軽に、外へ出て行くことが多い吉宗なのだ。

それだけに、幕府も神経を尖《とが》らせてい、本所見廻り方の徳山五兵衛へも、かねてから種々の通達が出るようになった。

将軍御狩りのときにかぎらず、いつも油断なく、本所から南葛飾のあたりを見廻り、

「異常なきか……?」

を、たしかめておかねばならぬ。

ここは紀州の山野ではない。

徳川将軍と幕府の本拠である江戸なのだ。

吉宗もまた、紀伊家の厄介者ではない。

天下を知ろしめす将軍なのである。

それが、このように簡略な供廻りで、ろくに護衛もなく、全身を馬上に曝《さら》して野道を駈けまわっていては、

「まことに、危ういことじゃ」

幕閣の人びとが眉をひそめているけれども、吉宗は耳をかたむけようともせぬ。

たとえば、鉄砲の名手などが木蔭《こかげ》に隠れ、吉宗を暗殺しようとすれば、さほどむずかしくはないようにおもわれる。

絶対の権力者である徳川将軍を暗殺するものなどが、

「あろうはずはない……」

と、おもえようが、実は、そうではない。

後年、徳川五兵衛秀栄《ひでいえ》は、

「わしが、しかとおぼえているだけでも、将軍家のおいのちが狙われたことは、三度ほどあった」

と、密《ひそ》かに洩らしている。

これは、四代、五代、六代将軍の世には考えられなかったことだ。

むろん、それにはそれだけの理由がある。

将軍家と尾張家の確執がそれであって、やがて五兵衛も、その渦中へ巻きこまれることになるのだ。

それはさておき事件が起った当日に、はなしをもどしたい。

このところ五兵衛は、熱心に役目を遂行していた。

佐和口忠蔵や、お玉のことなどにおもいを寄せている暇もない。

見廻り方の仕組も大きくなり、先手組からも人数が出て、臨時の編成をおこなっては五兵衛の指揮の下に、狩りをする将軍を遠巻きにしつつ、護衛をする。

そのための訓練もせねばならぬ。

将軍は、そのように物々しいことを好まぬのだから、吉宗に知られぬよう、すべてをはからねばならぬ。

先手組というのは、弓組と鉄砲組にわかれ、戦時ともなれば将軍出陣の先鋒《せんぽう》をつとめ、平時でも事変や暴動が起れば、ただちに出役《しゅつやく》し、諸方の警備にあたる。

五兵衛の亡父・徳川重俊は、一時、先手頭《がしら》となり、盗賊改方を兼任したことがある。

重俊は、出費ばかり多くて、

「得るところが何もない……」

御役目を嫌い、一日も早く解任してもらうように運動したものだが、いま、このとき、それが五兵衛の役に立った。

先手組のほうも、徳山家のほうも、むかしのことながら当時の様子が記録にもとどめてあるし、徳山屋敷内にも、そのころの長屋や諸設備が残されている。

たとえば、徳山屋敷の裏門から西の道へ出たところに、大川の水を引き込んだ入り堀がある。

これは徳山重俊が盗賊改方に就任した折に、幕府が設けたものだ。いざ出動となったとき、この入り堀から舟で大川へ出て行けるようにしたのだが、こうした設備も役に立つことになった。

さて、その日。

徳山五兵衛は、狩りをする将軍・吉宗一行を例によって遠巻きに護衛した。

亀戸村一帯は、かねてから、くわしく調査をしてある。

怪しい者が隠れ住んでいる様子もないと、五兵衛は自信をもっていた。

昼ごろになって、五兵衛は小沼治作を従え、亀戸村の名主・山口喜右衛門《きえもん》の屋敷近くへ来ていた。

つぎつぎに、警衛の先手組から、五兵衛へ報告が入って来る。

別に、異常はないようだ。

将軍家は、

「この近くにおわします」

とのことである。

「よし。これで今日の御狩りも無事にすむことであろう」

と、五兵衛が小沼治作へ、

「おれは山口喜右衛門方で弁当をつかっている。そのことを、みなに知らせておいてくれ」

「承知つかまつりました」

小沼は、すぐに馬へ飛び乗り、駈け去って行った。

五兵衛も小沼も、馬にこそ乗っているが、ごく目立たぬ身なりをしていて、これが将軍警固の幕臣だとは、だれの目にもわからぬ。

見廻り方の警衛は、決して隊伍を組まない。

各自が、一人か二人ずつ分散し、将軍の供をしている先手組との連絡をたもつように訓練を重ねてきていた。

空は、どんよりと曇ってい、黄ばんだ木々の何処《どこ》かで、しきりに鵙が鳴いている。

山口喜右衛門の屋敷は〔梅屋敷〕ともよばれ、ひろい庭の一部が梅林になっている。

見廻り方の徳山五兵衛といえば、山口喜右衛門もよく知っている。

このあたりの様子を探ったり、調べたりするためには名主である喜右衛門との連絡を密接にしておかねばならぬ。喜右衛門もまた、村を束《たば》ねる責任者として、五兵衛に協力をせねばならぬ。

五十をこえたばかりの山口喜右衛門は、五兵衛に好感を抱いているらしく、

「お口に合いますか、どうか……」

とりたての野菜を、徳山屋敷の台所へ届けてくれたりする。

それだけに五兵衛は喜右衛門を信頼しているし、また、こころやすい間柄になっていた。

（このところ、喜右衛門の顔も、しばらく見てはいなかった……）

ことをおもい出しながら、五兵衛は裏手の門から屋敷内へ入って行き、馬は其処《そこ》の立木へつないでおいた。

老いた下男が、五兵衛を見て挨拶をし、

「こちらへ、おいで下さいまし」

「なに、かまうな。そこの隠居所で弁当をつかわせてもらいたい。茶をたのむ」

「はい、はい」

「わしが隠居所にいることを、喜右衛門の耳へ入れておいてもらおうか」

「かしこまりましてございます」

老僕が母屋の裏手の方へ去るのを見送ってから、五兵衛は隠居所へ向った。

今日の将軍御狩りのことは、すでに使いを出し、喜右衛門の耳へ入れてある。

樹齢二百年におよぶと聞いた椎《しい》の木の向うに、いまは亡き先代の隠居所がある。

部屋が三つあり、それに小さな台所と湯殿がついている。

そこへ、五兵衛は入って行った。

この隠居所の茶室で、山口喜右衛門は茶会をひらいたりする。

その茶室へ、五兵衛は入った。

別れるとき、小沼治作がわたして寄こした小さな包みの中に、五兵衛の弁当が入っている。

蒔絵《まきえ》の、三重がさねの立派な弁当で、中のものは勢以みずから台所へ立ち、女中たちに指図して調理させたものであった。

野菜の煮物に、これは五兵衛が大好物のよせ鶉《うずら》の煮物が入っている。これは鶉の肉をつくねにして煮たものだ。

こういうところは、申し分のない妻だといってよい。

苦笑を浮かべつつ、五兵衛が箸《はし》を取ったとき、山口喜右衛門があわただしく走り込んで来た。

四

「と、徳山様……」

五兵衛へ呼びかけた山口喜右衛門の声が尋常でない。

「どうした?」

「早く、お早く……」

「何……?」

「将軍様《くぼう》が、いま、これへ……」

「えっ……」

さすがの五兵衛も、このときばかりはおどろいた。

鷹狩り中の将軍・吉宗が、この隠居所へあらわれようとしているらしい。

「お早く……お早く……」

喜右衛門に急《せ》きたてられるまま、五兵衛は、ひろげた弁当をあわててまとめ、両手に抱きかかえるようにして、隠居所の裏手から外へ飛び出した。

八代将軍も、弁当をつかうため、名主・喜右衛門の屋敷へ立ち寄ったのである。

先ぶれの士《もの》が名主屋敷へ馬を乗りつけ、

「将軍様《うえ》、御成り……」

のことを告げたときには、すでに徳川吉宗は屋敷前へあらわれていたのだ。

「し、しばらく、お待ち下さいますよう」

「かもうな。ここには隠居所があるそうな。そこでよい。そこでよい」

と、吉宗がいい、馬から下りて、つかつかと門内へ入って来たものだから、喜右衛門とて、どうすることもできぬ。

「ただいま……すぐに、ただいま……」

狼狽《ろうばい》の極に達しながらも、山口喜右衛門は、

(と、ともかくも、このことを徳山様へお知らせしなくては……)

と、転げるように隠居所へ駈け込んだのであった。

徳山五兵衛が外へ飛び出すのと入れちがいに、

「ゆるせよ」

早くも吉宗が、隠居所へ入って来た。

喜右衛門は玄関の土間へ飛び下り、平伏をした。

近習の一人が吉宗の草鞋を解きにかかる。

別の二人が将軍の弁当を持ち、側にひかえていた。

「かもうな。弁当をつかうだけのことじゃ」

こういって、三十四歳の将軍は無造作に隠居所へあがり込み、つかつかと一間《ひとま》へ入って行った。

そこは、五兵衛がいた茶室ではない。

喜右衛門は、驚愕《きょうがく》しつつ、よろめくように、母屋へ向った。

屋敷の外には三十人ほどの供廻りの士がいて、おもいおもいに弁当をひろげている。

そして、彼方には、この隠居所を取り巻くようなかたちで供の家臣たちが待機していた。

喜右衛門は、これも、おどろきあわてている奉公人を指図し、湯茶の接待の仕度に取りかかった。

さて……。

徳山五兵衛は、どうしたろうか。

裏庭へ飛び出した五兵衛は、裏手の道へ、将軍の供廻りの馬蹄《ばてい》の音が近づいて来るのを知
った。

これには、何もおどろくことはない。

裏門から出て行き、

「本所見廻り方、徳山五兵衛でござる」

と、名乗ればよい。

しかし五兵衛は、

(待てよ……)

おもい直した。

(ひとつ、上様の御顔を、そっと拝見しようか……)

このことであった。

風変りで、勇ましくて、将軍としては破天荒の、そして、

(おれが大好きな……)

吉宗の顔を、五兵衛は、よくよく見とどけていない。

（よし。拝見いたそう）

こころが決まると、五兵衛は微笑を浮かべた。

これまでの将軍御狩りの折に、徳山五兵衛は何度か警衛に出張《でば》っている。

そして、一定の距離をへだてている自分の目前を通りすぎる八代将軍を見てはいた。

見てはいたが何分にも、将軍は陣笠をかぶり、馬を走らせている。

その堂々たる体軀《たいく》や、みごとな馬術だけは、

（しかと見とどけた……）

徳山五兵衛であるが、まさかに将軍の顔を間近く寄って、まじまじと見てはいなかった。

そこで、隠居所の裏口から足音を忍ばせて入って行き、将軍や近習が庭に面した座敷にいることをたしかめるや、するりと茶室の中へ身をすべりこませた。

高声《たかごえ》で、さも愉快そうに、近習へ何か語りかけている吉宗の声が聞こえる。

茶室にも庭に面した小窓があった。

その窓の障子を細目にあけて、五兵衛は顔を寄せた。

茶室は庭へ突き出したかたちになっている。

それで、渡り廊下をへだてた向うに、将軍がいる座敷が見えた。

障子を開け放ち、将軍が弁当をつかっている。

（上様には粗食をあそばすそうだが……）

と、見まもった五兵衛が、

（なるほど……）

感嘆した。

自分の弁当に入っていたよせ鶉の煮物どころではない。

大きな握り飯を、吉宗が大口を開けてむしゃむしゃと食べている。

それだけだ。

菜《さい》の物などは何一つないらしい。

握り飯の中に梅干でも入っているのであろうか。

握り飯を食べ、近習が差し出す竹製の水筒の水を、将軍がのんでいるのだ。

（ははあ……）

徳山五兵衛の感激は最高潮に達した。

（これは、大した御方だ……）

おもわず、躰《からだ》が震えてきたほどである。

隠居所に面した庭の向うは梅林であった。

早春になると、紅白の梅が咲きそろい、そのみごとな景観が知れわたっている。

その梅林の向うから、名主・山口喜右衛門が、一人の女と共にやって来るのが見えた。

喜右衛門は羽織・袴をつけ、若い女は両手に茶の仕度を捧《ささ》げ持ち、こちらへ近づいて来る。

「かもうな」といわれても、かまわぬわけにはまいらぬ。

(うふ、ふふ……名主が周章の体《てい》だ)

笑った五兵衛の眼の色が、急に変った。

(あっ……あれは……?)

見間ちがいだとおもったが、そうではなかった。

喜右衛門の後ろについて来る若い女は、まさに、曾我の喜平治のむすめ・お玉だったのである。

五

喜右衛門も、

(どのようにして将軍様を、おもてなしいたしたらよかろうか?)

あれこれとおもいをめぐらしたらしいが、何しろ急場のことだ。

いま、大台所に食べものがないわけではないが、

(うかつに差し出せるものではない……)

と、おもった。

(ともかくも、熱い茶なりと……)

そこで喜右衛門は、この夏ごろ、新しく女中奉公に来たお玉に茶の仕度をさせ、

「早く、早く……」

急かしつつ、これをともなって吉宗の前へ恐る恐るすすみ出たのである。

お玉は、日本橋・橘町の小間物屋〔伊勢屋藤七〕方から、

「ぜひとも、名主さまのお屋敷で行儀見習いをさせていただきとうございます」

と、たのまれ、身柄を引き取った。

山口喜右衛門は去年、嫁に行った娘に女の子が生まれたので、その雛《ひな》人形を伊勢屋へ注文したことが縁になり、伊勢屋のほうからも何かと亀戸村へ来て、めずらしい品物を見せたりするので、喜右衛門も、そのたびに買物をする。

そうしたわけで、わずか一年の間に、山口喜右衛門と伊勢屋藤七は親しい間柄となった。

同じような年齢だし、はなしもよく合う。

お玉は、伊勢屋の遠縁にあたるむすめだそうな。

両親も亡くなり、きょうだいもいないので、

「手前どもで引き取りましたが、何分、草深いところに育ちましたので、どうもその気転もきかず、物事をわきまえておりませぬ。本来なれば、もう嫁に行き、二人や三人の子が生まれていてもよいのでございますが……」

伊勢屋藤七は、喜右衛門にそういった。

「手前どもに置いては、親類のむすめということもあって、ついつい甘やかしてしまいます。そこで、ぜひとも名主さまに……」

「では、まあ、連れて来て見なさるがよい」

そこで伊勢屋がお玉を連れて来た。

一目見て、山口喜右衛門夫婦は、お玉が気に入ってしまった。

なるほど田舎育ちらしく、躰つきも固太りで、化粧の気もない顔は浅ぐろいのだが、いかにも純真そのものの様子で、しかもはきはきとした立居ふるまいに、

「これは、よい娘《こ》じゃ」

喜右衛門夫婦は、この娘なら、

「嫁の世話までしてもよい」

と、いった。

「まことでございますか？」

「なれど伊勢屋さん。この娘は、あまりいじくらぬほうがよい。いまのままがようござる。行儀見習いというてもな、どこにでも転がっている町娘のようにしてしもうては却《かえ》って、お玉さんのよいところが消えてしまうのではないかな」

「ははあ……」

「ま、わしにまかせてくれるなら、引き受けましょう」

「はい、はい。私も、ぶしつけに申して相すみませぬが……実は、名主さまのお人柄を見込んでのことなのでございますゆえ、よろしく御願い申しあげます」

「そうか。それなら……」

以来、名主屋敷に住み暮すようになったお玉は、喜右衛門夫婦の側近く仕え、夫婦の気に入られ、何かにつけて「お玉……お玉……」なのである。

お玉は、たしか二十五、六歳になっているはずだが、見るからに初々《ういうい》しく、しかも、

「業《わざ》とらしくない……」

のである。

だれの目にも、二十《はたち》そこそこに見えた。

跡つぎの息子はいるが、可愛がっていた娘を嫁に出したばかりだけに、喜右衛門が、

「お玉を他家へ嫁がせたくはなくなった」

と、いえば、妻のお浅《あさ》も、

「息子に嫁をもらうのを、いままで待っていればようございましたな」

さも、残念そうであった。

息子の喜太郎は去年の秋に妻を迎え、つい先ごろ、男の子が生まれたばかりだ。

茶の仕度をしてあらわれたお玉を見た瞬間、将軍・吉宗の眼が煌《きら》りと光った。

山口喜右衛門が庭前へひれ伏し、

「お、恐れながら、お茶なりと……」

辛うじていった。

地についた喜右衛門の両手が、わなわなと震えている。

「うむ、うむ……」

機嫌よくうなずいた吉宗が、

「さわがせてすまぬな」

気さくに声をかけ、ちらりとお玉を見やって、

「馳走になろう」

「ははっ……」

喜右衛門の恐懼《きょうく》感激は頂点に達した。

お玉はといえば、さして怖《おそ》れる様子もなく、茶道具を捧げ、縁の端へ行き、茶をいれはじめた。

茶室の小窓の隙間から、このありさまを窺《うかが》っている徳山五兵衛は、

（こ、これはいったい、どうしたことなのか？）

躰も顔も熱くなり、思考をめぐらす余裕《ゆとり》もない。

吉宗が近習たちへ、何かささやいた。

三人の近習が玄関から庭へ出て来ると、平伏をしている山口喜右衛門へ何かいい、喜右衛門を引き立てるようにして、母屋の方へ立ち去って行くではないか。

（はて……？）

いよいよ、五兵衛にはわからなくなってきた。

すると……。

これまで縁先近くに坐っていた将軍が、座敷の奥の方へ身を移した。

将軍の姿が、五兵衛の視界から消えたのである。

そして、将軍の声だけが聞こえた。

「これへ持て」

と、聞こえたように、五兵衛はおもった。

お玉が一礼し、新しい湯呑みになみなみと汲《く》み入れた熱い茶を盆に乗せ、縁側へあがって行く。

お玉の姿も、五兵衛の視界から消えた。

吉宗は、座敷の床の間を背にして坐り、お玉が差し出す茶をのみ、

「うまい」

と、いった。

江戸城内では、このように熱くて香ばしい茶をおもうさまのむこともできない。

食事にしても、粗食を命じてはあるが、遠い遠い大台所で調理したものを運んで来るのだから、汁も飯もぬるくなってしまっている。

しかも、将軍が口にする前には、家臣が毒見をせねばならぬ。

吉宗も、このように、むかしから存続している慣例を破るわけにはまいらぬ。

お玉は吉宗から離れ、座敷の隅へ下り、うつむいている。

胸も腰もはち切れんばかりの、お玉の肉置《ししお》きを、吉宗がじろじろとながめまわしつつ、

「名は何と申す?」

「はい……」

一瞬、ためらったようだが、

「お玉と申しまする」

「玉と申すか、よい名じゃ。そちは名主屋敷の女中であるか？」

「はい」

「何歳に相なる？」

「十九になりまする」

と、お玉が偽りの返事をしたのは、どうしたわけなのか……。

「十九歳と、な。ふうむ……」

のみほした湯呑みを盆へ置いた将軍・吉宗が何をおもったか、急に立ちあがり、境の襖《ふすま》を開けた。

その向うに、いま一つ小さな座敷がある。

「これ、お玉とやら……」

妙に甘やかな声になった吉宗が、いきなり、お玉へ近寄り、

「さ、立て」

「は……」

「よいから立つのじゃ」

「は、はい……」

うつむいたまま、お玉がそろりと立ちあがった、その肩を、吉宗のたくましい双腕《もろうで》が抱き

すくめた。

「愛《う》いむすめじゃ」

「あ……」

吉宗を見上げた、お玉の眼が何故か鋭く光った。

吉宗の切長の両眼にも妖《あや》しげな光りが加わり、ふとい鼻筋が脂に照っている。二つの耳は異様に大きく長かった。大仰にいうなら、その耳朶《みみたぶ》が顎《あご》のあたりまで垂れている。

女にしては大柄なお玉の躰を吉宗が軽がると抱きあげ、奥の座敷へ入って行った。

六

奥の座敷へ入った徳川吉宗は、抱きあげていたお玉を下し、境の襖を閉めた。

お玉は身を固くして、うつむいたままである。

「生国《しょうごく》は？」

「小田原の在《ざい》でござります」

「さようか……」

と、吉宗が、お玉へ身を擦り寄せるように坐り込み、

「これ……」

いきなり、お玉の手を取った。

微《かす》かに、お玉は抵抗のかたちをしめし、手を引こうとしたようだが、どうにもならぬ。

「ふうむ……」

吉宗の眼前、わずか一尺のところに、顔をそむけたお玉の項《うなじ》が見える。

汗の浮いた項が、うす暗い座敷の光りを受けて生なましく震えていた。

吉宗が生唾をのみこんだ。

汗ばんだお玉の肌身から、

「得もいわれぬ……」

体臭が、吉宗の鼻腔《びこう》を擽《くすぐ》る。

それは白粉《おしろい》の香りでもなく、紅の匂いでもなかった。

健康な女の肌身の精気そのものが匂ってくるのである。

このような女は、将軍・吉宗の、もっとも好むところのものであって、

「生国は何処《いずこ》じゃ?」

問いかけつつ、早くも八代将軍の左腕がお玉の肩を抱いた。

「あ……」

「おどろくにはおよばぬ」

吉宗の、こうしたときの台詞《せりふ》の拙劣さはどうであろう。

こうなれば、もはや、

(生国などは、どうでもよい……)

のである。

吉宗は、すっと身を退《の》けたかとおもうと、今度はお玉の両腕をつかみ、斜め前へ引いた。

「あれ……」

前のめりになったお玉が、おもわず伸びた両足をちぢめかけるのへ、吉宗が横ざまに身を寄せ、

「声をたてまいぞ」

ささやくや否や、左腕にお玉の顔を巻きしめ、右手は早くも襟元《えりもと》を割って、乳房をつかみしめている。

なかなかどうして、こうしたところは堂に入ったものだ。

押しひろげた襟元から、ぷっくりとあらわれた量感ゆたかな乳房の、その桃色の乳首を見たとき、吉宗は勃然《ぼつぜん》となった。

「あ……」

わずかに声を発したお玉の唇《くち》へ、吉宗はわが唇を押しあて、右手を乳房からはずしたかとおもうと、それこそ、

「あっ……」

という間に、野袴《のばかま》の紐《ひも》を解いてしまった。

「そちが……そちが気に入ったぞ」

「あ……もう……」

「かまわぬ」

「あれ……」

「声をたてるなと申すに……」

お玉は身をもがいた。

もがいてはいるのだが、何か不自然のようにも見える。もがきつつ、吉宗の手のうごくままに、まかせているように見えた。

しかし、お玉は眉を寄せ、両眼を閉じ、唇を嚙《か》みしめている。

その表情は、苦痛に耐えているものとしかおもわれぬ。

それでいてお玉は、逃げようともせぬのだ。

「ああ、そちは何という……」

と、将軍・吉宗が譫言《うわごと》のようにささやきながら、お玉の躰へ伸《の》しかかった。

異変が起ったのは、このときである。

廊下に面した襖を引き開けて飛び込んで来た若い侍が、おもいきり、吉宗の躰を突き飛ばした。

「あっ……」

こうしたときの男の躰が、どのように無防備であるかはいうをまたぬ。

将軍の大きな躰が斜め横に突き飛ばされ、転倒した。

だが、この八代将軍は躰の鍛えかたがちがう。

すぐさま、はね起きて身構え、

て
いる。
けれども、その声が出る前に、躍りかかってきた曲者の拳《こぶし》が吉宗の胸下の急所を強撃して
と、叱咤《しった》しようとした。
「曲者《くせもの》！」

紐が解かれたままの野袴が吉宗の脚絆《きゃはん》の上まで垂れ落ち、何とも不様な恰好で、吉宗は気
「う……」

をうしなってしまった。

曲者の顔は、何やら妙な布に包まれていたが、たとえ曲者が覆面をしていなくとも、その
顔を見とどける間とてなかったろう。

この曲者は、徳山五兵衛であった。

ややあって……。

将軍が息を吹き返したとき、お玉も五兵衛も、姿を消してしまっている。

「おのれ!!」

低く鋭く、吉宗は叫び、おのれの醜体をかえりみて無念の形相となった。

つぎに、この将軍がしたことは、境の襖を細目に開け、向うの大座敷と、彼方《かなた》の庭前を注
意ぶかく見とどけたことだ。

となりの座敷にも庭先にも、人影は見えなかった。

吉宗の侍臣たちは、将軍が、またも、

（よろしくやっておられる……）

と、おもい込んでいるにちがいない。

むずかしい顔つきの吉宗が、衣服をととのえ、野袴の紐も結びはじめた。

そのうちに、吉宗の喉元《のどもと》から、妙な声が這《は》いのぼってきた。忍び笑いなのである。

それにつれて、きびしい表情がゆるみはじめた。

「う、ふふ……撥馬《はねうま》の源六としたことが……」

自分の醜体を、もう一人の自分が見つめていて、急に可笑《おか》しさがこみあげてきたのであった。

身仕度をととのえると、吉宗は大座敷へ出て行き、

「たれか、ある」

大声に侍臣を呼びつけ、

「狩りをつづけようぞ」

と、いった。

将軍一行が立ち去ったのち、名主屋敷は大さわぎとなった。

お玉の姿が、忽然《こつねん》と消えてしまったからである。

（将軍《くぼう》さまに、お茶を差しあげていて……それから、お人ばらいになって……あの隠居所に残ったのは将軍様と、お玉のみじゃ）

お玉が、

(何か、不始末をして、お手討ちにでも……?)

だが、その気配はなかった。

将軍も名主屋敷を去るとき、あわてて見送りに出た山口喜右衛門へ、

「造作をかけたな」

と、笑いかけたほどであった。

(はて……?)

どうもわからぬ。

山口喜右衛門としては、天下の大将軍が、まさかに、お玉のような女を手ごめにしかけたとはおもってもみない。

しかも、狩りの途中に立ち寄った名主屋敷で弁当を食べながら、だ。

さりとて、まさかに徳山五兵衛が隠居所に居残ってい、将軍に当身をくわせたとは想いもおよばぬことであったし、お玉と五兵衛との関係については、喜右衛門の知るところではない。

ゆえに、将軍一行が去って間もなく、

「殿は、まだ、当屋敷におわしますか?」

と、名主屋敷へあらわれた小沼治作へ、

「いえ、ずいぶん前に、出ておいでになりました」

と、こたえたのだ。

そして、将軍御狩りの一行が江戸城へ引きあげてしまうまで、小沼は五兵衛に出合わなかった。

(殿にも似合わぬことだ。……)

見廻り方に属し、出張《でば》っている人びとと後始末をすませ、小沼は急いで本所の屋敷へ帰った。

すると、すでに五兵衛は帰邸しているというではないか……。

(何ということだ)

小沼は憤然として、主人の居間へ向った。

七

「ま、ゆるせ。おれが悪かった」

小沼へ、徳山五兵衛が素直に詫《わ》びた。

「なれど連絡《つなぎ》もなしに、御帰邸とはうなずけませぬ」

「いろいろと、わけがあったのだ」

「どのような？」

「うむ……実はな、将軍家が名主屋敷へ見えられ、弁当をおつかいあそばされた」

「はい」

「わしが弁当をつかっている隠居所へ、つかつかと入って来られたのにはおどろいたぞ」

「それは、また……」

「ばったりと、顔と顔が合うてしもうた」

「ははあ……」

「それから、お話相手をつとめた」

「将軍家の？」

「さよう。まことにもって困った」

小沼治作が、これから将軍・吉宗と語り合うようなことは絶対にないわけだから、いくらでも嘘がつける。

「いや、まことに、粗末なものを召しあがっておわした。うわさは真《まこと》だ、つくづくと感服してしまった」

「ははあ……」

「それでな、おれに供をせいとの仰せなのだ」

「ふうむ……」

「そこで一足先に裏門から出て、御供の列に加えていただき、御狩りの模様を目のあたりに拝見いたした」

「さ、さようでございましたか」

小沼は昂奮《こうふん》せざるを得ない。

「では、殿の御名前も？」

「名乗った。身分と名を申しあげぬわけにはまいらぬ」

「それはそれは、何よりのことでございました」

小沼治作が、うれしげな笑顔になった。

平常は将軍に目通りすることもない五兵衛が、

（お話相手をつとめた……）

というのだ。

これは主人の将来にとって、非常に大事なことといえよう。

「それで、将軍家におかせられましては、殿をお気に入りの御様子でございましたか?」

「うむ……始終、御機嫌うるわしくあらせられた」

「それはそれは……」

「おれは、両国橋まで御見送りをいたし、亀戸村へ引き返そうとおもうたのだが……何しろ、将軍家と膝《ひざ》つき合せて語り合うたことゆえ、さすがのおれも、ぐったりと気疲れがしてしまってな」

「ごもっとも……ごもっともでございます」

「ま、ゆるせ」

「とんでもないことで……」

喜色満面の体《てい》で、小沼治作は引き下って行った。

五兵衛は、将軍の手ごめにかかりかけたお玉を救ったことについて、小沼へは一語も洩らさぬ。

もしも、あのときのことを、ありのままに語ったなら、いたずらに小沼を驚愕《きょうがく》させ、心配させることになる。

むろん、用人の柴田勝四郎にも洩らしてはいない。

ただ、帰邸するや否や、徳山五兵衛が柴田用人へ、

「お玉と申す女が、訪ねては来なかったか？」

と、尋《き》いた。

「いえ、別に……」

「来ぬ？」

「はい」

「ふうむ……」

「いかがなされましたので？」

「いや、別に……よし、ならばよい。相わかった」

「妙なことをおおせられます。用人の私の耳へ入ってはならぬことなのでございますか？」

と、このごろは柴田勝四郎も、養父・宗兵衛ゆずりに、口やかましい男になってきたようだ。

「よいと申したら、よいのだ」

「はっ」

「下れ」

あのとき……。

徳山五兵衛は、お玉の腕をつかみ、隠居所の裏手へ走り出た。

「お玉どの。しばらくであったな……」

と、声をかけるのが精一杯で、

「いまは、語り合うこともならぬ。本所・石原町のわしの屋敷……徳山五兵衛方へ一足先へ行き、用人の柴田勝四郎を呼び出し、私のいいつけだと申して、私が帰るまで屋敷で待っていてくれ」

せわしくいいきかせ、お玉を裏門から出してやった。

裏門の向うにも、御狩りの供の者がひかえているにちがいないが、名主屋敷の女中がひとりで出て来たのを、

（怪しむはずはない）

と、五兵衛はおもった。

お玉は一言も口をきかず、裏門から出て行った。

お玉を見送ってから、五兵衛は裏庭の木立の中へ身を隠した。

そして、将軍一行が名主屋敷を立ち去った直後に、素早く裏門から引きあげた。

五兵衛は、お玉が自分の指示に従うものとおもっていた。吉宗の暴力から救い、救われたといっても、何分にも相手は天下の将軍である。五兵衛にしてみれば、襖ごしに吉宗がお玉

を犯さんとする気配を察し、無我夢中で飛び出してしまった。顔を隠した布は、着物の片袖を引き千切ったのだ。

（はて……？）

どうも、わからぬ。

お玉が名主屋敷にいたことにも、おどろいた。

（では、あの伊勢屋という小間物屋へ逃げて行ったのか？）

そのようにしかおもえぬ。

さらに、いま一つ、不可解なことは、隠居所の裏手へ出て、五兵衛が指示をあたえたときの、お玉の様子に、

（どうも、納得がゆかぬ……）

ものがあった。

五兵衛を見てのおどろきの叫びも、なつかしげな声もなく、咄嗟《とっさ》の場合とはいえ一言の口もきかず、せわしなく語りかける徳山五兵衛の顔を、お玉は、よけいなことをするといわんばかりに、

（睨《にら》みつける……）

ように見つめていたではないか。

（あの目つきは、どういうことなのか？）

将軍のお手つきとなることを、お玉はのぞんでいたのであろうか。

お手がついたことにより、女としての出世を願うつもりになっていたのであろうか……。

この夜。

みずから千切った片袖のいいわけを、老女の千にするのに、五兵衛は骨を折った。

八

徳山五兵衛が、翌日にも、橘町の小間物屋・伊勢屋方へ、

(様子を見に……)

出かけたかったことは、いうまでもない。

(なれど、迂《う》闊《かつ》なまねはできぬ)

いまさらに、五兵衛は緊張をした。

昨日の自分の所業を振り返って見て、

(よくも、あのようなまねができたものだ)

われながら呆《あき》れ果てたのである。

自分に突き飛ばされ、当身をくらって、あのような醜体をさらし、気をうしなった八代将軍は、

(あの後、いかがなされたか……?)

このことであった。

むろん、後に息を吹き返したわけだ。

そのとき、将軍は一人だったろうか。

それとも侍臣が駈けつけて来て、将軍を介抱したのだろうか。

いずれにせよ、

（このままで、すむわけがない……）

はずである。

お玉が、あの後、名主屋敷へ帰ったことも考えられぬではない。

しかし、帰れば、かならず幕府からの咎《とが》めがあるだろうことを、お玉とてわきまえていよう。

また、名主・山口喜右衛門にしてからが、

（お咎めはまぬかれまい……）

と、五兵衛はおもった。

おもうにつけ、自分の所業の波紋のひろがりに冷汗がにじむ。

五兵衛自身の覚悟は決まっている。

自分へのお咎めはかまわぬ。

しかし、それが名主屋敷の人びとや、ひいては小沼治作をはじめとする徳山家の家来、そして家族におよぶことを考えれば、さすがの五兵衛も嘆息を洩らさぬわけにはまいらぬ。

ともかくも、翌日は一歩も外へ出なかった。

そして何事もなく、夜が来た。

(もはや、いたし方なし)

と、万一のとき、五兵衛は切腹の決意をかためた。

(なれど、早まることもない)

いま一日、様子を見ることにした。

つぎの日も、無事に暮れた。

「お顔の色が冴《さ》えませぬような……」

と、妻の勢以が心配そうにいう。

「いや、別に……」

「なれど、すぐれませぬ」

「まあ、よいわ」

「お顔の色のすぐれませぬのは、それなりの起因あってのことと存じまする」

例のごとく、勢以は理屈でくる。

「ふうむ……」

「お躰《からだ》の加減がよろしゅうないのでござりましょうや?」

面倒になったので、五兵衛が「うむ……」と、うなずいた。

「ごもっともにございます。近ごろ、あまりにも御出精の御様子をうけたまわり、案じておりましたところで……」

「いささか、疲れたわ」

「なれば、すぐさま、おやすみあそばせ」

と、早々に寝かされてしまった。

つぎの日。

これまた、平穏に暮れた。

五兵衛は起きると面倒なものだから、

「頭痛がする」

と、いい、臥床《ふしど》から離れなかった。

すると、老女の千が、

「では、遊佐良仙先生をお迎えに……」

「よい」

「なれど、御病気にては……」

「大事ない。今日いちにち寝ておれば癒《なお》る」

「なれど……」

「うるさい。下れ!!」

ちかごろの五兵衛にしては、めずらしく癇癪《かんしゃく》を立てたものだから、千はびっくりして引き下って行った。

つぎの日。

たまりかねた徳山五兵衛は起き出《い》でて一通の手紙をしたためた。

この手紙は、山口喜右衛門へあてたものだ。

小沼治作がよばれて、

「この手紙を名主屋敷へとどけてもらいたい」

と、五兵衛にいいつけられた。

小沼はすぐに屋敷を出て、昼前に帰って来た。

「おとどけつかまつりました」

「いかがであった?」

「いかがとは……?」

「山口喜右衛門が、何か申していたか?」

「いえ、別に……殿へよろしゅう申しあげてくれまするようにとのことでございました」

「ふうむ……」

手紙の内容は、先日の将軍御狩りの折に面倒をかけてすまなかった。近いうちにまた、そちらへ立ち寄るゆえ、その折に、あらためて礼をのべるつもりでいる……と、ごく簡短にしたためたのみだ。

その手紙を小沼にとどけさせ、名主屋敷の様子を知ろうとしたのである。

「名主屋敷に、変りはなかったか?」

「はい、これと申して、変ったところはございませなんだが……」

「ふうむ……」

「何か、あの……?」

「ならばよい。ならばよい。よし、わかった。下ってよい」

「は……」

小沼治作は、怪訝《けげん》の面もちで引き下って行った。

(はて……?)

どうもわからぬ。

つぎの日も、また、つぎの日も無事に明け暮れた。

将軍御狩りの日より半月を経て、ようやく徳山五兵衛も、

(これは、将軍様《うえ》が御自分の胸ひとつにおさめられたのではあるまいか……)

そうおもいはじめた。

その日。

五兵衛は、妻の実家の藤枝家へ小沼治作に手紙をとどけさせておいて、

「久しぶりに見廻ってまいる」

ぶらりと屋敷を出た。

ただ一人である。

編笠に顔を隠し、日本橋・橘町の伊勢屋の前まで来て、

(あっ……)

五兵衛が、息をのんだ。

伊勢屋の表戸は閉じられ、人の気配もない。

そこで、近くの煙草屋へ立ち寄り、煙草を買いもとめつつ、

「そこの伊勢屋へ、買い物があってまいったのだが……」

それとなく尋ねてみると、

「ああ、さようで。伊勢屋さんは急に店をたたみ、何でも上方《かみがた》へ引きあげて行きなすったそうでございます」

「店をたたんだ……」

「はい。急なことで、このあたりでも妙なことだと、うわさをしておりますので」

「さようか……」

五兵衛は茫然となって、屋敷へ帰って来た。

「お早く、お帰りでございますな」

と、柴田勝四郎。

「しばらく外出《そとで》をいたさなかった故か、疲れて、な……」

「それはいけませせぬ」

「小沼は、まだ帰らぬか?」

「はい」

「それはよかった」

居間へ入る五兵衛を見送って、柴田用人が頸《くび》をかしげた。

(どうも、妙な……)

何から何まで、腑《ふ》に落ちぬことばかりではないか。

それからも無事に月日が過ぎて行った。

あのとき五兵衛は、将軍・吉宗に、わが顔をしかと見とどけられたとはおもっていない。

片袖で顔を隠していたし、将軍を打ち倒したのは一瞬のことであった。

それには、自信がある。

だから、お玉が捕えられでもして口を割らぬかぎり、五兵衛へ、

「累がおよぶことはない」

と、看てよい。

その後の名主屋敷にも変りはない。

二度三度と見廻りがてら、立ち寄ってみたが、山口喜右衛門の言動に不審はなかった。

だが、五兵衛のほうから、

「お玉はどうした?」

とも尋けぬ。

また、喜右衛門にしてみれば、お玉のことを五兵衛に語るいわれはないのだ。

喜右衛門は、事件の翌々日になって、恐る恐る橘町の伊勢屋を訪れたのだが、そのときすでに、伊勢屋は店をたたんでいたのである。

(ははあ……やはり、お玉は伊勢屋へもどったのだ。してみると、将軍様《くぼう》に何やら失礼のこ

とあったので、おどろきあわてて、お玉は逃げ帰り、それを聞いた伊勢屋も仰天して江戸から逃げたのか……もしそうならば、お玉をお見逃し下された将軍様は、何と御心のひろい御方だろう）

喜右衛門としては、そのように考えるよりほかにはない。

こうして、享保二年の年が暮れ、翌享保三年となり、徳山五兵衛は二十九歳の新春を迎えた。

秘図

一

その新春……。

おもいがけなく、徳山五兵衛は新しい御役目を仰せつけられることになった。

すなわち、

〔御先手組《おさきてぐみ》・筒頭《つつがしら》〕

に、任命されたのである。

御先手組の頭には、亡父・重俊も就任したことがある。

その折の徳山重俊は、この御役目に気乗りがせず、

「一日も早く解任させてもらいたい」

と、洩らしていたものだが、いまの五兵衛にとっては栄転といってよい。

臨時の、間に合せのような本所見廻り方などという役目ではなく、二千石の旗本の役職として恥ずかしくない御役目であった。

そして五兵衛の転任と共に、本所見廻り方の役職は一時のことやも知れぬが、廃止になった。

ところで、この御先手組というのは弓組と筒（鉄砲）組に別れ、それぞれ与力十人、同心三十人ほどが配属され、頭はこれをひきいて役目を遂行する。

戦時ならば、御先手組は将軍出陣の先鋒《せんぽう》をつとめるわけだが、天下泰平のいまでは、格別のこともない。

しかし、いざ江戸市中に事変が起ったり、暴動があったりすれば、真先に、

「御先手組、出役《しゅつやく》」

となり、武装に身をかためて諸方を警備することになる。

政治に関《かか》わりはないが、いかにも武士らしい、将軍の旗本らしい役目といってよいだろう。

「先《ま》ずもって、おめでとうございまする」

と、妻の勢以が双眸《そうぼう》を輝かせ、五兵衛へ祝詞をのべた。

「うむ、うむ……」

五兵衛も、うれしかった。

それは、新しい役目に就いたからというのではない。

この栄転によって、自分が八代将軍へはたらいた暴行を、だれも悟ってはいないことが、はっきりと証明されたからである。

(これで、大丈夫……)

その、安堵《あんど》のおもいであった。

それだけに、五兵衛は、あのときの自分の所業を反省せずにはいられなかった。

五兵衛としては、お玉の危難を救うつもりで、何も彼も忘れて飛び出したのだ。

むかし、自分がお玉の父・曾我の喜平治の世話を受けたことを忘れかねていたからこそである。

で、お玉を救い出した。

それはよいのだが、救い出されたお玉のほうが、どうやら、

「救い出されたとはおもっていない……」

ようなのだ。

そうとしか、おもわれぬ。

救い出したときの、お玉の、さも恨めしげな、あの眼《まな》ざしはどうだ。

(ああ、これよりは決して、お玉たちのことにはかまうまい)

五兵衛がおもいきわめたのも、当然だといえよう。

佐和口忠蔵のことだけは、前後の事情から推して看て、気にかからぬこともないではないが、それも、おもいきって放念することにした。

これまでのことを考えてみれば、佐和口といい、尾張屋源右衛門といい、こちらが近づいて行こうとすればするほど、相手が遠去《とおざ》かってしまう。

むかしの好誼《よしみ》を、これからもたいせつにして、

(末長く、保《も》ちつづけたい……)

と、五兵衛が願えば願うほど、相手の人びとは、これを避けようとするではないか……。

徳山五兵衛は、御先手組就任を機に、江戸出奔以来、十一年にわたる胸中のわだかまりから、きっぱりと別れることにした。

いや、忘れることができたといってよい。

(わからぬことを、いつまでも追い求めて何になろうか……)

であった。

五兵衛が、妻の父・藤枝若狭守へ就任の挨拶に出向くと、岳父はことのほかによろこんでくれ、

「これも、五兵衛殿が、見廻り方の御役目を熱心につとめられたからじゃ」

「いえ、そのような……」

「いや、ちらと耳にいたした」

「何をでございますか?」

「いや、将軍家《うえさま》の御耳へも、そこもとの出精ぶりがきこえたそうな」

一瞬、五兵衛の胸がさわいだ。

将軍・吉宗の目に、自分のはたらきが見えていたというのか、そのはずはない。

ただ、将軍が本所のあたりへ狩りに出るときは、五兵衛も役目柄のはたらきはした。

さほどに遠くない道を騎乗で駈け過ぎる吉宗に出合い、五兵衛が馬から飛び下り、笠を外して頭を下げたことも何度かある。

その五兵衛を、将軍が陣笠の間からちらりと見やったとしても、別にどうだということはない。

見廻り方に任じている旗本なら、だれでもしてのけていることを、五兵衛もしたまでにすぎない。

熱心に見廻ったというなら、将軍御狩りの日ではなく、本所・深川以外の町々を歩きまわったことになるし、それは五兵衛の気ばらしにすぎなかったのだ。

ゆえに、むしろ役目を逸脱しているわけだし、熱心に役目をつとめたことにはならぬ。

ともかくも、藤枝若狭守は、将軍の耳へ、徳山五兵衛の名がきこえているというので、

「めでたい。めでたい」

大よろこびであった。

だが五兵衛は、八代将軍・吉宗が、

(何とはなしに、薄気味わるく……)

感じられてきた。

いずれにせよ、今度こそは、

(危うい橋を、わたってはならぬ……)

のである。

五兵衛は、新しい役目に遺漏なきことを期した。

屋敷内も、いろいろと改造しなくてはならなかったし、何かと多忙の日々を送るうち、早くも初夏のころとなった。

そして、徳山五兵衛の生涯と切っても切れぬ事態が起ろうとしていた。

二

後年に至って、徳山五兵衛秀栄《ひでいえ》が、

(何が切掛《きっか》けとなり、あのことを仕はじめるようになったのか……)

その夜のことを、おもい起そうとしても、はっきりとおぼえてはいなかった。

いずれにせよ、原因は、夜の閨房《けいぼう》における妻への不満であった……と、おもうよりほかにない。

勢以と結婚をしてより、早くも五年の歳月が過ぎた。

この間に、勢以は五兵衛の子を、二人も生んでいる。

それにもかかわらず、依然として、勢以は目ざめない。

そもそも、性のよろこびに目ざめる切掛けを、断じて夫の五兵衛にあたえぬのだから、

「どうしようもない……」

のである。

初夜以来、勢以は自分《おの》が裸身を五兵衛に見せたこともない。

五兵衛が妻の寝衣の胸もとへ手を差し込み、乳房を摩《さす》るほどのことならば、顔を顰《しか》めて我慢をしているようだが、いつまでもそのようなまねをしていれば、身をひねって五兵衛の腕をはね退《の》けてしまう。

もっとも、ちかごろの五兵衛は、さほどまでに嫌がられながらも、妻の薄い乳房なぞを、

（摩る気も起らぬ……）

ようになってきている。

勢以にとって、夫婦のまじわりというものは、あくまでも、

「子孫の繁栄のため……」

なのであり、断じて快楽のためではなかった。

また、そのように神聖なるいとなみを快楽と化すことこそ、

「汚らわしいことじゃ」

と、おもっているらしい。

当初は五兵衛も、何とかして妻に、性の愉悦を教え込もうとしたけれども、そのためには先ず、妻が夫のみちびくままに従ってくれねばならぬ。

女の肉体の其処此処《そこここ》に点在している快楽の鍵《かぎ》を一つも開かぬというのでは、

「手のほどこしようがない……」

ではないか。

それならば、若い侍女などに手をつけ、正式の側妾《そくしょう》として同じ屋敷内に一間《ひとま》をあたえ、五兵衛は其処で存分に女体を味わうがよいわけだ。

ところが、侍女たちは、いずれも奥方の勢以の味方となってしまう。

勢以も武家の女《むすめ》であり、実父の藤枝若狭守には二人の側妾がいたし、腹ちがいの妹もいる。

それゆえ、五兵衛が側妾をもつことに反対はせぬはずだ。

しかし、側妾に為手《なりて》がない。

侍女たちは勢以を敬い、心服しきっている。

それだけに、もしも自分たちが、

「殿さまの御手つきとなったとき……」

そのことをおもうとき、正夫人の勢以に対しての怖《おそ》れが非常なものとなってきて、とてもとても御手つきの女になる勇気が出ぬ。

したがって侍女たちは、老女の千の庇護《ひご》の下《もと》にかたまり、五兵衛がつけこむ隙をあたえない。

では、結婚後五年を経て、夫婦のまじわりが絶えたのかというと、そうではなかった。

五兵衛も、二十九歳である。

男のちからが身内に鬱積すれば、おのずとこれは外へ迸《ほとばし》ることになるが道理。

そうしたときには、

「やむなく……」

妻の躰《からだ》を抱くことになるわけだが、鬱積は一瞬のうちに散じても、後の胸に残る、砂を嚙《か》むがごとき味気なさは、どうしようもないのである。

さらにまた……。

四十に近くなって尚《なお》、妻も迎えようとはせず、

「生涯、独身《ひとりみ》のままにて、殿に忠節をつくす!!」

この一事を信念とし、生き甲斐《がい》としているような家来の小沼治作が、五兵衛の身辺に絶えずつきそっていて、これがまた、勢以に心服しきっているのだから始末がわるい。

用人の柴田勝四郎も、以前のような、さばけたところが年々になくなってきて、亡き養父の宗兵衛を偲《しの》ばせる〔忠義者〕となり、義姉であり老女でもある千と心を合せ、奉公をしているのだから、五兵衛としては、

「これは、おれにとって、よろこんでよいのか、哀《かな》しんでよいのか……?」

わからなくなってくる。

男としての自由が或る意味では増大し、二千二百余石の大身《たいしん》旗本としての貫禄といおうか、威儀といおうか……つまり、それらしい振舞いが身につき、五兵衛に逆らう者は、だれ一人としていない。

そのかわり、気ままに町を歩み、酒をのんだり、女とたわむれたりする自由がうしなわれ

た。

辛うじて、邸内に設けた道場で木太刀《きだち》を揮《ふる》い、家来たちに剣術を仕込むことが、五兵衛にとって、気ばらしになった。

むろん、小沼を相手にしての稽古も欠かさぬ。

こうした日々がつづくうちに、徳山五兵衛の風貌《ふうぼう》も、おのずと変化を生じてきた。

しだいに、五兵衛は威《い》かめしく口を引きむすび、めったに笑おうともしなくなってきたのである。

生来、五兵衛は好男子であり、しかも体軀《たいく》は剣術に鍛えられて逞《たくま》しいのだから、無口になればなるほど、厳然とした〔殿様〕に見える。

「いや、まったくもって、近ごろの五兵衛殿の、優れて立派なことよ」

と、岳父の藤枝若狭守がほめたたえてやまぬ。

親類の神尾守親も、

「亡き重俊殿が、いまの五兵衛殿を見たならば、腰をぬかすにちがいない」

大いに、よろこんでいる。

したがって、徳山屋敷の家来や奉公人一同も、五兵衛を偉い殿様、立派な殿様だと敬うわけだから、五兵衛たるもの、眼の色を変えて侍女を追いまわすこともできぬ。

先ず、徳山五兵衛は、しだいに、このような〔殿様〕となって行くわけだが、享保三年の時点では、まだ、それほどのこともなかったといえよう。

ともかくも、その夜ふけに……。

五兵衛は居間にいて、書見をしていた。

家来も侍女も遠去け、独り読書に余念がないように見える。

ところが、なるほど物は見てはいても、それは書物ではないのだ。

細長い絵巻物を、飽くことなく見つづけているのだ。

それは、十年前に京都を去るにあたり、東林のお梶が、

「わたくしの形見とも、おもうて下さりませ」

と、権十郎……いや、徳山五兵衛へわたしてよこした男女交歓の秘図を巻物に仕立てた物であった。

鎌倉の時代《ころ》に、宮中の絵所をあずかっていたほどの名匠・住吉慶恩描くところの、この絵巻物を夜な夜な、密《ひそ》かに観賞することだけが、いまの五兵衛にとって、

「ただ一つの、たのしみ……」

になってしまったのである。

いかに見つづけても、この絵巻物だけは、飽きぬ。

結婚後五年間も見つづけてきているのに、

「や……？」

おもわず、目をみはることがあった。

千変万化する宮廷のやんごとない男女の裸身の、

（このようなところに、黒子《ほくろ》が描いてあったとは、いままで気がつかなんだ……）

と、発見したり、女の秘毛が、男の躰のとんでもないところに垣間見《かいまみ》えたりすることを、新たに見つけ出し、

（男女の躰が、このようなかたちになるものなのか……）

固唾《かたず》をのむこともあった。

三

この絵巻物は、居間の手文庫の底に仕舞ってある。

手文庫に鍵でもついているのかというと、そうではない。

いやしくも大身旗本の屋敷内で、主人の手文庫を、ゆるしもなく開ける不とどき者なぞ、いるはずもない。

こういうところは、まことに安心なのだ。

さて……。

その夜ふけに、五兵衛は例のごとく、絵巻物を出し、

「ふうむ……」

とか、

「ははあ……」

とか、微《かす》かな嘆声を発しつつ、観賞をつづけていたが、急に、得体の知れぬ衝動に駆り立

てられ、蒔絵《まきえ》の硯箱《すずりばこ》を引き寄せた。

このときの衝動を、何と説いたらよかったろう。

(観ているだけでは、おさまらなくなった……)

とでもいうよりほかに、いいようがない。

住吉慶恩ほどの絵師が描いた秘図だけに、男女の裸身が、いかに痴態をくりひろげていても、色彩といい描線といい、まことに上品なものであって、いささかも猥《みだ》らにはおもえぬ。

(男女の、あのことを、このように美しく描けるものなのか……)

五兵衛が、こころをひきつけられたのも、慶恩の絵筆の気品あればこそであったといえよう。

ところが……。

五年もの間、子細に観賞しつづけてくると、また、そこには、

(何やら物足らぬ……)

ものがないでもない。

(いや、ここのところは、もそっと女の肌身が、こうならねばならぬはずじゃ)

とか、

(あ……この図の、女の陰毛《ほとげ》は、あまりにも薄すぎて、おもしろうない)

とか、五兵衛が住吉慶恩に注文をつけたい気分になってくる。

申すまでもなく、この秘図を見るとき、五兵衛の脳裡《のうり》に浮かぶのは、お梶の豊熟した女体

であった。

（お梶どのなれば、このようにしてくれた。この絵の女の肌身は、お梶どのにくらべて、いささか味ない）

とか、そのようにおもいをめぐらしているうち、

（よし。わしも描いてみよう）

と、これは無意識のうちに、そのおもいがあったにちがいない。

そのときの五兵衛は、無我夢中であった。

気がついたときには、みずから筆を取り、紙をひろげ、住吉慶恩の秘図を模写しはじめていたのだ。

と、意外にも、五兵衛の筆がなめらかにうごきはじめた。

五年間も、飽くことなく見つづけてきたので、男女の肉体の線が、しっかりと頭の中へきざみ込まれていたのやも知れぬ。

すらすらとうごく筆は、雑《ざつ》とではあるが、たちまちに一組の男女の交歓を写し取った。

（ほう……描けた……）

五兵衛は自分でおどろいた。

生まれてこの方、絵を描いのは、このときがはじめての五兵衛であった。

（ふうむ。おれにも描けるではないか……）

さらに一枚、別の図を模写してみた。

(なるほど……)

俄然《がぜん》、おもしろくなってきたのである。

またしても、一枚……。

さらに一枚……。

はっと気がついたとき、空が白みはじめていた。

(これは、いかぬ)

十何枚もの模写が、其処に散らばっているではないか。

五兵衛は狼狽《ろうばい》し、模写を掻《か》きあつめ、絵巻物と共に手文庫の奥へ仕舞い込んだ。

そのとき、老女の千の足音が、廊下へ近寄って来た。

五兵衛は、あわてて書見台の前へ坐った。

次の間へ入って来た千が、

「殿様……殿様……」

低く、声をかけてよこした。

「何じゃ?」

「あ……御目ざめでござりましたか?」

「うむ……」

「御居間に、灯《あか》りが見えましたので、何事かと存じまして……」

「かまうな」

「昨夜は、御寝《ぎょし》あそばしませぬので?」

「うむ」

「さほどに、根をおつめなされましては、お躰にさわりましょう」

「よい。おもわず、書見に熱中いたしてしもうた」

「恐れ入りましてございます」

千は、五兵衛が徹夜して勉学をしたものとおもいこんでいる。

千が去ってのち、五兵衛はためいきを吐いた。

全身に脂汗が浮いている。

頸《くび》すじが凝って、両眼が腫《は》れて痛み、しきりに喉《のど》が乾いた。

五兵衛は湯殿へ行き、水を浴びた。

「殿は、昨夜、一睡もなさらず、書見をあそばしていたそうな」

と、千が柴田用人にささやいた。

「ははあ。このところ、夜も御勉学におはげみあそばして、まことにたのもしく存ずる」

「まことにのう……」

「お若いころとは、ずいぶんと、お変りなされましたな」

「めでたいことじゃ」

と、千が泪《なみだ》を浮かべた。

朝になって、五兵衛は眠るわけにもまいらぬ。

勢以が、居間へ挨拶にあらわれ、

「昨夜は、御寝あそばさぬとか……」

「千に聞かれたか？」

「はい。それとも知らず、やすみましたること、申しわけもございませぬ」

と、こうしたときの勢以は、あのときの勢以とは別人のごとく殊勝なのだ。

「いやなに、家来どもには、かまうなと申しておいた。咎《とが》めてはなりませぬぞ」

「かたじけなく存じまする」

「好きでいたす書見ゆえ、放っておいてもらいたい」

「はい」

「なまじ、起きていられては気が散ってかなわぬ」

「心得ましてございます」

「千にも、そのように申しつたえてもらいたい」

「はい」

鍛えぬいてある躰だけに、一夜や二夜をねむらなくとも、五兵衛は何のこともない。

一日が過ぎ、夕暮れとなった。

そして、夕餉《ゆうげ》の膳に向ったとき、何とはなしに、五兵衛の胸がときめいたのである。

(また、夜が来る……)

からであった。

（よし。今夜もひとつ、描いてみよう）

こうして徳山五兵衛は、おもいもかけず、生涯の愉楽を得たのであった。

四

この年も暮れるころになって、徳山五兵衛は〔書見の間〕という一間を建て増した。

つまり〔書斎〕というわけだ。

居間は「御座の間」とよばれていて、五兵衛の寝所とは離れている。

「夜ふけまで書見をしていて、奉公人たちに気をつかわしてはならぬ」

と、五兵衛が用人・柴田勝四郎へ、

「わしは、気ままに、こころゆくまで書物を読みたい。どうもな、若いころに剣術ばかりに熱中していたので、いまさらながら、学文《がくもん》の道に遅れをとったことが悔まれてならぬのじゃ」

さらにおもいついて、

「それに、わしはどうも筆《て》が悪い。初心に返って手習いをもいたしたくおもう」

「まことにもって……」

柴田用人が両手をつき、

「恐れ入ったることにございます」

「しかるべき書物も求め、筆紙なども、新たに備えたいとおもう。たのむぞ」

「ははっ。心得ましてございます」

柴田勝四郎は、すぐさま、数寄屋橋・御門外にある文房具屋〔玉章堂《ぎょくしょうどう》・近江屋《おうみや》源四郎〕方から、五兵衛がほしいという文房具類を納めさせた。

書見のほうは、

「先ず、亡き父上が読まれたる書物からはじめよう」

と、五兵衛がいい出た。

これには、勢以も大賛成であった。

「そこで、な……」

と、五兵衛が勝四郎に、

「わしの寝所の隣りへ、書見の間を造りたいが、どうであろう?」

「結構でございます」

「さすれば、夜の勉学に便利であろうとおもう」

「恐れ入りましてございます」

そこで、寝所から小廊下を奥庭へ突き出し、離れ屋ふうの一間を建てた。

「書間の間は小さいがよい」

という五兵衛の注文で、六畳の間に三畳の次の間をつけさせ、六畳の間のほうに書庫のようなものを設けることにした。

書庫といっても、二坪ほどの板敷きだが、そこには、押入れや地袋などを造りつけた。

さて……。

この〔書見の間〕が完成して後は、徳山五兵衛の、

「夜ふけのたのしみ……」

が、一段と円滑におこなわれるようになった。

こうなれば、

「人目をおそれず……」

秘図の模写に、没頭することができる。

「夜な夜な、よく、おつづきになることよ」

と、柴田勝四郎も小沼治作も感服している。

文庫蔵から、亡き徳山重俊の蔵書が書見の間の書庫へ移され、五兵衛は、それらの書物を机辺に積み重ねておきはしたが、ほとんど読むことはない。

読まぬかわりに、描くのである。

翌享保四年の新春を迎えるころになると、五兵衛は、住吉慶恩描くところの男女交歓三十五態の図を、すべて模写し終えてしまった。

毎夜毎夜、半紙に十枚近くも描き、その中から、

（これならばよし）

と、気に入ったものを一枚えらんでおく。

あとの模写は折りたたんで、書庫の地袋の中へ隠すことにした。

模写を終えた三十五態を、五兵衛はみずからつなぎ合せ、ところどころに裏打ちをほどこし、仮の絵巻に造り、これは手文庫の奥へ隠しておく。

新年が来て、五兵衛は三十歳となった。

妻の勢以は、二十五歳。

長男・頼屋は五歳。次男の監物は三歳である。

夜の書見は、依然としてつづいている。

「殿の根気のよいことのう」

と、勢以が感嘆して、老女の千に洩らしたそうな。

五兵衛は、春がすぎるころまでは、模写を中断し、慶恩作の絵巻と自分の模写を引きくらべて見ては、

「ふうむ……なるほど……」

とか、

「やはり、うまいものじゃ」

とか、

「なれど、この一態は嘘じゃ。このようなかたちで、男女のまじわりはできぬ」

などと、ひとり、ぶつぶつと呟《つぶや》いたりしていた。

この間に……。

五兵衛は描き損じた模写の三百五十二枚を、少しずつ始末をした。

どうするかというと、一枚二枚と火鉢の火を移して燃やしてしまい、灰化したそれを懐紙にくるみ、翌朝の用便の折に、そっと便壺《べんつぼ》の中へ落し込むのである。

そのようなまねをしなくとも、押入れなり地袋の中へなり仕舞い込んでおけば、掃除に入って来る侍女だとて、これを盗み見るはずはない。

それは、よくわかっている。

いるがしかし、毎夜のように模写をしていると、自分でもおどろくほどに紙が溜《た》まってしまうのだ。

そのほかにも五兵衛は、一応、習字をしておかねばならぬ。

それでないと、用人へ筆紙や墨を申しつけるわけにはまいらぬ。

ともかくも、書見の間へ入るや、千字文《せんじもん》などの手本を見ながら、半紙十数枚の手習いをやってしまい、それから、

「さて……」

と、秘図の模写に取りかかる。

手習いのほうの紙は机上に積んでおき、これは堂々と、

「取り片づけておけ」

と、侍女に申しつければよい。

すると侍女が、これを始末する前に、勢以へ見せる。

これは勢以が、

「殿様には内証にて、そっと、見せてたもれ」

と、命じておいたからだ。

「御字も、いよいよ御上達じゃ」

勢以は、目を細めた。

それはそうだろう。

気が乗らぬ習字ではあっても、毎夜のごとく、書くことは書いているのだから、当然、うまくなってくるわけだし、そのうちに五兵衛も、

(字も、おもしろい……)

と、おもうようになってきた。

そうなると、どちらにせよ、一応はやらなくてはならないのだから、いつも同じ手本ではつまらぬというので、新たに他の手本を取り寄せたり、仮名文字を習うことにもなる。

しかし、なんといっても、五兵衛の真の目的は秘図の模写にあった。

この年の晩春から、五兵衛は二度目の模写に取りかかった。

五

久しぶりで、模写の筆を取ったとき、五兵衛の体内を戦慄《せんりつ》的な感動が疾《はし》った。

これは去年、はじめて模写をおこなったときの昂奮《こうふん》とは、同じようでいていささかちがう。

はじめてのときは、

(何か、人目をはばかる悪事をおこないつつある……)

ようなおもいが、入りまじっていたものだ。

それが、いまはない。

そのかわり、

(この前のときの模写よりは、どれほど、上達をしているか……?)

その昂奮が起った。

五兵衛は先《ま》ず、高貴の身分の男女が、それぞれ澄まし顔して、別々の廊下を通り、密会の部屋へ入って来る第一図から描きはじめた。

去年に描いた模写は隠したままにしてある。

手本は、あくまでも住吉慶恩の絵巻であった。

「むむ……」

絵筆を運ぶ徳山五兵衛の口から、低い唸《うな》り声が洩れた。

去年にくらべて、あきらかに、自分の筆の運びがちがってきている。

去年は何枚も何枚も描き損じた男女の衣服の描線なども、すらすらと描けるではないか。

一時、中断して、双方の絵を見くらべた時期に、五兵衛の脳裡には、

(今度は、このように描いてみよう。ここは、こうしてみよう)

という腹案が生まれつつあったからであろう。

狩衣《かりぎぬ》を着て、鼻下に薄髭《うすひげ》を生やした好色そうな公卿《くげ》。長々と髪を背に垂らした姫君が、小

袖の上に袿《うちぎ》をまとっているのは、物詣《ものまい》りの帰りにでも、供の者としめし合せ、公卿の館へ忍んで来たのでもあろうか……。

（この姫君の顔は、どうも、おもしろくない。勢以によく似ているではないか……）

五兵衛が、はじめて気づいた。

公卿の顔は、どうも、勢以の父・藤枝若狭守に似ている。

（これは、つまらぬ……）

おもわず、筆を置き、

（さて、この男女の顔を、だれにしたらよいか……）

と、おもいあぐねたとき、徳山五兵衛は、単なる模写からはなれ、一つの創造へ一歩、足を踏み出したことになった。

（男のほうを……そうじゃ、小沼治作にしたらどうであろう。おもしろいではないか……そして、女を……女のほうを、たとえば、若かりしころの千の顔に描いてみたらどうか……これはおもしろいぞ。ふむ、ふむ……）

五兵衛が少年のころ、病床にあったとき、看病にことよせて、千が添い寝をし、その熱い女ざかりの躰《からだ》を押しつけてきたことがある。

その折の千の顔を、脳裡に想い浮かべつつ、取りあえず、半紙に千の顔を大きく描いてみた。

「ほう……」

おもわず、声が出た。

われながら、

（よく描けた……）

のである。

おもえば、自分が生まれ出たときから、千と共に、この屋敷に暮しつづけてきているのだ。

千の顔も躰も、五兵衛の脳裡に、はっきりときざみつけられている。

これは、小沼治作にしても同様であって、

（つぎは、小沼を……）

と、描いてみると、これがまた、よく似ている。

（ふむ、これはおもしろい。おもしろいぞ……）

五兵衛の両眼が、妖《あや》しく輝いてきた。

翌朝になって……。

老女の千が、居間にいる五兵衛へ挨拶にあらわれ、

「まあ、殿様……」

ぱっと顔を赤らめ、うつむいてしまった。

「いかがした？」

「いえ、あの……あまりに、凝《じっ》と、ごらんあそばしますゆえ……」

と、千が妙な甘え声になったので、五兵衛はあわてた。

千は、四十九歳になっている。

「さようか……ゆるせ」

「いえ、あの……」

「早いものじゃ」

「は……?」

「千と共に、この屋敷で住み暮して三十年にもなる」

「まあ……」

「とても、それほどの歳月が過ぎ去ったとはおもえぬ」

「はい……」

千は、神妙にうなずいた。

千が去ると、柴田用人があらわれ、つぎに小沼治作があらわれた。

小沼も、

「私めの顔に、何ぞ、ついておりましょうか?」

と、尋《き》いた。

「いや……何故だ?」

「あまりに、しげしげとごらんなされますゆえ」

「さようか、すまぬことをしたな」

「いえ、別に、その……」

というわけで、その夜は、さらに小沼と千の顔を描き直した。

つぎの夜は、その二人の顔を好色の公卿と姫君の顔に描き直した。

これも、うまく描けた。

(これはたまらぬ。たまらなく、おもしろい……)

ことになってきた。

姫君の顔を、はじめは、東林のお梶の顔にしようとおもったのだが、

(小沼には、もったいない)

と、おもい直したのである。

いずれ、

(お梶の顔も描こう。そして……そのときの相手は、このおれじゃ)

なのである。

こうなると、絵巻を観賞するということと、みずから別の絵巻を描こうとする創造欲との興味の度合いのちがいが、五兵衛を、さらに昂奮させた。

京の東林の、二階座敷での、自分とお梶との愛欲におぼれきっていたときの姿態が、いまも、まざまざと思い浮かぶ。

(それも、描けそうだ……)

五兵衛は、歓喜に我を忘れた。

見たいとのぞみ、おこないたいと渇望していた快楽を、筆と紙とで果すことができる。

これは、何とすばらしいことであろうか……。

一夜一夜と描きすすむにつれて、公卿になった小沼治作と、姫君になった千とが、一つ一つ、身につけていたものをぬぎ捨て、裸身を搦《から》め合いはじめる。

或朝のことだが、挨拶にあらわれた千を見た途端に、五兵衛が、

「ぷっ……」

と、吹き出したものだから、

「何を、お笑いなされます?」

千の機嫌を損じたこともある。

女など、

「汚らわしい」

とばかり、見向きもせぬ小沼治作が、鼻下に髭などを生やし、素裸になって千と抱き合っているのだから、これは愉快にちがいない。

(筆と紙さえあれば、どのようなこともできる……)

のであった。

「うふ、ふふ……」

と、含み笑いを洩らしつつ、絵筆をあやつっている徳山五兵衛を、勢以が見たら、どのようにおもうであろう。

こうして……。

享保四年が暮れようとするとき、小沼治作と千の顔をはめ込んだ第二の模写が完成した。

そのとき、はじめて、五兵衛は初めての模写を引き出し、見くらべた。

断然、ちがう。

たどたどしい筆の運びの、初めての模写にくらべて、今度の模写の、何と生き生きとしていることか……。

六

享保五年の年が明け、徳山五兵衛は三十一歳になった。

五兵衛の、夜ふけの勉学は依然としてつづいている。

しかし、文章の上では「夜な夜な……」とか「夜毎《よごと》に……」とか書きのべてきたけれども、つまりはそれほどに、五兵衛が秘図の模写に熱中していたことを表現したまでのことで、むろん、御先手組《おさきてぐみ》・筒頭《つつがしら》に就任しているからには、それ相応のはたらきをせねばならぬ。

将軍御狩りの警衛に出たこともあるし、火事場の混乱を取り鎮めるために、何度か出動したこともある。

鷹《たか》狩りの折などに、将軍・吉宗も、五兵衛の名と顔を見おぼえたようであった。

だからといって、間近く寄って、声をかけられたことはない。

しかし、五兵衛は、

(上様は、やはり、あのときの自分に、それと気づいてはおわさぬ)

確信するにいたった。

御先手組・筒頭としての徳山五兵衛には、いささかの遺漏もなかった。

「しごく、評判がよろしいそうな」

藤枝若狭守が、用人の山口喜兵衛に語った。

山口用人が、これを徳山家の用人・柴田勝四郎に伝える。

勝四郎は、これを主人の五兵衛の耳へは入れなかったけれども、奥方の勢以には、

「御公儀の評判が、まことによろしく……」

と、伝えておいた。

「おお。それは何よりのこと。めでたい、めでたい」

こういうときの勢以は、夫の好評を心からよろこぶ。

先ず、こうしたわけで、役目が繁忙であるときにも、秘図の模写をつづけていたわけではない。

ところで……。

新しい年が明けてからの五兵衛は、住吉慶恩の絵巻と、自分の筆になる二つの模写を、夜な夜な、丹念に見くらべているうち、勃然《ぼつぜん》として、

(そうだ。おれの絵にも、色彩《いろ》をつけたい)

おもい立ったものである。

いうまでもなく、慶恩作の絵巻には、美しく色彩がほどこされてあった。

だが、これは簡単のようでいて、よくよくおもうに、

（むずかしい……）

ことなのである。

色彩をつけるからには、先ず絵具を求めなくてはならぬ。

さらに、絵具の使用法を会得せねばならぬ。

そのためには何といっても、しかるべき絵師について、まなばねばならぬ。

（さて……どのようにしたらよいか……？）

さすがの五兵衛も、これを、すぐさま実行に移すことはできなかった。

この年も、三回目の模写を描きすすめつつ、

（何《なに》ともして、来年からは色彩をつけて描きたいもの……）

しきりに考えた。

その結果、五兵衛は、床の間に活《い》けられた花や、書見の間に置いてある火鉢、行燈《あんどん》、その他の器物などを写生しておき、これを或日、妻の勢以に見せた。

「ま……」

勢以が目をみはって、

「この絵は、あの……？」

「わしが描いたのじゃ」

「まことに？」

「うむ。書見に倦《う》んだときの気ばらしに、写し描いてみたのだが、いかがであろう?」

「おみごと……まことに、おみごとなる出来栄えと存じまする」

「さようか」

「はあ……」

真底から、勢以はおどろいたらしい。

よもや、夫に、このような〔隠し芸〕があろうとは……。

いや、勢以ばかりではない。

五兵衛の写生を見せられた老女の千も、

「これが、あの……」

目をまるくして、絶句する始末であった。

侍女たちも、びっくりしている。

そればかりではない。

柴田勝四郎も小沼治作も、

「はて、いつの間に、このような……」

不審にたえぬ面もちとなった。

何といっても、この三年の間、一所懸命に秘図の模写をつづけてきたのだから、五兵衛の筆は相当なものになっている。

単なる模写ではない。

裸の男女の、千変万化する肢体を模写した。

つまり、ヌード・モデルのデッサンを三年もつづけたことになる。

「つれづれなるままに絵を描くうち、おもしろうなって……」

と、いえば、勢以が、

「おたしなみのほど、恐れ入りましてございます」

「わしが、絵を描くこと、嫌とはおもわぬか?」

「何を、おおせられますことか……」

「では、時折、絵を描いてもよいであろうか、どうじゃ?」

「殿が、わたくしに、そのようなことをお尋ねあそばさずとも……」

勢以がにっこりと笑い、

「この上とも、おつづけ下されますよう」

「描いてよい?」

「立派な、おたしなみと存じまする」

「わしも、絵を描く上からには、しかるべき師につきたいとおもう。いかがであろう?」

「結構なことに存じまする」

「たれぞ、存じよりの絵師でもあるかな?」

「はい……」

勢以は、しばらく考えていたが、

「あ……それなれば、幕府《こうぎ》の御絵師・板谷桂梅《いたたにけいばい》殿へ尋き合せましたなら、いかがでございましょうか……」

「存じておるのか？」

「はい」

板谷桂梅は、幕府が御抱えの絵師の一人で、勢以の父・藤枝若狭守にも気に入られ、若狭守の囲碁の相手をつとめるし、藤枝邸の襖絵《ふすまえ》にも、桂梅筆のものがあるそうな。

「では、よろしゅうたのむ」

「心得ました」

勢以から、すぐに実家の父へ申し送るや、

「何、これを五兵衛殿が描いたのか……」

勢以の手紙と共に送られてきた五兵衛が写生した椿《つばき》の絵を見て、藤枝若狭守が、

「これは、武家にしておくには惜しい」

おもわず、いい出たとか……。

板谷桂梅も、

「なかなか……」

何度も、うなずいた上で、自分の門人の村松桂春《けいしゅん》を、さし向けてくれた。

かくて、翌享保六年、三十二歳の春から、五兵衛は望むままに絵具を使うことができるようになったのである。

柴田用人を通して、堂々と画の道具を買いととのえることができ、五兵衛は内心、雀躍《こおど》りせんばかりによろこんだ。

「まことにもって、御上達が早いのに、おどろきました」

と、村松桂春が師の板谷桂梅へいったそうだ。

絵具の使い方をおぼえるのも早かった。

それに何といっても、正式に絵を習うにつれて、技法をおぼえる。

あの絵巻を見て、墨や絵具を暈《ぼか》してあるところなど、

(どのようにしたらよいのか……?)

はじめは、よくわからなかった。

そうしたことが、専門家の指導を受ければ、実によく習得できる。

村松桂春は、月に四、五度び、徳山屋敷へ来て教える。

その日が、待ち遠しかった。

花鳥の手本を模写したり、大台所から季節の野菜などを運ばせ、これを写生するのもたのしかった。

また、五兵衛は手許《てもと》に、いつも紙と筆を置き、侍女たちの髷《まげ》のかたちや衣裳《いしょう》の模様などを見ておき、侍女が去ると、すぐさま、記憶が薄れぬうちに描きとめておくようになった。

そして、夜ふけには、いよいよ色彩をほどこした秘図の模写に取りかかった。

これで四度目の模写になるわけだが、今度は初心に返って、住吉慶恩筆の男女を忠実に模

写することにした。

そして、徳山五兵衛秀栄《ひでいえ》にとっては、

「あっ……」

という間に、この年も暮れてしまった。

(矢のごとき光陰というが、まさに……)

である。

夢中になって没頭する一事があるために、月日が、かくも速く自分の前を通りすぎてしまうのであろうか。

それにしても、速すぎる。

何やら、ここ数年が、一夜の夢のようにおもわれ、その一夜のうちに、二人のわが子がすくすくと成長してしまったのに、五兵衛は、

(これが、わが子か……)

あらためて見て、むしろ、愕然《がくぜん》となることすらあるのだ。

「いまの三年は、少年《こども》のころの半年にもおよばぬほど、呆気《あっけ》もないことだ」

と、五兵衛が柴田勝四郎にいった。

七

享保七年。

徳山五兵衛、三十三歳である。

五兵衛は、この年あたりから、急激に変貌《へんぼう》をとげる。

それは、どのようなことなのか……。

つまり、古くから徳山家に奉公をしている者たちにいわせると、

「前《さき》の殿様に、そっくりとなってきた……」

このことであった。

五兵衛の亡父・徳山重俊のように、

「謹厳な殿様……」

に、なってきたというのだ。

口数も少なくなり、めったに笑顔も見せなくなった。

だが、夜な夜なの〔秘密の時間〕は、いよいよ充実してきている。

それでいて、朝早くから邸内の道場へあらわれ、家来たちを相手の剣術の稽古は一日も欠かさぬ。

御役目の上での評判は、いまもよろしい。

五兵衛が亡父の跡を継いだばかりのときは、

「むかしは、あの男、手に負えぬ無頼者であったそうな」

などと、うわさをされていたものだが、いまは、そのようなことをいう者とてない。

そのかわり、しだいに、

「遣《や》り手《て》じゃ」

「頭も、ようはたらくわい」

「しかも、武士《もののふ》の気風を崩さぬ。ありゃ、立派な男よ」

「まだ三十をこえたばかりというが、面構《つらがま》えは大したものだ」

およそ、こうしたささやきが聞こえるようになってくるのである。

小沼治作なども、以前のように、気やすげな口をきけなくなってきた。

（おれは、以前の殿様のほうが好きだ……）

依然として、五兵衛の側をはなれぬ忠実な家来でいながら、ちかごろの小沼治作は、邸内の独り暮しの小さな長屋で、そっと、酒をのむことが多くなったようだ。

父の重俊のように威張り返って、やたらに奉公人たちを叱りつけたりすることはない徳山五兵衛だが、ともかくも無口になってしまった。笑うこともすくない。

そうなると、当然、重おもしくなり、それがまた争えぬもので、大身《たいしん》旗本の貫禄がそなわったように見えてきて、

「ごらんなされ、勝四郎どの」

と、老女の千は、うれし泪《なみだ》を浮かべながら、

「ちかごろの殿様の、何とまあ、御立派におなりあそばしたことか……」

「さよう。私なども、御前に出ますと、何やら気圧《けお》されるようなおもいがいたします」

「そうでありましょう、そうでありましょう」

以前は、ひとりで居間にいるときなど、袴《はかま》もつけずに寝そべっていたりした五兵衛が、ちかごろは袴を外したこともなく、村松桂春に絵を習うときなども、座蒲団を外し、下座へ退《しさ》って、敬々《うやうや》しく桂春を迎える。

これは師弟の礼をくずさぬつもりなのであろうが、桂春のほうでは、

「いますこし、お気楽になされるとよろしいのですが……」

と、柴田用人にこぼしたそうな。

ところで……。

このような自分の変貌に、五兵衛は気づいていない。

いつの間に、そうなったかを意識していないのである。

では、何故の変貌なのか……。

それは、秘図の模写が、創作の秘図の描写に変ったことが原因であったろう。

五兵衛は、いよいよ、東林のお梶と自分との秘図の制作に取りかかりはじめていたのだ。

先ず、自分の顔を手鏡に映しつつ、何枚も何枚も写生をする。

それから、瞼《まぶた》を閉じ、脳裡《のうり》に浮かぶお梶の面影をとらえ、気がすむまで描きに描く。

それから、お梶の裸身を前後左右から、何枚も描く。

そのときの徳山五兵衛の両眼は、爛々と光り輝き、筆のうごきにつれて、

「むむ、これでよし」

とか、

「乳房《ちち》のかたちは、こうではなかった。これではいかぬ」

とか、

「陰《ほと》の毛は、もそっと濃かったはず……」

などと、ぶつぶつと呟《つぶや》きながら、しだいに無我夢中となってゆくのだ。

描いているうちに息がはずみ、寒中でも躰が火照ってくる。

じっとりと五体が汗ばみ、眼が血走りはじめる。

もしも、このときの五兵衛を勢以や千が見たなら、何とおもうであろう。

家来たちも、このことを知ったなら呆《あき》れ果てて、これまでの主人への敬意がたちまちに消え失せてしまうにちがいない。

（いかぬな。このようなことをしていては……）

と、一夜の快楽からはなれ、朝も近い臥床《ふしど》へ身を横たえたとき、徳山五兵衛は、

（二千石の旗本の、なすべきことではない……）

顔の赤らむおもいがする。

住吉慶恩の模写をしているときには、このような反省をおぼえたことがなかった。

しかし、わが手にある筆で、わが顔を、わが裸身を描き、さらに、お梶の裸身とからみ合う態《さま》を下絵に描くことによって、五兵衛は、わが所行を恥ずかしくおもうようになった。

けれども、やめられぬ。

なんとしても、やめられぬ。

模写とはちがい、すべてを自分が創りあげて描きすすめるのだから、疲労も激しい。

（このようなことをしていて、もしも、御役目にさしさわりがあったなら、何とするのだ。五兵衛よ。お前は、何という愚か者なのか……）

その愚かさを恥じるおもいが、無意識のうちに、これを隠そうとして、屋敷の人びとの前では謹厳の衣をまといはじめたのではあるまいか。

また一つには……。

五兵衛自身、明るい日の光りの中では、夜の自分の姿を忘れきってしまいたかったのであろう。

八

享保八年を迎えた徳山五兵衛は、三十四歳になった。

そのころになると、五兵衛の秘図制作も、絵筆の熟練につれ、興味も深刻になるばかりで、

（ああ……わしは到底、この泥沼から脱《ぬ》け出すことはできぬ）

五兵衛は、覚悟をきめた。

いや、きめざるを得なかった。

前年から引きつづいての、お梶と五兵衛自身とをモデルにした秘図の本格的な制作は、まだ、端緒についたばかりである。

百数十枚におよぶ下絵を描いたのちに、ようやく、絵巻のうちの二場面を描き終えたところだ。

絵の中のお梶と五兵衛は、まだ衣服を脱してはいない。

京の円山の裾の、木立の中にある〔東林〕の二階座敷で、権十郎のころの五兵衛が肴《さかな》の膳を前に坐ってい、いましも、お梶が小廊下にあらわれたところが、第一図であった。

あのときの二階座敷の調度なども、五兵衛は記憶をたどりつつ、でき得るかぎり忠実に描いたつもりだ。

むろん、色彩をほどこしてある。

当時は、五兵衛も若かったことゆえ、お梶が身につけていた衣裳や帯の柄などについては、まったく記憶がない。

そこで、侍女たちの衣裳の柄を見ては、描きとめておいたものから選んだものを、お梶に、

「着せることにした……」

のである。

そうした工夫、創意が自分の絵に加わってくると、

(もはや、やめようにもやめられぬ……)

おもいがしてくる。

つぎの絵は、座敷へ入って来て、五兵衛の前へ坐ったお梶が、艶然と微笑《ほほえ》みつつ五兵衛を見やり、取りあげた盃《さかずき》へ、五兵衛が酌をしている図だ。

つぎの三つ目の絵あたりから、二人の衣服が剝《は》ぎ取られてゆき、肌身があらわれることになる。

五兵衛は、固唾《かたず》をのむおもいであった。

すでに、お梶の裸身を何十枚もの下絵にしてあるのだ。

さて……。

二人の裸身が搦み合う場面へ取りかかってみると、下絵のときとは、また違った昂奮《こうふん》にさそわれてくる。

お梶の、ひろやかに肉置《ししお》きのみちた背中も、ゆたかに張り出した臀部《でんぶ》も、その秘毛までも、ことごとく描かねばならぬ。

そして自分の裸体の描写にしても同様のことであって、

（むう……もし、万一にも、この絵を余人に見られたら……）

そのことを想うと、五兵衛は慄然《りつぜん》となった。

（見せてはならぬ。何としても、見られてはならぬ……）

このことであった。

地袋の中に隠し込まれた下絵は、おびただしい数になった。

このままにしておいては、

（とても、隠しきれぬ……）

ことになってくる。

そこで五兵衛は、裏庭の一隅《いちぐう》へ穴を掘り、石組みの〔焼却炉〕のようなものを造らせた。

「描き反古《かきほご》を焼き捨てるため……」

という名目であった。

そして、五兵衛みずから、月に一度か二度、下絵を焼却することにした。

「そのようなことは、私どもへおおせつけ下されますよう」

家来たちは、しきりにいったが、

「いや、何……」

五兵衛は、にこりともせず、

「自分の描き損じを、余人の目にさらしたくはない」

と、いった。

下絵の中には、例の秘図のみではなく、普通の絵もまじっている。

下絵ばかりではない。

絵具を使っているからには、色彩の草花なども、一応は描いておかねばならなかった。

それでないと、

「ちかごろは、どのような絵ができあがりましたか、たのしみにいたしておりまする」

などと、勢以に尋ねられたとき、見せてやることができぬ。

ともあれ、累積する下絵の始末は、うまくつくようになったが、それでも尚《なお》、五兵衛の胸の内には不安が残っている。

奉公人たちが、無断で、手文庫や地袋の中を探ったりすることは、先ず無いと看てよい。

(なれど……)

徳山五兵衛は、このときまで、おもってもみなかったことを考えはじめたのだ。

(もしも、わしが急死をとげたような場合、家族の者は書見の間を隅々まで、あらためるにちがいない。それを防ぐことはできぬ。何故と申して、わしは死んでしまっているのだから……)

自分の死後、書見の間から、あのような男女交歓の秘図が何枚も何枚も発見されたときのことを想い浮かべると、

(妻や子たち、それに奉公人たちは、わしのことを何とおもうであろうか……)

おもわず、顔が赤らむことがあった。

だからといって、こればかりは、いまのところ、妙案が浮かばぬ。

秘図の制作を中止してしまい、これまでの絵や、住吉慶恩作の絵巻など、いっさいを焼き捨ててしまうのがもっともよい。それはわかっているが、いまは、

(そうするわけにもまいらぬ)

お梶と自分の交歓を描いた絵巻がすべて完成したあかつきには、

(絵筆を絶とう)

と、五兵衛は決意をした。

そして、慶恩作と自分の絵巻の二巻のみを、こころゆくまで観賞したのち、これを焼き捨

てしまえばよい。

(なれど、もしも、それまでに、わしが急死をとげるようなことになったら……)

であった。

そもそも、これまでの五兵衛は、自分の死について、これほど深く想いおよんだことがなかったといってよい。

(わしも、年をとったからなのか……)

現代とちがい、人の生涯は五十年が尋常とおもわれていた時代であったから、三十四歳の徳山五兵衛の、余命は十六年ということになる。

大人になってからの五兵衛は、大病にかかったことが一度もなかったけれども、このごろは以前に引きくらべてみて、心身の疲れが除《と》れぬような気がする。

それも、当然なのだ。

さすがに、このところ、空が白むまで絵筆を取るようなことはせぬが、睡眠時間は少ない。

しかも、日中は気を張りつめて、御役目をつとめるなり、屋敷にいるときは一家の主《あるじ》としてのつとめを果しているのだから、秘図の下絵が増えるのと歩調を合せ、五兵衛の躰《からだ》には疲労が累積してくる。

それをまた、他の者に気《け》どられまいとして、五兵衛は層倍に気を張らねばならぬ。

もっとも……。

昼の謹厳と、夜ふけの痴愚と、この二面をつかい分ける徳山五兵衛の日常は月日のながれと共に、習慣と化してしまいつつあった。

しかし、さすがの五兵衛も、疲労をもてあまし気味になってきて、

（そうじゃ。ともかくも、この絵巻を仕上げたのちは、断じて、絵筆を捨てねばならぬ!!）

と、決意をした。

九

ところで、この年の秋になると、徳山五兵衛の身に変化があった。

この変化は、五兵衛にとって、よろこぶべきことなのか、悲しむべきことなのか……。

享保八年の九月。

幕府は、徳山五兵衛秀栄《ひでいえ》を〔御先手組《おさきてぐみ》・筒頭《つつがしら》〕から解任した。

そして五兵衛は〔小普請〕に編入されたのである。

幕臣のうち、三千石以上の武家が無役となったときは〔寄合《よりあい》〕に編入され、二千九百石以下の幕臣が御役目につかぬときは、〔小普請〕に入る。

五兵衛の亡父・徳山重俊は、長年にわたり諸役を歴任した労をみとめられ、無役となったとき、幕府は〔寄合〕に列することをゆるしたものだ。

だが、いまの五兵衛には、それだけの実績もないし、また、八代将軍の世になってからは、むかしのような〔特例〕を、いっさいみとめぬようになってきている。

小普請は、八組から十組の編成で、その一組に〔支配〕の役をつとめる旗本がついている。

その下に二人の組頭、世話役などがいて、徳山五兵衛は第五組の支配となった。

小普請に入っている幕臣たちは、それぞれの身分と持高に応じ、小普請金というものを出さねばならぬ。

つまり、御役目についていないのだから、そのかわりに金を出させ、これを小普請に……つまり、幕府の小さな補修工事の費用にするというわけだ。

このような閑職であったが、支配をつとめることになれば、自分の組の面倒を見なくてはならぬ。

また、月に二度（後年には三度）の面会日を設けて、自分の組下にいる幕臣たちと会わねばならぬ。

組下の人びとが、

「御役目について、充分に、はたらいてみたい」

という希望があれば、決められた面会日に、支配の屋敷へ出向いて行き、その希望をのべる。

支配は、それを聞き取った上で、幕府へ上申するのである。

ことに将軍・吉宗は、支配からの上申を、

「入念にせよ」

と、達しを出しているだけに、面会日を怠けるわけにはまいらない。

しかし、何といっても、御役目についていたときとはちがう。

徳山五兵衛に、暇な時間が増えたのだ。

用人・柴田勝四郎は、主人が小普請へ移ったので、いささか落胆をしたようであったが、藤枝家の用人・山口喜兵衛が、主の藤枝若狭守の言葉をつたえに、わざわざ来てくれた。

若狭守の見解によると、

「これは、五兵衛殿が、新たなる御役目に就く前に、いったんは小普請へ移されたにすぎない。公儀は五兵衛殿の力量を高く評価しているそうだから、すこしも気を落さず、小普請支配を相つとむることじゃ」

なのだそうである。

それで、柴田用人も、

「ほっといたしました」

と、これは五兵衛にではなく、勢以にいった。

「実家《さと》の父上の申されることに、間ちがいはない」

勢以は落ちつきはらい、

「殿様も、このごろは、何やらお疲れの御様子ゆえ、心身をおやすめあそばすには、ちょうどよい」

「いかさま……」

「ま、案じるにはおよびませぬ」

「はい、はい」

暇ができれば、いきおい、書見の間へこもることが多くなる。

「かえって、御躰をおこわしにならねばよいが……」

と、勢以が老女の千に洩らした。

徳山五兵衛が小普請支配となって間もなくのことだが、何やら気にかかることを、五兵衛は耳にはさんだ。

これは公《おおやけ》のことではない。

岳父・藤枝若狭守の機嫌をうかがいに出た折に、

「実は、な……」

声をひそめた若狭守が、

「他言すまい」

念を入れた上で、語って聞かせてくれたのである。

「すぐる日、将軍様《うえさま》が小梅の方へ御狩りをあそばされた折に、恐れ多くも、上様の御命をねろうて鉄砲《つつ》を撃った曲者《くせもの》がいたそうな」

「すりゃ、まことで？」

「信ずるに足る筋から耳にいたしたことゆえ、まことの事と看てよい」

「はあ……」

これは、容易ならぬことだ。

もしも、徳山五兵衛が御先手組に在任していたなら、当日の警護をうけたまわっていたやも知れぬ。

先手組も、弓と鉄砲組に別れ、それぞれ数組をもって編成されているのだから、かならず五兵衛が当日の警備をつとめていたとはいいきれぬが、

(もしも、わしが当日の警護をつとめていたなら、大変な責任《せめ》を負うていたやも知れぬ……)

のである。

「で、それは、どのような?」

「いや、くわしいことは何もわからぬ。突然に鉄砲を撃ちかけられ、御供の者がひとり、撃ち殪《たお》されたそうな」

「お身がわりに?」

「そういうことになろうな」

この異変は、将軍・吉宗の厳命によって、あくまでも秘密の事となっているらしい。

幕府の要人たちに知己が少なくない藤枝若狭守なればこそ、この情報を得たのであろう。

「この事について、わしは用人にも洩らしてはおらぬゆえ、五兵衛殿も、そのつもりでいてもらいたい」

「心得まいた」

「いずれにせよ、物騒なことじゃ」

「はい」

「われらも、気を引きしめておらねばなるまい」

「いかさま……」

岳父にいわれるまでもなく、徳山五兵衛も、将軍を鉄砲で撃ち殪そうとした曲者の背後にあるものを感じぬわけにはゆかなかった。

（なれど、まさかに尾張家が、いまだに将軍家へ恨みを抱いているとはおもえぬが……）

では、何者の仕業なのか……。

近年の将軍・吉宗は、就任当時のように、度び度び狩りに出かけたりはせぬ。

将軍としての公務に没頭し、つぎつぎに新しい政策を打ち出しているだけに、気軽く狩りに出かけることも少なくなった。

ゆえに、久しぶりの御狩りであった。

そこを狙われたらしい。

これよりのちの吉宗は、さらに狩りに出ることをつつしみ、また、狩りをもよおしても、以前とはくらべものにならぬ厳重な警備をゆるすようになるのである。

「して、曲者は捕えられましたので？」

「いや……」

と、苦にがしげに藤枝若狭守が、

「取り逃したらしい」

「まさかに……」

「いや、逃してしもうたそうな」

いよいよもって、油断ならぬことではないか。

「ま、このはなしは、やめにいたそう」

と、若狭守が気を変えて、

「絵のほうは、相変らずに？」

「はい」

「いまのうちじゃ。せいぜい、たのしんでおくがよろしかろう」

「は……？」

「いずれ、さして遠くはないとおもうが、五兵衛殿は、新たな御役目をうけたまわることになろう」

藤枝若狭守は、自信ありげにいいきった。

十

藤枝若狭守の、たのもしい言葉にもかかわらず、翌享保九年となっても、徳山五兵衛は依然、小普請からうごかなかった。

五兵衛は、三十五歳になっている。

この年も押しつまったころ、五兵衛は、お梶と自分との秘図二十六種を描き終えた。

十六年前の、お梶との交情の思い出は、いまだに生なましい。

(あれが、十六年もむかしのことであったのか……)

ついこ、三年ほど前のことのようにしかおもわれぬ。

(このように、歳月というものは、人間《ひと》の前を素早く通りすぎてしまうものなのか……それとも、わしだけが、そのように感じているのであろうか？)

この十六年の経過の早さを思うとき、これから先の十六年も、それこそ、

「あっ……」

という間に、過ぎ去ってしまうにちがいない。

(そのとき、わしは五十をこえている……)

あらためて五兵衛は、憮然《ぶぜん》となった。

(そのときのわしは、死ぬる日を目前にひかえ、生きていることになる……)

人の一生というものは、これほどに、

(呆気《あっけ》ないものであったのか……)

このことであった。

二百数十年前の男の、三十五歳は、現代のそれにくらべて大いに違う。

病患に対する医薬の進歩もなく、現代では、わけもなく治癒《ちゆ》してしまう病気が〔死病〕とされていた時代なのだ。

栄養の点からも、はなはだしく、まずしいものであったろう。

また、病気による死亡ということのほかに、当時の男たちは年少のころから、一人《ひとり》前の男

として仕事をし、世間に対しての責任《せめ》を負わねばならなかった。

大学を卒業し、二十《はたち》をすぎてから世間へ出る現代人の、例外をのぞいて、そのほとんどが、世間へ対しての責任をおぼえるようになるのは、先ず、結婚をし、子が生まれるような年齢に達してからといえよう。

だが、そうなってからも、社会への責任は個人がそれぞれに果すというわけではなく、何事にも共同体の中の一人として生きて行くような世の中の仕組になってしまった。

徳山五兵衛は、当時の上層階級である大身《たいしん》旗本の家に生まれたが、父・重俊が死去したのち、二十歳で二千二百四十石の当主となった。

そして、何十人もの奉公人の主人となった。

大身旗本の当主というものが、どのようなものかは、これまでに、およそ書きのべてきたつもりだ。

なっただけではない。

けれども、一家の主としての五兵衛ひとりが、失敗もなくすごしていればよいのかというと、そうではない。

たとえば五兵衛の家来なり奉公人なりが、世間へ対して不始末の事があれば、当人はむろんのこと、主の五兵衛もこの責任を負わねばならぬ。

事と次第によって、

「主人が腹を切る……」

ことになろうやも知れぬ事が、ないとはいえないのである。

いわゆる「封建の時代」というものは、すべての階級の人びとが、こうした連帯の責任の上に立って、世の中がうごいていたのだ。

この数年の間、徳山五兵衛は夜ふけの書見の間に閉じこもり、あられもない裸身の男女の交歓図を描きつづけて、余念もなく、おのれ一人のたのしみにふけってばかりいたのかというと、むろん、そうではない。

御先手組・筒頭をつとめていたときはいうまでもないが、小普請の閑職についてからでも、支配をつとめるからには、それ相応のはたらきをしなくてはならぬ。

八代将軍・吉宗の治世となってからは、ことさらに、小普請支配が幕府へ提出する報告を重視するようになってきているから、

「いささかの懈怠《けたい》もゆるされぬ」

と、いってよい。

また、五兵衛の夜の愉楽は、徒《ただ》のものではなかった。

行燈《あんどん》の灯影《ほかげ》に呼吸をつめて筆をあやつり、異常の昂奮に、

「われを忘れ……」

ても、それだけに神経をつかい、精根をこめているわけだから、疲労もはなはだしい。

その愉楽の疲労を人びとにさとられず、尚更《なおさら》に、公人として一家の主としての、日中の生活にも気を張りつめなくてはならぬ。

歳月のながれも早かったが、五兵衛は、そのくせ、五十にも六十にもなったような気分になることがある。

さすがに、まだ、深い皺《しわ》が顔にきざまれていることはないが、小鬢《こびん》のあたりへ白いものがちらほらと見えはじめた。

ま、それはよいのだが……。

この年も暮れようとする或日、湯殿にいて、

（あっ……）

愕然《がくぜん》となったことがある。

五兵衛の裸体は、剣術に鍛えられているだけに、筋骨もたくましく、皮膚にも張りがある。

だが、そのとき、五兵衛はふと、わが股間《こかん》へ目をやって、

（こ、これは……）

息をのんだ。

何と、陰毛にも、白いものがまじりかけているではないか。

目を凝らして見たが、錯覚ではなかった。

（ま、まさか……）

指でまさぐり、二すじ、三すじと、五兵衛は股間から白い陰毛を引き抜き、まじまじとながめ、深い吐息を洩らしたものだ。

一方、お梶と自分を描いた秘図を、夜な夜な見るたびに、

「ここはちがう」

とか、

「お梶どのの乳房のかたちは、いますこしちがっていた……」

とか、

「このほかにも、まだ、さまざまなかたちに抱き合うたものじゃ」

新たな記憶がよみがえってくる。

そうなると、この二十六態の秘図には、まだまだ不満が残る。

「わしが、こうしたときの、お梶どのの顔つきは、もそっと唇《くち》が開いていて、歯がのぞいていたものだ」

とか、

「腋毛《わきげ》は、これほどに濃くはなかった……」

とか、おもい出されてきて、はじめは、この秘図が完成した後は、

「絵筆を絶つ」

とまで決意をした徳山五兵衛であったが、

(いや、これではいかぬ。いま一度……いま一度だけ、描いてみたい)

勃然《ぼつぜん》となったのである。

十一

翌享保十年。

徳山五兵衛は、三十六歳となった。

将軍・吉宗は二年前に、五代将軍の綱吉以来、商人たちから借りた十万八千両の負債をみごとに返済してから、いよいよ、政治に意欲を燃やしはじめているようだ。

春めいてきた或日。

徳山屋敷へ出入りをしている日野屋文吉があらわれ、

「久しぶりにて、近いうちに京へのぼりまするが、何やら、おのぞみの品でもござりましたなら、買いもとめてまいりまする」

と、五兵衛にいった。

下谷・池の端仲町の、高級小間物店のあるじ・日野屋文吉も六十をこえてからは、みずから京都へ仕入れに出かけることがなくなった。

近年は、番頭が京都の本店へ出かけるようになったらしい。

「いえ、それが、京の兄の病が急に重うなりましたので、いまのうちに一度、顔を見ておこうと存じまして……」

本店のあるじの兄が、たとえ亡くなっても、立派な跡つぎがいるので心配はないという。

「さようか。それは大変じゃな」

「恐れ入りましてござります」

徳山五兵衛は、用人・柴田勝四郎をよびよせ、

「日野屋の兄者の病が重いそうな」

と、いった。

それだけで、柴田用人には主人の胸の内を察することができた。

十七年前の、あの折、江戸を出奔したまま行方不明となっていた五兵衛を、京都で発見し、これを徳山家の親類・神尾家へ告げたのは、ほかならぬ日野屋文吉であった。

以来、徳山家でも小間物類のすべてを日野屋から入れさせるようにしている。

柴田勝四郎は、先代の用人であり、自分の養父にあたる故・柴田宗兵衛から、

「御当家は、日野屋文吉に恩義があることを、忘れまいぞ」

何度も、いわれていただけに、

「それはそれは……」

すぐさま引き下り、文吉の兄への見舞金の用意をして、ふたたび居間へあらわれた。

「と、とんでもないことでございます」

日野屋文吉は、おどろいて辞退をしたけれども、結局は、受け取ることになってしまい、

「おこころづかい、まことにもって、かたじけなく……」

見舞金の重い包みを押しいただき、泪《なみだ》ぐんだ。

諸方の武家や大名屋敷へ出入りをしている日野屋文吉だが、そこの主人や用人から、

（このような、こころづかいをしていただいたことは一度もない）

のである。

（十七年前の、あのことを、かほどまでにお忘れなく……何という義理がたい御家なのであろう）

つくづく、日野屋は感嘆したらしい。

柴田用人が居間を出て行くのを見送ってから、それまでは謹厳そのもののような顔つきで端座していた徳山五兵衛が、

「ときに、日野屋……」

「は？」

日野屋が見やって、

（おや……殿さまが、お顔を赤らめていなさる……）

妙なおもいがした。

だが、すぐに、

（ははあ。あのことか……）

と、日野屋は気づいた。

五兵衛は、江戸へもどって来て四年ほどしてから、京都へおもむく日野屋文吉へたのみ、東林のお梶へ十二種におよぶ髪飾り道具を特別に誂《あつら》えさせ、これを納める三重の手箱も特別に注文させ、送りとどけたことがあった。

そのとき、五兵衛がこころをこめた贈り物を日野屋から受け取ったお梶は、

「権十郎さまへ、くれぐれもよろしゅう」

と、日野屋へいったのみで、その反応のなさに、五兵衛をがっかりさせたものである。

（なれど、やはり、殿さまはお梶をお忘れになってはおいでなさらぬ……）

果して、五兵衛が口ごもりつつ、

「あの、東林のな……」

と、いい出た。

「はい、はい」

「あの茶店、まだ、やっていようか……？」

すかさず日野屋が、

「では、立ち寄って、様子を見てまいりまする」

「ふむ……」

このときばかりは、五兵衛の、謹直な表情がくずれ、少年のようなはにかみが、浮いて出た。

「わざわざ、立ち寄らずともよいのだが……」

「何の、私も京へもどって、祇園さまへお詣《まい》りをせぬわけにはまいりませぬ。さすれば、祇園さまと東林とは目と鼻の先でござりまする」

「いかさま、な……」

と、五兵衛は、遠いところを見やるような眼《まな》ざしになった。

「はい、はい」

しっかりと、うなずきつつ、

「たしかに、うけたまわりましてございまする」

「たのむ」

「はい」

五兵衛は、お梶の安否と近況を知りたかったのである。

「さて、いま一つ……」

いいさした徳山五兵衛が背すじをのばし、またしても〔謹厳な殿様〕にもどった。

「はい。何なりと、おおせつけ下さいますよう」

「柳馬場の誓願寺の通りに、尾張家の御用宿で、尾張屋源右衛門という宿屋がある。十七年前に、自分が世話になったところじゃ」

「あ……さようでございましたな」

「ついでのことに、尾張屋の主人《あるじ》・源右衛門殿が達者でいるか、どうか、それを……」

「かしこまりましてございまする」

お梶のことはさておき、尾張屋源右衛門や佐和口忠蔵に関することは、

（いっさい、放念してしまおう）

おもいきわめていた徳山五兵衛であったが、数年ぶりに日野屋文吉が京都へのぼるとあっては、やはり、

（どうしているか、源右衛門殿は……）

気にかからざるを得ない。

躰《からだ》つきも細長いが、

（糸瓜《へちま》のような……）

と、五兵衛がおもった尾張屋源右衛門の、まるで喉《のど》もとが見えぬほどに長い顎《あご》を忘れることはできない。

あのころは五兵衛の年齢も若かった所為《せい》か、源右衛門が、

（六十をこえて……）

見えたものだが、いま、達者でいるとしたら、何歳になっていようか……。

五兵衛が何度も出した手紙には、あれから一度も返事をよこさぬ尾張屋源右衛門であったが、

（もしも、あのとき、源右衛門殿の庇護《ひご》がなかったら、わしは、どのようになっていたか、知れたものではない）

のである。

日野屋文吉は、帰りぎわに、

「殿さま。東林へ、何やら、御言伝《おことづて》はござりませぬか？」

何気ないように尋《き》くと、

「いや、別に……」

颯《さつ》と、顔を赤らめた五兵衛が、呻《うめ》くがごとく、

「ない」

と、いった。

この夜。

徳山五兵衛は、めずらしく書見の間へ入らず、早目に寝所へ引きとってしまったので、

「殿さまの、お躰のぐあいがよろしくないのでは……?」

などと、侍女たちがささやき合った。

臥床《ふしど》の中で、五兵衛は、なかなかに眠れなかった。

十七年前の出来事を、いろいろと想い起したからであろう。

十二

それは、日野屋文吉が江戸を発《た》ってより、間もなくのことであったが、藤枝若狭守の親書が五兵衛の許《もと》へとどいた。

それによると、つい先ごろ、若狭守は突然に御城へ召し出《いだ》された。

そして、

「吹上《ふきあげ》の御庭にて、将軍《うえさま》に、お目通りをいたした」

と、若狭守は書きしたためている。

江戸城内の奥、吹上の庭の「梅の腰掛」とよばれる梅林の中の東屋《あずまや》で、将軍・吉宗が藤枝若狭守を引見したというのだ。

異例のことだといえる。

しかし、この八代将軍ならば、

「さして、めずらしいことでもない……」

ことになろうか。

侍臣や小姓たちを遠去《とおざ》けて、吉宗は藤枝若狭守へ、いろいろと下問をした。

その、ほとんどが、徳山五兵衛秀栄《ひでいえ》についてである。

岳父の書翰《しょかん》を、そこまで読みすすんだ五兵衛は、

(いよいよ、亀戸の名主屋敷でのことが発覚したのか……)

と、おもった。

近ごろになって、五兵衛の耳へもつたわってきたことだが、将軍・吉宗直属の隠密組織は、

「まことにもって、大したもの……」

であるそうな。

ことに、その中の「蜻蛉組《せいれいぐみ》」とよばれる一隊は、吉宗が紀州家の藩主であったころに組織されたもので、このスパイ網を領内へくまなく張りめぐらし、監視の目を油断なくそそいでいたらしい。

その蜻蛉組は、いまも将軍の手足となって、種々の隠密の役目を遂行している。

もっとも「蜻蛉組」とよばれるようになったのは、吉宗が将軍位について後のことだという。

その実態が、どのようなものかは、だれも知らぬ。

徳山五兵衛は、将軍の恐るべき監視と探索の網の目に、あのときの自分の行動が、

(引きかけられた……)

と、おもった。

おもいながら、緊張して、岳父の書翰を、尚《なお》も読みすすむと、

(はて……?)

どうも、それは、五兵衛の勘ちがいのようにおもわれてきた。

岳父・藤枝若狭守は、本所見廻り方をつとめていたころの五兵衛に、将軍は、いたく感じ入っていた様子で、好意的な質問を受けたのだという。

五兵衛の人柄や生活についての下問が多かったという。

将軍・吉宗は、徳山五兵衛の家系や亡父・重俊についても、くわしく調べてい、藤枝若狭守をおどろかせた。

若狭守が五兵衛の岳父であることを、吉宗が承知していたのは、いうまでもないことである。

将軍の下問にこたえたのち、若狭守は御城を退出した。

藤枝若狭守は、

「これは、まさしく、近きうちに五兵衛が重き御役目に就くらしい。そのために、わざわざ上様が自分を召し出され、御下問をたまわったのじゃ」

おもいこんでいるようだ。

「ふうむ……」

低く唸《うな》って、五兵衛は岳父の書翰を巻きおさめたが、まだ、不安が消えたというわけではなかった。

そして……。

何事もなく、初夏《はつなつ》のころとなった。

日野屋文吉が、江戸へ帰って来て、すぐさま徳山屋敷へあらわれた。

「おお、無事に帰ったか。何よりじゃ」

日野屋を迎えて、五兵衛は満面を紅潮させたが、つとめて、さあらぬ態《てい》をよそおい、先ず、

「尾張屋源右衛門方は、いかがであった？」

「はい、それが……」

「それが？」

「一昨年《おととし》の秋ごろに、廃業をいたしたとのことでござりまする。いまは、空屋になっておりまして……」

「ふうむ……」

五兵衛は憮然となった。

「なんでも、近辺のうわさでは、その前の年の夏でござりましたか、あるじの源右衛門さんが、どこやら旅へ出かけられ、その先で重い病にかかられたとかで……」

「では、尾張屋源右衛門殿が亡くなられたとでも？」

「いえ、そのようなことでもないらしゅうございますが……ともかくも、あるじどのが京へもどることができなくなったので、廃業ということになったらしゅうございます」

「さようか……」

と、いうよりほかはなかった。

「ところで、東林へも立ち寄ってまいりました」

「ふむ、ふむ……」

五兵衛の双眸《そうぼう》が、たちまちに輝き、膝《ひざ》を乗り出してきた。

「まだ、商売をしておりまする」

「おお、おお……」

「なれど、お梶さまには、お目にかかれませぬまま、もどってまいりました」

「お梶どのの身に、何ぞ……？」

「それが殿さま。何やら病にかかり、有馬の温泉《ゆ》へ湯治に行かれたそうで……」

「病に、か……」

「はい」

これまた、おもいがけぬことではある。

五兵衛は、おもわず手指を折ってみた。

お梶は、いま、四十を二つ三つ、こえているのではないか。

あれほどに健康な女であったのだから、四十をこえたところで、湯治に出かけるほどの病気にかかったというのは、意外のことだ。

お梶がいないので、茶店の東林は、むすめのお百合が、下男と中年の女を使って商売をつづけているそうな。

「お百合がのう……」

「はい。近いうちに、どこぞへ嫁入りのはなしがあるとかで……」

「ほう……」

そういわれてみれば、お百合も二十か二十一になっているはずだ。

日野屋文吉は、東林へ立ち寄ったとき、徳山五兵衛のことを、お百合に語ってみた。

すると、お百合は、

「微《かす》かながら、徳山様のことを、おぼえておりまする」

と、こたえたそうな。

「わしのことを、おぼえていると？」

「はい。お梶さまからも殿さまのことを聞いてもおりましょうが、幼なごころにも、おぼえているというておりました」

「さようか……」

すべてが、夢の中のはなしのようにおもわれる。

「お梶が、湯治に……？」

「はい」

「お梶が、病にかかった……」

「さようでござりまする」

「病に、のう……」

と、徳山五兵衛が、何ともいえぬ顔つきになった。

日野屋文吉は、五兵衛から目をそむけた。

十三

この年の夏中を、徳山五兵衛は、ぼんやりとすごした。

小普請の支配としてのつとめに、いささかの遺漏はなかったけれども、それ以外の時は放心の状態になってしまい、家来たちの言葉へも、生返事をあたえたりするものだから、

「もしや、お加減でも、お悪いのでは……」

などと、家来たちも心配をしていたようである。

しかし、秋風が立ちはじめるころになると、

「ちかごろの殿は、お元気におなりあそばしましたな」

「さよう。夏中は、長年の御役目のお疲れが出たのであろう」

一同、ほっとした。

そのころから五兵衛は、ふたたび、夜の書見の間へ引きこもるようになった。

ついに五兵衛は、お梶と自分との秘図を描き直すことを決意したのである。

そして、

（これはもう、生涯、やめられぬやも知れぬ……）

と、おもいはじめていた。

夏中は、お梶の病気の事が案じられて、書見の間へ入り、秘図をひろげて見る気にもなれなかった。

健康であったお梶が、

（有馬へ湯治におもむくというのは、よくよくのことではないか？）

このことである。

だが、考えてみれば、お梶も中年に達している。

女も、その年齢になると、躰に変化が起り、一時は体調がくずれるものだそうな。

四十前の自分だとて、若いころのようにはまいらぬ。

それにまた、いかに、お梶の身を案じたところで、

（どうにもならぬこと……）

ではないか。

おそらく、二度と会えぬまま、どちらかが先へ、

（死ぬることになる……）

のである。

（そうじゃ。わしは、わしが描く絵巻の中で、お梶に会うておればよい）

そのようにおもいきわめたとき、五兵衛は全身にちからがみなぎってきた。

（よし。今度こそは、これぞとおもう絵《もの》に仕上げてくれよう）

先《ま》ず、下絵から描きはじめた。

筆の運びも前回にくらべて円滑になってきている。それがまた、五兵衛をよろこばせた。

今度は、お梶との出合いから描きはじめたのではない。

おもうことあって、京都を去るとき、お梶と最後の別れをしたところから、さかのぼって描きはじめた。

するとまた、ふしぎなもので、記憶の糸が新しくほぐれてくるのである。

いつの間にか、この年も暮れたが、徳山五兵衛の身に変化は起らなかった。

新しい御役目につくこともなく、依然として小普請支配のまま、五兵衛は新年を迎えた。


享保十一年。

徳山五兵衛は、三十七歳になった。

この年、将軍・吉宗は、全国の人口調査を命じた。

徳川幕府がおこなった人口調査は、このときで二回目であったが、

「これよりは六年ごとに、おこなうように」

と、吉宗がいったそうな。

五兵衛の次男・監物が、徳山の分家へ養子に行ったのは、この年の三月であった。

分主の徳山権左衛門重之《ごんざえもんしげゆき》は、五兵衛の従弟《いとこ》にあたる。

すなわち、五兵衛の亡父・重俊の弟の喜之助重一《きのすけしげかず》が分家して五百石の旗本となり、その跡をついだのが重之だ。

この従弟は、幼少のころより病身であった。

五兵衛が本家の当主となってからは、何事につけても、

「御本家の兄上」

と、慕ってくれ、いろいろと相談をもちかけてきたりするので、ついつい五兵衛も、重之に対して親身になる。

躰が弱いので、なかなかに子が生まれぬ重之だけに、若いころから、

「わが家の跡つぎを、いかがいたしたらよろしいのか……?」

苦悩しつづけていた。

病身ゆえ、側妾《そくしょう》の腹に子を宿すこともならぬ。

そこで、以前から、

「ぜひとも、監物殿を養子にいただきたし」

五兵衛と、二人きりになると、権左衛門重之は泪を浮かべて懇願する。

その態を見て、五兵衛は、

「なれば、他家から養子を迎えたらよいではないか。わしのところも、万一、長男に異変が

あったときは、監物に跡をつがせねばならぬ」

「いえ、私は、監物殿なればこそ、もらい受けたいのでござる」

「さほどに、監物が気に入ったか？」

「はい」

「ふうむ……」

ともかくも五兵衛は、妻の勢以に、

「困ったことじゃ」

と、従弟・重之のたのみを語るや、

「さようでございますか。お気の毒にござりますな」

「うむ……」

長い沈黙の後に、勢以がいった。

「さしあげては、いかがでございましょう」

「監物を……かまわぬのか？」

「これが他家への養子であれば、お断わりいたしましょうなれど、御分家とあっては捨ててはおかれませぬゆえ……」

「いや、わしは、他家から養子を迎えればよいと権左衛門に申したのじゃ。なれど、ぜひにも監物がほしいという」

「よほどに、見込まれたのでござりますな」

「監物は、ああ見えても、気づかいが優しげであるし、しっかりとしたところもあるゆえ、権左衛門に見込まれたのであろう」

「はい」

「ま、いますこし、わしに考えさせてもらいたい」

「何事も、殿の御一存にござりまする」

こういうところは、どこまでも、五兵衛を立てようとする勢以であった。

その徳山重之が、この年に入るや、執念をみなぎらせ、

「ぜひとも、監物殿をいただきたし」

と、懇願の様相が激しくなってきた。

その情熱に、五兵衛も押し切られたのである。

なるほど、十二歳になった長男の頼屋は、しごく丈夫であったし、十歳の監物に、

「どうじゃ、分家を救うてやるか？」

と、五兵衛が尋ねるや、監物は、

「はい。他家への養子ではありませぬゆえ……」

すぐさま、承知をしたではないか。

早くも、母の勢以が、こうなることになろうかとおもい、監物に諄々《じゅんじゅん》と説き聞かせていたにちがいない。

こうして、十歳の監物は分家の養子となり、名も、

「小左衛門貞明《こざえもんさだあきら》」

となったのである。

徳山重之は、自分の寿命が近いうちに尽きてしまうことを予感していたのであろうか。

四年後の十一月に、二十四歳の若年をもって、重之は病歿《びょうぼつ》し、監物が分家の主となるのだ。

それはさておき、監物が分家へ去って間もなくのことだが、日野屋文吉が徳山屋敷へあらわれ、二人きりになると、

「殿さま。実は……」

何やら緊張の面もちで、声をひそめ、五兵衛の傍へ躪《にじ》り寄って来た。

根岸の里

一

禿《は》げあがった日野屋文吉の頭に、汗が浮いている。

白い、小さな髷《まげ》が微《かす》かにふるえているではないか。

「どうした？」

「殿さま。これを……」

あたりを見まわしつつ、懐中から一通の手紙を差し出した。

「これは、何じゃ？」

「今朝がた、品川・裏河岸の廻船《かいせん》問屋、利倉屋《としくらや》彦三郎方から、私のところへとどけられたものでございます」

利倉屋には、おぼえがない。

しかも、手紙には宛名《あてな》も書いてなければ差出人の名もしたためてない。

「この手紙は？」

「先ず……先ず、お読み下されまするよう」

「ふむ……」

二重に包まれた紙を開き、中の手紙を見て、徳山五兵衛が、

「女の筆《て》ではないか」

「さようにございます」

「中を読んだのか？」

「と、とんでもないことでございます」

読みはじめるや、五兵衛の目の色が変った。

なんと、京都の〔東林〕の、お梶のむすめ・お百合から五兵衛へあてた手紙なのである。

お百合は、手紙で、こういってよこした。

去年、江戸より日野屋さまが京へ見えられ、おじさまのことをおはなし下されまして、なつかしく、むかしのことをおもいうかべましてござります。

母の梶は、去年の暮に、有馬の湯治から京へもどってまいりましたなれど、はかばかしくないままに年を越し、この正月十七日に、みまかりましてござります。


五兵衛は、茫然となった。

しかも去年の秋に、お百合は、烏丸《からすま》三条上ルところの茶湯道具所《ちゃゆどうぐどころ》・田中利兵衛の長男・利太郎の許《もと》へ嫁いだが、一月《ひとつき》あまりで利太郎が急死してしまったという。

ひとりむすめのお百合の婚礼だけに、お梶も有馬から帰って来て、いろいろと世話をしたし、そのころは元気に見えたそうな。

新婚早々に夫を失ったお百合は、しばらく母と共に有馬へ滞在をしていて、年の暮に、

「どうしても、京へ帰る」

という母のお梶につきそい、東林へもどって来たのである。

田中利兵衛方は、お梶とも親交があっただけに、

「お百合どのさえよろしければ、いつまでも、こちらにいてもらいたい」

そういってよこした。

亡き利太郎の弟と、お百合を夫婦にするつもりらしかった。

だが、お百合は気乗りがせぬ。

それを看てとって、お梶がこういった。

「それなら、好きにしやるがよい」

そこで、年の内に、田中利兵衛方から、お百合は東林の母の許へ帰って来た。

そして、年が明けて間もなく、お梶が世を去ったというわけで、お百合にとっては、重い不幸がつづけざまに起り、

「ただ、ぼんやりとしてしもうて、十も十五も年をとったような……」

気もちになったというのも、むりはないところであろう。

期せずして、お百合も、亡き母と同じ道を歩むことになった。

亡母とちがうのは、亡夫との間に子が生まれていなかった一事である。

いずれにせよ、これからのお百合は亡母の跡を引きつぎ、東林の女主人として茶店を経営して行くつもりらしい。

そうなれば、おもうままのこともできぬ。

そこで、かねがね亡母も、

「一度は行って見たい」

と、口にしていた江戸見物をおもいたった。

品川の廻船問屋・利倉屋彦三郎は、大坂の今橋にある廻船問屋・豊後屋《ぶんごや》九兵衛の義弟にあたる。

そして、豊後屋九兵衛は、お梶の亡夫の従兄《いとこ》にあたるそうな。

かねがね、豊後屋は、お梶母子の面倒を見てくれていただけに、お百合が、

「一生のおもい出とやらに、江戸見物がしてみたい」

と、たのむや、

「そうじゃな。それもよかろう。江戸見物で気を晴らして来るがよい」

自分の店の番頭が商用で江戸へ下るのをさいわい、お百合につきそわせることにしてくれた。

番頭と下男にまもられ、品川の利倉屋へ到着したお百合は、さっそく、日野屋文吉方へ使いを出した。

日野屋へあてた手紙の中へ、徳山五兵衛への手紙を入れ、もしも迷惑でなければ徳山様へ、そっと、おとどけ下さるまいかとたのんだのである。

若い女ながら、お百合は、いまの徳山五兵衛の〔身分〕を、よくよくわきまえているにちがいない。

「ごむりにとは申しませぬなれど、このようなときでなければ、おじさまにもお目にかかれぬと存じまする」

と、お百合はしたためている。

「お梶が亡くなったそうな……」

お百合の手紙を巻きおさめつつ、五兵衛が呻《うめ》くようにいった。

「そ、それはまあ、……」

そういったきり日野屋文吉も、つぎの言葉が出ない。

巻きおさめかけた手紙を、五兵衛が日野屋へわたした。

「拝見して、よろしいのでございますか？」

「うむ」

五兵衛は黙念と、青葉のにおいでむせかえるような奥庭へ視線を投げた。

お百合の手紙を読み終えた日野屋文吉が、

「殿さま。いかがあそばされます？」

「申すまでもない。会うてやりたい」

「ごもっともでござります」

「と申して、いまのわしは、迂闊《うかつ》に外出《そとで》もならぬ。ゆるりと、お百合に江戸見物の案内《あない》をしてつかわしたいが、それも、な……」

「はい……はい……」

「江戸見物のほうは、品川の利倉屋のほうで面倒をみてくれようが……ともあれ、ぜひとも一度、お百合に会うてやりたい。何ぞ、よい手段《てだて》はないものであろうか？」

「殿さまが、おひとりで、この御屋敷を、おはなれになることができましょうか？」

「それは、できぬこともない……いや、むりにも出ようが、それにしても、お百合と語る場所がない。人目にたっても困るし……」

「それならば、わけもないことでござります」

日野屋文吉は、根岸の里に寮（別荘）をもっている。そこで、お百合と五兵衛が会って語るのならば、

「いかようにも、お世話をさせていただきまする」

「まことか？」

「わけもないことでございます」

「では、早速に、利倉屋へおもむき、わしの手紙を、お百合へとどけてもらいたい」

「承知いたしましてございます」

「さて、それからのことじゃが……」

「さようで……」

「ま、もそっと近くへ寄ってくれぬか」

「はい」

五兵衛は、それから、しばらくの間、日野屋文吉と打ち合せをおこなった。

この間、さいわいに、五兵衛の居間へあらわれた者は一人もいない。

日野屋と語りつつ、五兵衛はお百合あての短い手紙をしたため、これを日野屋へわたした。

ともかくも、

（一日も早く、お百合に会いたかった……）

五兵衛にとっての、お百合の印象は、あくまでも幼女のころのものだけである。

いったんは人妻となったほど、お百合が成長していることに、実感がともなわぬ。

五兵衛が、お百合に会いたいのは、お梶が亡くなった前後の様子を知りたかったからだ。

その一事につきるといってよい。

二

翌々日の昼前になって、突然、裏門内へ徳山五兵衛があらわれた。

「と、殿さま……」

門番が、あわてて飛び出して来るのへ、

「しずかにせぬか」

五兵衛が低声に叱った。

着ながしに両刀をたばさみ、手に塗笠をもっている五兵衛へ、

「お出ましでござりましょうか?」

恐る恐る門番が尋《き》いた。

うなずいた五兵衛が、

「わしが出たあとで、用人へ、このことをつたえておけ」

「あの、かまいませぬので……?」

「おお、かまわぬ。久しぶりにて、市中見廻りに出向いたと、さようつたえておくがよい」

「はい」

「日暮れ前には、もどると申しておけ」

「はあ……」

「案ずるな」

にっこりと笑った五兵衛が、

「市中見廻りじゃ。門を開けよ」

「ははっ」

するりと、五兵衛は門外へ出てしまった。

間もなく、門番から五兵衛の伝言を聞いた用人・柴田勝四郎は、

「苦虫《にがむし》を嚙《か》みつぶしたような……」

顔つきになったが、

「このことは、他言無用じゃ。よいか」

「はい……はい……」

「何ぞ起ったときは、わしの許へ、すぐさま知らせてくれ」

「かしこまりました」

門番が去ってのち、柴田用人は奥へ行き、義姉にあたる老女の千の部屋へおもむき、五兵衛の外出を告げ、

「内々《ないない》の御役目でござるゆえ、なるべくは屋敷内の者の耳へ入れたくはござらぬ」

「いったい、それはどのような？」

と、千も不安そうである。

「いや、御心配にはおよびませぬ」

「勝四郎殿が心得ておられることなのでありましょうな?」

「いかにも」

「ならば大丈夫……」

「はい」

「奥向きのことは、わたくしがしかと引き受けましたゆえ、安心なされ」

「たのみまする」

「はい」

そのころ徳山五兵衛は、町駕籠《まちかご》を拾って根岸へ近づきつつあった。

五兵衛を乗せた駕籠は、上野の山下から車坂を経て、坂本の通りへ出た。

この往還は金杉から三ノ輪を経て千住《せんじゅ》大橋へつづき、奥州街道の道すじにあたり、種々の店屋が軒をつらね、昼も夜も人通りが絶えぬ。

五兵衛は、善性寺の門前で駕籠を乗り捨て、塗笠に面《おもて》を隠し、坂本二丁目と三丁目の境の小道を左へ曲がった。

裏へ入ると、表通りのにぎやかさが嘘のようだ。

切りたった上野の山ふところに抱きすくめられている根岸の里は、小川のせせらぎと木立と百姓地で、景観はまったく田園のものに変ってしまう。

小さな寺院の塀外《へい》に立っていた男が、五兵衛を見て、

「お待ち申しあげておりました」

声をかけ、近寄って来たのは日野屋文吉であった。

「おお。苦労をかけたな」

「何の……」

「お百合は？」

「大分、前に、見えてでございます」

「いささか、遅れてしもうたわ」

「御屋敷のほうは大丈夫でございますか？」

「うむ。案じるな」

「では、これを、いまのうちに……」

ささやいた日野屋文吉が金二十五両が入った袱紗《ふくさ》包みを五兵衛に手わたした。

「相すまぬな」

「とんでもございませぬ」

この金は、江戸見物の費用の足しにしてくれといって、お百合にわたすつもりなのだ。

すでにのべたごとく、大身《たいしん》旗本の主《あるじ》ともなれば、自分が財布をふところに入れておくこともない。

いっさいの支払いは、柴田用人の手によっておこなわれるからだ。

そこで五兵衛は、日野屋から金を借りたのである。

返金は日野屋が徳山家へ納める品物の代金の中から、だれにもわからぬよう、済《な》しくずしに返すことになっている。

「さ、こうおいでなされませ」

と、日野屋文吉が先に立った。

前方に、上野・寛永寺領地の鬱蒼《うつそう》とした木立が見えた。

むかしの本に、

「呉竹《くれたけ》の根岸の里は上野の山蔭《やまかげ》にして幽婉《ゆうえん》なるところ。都下の遊人これを好む。この里に産する鶯《うぐいす》の声は世に賞愛せられたり」

とあるように、諸家の寮や風流人の隠宅が、人目を避けるように木立や竹藪《たけやぶ》の蔭に点在していた。

日野屋文吉の寮は、小道から切れこんだ奥にあり、竹屋根門へ達するまでの通路の両側は竹林であった。

「今日は、寮の番をしております老爺《じいや》も外へ出してござりますゆえ、人目にはつきませぬ」

「こころ入れ、かたじけない」

「御酒の仕度も、ささやかながら、いたしておきましてござります」

「さようか。何から何まで世話になることよ」

そういって徳山五兵衛は、深いためいきを洩らした。

おもえば、

（莫迦々々《ばかばか》しいことじゃ）

なのである。

旧知の女のむすめに約二十年ぶりで会って語るのが、これほど面倒なものなのか。

その旧知の女《ひと》が徒《ただ》の女ではないこともあるが、それにしても不自由なことではある。

家督をする前の若いころをおもいやると、あのころの自分と、いまの自分とが別人のようなおもいがする。

竹屋根門を入ったとき、先へ立った日野屋文吉が、

「お梶さまに、そっくりでござりますよ」

と、いった。

その声を聞いたとき、おもいもかけず、五兵衛の胸がときめいたのはどうしたことか……。

三

日野屋の、根岸の寮は四間《よま》ほどのものだが、奥庭が意外にひろい。

近くの根岸川から水を引き入れた池のほとりに、たくさんの菖蒲《あやめ》が白と紫の花をひらいている。

これは、寮番の作兵衛の丹精であった。

日野屋の案内で奥の間へ徳山五兵衛が通されたとき、お百合は庭へ出て、菖蒲の花に見入

っていた。

「あ……」

それと気づいたお百合が、

「おじ……」

おじさまといいかけて、声をのんだ。

それはそうであろう。

微かに、お百合の脳裡《のうり》に印象をとどめている五兵衛とは、まったくちがう五兵衛が縁先に立っていたからだ。

あれから、二十年に近い歳月が経過しており、徳山五兵衛は、もはや昔日の〔権十郎〕ではない。

秘図に没頭してからというものは、剣術の稽古をやめたので、躰《からだ》も肥えてしまい、鬢《びん》のあたりにも白いものがちらほらとまじりはじめてきている。

いうまでもなく現代の男とくらべることはできぬが、そのころの三十七歳といえば、もう中年といってよい。

ことに五兵衛は、白髪《しらが》が出るのが早かったようだ。

「お百合か?」

「はい」

「ふうむ……」

五兵衛も、茫然となっている。

これが、あのときの童女だとは、どうしてもおもえぬ。

というよりも、お百合が、あまりに亡母・お梶に似ているので、

（これは、お百合ではない。お梶が、江戸へ出て来たのではないか……）

日野屋から「そっくりでござりますよ」と、念を入れられたにもかかわらず、目眩《めまい》のような錯覚に、五兵衛は我を忘れかけていた。

よくよく見ると、目鼻だちの豊艶さは母親そっくりだが、何といっても躰つきがちがう。

五兵衛が見知っているお梶は、頸《くび》すじのあたりもふとやかであったし、顎《あご》のあたりにも、わずかながら肉がついて括《くく》れかかっていたものだ。

若いお百合は、あくまでも嫋《たお》やかであった。

そして、鉄漿《かね》をつけぬ白い歯がのぞく唇のかたちも、お梶とはちがう。

いったん、人妻となったときも、亡夫は、お百合に、

「歯をそめぬがよい」

と、いったのだそうな。

うす緑の地に、鶴の絵模様を染めぬいた友禅の衣裳《いしょう》に身を包んだお百合の、その肌の白さこそは、まさに、

「お梶ゆずり……」

のものといってよい。

お百合は、奥庭へ立ったまま、五兵衛を凝《じっ》と見つめている。

日野屋文吉が、五兵衛の袖を引き、

「日暮れ前には、お迎えにまいりまする」

と、ささやいた。

お百合に見入ったままの五兵衛が、わずかにうなずいた。

日野屋が去った。

この寮に、五兵衛とお百合のみとなった。

そのとき……。

まじまじと、五兵衛を見つめていたお百合が、声を忍んで笑いはじめたではないか。

笑い出したかとおもうと、また、五兵衛を見つめ、見つめたかとおもうと笑い出す。

「これ……」

たまりかねた五兵衛が、

「何が可笑《おか》しいのじゃ？」

「相すみませぬ」

「ま、これへまいるがよい」

「はい」

ようやく、お百合が近寄って来た。

「これが、お百合か。おどろいた、おどろいた」

「わたくしも、これがあの、おじさまかと……そうおもうたら、何やら可笑しゅうなってしもうて……」

お百合は、人なつかしげな口調で、すこしも緊張していない。

奥の間には、なるほど、気のきいた酒肴《しゅこう》の仕度がととのえてあった。

茶室めいた造りで、炉も切ってある。

庭からあがって来たお百合は、あらためて、五兵衛に挨拶をした。

「申しわけもござりませぬ。なれど、このようなときでなければ、二度と、おじさまに、お目にかかれることもないとおもうて……」

「よいとも。わしも、会えてうれしい」

「ほんに？」

「ほんにじゃとも」

「ま、うれしいこと」

いそいそと、お百合は五兵衛の前へ膳を置き、酌をした。

「これ、お百合……」

「あい」

「先刻《さっき》は、何故に笑うた？」

「まあ……」

「申せ。あまりに、わしが年をとったからであろう」

「いいえ、笑うたのは、自分にでござります」

幼女のころの記憶は、幻影のようなものだ。

その幻影を、お百合なりに、胸の内へあたためていたのであろう。

それとは、あまりにも五兵衛の風貌《ふうぼう》がちがっていたので、自分のひとりぎめが可笑しくなったのだ。

「わしだとて、おどろいた。いくつになったのじゃ？」

「指を折ってごらんなされば、わかることではござりませぬか」

上眼づかいに、ちらりと五兵衛を見やったお百合に、隠しても隠しきれぬ女の匂いがただよっている。

五兵衛は、お梶が目の前にいるようにおもえてきて、胸がさわいだ。

「お百合も、どうじゃ」

盃《さかずき》をすすめると、

「はい」

素直に、五兵衛の酌を受ける。

いよいよもって、お梶そのものの感がするのだ。

「おじさま……」

「何じゃ？」

「あの……」

「そのように、じろじろと見るな」

「でも……」

「でも？」

「あまりに、おじさまが御立派におなりなされましたゆえ……」

「何を申すことか……」

五兵衛の躰が、汗ばんできた。

「いまのおじさまは、御大身の殿さまゆえ、会うては下さらぬとおもうて……」

いいつつ、お百合が怨《えん》ずるがごとく五兵衛を見やる。

「いま、こうして、会うているではないか」

「あい。うれしゅうござります」

ぱっと、お百合の顔が笑みくずれる。

すると、お百合が、

「お百合。そのようなことよりも、亡き母ごのことを聞かせてくれぬか？」

「いや」

と、かぶりを振る。

「いやじゃと……何故じゃ？」

「何故でも……」

五兵衛を弄《いら》うかのように、お百合の眼が笑いをふくんでいる。

「仕方のないお百合じゃ。おじさまをからかうつもりなのか、うむ？」

お百合が、あまりにも親しげにふるまうので、五兵衛も打ちとけてきた。

「お梶どのは、それでも時折は、わしのうわさなどをしていたか？」

「知りませぬ」

「知らぬということはあるまい」

「おはなし申しましょうか？」

「おお、たのむ」

「でも、そのかわりに……」

「何じゃ、わしが何をすればよい」

「今日だけでは、いや。また、会うてやると、お約束をして下さるならば……」

「よし。いつまで、江戸にいられるのだ？」

「おじさまが、会うて下さるまで」

「それは会うとも」

「いつでござります？」

「明日は、お上《かみ》の御用があるゆえ、明後日ではどうじゃ？」

「ま、うれしゅうござります」

「江戸見物の費用《ついえ》の足しにしてもらいたい」と、五兵衛が出した金二十五両を、お百合は素直に、さもうれしげに受けた。

四

お百合にいわせると、生前のお梶は、何かにつけて、

「江戸の徳山さまは、いまごろ、何をしておいでなさることやら……?」

とか、

「お前を連れて、江戸見物へ行ってみたいものじゃなぁ」

とか、

「そのときは、徳山さまを、お訪ねしてもかまわぬものか……?」

などと、お百合を相手に、五兵衛のうわさをすること、しきりであったという。

それも、亡くなる三、四年ほど前からで、その以前には、ほとんど、五兵衛のことを口に出したことがない。

だから、お百合の幼少のころの、五兵衛への印象も、それから急に、生き生きとしたものに変ってきたのである。

「そのように、お梶どのが、わしのことを……」

いいさして絶句している五兵衛を、お百合は穴のあくほどにうちながめていたが、そのうちに、ふくみ笑いを洩らした。

はっと我に返った徳山五兵衛の面《おもて》へ、見る見る血がのぼった。

「まあ、おじさま。赤うなって……」

その顔を指さし、お百合が声をたてて笑いはじめた。

「これ……これ、笑うな。何が可笑しい?」

「あれ、おじさまが可笑しいのではござりませぬ」

またしてもお百合は、自分の迂闊《うかつ》さが可笑しくなったのだという。

「何が迂闊なのじゃ?」

「わたくし、あの……」

「申せ、何のことじゃ?」

「去年、嫁入りをいたします前までは、おじさまと母とのことが、いささかもわかりませなんだ」

「わしと、お梶どののこと……」

「ただもう、お若いころのおじさまが、東林へ立ち寄られ、母と語り合うたり、酒《ささ》のんだりしただけのことと、おもうておりました」

「そ、そのとおりではないか」

「いいえ……」

お百合が、髪へ手をやった。

その右腕の白さに、五兵衛は、おもわずうつむいてしまった。

「これに、お気づきではござりませなんだか?」

お百合が、自分の髪から取って差し出したものは、櫛《くし》であった。

見事な蒔絵《まきえ》の櫛である。

「あ……」

おもわず五兵衛は、低く叫んだ。

これこそ、迂闊というものだ。

十何年も前のことになるが、お梶への思慕にたえかねた徳山五兵衛は、商用で京都へおもむく日野屋文吉にたのみ、鼈甲《べっこう》・水晶・珊瑚《さんご》・螺鈿《らでん》や、さまざまな金属をつかった櫛・笄《こうがい》・簪《かんざし》などの髪飾り道具を、これも贅沢《ぜいたく》な細工の道具箱へおさめたものを、お梶へとどけさせたことがあった。

いま、お百合が髪にさしているのは、そのうちの四種類の櫛の一つで、その一つ一つに、京の賀茂川のながれを中心にした風物が精妙な蒔絵によってほどこされていたのを、五兵衛はおもい出した。

「この櫛には、四条の橋が……」

「おお、そうであった」

「この櫛を、母は片時もはなしませなんだ……」

「そ、そうか……」

それならば何故、これまで一度も自分へ手紙《たより》をよこさなかったのであろう。

「この櫛も、それから、あの髪道具も、母は亡くなる前の日に、私へ形見としてゆずりわたしてくれたのでござります」

そういうお百合の声に、すこしの曇りもない。

「おじさまと、母とのことが、とっくりとのみこめましたのは、人なみに、嫁いでからでござりました」

「もう、よいわ」

「ま、おじさまとしたことが、何故、はずかしいのでござりますか？」

「お前の口から、そのように、あからさまにいわれると……」

あっという間に、時間《とき》がすぎた。

「お迎えにまいりました」

声をかけて、寮番の作兵衛と共に、日野屋文吉が奥庭へ姿を見せた。

「お……もはや、そのような時刻になるか」

「はい。お駕籠を待たせてござります」

「さようか……」

「おじさま……」

と、お百合が、にじり寄って、

「明後日、かならず……」

「大丈夫じゃ」

五兵衛も、

（このまま、お百合と別れては、あまりにも呆気《あっけ》がなさすぎる）

と、おもいはじめている。

「お百合。明後日を、たのしみにしている」

ささやくようにいい、おもいきって五兵衛は廊下へ出た。

日野屋に送られて、門を出ると、そこに町駕籠が待っていた。

「日野屋。明後日、また此処《ここ》で、お百合と会う約束をした。かまわぬかな?」

「すこしもかまいませぬが、御屋敷のほうは大丈夫でござりますか?」

「案ずるな」

駕籠へ身を入れながら、

「明後日も、今日と同じ時刻に……」

そういって、五兵衛は垂れを下した。

本所の屋敷へ着き、裏門から入った徳山五兵衛は、そのまま居間へ通った。

あかるい初夏の夕暮れであった。

老女の千が待ちかまえていたようにあらわれ、五兵衛の着替えを手つだった。近ごろ、めずらしいことではある。

「はて……?」

不審そうに千を見やった五兵衛へ、千は、

(何も彼も心得ておりまする)

というように、うなずいて見せた。

（なるほど。これは、柴田勝四郎が、うまく、いいふくめておいてくれたらしい）

すぐに、五兵衛は推察した。

千が去ると、入れかわりに侍女が茶を運んであらわれ、その後から柴田勝四郎が入って来た。

「何じゃ」

「殿……」

侍女が去るのを見送ってから、勝四郎が形をあらため、

「殿。今日の事は……」

いいかけるのへ、五兵衛が叱咤《しった》した。

「だまれ。そのほうの知るところではないわ!!」

五

それは、すばらしい大音声《だいおんじょう》であった。

何といっても、剣術の修行に鍛えられた男の躰から発する声はちがう。

しかも、白刃を抜きつれた敵を相手に、何度も闘ったことがある徳山五兵衛だけに、いざともなれば、

「何者をも近寄せぬ……」

ほどの迫力が、全身にみなぎってくる。

柴田勝四郎は、魚の骨が喉《のど》へ閊《つか》えたような顔つきになった。

「そもそも、近ごろのおのれは、図にのぼせておるようじゃな」

じわりと声を落して、そういった主《あるじ》に睨《にら》み据えられたときには柴田用人、おもわず両手をつき、ひれ伏してしまった。

「よいか、当家の主は、この五兵衛であるぞ。そのことを屹度《きっと》わすれるな」

「は……」

「天下《てんが》の直参として、御公儀の御役目を密《ひそ》かにうけたまわることもある。それは、わが妻にも奉公人どもへも申せぬことじゃ」

「は……」

「そのほうは天下泰平の世に生まれ、亡き柴田宗兵衛の養子となり、当家の用人をつとめて遺憾がないことは、わしも、よくよくわきまえておる」

「恐れ入ってござります」

「なれど、武門の政道には、いかに泰平の世であろうと、その裏側には一刻もこころをゆるせぬものがあるのじゃ」

もっともらしく柴田用人を叱るうち、われにもなく徳山五兵衛は調子に乗ってしまい、

「いまの将軍家《うえさま》については、そのほうも耳にはさむことがあろう。これまでの面倒な為来《しきた》りや体面にかかわることなく、直き直きに御用をおおせつけられることがすくなくないのじゃ」

柴田勝四郎が、おどろいたように五兵衛を見上げた。

(では、将軍家から、わが殿へ、何やら隠密の御用でもおおせつけられたのか……。なれど、それは、いつの間に……?)

わからぬことばかりだが、これ以上、五兵衛へ問いかけることはゆるされることではないとおもった。

「わかったか、勝四郎」

「は……」

「ならばよし」

「では、あの……」

いますこし、事情を聞きたいと、たまりかねた勝四郎がいいかけるのへ、五兵衛が大きくうなずいて見せた。

(お前の申すことはよくわかっている。お前がおもっているとおりじゃ)

とでもいいたげな目の色なのだ。

「ははっ……」

柴田用人は、納得せざるを得なかった。

「わしが申すことよ。何事があろうとも案ずるな」

「は、はい」

「そのほうは当家の用人として、また、わしの右腕ともなり、わしをたすけてくれねばならぬ。そうではないか、な……」

いつになく五兵衛に、しみじみとそういわれて、柴田勝四郎は泪《なみだ》ぐみそうになった。

「屋敷内のことは、そのほうにまかしてあるゆえ、わしのはたらきを邪魔せぬよう、うまくはかろうてくれねばならぬ。たのむぞ」

「しかと、心得ましてござります」

「なれど、いま、わしが申したことは他言無用じゃ」

「はい」

「明後日も、わしは、ひそかに外出《そとで》をせねばならぬ」

「はあ……」

「内密の御役目じゃ」

「承知つかまつりました」

「たのむぞ」

「ははっ」

柴田勝四郎が居間から去ると、五兵衛はにやりとして蒔絵の煙草盆を引き寄せた。

(小沼が、気負いこんであらわれるかな……?)

五兵衛は、小沼治作への対応についても期するところがあったけれども、ついに、この日、小沼は顔を見せなかった。

その後、顔を合せても、小沼は五兵衛の外出については、一言もふれようとはしなかった。

柴田用人が、よほどにうまく、説いたのである。

ところで……。

その翌々日も、徳山五兵衛は根岸の日野屋の寮へ、単身おもむいた。

この日も酒を酌《く》みつつ、あれからの京都のありさまや、亡きお梶のおもい出ばなしにふけったわけだが、何としても、五兵衛に向い合っているお百合の様子が艶《なま》めいて見える。

しかも、しずまり返った寮の内には、二人きりなのである。

開け放った戸障子の向うから、初夏の日射しを浴びた新緑の生気にみちた匂いがただよってくる。

微風はさわやかであったが、室内にこもる温気《うんき》と酒の酔いに、お百合の面《おもて》は上気し、五兵衛を見つめる双眸《そうぼう》に妖《あや》しげな光りが加わってきた。

そのうちに五兵衛は、お百合がお梶なのか、お梶がお百合なのか、わからなくなってきた。

むろん、酒の酔いもあったろうが、何かの拍子に、

「これ……」

何やらいいさして、突然、五兵衛がお百合の腕をつかんで引き寄せるようにした。

「あれ、何をなされます」

するりと、お百合は腕を外して、

「いやな、おじさま……」

くびをすくめ、五兵衛をにらむようにするではないか。

「う……」

「亡くなった母と、間ちがえておいでなのでござりますか？」

意地悪げに、そういわれると、手も足も出ない。

それでいながら……。

白けきった五兵衛が、

「そろそろ帰る」

と、腰をあげかけるや、

「いや、いや」

烈しくかぶりを振り、お百合はうったえるような眼《まな》ざしとなり、すがりついてくるのであった。

そして、日暮れ近くなり、日野屋文吉が、迎えの駕籠《かご》と共に寮へあらわれるころあいになると、

「も一度、会うて下さりませ」

お百合が五兵衛にせがみ、ついに承知させられてしまった。

（な、何たることだ……）

自邸へ帰る駕籠の中で、五兵衛は舌打ちを洩らした。

（小むすめに、弄《いら》われて、このざまは何だ）

だが、お百合は、短い間ながらも人妻となった身であるし、当時、二十《はたち》を一つでも二つで

もこえた女は、小むすめとはいわれまい。

屋敷へ帰った五兵衛は、不機嫌をきわめていた。

そうした、むずかしい顔つきの主人をこれまでに見たことがなかったので、家来も侍女たちも、息をのんでいる。

（よし。明後日の約束は反故《ほご》にしてくれよう）

と、五兵衛は決意をした。

（この年齢《とし》をして、女なぞに弄われてたまるものか……）

だが、その当日になると、五兵衛は、さすがに無断で約束を破っては、お百合に対してよりも、いつものように手筈《てはず》をととのえてくれる日野屋文吉に悪いとおもった。

そこで、朝のうちに日野屋へあてて手紙をしたため、机上の鈴を鳴らし、侍女をよんだ。

すぐに、侍女があらわれ、

「およびにござりまするか？」

「いや……」

机の前で、殿さまが妙にあわてながら、

「よい。もう、よい」

と、いうではないか。

「は……？」

「用はない。下ってよい」

「はい」

不審げに侍女が去ったのち、五兵衛は、日野屋へあてた手紙を火鉢の中へ焼き捨てた。

昼前になると、着ながしの姿に塗笠を手にした微行外出の殿さまが裏門へあらわれ、門番に、

「門を開けよ。日暮れまでにはもどる」

と、いった。

六

徳山五兵衛が、芳香を放つ鮮果にもひとしいお百合の躰《からだ》を捥《も》ぎ奪《と》ったのは、根岸の寮で四度目に会ったときのことだ。

そのときも、お百合は、

「いや、いや……」

あきらかに媚態《びたい》をしめしつつ、拒否した。

しかし、この日の五兵衛は、

(今日こそは、どうあっても……)

決意していた。

お百合が何をいっても、五兵衛はこたえぬ。

酒肴《しゅこう》のための器物を、お百合は五兵衛へ投げつけたりした。

投げつけながら、しだいに、お百合の声も消えた。

お百合の眼が青く光りを帯びてきて、抱きすくめようとする五兵衛の腕を逃れ、奥の間へ走り込んだ。

そこは、茶室めいた小部屋である。

雨戸も閉ざされてい、昼の仄暗《ほのぐら》い闇の中へ打ち倒れたお百合は、もはや、逆らおうとはしなかった。

「こやつ……」

息もはずませず、後手《うしろで》に襖《ふすま》を閉めた五兵衛が、横たわったお百合の傍へ屈《かが》み込んで、

「何故、わしをいじめた?」

お百合は、こたえない。

両の袂《たもと》で顔をおおい、激しく喘《あえ》いでいた。

寄り添って身を横たえた五兵衛が、お百合の手を顔から外し、顔を近寄せた。

五兵衛の唇《くち》が、お百合のそれへ重ねられたとき、お百合は身震いをした。

「あ……」

「声をたてるな」

「い、いけませぬ」

「うるさい」

「あの、母が……母が……」

「お梶が何とした？」

「あっ……そ、そのような……」

「だまれ」

「し、叱られまする、母《かか》さまに……」

「冥土《めいど》からか……」

「あい」

「かまわぬ。捨てておけ」

「いけませぬ。い、いけませぬ……」

と、ささやきながら、お百合はわれから身をひらいた。

五兵衛の〔男〕が、わが躰へ押し入ってきたとき、お百合は低く呻《うめ》いた。

そして、微《かす》かに、

「母さま、ゆるして……」

と、ささやき、陶然と眼を閉じ、五兵衛のくびすじへ双腕《もろうで》を巻きつけてきた。


その日も、いつもの時刻に、日野屋文吉と寮番の作兵衛が庭づたいにあらわれた。

五兵衛は、いつもの一間《ひとま》にいて、盃をなめている。

だが、お百合の姿は、そこになかった。

「お百合さまは、いかがなされました？」

日野屋が尋《き》くと、徳山五兵衛が目を伏せて、

「奥で、化粧でも、直しているのであろう」

と、こたえたものだ。

「お化粧を……」

「うむ」

日野屋が、凝《じつ》と五兵衛を見やった。

「駕籠は来ているのか？」

「はい」

「よし。では、もどろう」

お百合をよびもせず、五兵衛は立ちあがった。

日野屋文吉は、これだけで、すべてを察知してしまったらしい。

門を出た五兵衛が、急に振り向き、

「日野屋……」

「はい？」

「明後日も、たのむ」

「心得てござります」

「それから……」

「はい？」

「明日、屋敷へ……」

「私めが、明日、御屋敷へまいればよろしいのでございますな?」

「来てくれるか?」

「はい」

「たのむ」

　と、顔をそむけたままの五兵衛が、

「ちと、相談があるのじゃ」

「はい、はい」

「では……」

　駕籠へ乗って、垂れを下すまで、ついに五兵衛は日野屋の顔を見なかった。

　本所をさして行く駕籠の中で、徳山五兵衛は、うっとりと目を細めている。

（まさに、女よ……あれこそ、女の肌身と申すものじゃ）

　まったく、五兵衛にとっては、久しぶりに若い女の肌身に接したといってよい。

　この前に、若い女を抱いたのは、妻の勢以のみである。

　それはもう、十余年も前のことになる。

　そのときの味気なさは、どうであったろう。

　いまの勢以は徳山夫人として、押しも押されもせぬ女となってい、五兵衛もそれをみとめぬわけにはいかぬが、このところ、夫婦のまじわりは、ほとんど絶えてしまっているし、そ

れを五兵衛も勢以も、

「当然のこと……」

と、おもうようになってしまった。

おもえば、三十七歳の今日まで、徳山五兵衛は、三人の女の肌身しか知らぬことになる。

一は、お梶。

一は、勢以。

一は、今日はじめて掻《か》き抱いたお百合である。

年少のころの、乳母の千との体験は、また別のことだ。

(なれど、今日は呆気もなかった……)

お百合の肌身といっても、直《じ》かに、たがいの肌を合せたのは、その一部分にすぎぬ。

なればこそ、尚更《なおさら》に、

(お百合を、はなしたくはない)

五兵衛の欲望は、つのるばかりとなってきていた。

押しひろげた白い胸乳《むなち》の、意外にふっくりとした、その弾力の生き生きとした手ざわりは、かってのお梶の乳房の感触よりも若い命がこもっていた。

勢以の、うすい乳房などは論外であった。

(勢以の乳房より、わしの胸のほうが、もそっとふくらんでおるわ)

と、五兵衛はいつも、ひとりで失笑していたものだ。

（お百合を、京へ帰してはならぬ）

そのことについて、明日、五兵衛は日野屋文吉のちからを借りるつもりでいる。

七

（さて、それにしても、どのようにしたらよいものか……？）

屋敷へ帰り、夜がふけてからも、徳山五兵衛は思案しつづけた。

これが町人の身なら、

（わけもないこと……）

なのである。

また幕臣であったとしても、百石、二百石の身分ならば、さして自由を奪われることもない。

しかし、いまの五兵衛が、お百合を側にひきつけておきたいとなると、たとえば、根岸の日野屋の寮へ住まわせておき、そこへ通いつめるということは不可能なことだ。ここ数日は窮余の一策で、強引に屋敷を出ている五兵衛だが、こうしたことがいつまでもつづくわけのものではない。

だが、五兵衛が側妾《そくしょう》をもつということについては、だれも、これを非難することはできぬ。

当時の侍の家にあっては、むしろ当然のことだからだ。

そのかわり、お百合に、この本所の屋敷へ来てもらわねばならぬ。

正室の勢以の了解を得て、正式の側室とするわけだ。勢以は、このことについて、おそらく異議をとなえまい。

（なれど老女が……千めが、何とおもうか？）

それを想うと、五兵衛は忸怩《じくじ》たるものがないではない。

（そうじゃ!!）

急に、五兵衛は目の前がひらけたようなおもいがした。

次男の監物を、分家の徳山権左衛門へ養子にやったのだから、そのあとの五兵衛の跡つぎは長男・頼屋のみである。

十二歳の頼屋は、いまのところ健康であるが、だからといって安心できるものではない。頼屋が病を得て早死をすることも考えておかねばならぬ。

二千二百四十石の大身の家に男子が一人きりというのは、まことに、こころもとない。男子ならば何人いてもよい。

しかも、正室の勢以に、これをのぞむのはむりというものだ。これは勢以も、よくよく心得ていよう。子を生むからには、両親がそれだけの行為をせねばならぬ。

その行為を勢以は（汚らわしきもの）としているのだから、どうにもならぬではないか。

（よし。何としても、徳山家のために、いま一人、二人の男子をもうけることが主《あるじ》のつとめじゃ）

そのために、お百合を屋敷へ入れるのだから、五兵衛が引け目をおぼえることは何一つないのである。

お百合を五兵衛へ世話したものは、日野屋文吉にすればよい。これならば日野屋も引き受けてくれよう。

(では、お百合はどうか……?)

これも先《ま》ず、案じるにはおよぶまい。

(あれほどに……あれほどに、わしを好いているのだから……)

であった。

はじめて、五兵衛の頬に微笑が浮いた。

そして五兵衛は〔書見の間〕を出ると、すぐに寝所へ入ってしまった。

このところ、書見の間へも、めったに入らぬし、入っても、かの〔秘図〕を出して見ようともしない。また、自ら絵筆を取って描こうともしなかった。

あれほどの愉楽を、五兵衛は忘れ果ててしまったのだろうか……。


翌日。

日野屋文吉が約束どおり、屋敷へあらわれた。

「日野屋。実は、な……」

「はい?」

「お百合のことじゃが……」

「それが、な……」

と、三十七歳の徳山五兵衛が頸《くび》すじから顔を赤くそめていいよどむ。

日野屋は、うつむいたままで、

「殿様。よう存じておりまする」

「何、知っていた……?」

「昨日、根岸から殿様がおもどりあそばすときの御様子で、それとなく、お察しいたしました」

「そ、そうか……」

「お百合さまのことでござりますな?」

「うむ……」

「なるほど……」

「当屋敷へ迎えたいとおもう。いかがであろう?」

「は……」

上眼づかいに五兵衛を見やった日野屋文吉が、

「それよりほかに、手段《てだて》はござりませぬなあ」

と、いった。

「さよう。むかしのような気まま、はできぬ」

「それならば、わけもないことでございますが……」

いいさして、日野屋が沈黙した。

「いかがした？」

「かんじんの……」

「かんじんの、とは？」

「お百合さまが、承知いたしましょうや？」

「それなれば大丈夫じゃ」

「では、お百合さまにも、このことを？」

「いや、まだ、はなしてはおらぬ。おらぬが、きっと承知いたしてくれるであろうとおもう」

「ははあ……」

「お前からお百合へ、わしの意をつたえてもらいたい」

「よろしゅうございます」

と、こたえた日野屋の声が、わずかに曇っている。

けれども五兵衛は、充分な自信を抱いていたし、お百合を屋敷に迎え入れるについて、自他共に納得がゆく理由を見出しただけに、

（あとは、日野屋のはからいで、もっともらしく体裁をつければよい）

と、考えていたので、日野屋の声の曇りには気づかなかった。

「わしは、今日は根岸へまいれぬ。お百合は品川の利倉屋へもどっているのか？」

「いえ、根岸の寮がすっかり気に入られまして、このところ、ずっとお泊りに……いえ、利倉屋さんのほうへは私どもからことわってござります」

「なれば、ちょうどよい。これから根岸へまいってくれるか？」

「承知いたしました」

日野屋文吉は、ここではじめて笑顔になり、

「何ともして、お百合さまを説きつけましょう」

「たのむ。あとは、お前の世話で、お百合を迎えるという手筈にいたしたい。よいか？」

「はい、はい」

お百合が承知することは、うたがいもないことだ。

あとは、用人や老女や家来たちが何といおうとも、徳山家の主たる威厳をもって押し切ってしまえばよい。

ふしぎに、勢以へ対しては遠慮をおぼえぬ五兵衛であった。

勢以も武家のむすめに生まれ、実父・藤枝若狭守には一時、三人もの側室がいたのであるから、そこのところは、

（よく、わきまえていよう）

と、五兵衛は信じている。

この日が暮れるのを、五兵衛は待ちかねた。

夜ふけに寝所へ入ってからも、明日の、お百合とのことをおもうと、なかなかに寝つけなかった。

八

つぎの日。

いつものように、五兵衛は単身、根岸の里へおもむいた。

五兵衛が裏門を出ようとしたとき、突然、番小屋の中から小沼治作が駈けあらわれ、

「殿……」

呼びかけて、絶句した。

「小沼か……」

「は……」

五兵衛を凝と見つめる小沼の両眼から、見る見る熱いものがふきこぼれてくる。

(殿は何故、それがしに、お隠しなされますのか?)

と、小沼の目は必死のおもいをこめ、五兵衛にうったえかけている。

柴田用人から何と説き聞かされたものか、それは知らぬが、この主人が幼少のころから片時も側を離れず、それこそ一命をかけて仕えてきた小沼治作だけに、ちかごろの五兵衛の行動は、

(心外のこと……)

であるにちがいなかった。

「と、殿……」

またしても呼びかけ、一歩、二歩と近寄って来る小沼を、

「よし、よし」

五兵衛は、もてあまし気味になり、

「わかっておる。わかっておる」

「いえ、おわかりになりませぬ」

叫ぶ小沼を、門番たちが呆気《あっけ》にとられて見つめている。

いざとなれば、

「その場で腹を掻き切ることも平気な男……」

だけに、五兵衛は迂闊《うかつ》に叱りつけるわけにもまいらぬ。

ともかくも、このときの小沼治作の眼の光りは、

（いつもと、ちごうていた……）

のである。

どのようにちがっていたかといえば、説明の仕様もないけれども、小沼の視線を逃れるようにして裏門外へ出たとき、徳山五兵衛は動悸《どうき》していた。

（小沼め、何故、あのような目つきをして、わしを見たのであろう？）

単に激情に駆られてというだけのものではない。

それは、もっと別の情念が燃えていたのだ。

その情念が、どのような性質のものかを、はっきりといいあらわすことはできぬ。

できぬが、しかし、小沼治作の情念がこもった視線を受けて、徳山五兵衛はいつになく狼《ろう》狽《ばい》した。

(彼奴《きやっ》め、何故、あのような目つきを……)

町駕籠を拾い、根岸へ向う途中も、五兵衛の胸さわぎはしずまらなかった。

寮の前に、日野屋文吉と作兵衛が五兵衛の到着を待っていた。

「おこしなされませ」

「日野屋。お百合に、わしの意中をつたえてくれたであろうな?」

「はい。しかと……」

「で、お百合は何と申していた?」

「お百合さまから殿さまへ、御返事をなさるそうでございます」

「そうか……」

日野屋の顔には、明るい微笑がただよっている。

五兵衛は、ほっとなった。

日野屋と作兵衛が去ってのち、五兵衛は寮の内へ入って行った。

今日は朝から、どんよりと曇ってい、いささか蒸し暑い。

夏は、すぐそこにまで近寄っている。

お百合は、奥庭に出ていた。

「これ……」

「あ、おじさま」

「何をしている?」

「風に吹かれておりまする」

「お百合……」

「あい?」

「日野屋から聞いてくれたか。聞いてくれたのであろうな?」

「何を……?」

「わしの気もちをじゃ」

「あ……」

「どうじゃ、承知をしてくれような?」

お百合の口もとに、謎《なぞ》めいた微笑が浮かんだ。

お百合は、こたえない。

おもわず五兵衛は、お百合の肩をつかみしめ、

「わしのおもいを、わかっていてくれるはずじゃ」

「わかっておりまする」

「かまえて、不倖《ふしあわ》せにはいたさぬ。大事にいたすぞ」

お百合が、五兵衛に背を向けた。

襟足《えりあし》に若さが照っていた。

近寄って、その襟もとを五兵衛の唇が軽く吸った。

「あれ……」

お百合は逃げ、いつもの座敷へ走り込んだ。

「待て」

追って入り、有無をいわさずに抱きすくめた五兵衛が、

「これでもか……これでもか……」

「あ……およしなされて……」

「では、承知してくれるな。どうじゃ?」

「おじさま……あまりに、急なことでござりますもの」

「嫌とはいわせぬ。わしと、このような間柄になったからには……」

「なれど……なれど、おじさま。お百合も、よくよく考えて見ねばなりませぬ」

「何を考えることがあろう」

「京には、東林の店もござりますし、親類のものたちも、おりまするゆえ、そのことを……」

「かまわぬ」

「なれど、このまま江戸に残り、京へもどらぬというわけにはまいりませぬ」

「ふうむ……」

なるほど、もっとものことではある。

お梶亡きのちは、お百合が東林の女主人なのであった。

たとえ、それでなくとも、しかるべく人を介して、お百合をもらい受けるのが常道というものであろう。

「よし、よし。ならば京へもどり、事の始末をすませ、わしの許《もと》へ来てくれると申すのじゃな？」

お百合は、こたえぬ。

顔をそむけもせず、まじまじと五兵衛を凝視しているのだ。

「わしも、日野屋を間に立て、しかるべく、はなしの筋を通すつもりじゃ」

「かたじけのうござります」

「では、承知か？」

すると、お百合は、

「はい」

はっきりとこたえ、うなずいてくれたではないか。

「まことか？」

「はい」

「そうか、よし。これで、わしも大安心というものじゃ」

「十日ほどして、京へもどりまする」

「こうなれば、早いがよい」

「そのとおりでございますな」

お百合が、にっこりとした。

「日野屋文吉は老体ゆえ、お前と共に京へのぼるのはむりであろう。なれど、京には日野屋の親類がいる。そこから、お前の親類たちへ、はなしを通すことにいたそう。どうじゃ、それでよいか？」

お百合は、わずかにうなずいた。

江戸へ来て、五兵衛に会わぬ日は、日野屋文吉がすっかり面倒を見てくれ、お百合は江戸見物にも精を出しているらしかった。

「明日は、愛宕さまへ、お詣《まい》りにまいりまする」

と、お百合がいった。

九

いうまでもなく、この日も五兵衛は、お百合の肌身を掻き抱いた。

その肌身が放つ芳香は、むしろ五兵衛を眩惑《げんわく》させた。

この日のお百合の、五兵衛の愛撫《あいぶ》にこたえる仕ぐさが突然に、奔放となったからであろう。

夕闇の中を、本所の屋敷へ急ぐ町駕籠《まちかご》の中で、

「あ、あ……」

五兵衛は何度も、得体の知れぬ低い声を発した。

むろん、顔も躰《からだ》も同じではないのだが、お百合とお梶が一つの女体となって、五兵衛の脳《のう》裡《り》を駈けめぐるのである。

(何としても、お百合をはなしてはならぬ)

このことであった。

(なれど、今日の様子では、お百合もわしのいうとおりになってくれそうな……)

手ごたえをおぼえている。

ともかくも五兵衛は、明後日の、根岸の寮での逢瀬《おうせ》が、

(待ちきれぬ……)

おもいに駆られてきた。

(そうじゃ。明日は愛宕権現へ参詣《さんけい》をするというていた……)

夜ふけになって書見の間にこもっていた五兵衛は、お百合の言葉を、ふと、おもい出した。

そのときは別にどうというわけではなかったのだが、翌朝、目ざめたときに、

(わしも、愛宕山へ行ってみようか……)

おもい立ったのである。

お百合を案内するのは、当然、日野屋文吉であろう。もしも文吉自身の躰があかぬときは、日野屋の番頭がつきそって行くにちがいない。

参詣の時刻が、いつごろになるか、それはわからぬが、

(朝のうちに愛宕山へ着いておれば大丈夫……)

と、五兵衛は考えた。

そうなると、矢も楯《たて》もたまらぬ気持になってきて、朝餉《あさげ》が終るや否や、すぐさま例の外出《そとで》の姿になり、裏門から屋敷を出た。

(わしが先に愛宕山へ着き、急に、お百合の前へ出て行ったなら、さぞ、おどろくであろうな……)

徳山五兵衛の全身に若やいだ血が燃え、拾って乗った町駕籠の中から、

「急げよ」

大声で、駕籠舁《か》きへ命じたものだ。

(ええ、もうかまわぬ。今夜は、お百合を抱いて、根岸の寮へ泊り込んでしまおうか。そして、こころゆくまで、お百合の肌身を……)

と、頭の中が熱くなってきて、

(屋敷へは、日野屋から使いの者をさしむけておけばよい)

などと、しだいに、大身《たいしん》旗本の当主としてあるまじき大胆なことまでおもいつく始末なのである。

五兵衛は、たしかに昂奮《こうふん》していた。

今日も、さわやかに晴れわたっている。

五兵衛が愛宕下で、駕籠を捨てたのは、四ツ（午前十時）ごろであったろう。

寒い季節とはちがって、初夏の、この日和であったから、参詣の人びとも少なくなかった。

愛宕神社の開山は、慶長八年（一六〇三年）の夏という。

本地仏は勝軍《しようぐん》地蔵尊で、つたえるところによれば、遠いむかしの天平のころ、ときの高僧・行基《ぎようき》が近江《おうみ》の国信楽《しがらき》のあたりに滞留していた折、みずから、この地蔵尊を彫刻したという。

それが後年、徳川幕府・初代将軍・家康に献上され、家康はこれを江戸開府と共に愛宕山へ祀《まつ》り、諸堂宇を造建した。

愛宕権現の地蔵尊は、

「永く火災を退け給う守護神」

として、諸人の信仰をあつめ、月ごとの二十四日には「千日参り」といって、貴賤《きせん》の群衆が、

「山を埋めつくす……」

などと、いわれているほどだ。

むかしの本に、

「……そもそも当山は懸崖《けんがい》壁立して空《くう》をしのぎ、石階は畳々として雲をさしはさむがごとく聳然《しようぜん》たり」

とあって、まことに大仰な表現だが、

「山頂は松柏鬱茂《しょうはくうつも》し、夏日《かじつ》といえども、ここへ登れば涼風凜々《りんりん》としてさながら炎暑を忘る。見おろせば三条九佰《はく》の万戸千門は甍《いらか》をつらねて所せまく、海水は渺焉《びょうえん》とひらけて千里の風光をたくわえ、もっとも美景の地なり」

とあるのは、さして誇張ではなかったろう。

もっとも、現在、愛宕山へ登って展望をしても、渺焉とひらける東京湾をのぞむべくもない。見えるのはただ、ビルディングの壁面のみとなってしまった。

むかしの東京（江戸）は、海辺の都市だったのである。

同時に、諸方の山脈も、富士山もよく見えて、

「江戸は山国である」

といった、むかしの人もいたのだ。

参道の正面が男坂の石段で七十二段。その右側に女坂があって、これは百八段。それだけに傾斜がゆるい。

徳山五兵衛は、ためらうことなく、江戸府内に、

「これほど急な石段はない」

といわれる男坂を一気に登りつめて、汗もにじまず呼吸も乱れぬ。さすがに堀内源左衛門道場で鍛えぬかれただけのことはある。

先ず、拝殿の前にぬかずいた五兵衛は、仁王門わきの茶店へ入り、名物の香煎湯《こうせんゆ》をたのみ、これをすすりつつ、彼方《かなた》の江戸湾をながめやった。

青い海に、白帆が点々と浮かんでいた。

海の汐《しお》の香が、風に運ばれてくる。

「よいながめじゃ」

おもわず口にのぼせたほど、今日の五兵衛は上機嫌であった。

だが五兵衛は、何処《どこ》からともなく、自分の後を尾《つ》けて来た男に気づいていない。

この尾行者も編笠に顔を隠し、浪人体の男だ。

浪人は、五兵衛が参拝をしている間に男坂を登りつめ、木蔭《こかげ》に身を寄せ、五兵衛を見張っていた。

五兵衛同様に、七十二段の急坂を登りつめて呼吸も乱さぬ。

(そろそろ、お百合たちもやって来るころ……)

と、五兵衛は山下を見おろしたが、山腹の樹々の茂りが邪魔をしている。

(そうだ。お百合は女坂を登って来るにちがいない)

おもいついた五兵衛が茶店の勘定をすませ、そわそわと女坂を登りつめたところにある茶店へ入って、

「酒はあるか?」

「はい、はい」

「たのむ」

件《くだん》の浪人も、五兵衛のうごきにつれて、境内にある稲荷《いなり》の祠《ほこら》の蔭に身を移したようだ。

十

それから、どれほどの時間《とき》が過ぎたろう。

それほどのことはなかったのだが、五兵衛は、

(まだ、来ぬか。まだ、見えぬか……)

と、茶店の腰かけにいても、落ちつかなかった。

女ゆえ、登るに楽な女坂からあらわれるとおもったが、

(いや、そうとはかぎらぬ。あのように気性のはきとした女ゆえ、もしやすると男坂をあがって来るやも知れぬ……)

そうなると、此処《ここ》からでは見逃してしまうおそれがある。

(これは、やはり、拝殿の前に立っていたほうがよい)

あわてて勘定をすませ、編笠をかぶり、茶店の外へ出た。

大分に参詣の人びとが増えてきており、拝殿の方の見通しがきかぬ。

(もしやして、参詣をすませ、下りてしまったのではないか……?)

徳山五兵衛ともあろうものが、編笠の内から、きょろきょろとあたりを見まわしているさまは、あまり感心したものではない。

五兵衛は参詣の人びとを搔きわけるようにして、仁王門をくぐり、男坂を見おろした。

その瞬間に……。

五兵衛は、くるりと背を向けた。

登って来る参詣の人の中に、ひとりの老人を見たからだ。

その老人の顔を、五兵衛はまだ見忘れていなかった。

日本橋・橘町の小間物屋〔伊勢屋藤七〕方の老番頭だったのである。

十一年前、佐和口忠蔵が訪ねてきた翌日見たこの老番頭は六十前後に見えたのだから、いまは七十前後ということになる。

それにしては達者なものだ。

七十二段の急な石段を登りきって、さすがに一息ついたにせよ、男坂を登る気力が常人のものではない。老人や女の大半は女坂を迂回《うかい》して登るのである。

一息ついている老人の横顔を、五兵衛は編笠の内からたしかめて、

(まさに……)

と、うなずいた。

二年後、亀戸村の名主屋敷へ八代将軍・徳川吉宗が立ち寄り、給仕に出たお玉を手ごめにしかけたのを五兵衛が救い出した。

しかし、お玉は、救い出されたことをよろこぶ様子もなく、むしろ五兵衛へ非難の眼《まな》ざしを向け、姿をくらましてしまった。

五兵衛が、数日後になって橘町の伊勢屋を訪ねると、すでに伊勢屋は店をたたみ、

「何でも急に、上方《かみがた》へ引きあげて行きなすったとか……」

と、近くの煙草屋のあるじが語っていたものだ。

その伊勢屋の老番頭が、いましも五兵衛の目の前をすぎ、拝殿の方へゆっくりと歩んで行く。

背すじも腰も曲がってはいず、後姿を見ていると以前よりも若くおもえるほどなのだ。

そのとき……。

女坂の方から拝殿正面の石畳へ、お百合が寮番の作兵衛と共にあらわれた。

「あ……」

おもわず足を踏み出した徳山五兵衛の袂《たもと》をつかんだ者がある。

先刻から五兵衛を見張っていた浪人であった。

はっと振り向いた五兵衛へ、浪人が身を寄せ、

「殿……」

ささやいてよこした。

「こ、小沼ではないか」

「はい」

まさに、小沼治作なのだ。

「と、殿。これは、いったい何事でございます？」

「何をもって、おのれ、わしの後を尾けてまいったのだ？」

「ただ……ただ、殿の御身が案じられまして……」

小沼の声が、編笠の中でふるえている。

「用人から聞いたであろうが……」

「は……なれど、私めに、たとえ一言なりと、お打ちあけ下されたく……」

「御役目であるぞ」

「私めに、お手つだいを……」

「ならぬ」

袂をつかみしめた小沼治作の手を振りはらったとき、五兵衛の脳裡に閃《ひらめ》いたものがある。

「小沼……」

「はい？」

「ほれ、見よ」

「な、何でございます？」

「向うの拝殿の方から、こちらへ引き返して来る老人《おやじ》に見おぼえがないか、どうじゃ？」

「どの老人でございます？」

「もそっと、こちらへまいれ。ほれ、あの老人じゃ」

「あ……」

「橘町の伊勢屋の番頭じゃ」

「まさに……」

小沼も、お玉を尾行したりしていたので、伊勢屋を見張り、老番頭の顔を垣間見《かいまみ》ていた。

「よし。ちょうどよい」

咄嗟《とっさ》に、五兵衛が、

「あの老人の後を尾けてくれ」

「殿は？」

「わしには、まだ、することがある」

二人は肩をならべて、老番頭を見え隠れに尾けて行きながら、

「殿。御役目とは、このことでございますか？」

「ま……そんなところじゃ」

「さようでございましたか」

「さ、行け。見うしなうなよ」

「はっ……」

「あ、小沼。待て」

「は？」

「もしやすると、わしは今夜、屋敷へもどれぬやも知れぬ」

「何とおおせられます？」

「将軍様直《うえ》き直きの御用である。いのちがけのことじゃ。よいか、わかったな」

「心得ました」

「他言は無用じゃ。勝四郎のみへ告げておけ」

老番頭は、ゆっくりとした足取りで、女坂の方へ向っている。

小沼治作は勇躍して、尾行を開始した。

見送って徳山五兵衛が、安堵《あんど》のためいきを吐いた。

「これで、よし」

というわけだが、それにしても伊勢屋の番頭を此処で見かけようとはおもわなかった。

伊勢屋藤七は、上方へ行ったのではなかったのか。それとも、また、江戸へもどって来て、どこぞに店をひらいているのか……。

老番頭の行先をつきとめれば、当然、伊勢屋藤七のこともわかってこようし、

(お玉の行方が知れるやも……)

お玉の行方がわかれば、佐和口忠蔵の所在もにおってくるのではないか。

この十年、お玉と佐和口との不審な関係について、五兵衛は努めて忘れようとした。また
それに、秘図を描く一事へ没頭した数年間もあって、彼らへの疑惑と関心は、近ごろの五兵衛の念頭から消えていたといってよい。

(何としても、奇妙なことじゃ)

小沼治作が自分を尾行して此処まで来たのは、さいわいであった。

口から出まかせに、自分が将軍家の隠密の御用にはたらいているようなことを、におわせてしまったが、

(堅く口どめをしておけば、柴田勝四郎も小沼も、他言するような者たちではない。いずれ

にせよ、お百合がわしの屋敷に落ちつくまでのことよ）
われに返った五兵衛があたりを見まわしたとき、お百合と作兵衛の姿は何処にも見えなかった。

十一

この夜。

徳山五兵衛は、ついに本所の屋敷へ帰らなかった。

愛宕山では、あちらこちらと探しまわったが、ついに、お百合を見うしなってしまったけれども、それならそれで、五兵衛はあわてることもなかった。

根岸の日野屋の寮へ行けば、かならず、お百合は帰って来るにちがいないからだ。

突然の小沼治作の出現には、さすがの五兵衛もおどろいたが、さらにそこへ、伊勢屋の老番頭があらわれたのにも瞠目《どうもく》した。

その二つを咄嗟にうまくむすびつけ、小沼に尾行させた手ぎわに、五兵衛は、

（われながら、ようも仕てのけたものよ）

苦笑を禁じ得ない。

また、つぎからつぎへ、おもいもかけぬ嘘が自分の口をついて出るのに呆《あき》れている。

ともあれ今日は帰邸しなくとも、老番頭の尾行を終えて屋敷へもどった小沼治作が、用人・柴田勝四郎へ密《ひそ》かに報告をするであろう。

「今夜は、屋敷へもどれぬやも知れぬ」

と、いってある。

「用人へのみ、ひそかに告げておけ。他言は無用」

と、念を入れてある。

ゆえに、柴田用人と小沼治作が、すべて、

(うまく取りはからってくれるに相違ない……)

のである。

五兵衛は久しぶりに、江戸の町々をゆっくりと歩きつつ、夕暮れ近くなってから根岸の寮へ姿を見せた。

「ま……おじさま……」

すこし前に帰って来たばかりのお百合が、

「今日は、あの……?」

「ふむ。愛宕山までまいったのだが、お百合を見うしのうてしまった」

「おいでになったのでござりますか、愛宕さまへ……」

「寮番の作兵衛に、案内《あない》してもらったようじゃな」

「まあ……」

「今夜は泊る」

「そ、そのようなこと……よいのでござりますか?」

「かまわぬとも」

五兵衛は用意しておいた金一分《いちぶ》を作兵衛にあたえて、

「日野屋へ行き、わしが今夜、寮に泊ると申しておけ。お前は明朝、ゆるりともどってまいればよい。日野屋には、案ずるにおよばぬとつたえておくがよい」

その徳山五兵衛の弾みきったありさまを、お百合は複雑な目の色で、凝《じっ》と横合いから見つめていた。

作兵衛は、大よろこびで、

「では、お嬢さま。殿さまを、よろしゅうお願いを申します」

お嬢さまとよばれて、お百合は面映《おもはゆ》げに、

「あい……」

微《かす》かに、うなずいた。

作兵衛が出て行くと、五兵衛は有頂天になった。

さて、それから……。

有り合せのもので、お百合が夕餉の仕度をととのえた。

そして、酒に火照った躰を、たがいに掻き抱いて夢中の時間《とき》をすごしたわけだが、今夜はいつもとちがう。

時間を気にしつつ、あわただしい愛撫をあたえるのとちがい、

（いくらでも、ありあまるほど……）

に、お百合を抱いている時間があたえられている。

もっとも、翌朝になったときは、

(かほどに早く、夜が明けるものか……)

と、五兵衛を嘆かせたものだが、それにしてもちがう。

行燈《あんどん》の火影の中に、はじめて五兵衛は、お百合の全裸身を見た。

その白と黒と紅の色彩。ふくらみと窪《くぼ》み。曲線と量感を、五兵衛がどのような目の色になって打ち眺めたか……。

五兵衛自身は気づいていないが、あれほどの歳月を男女の秘図に打ち込み、双方の、さまざまな裸身を描きつづけてきた徳山五兵衛の目は、おそらく絵師のそれになっていたのではないか。

あまり執拗《しつよう》に眺めまわし、まさぐりつづける五兵衛を、

「もう、いや……」

お百合が突き退《の》けたりする。

そのくせ、また、われから双腕《もろうで》をさしのべ、五兵衛へ縋《すが》りついてくるのだ。

解けた黒髪を烈しく打ち振り、言葉にもならぬ声を発して、お百合はしだいに狂女のごとく乱れはじめた。

「おじさまは、このようなことを……」

「う……?」

「こ、このようなことを、母となされたのでございますか?」

「な、何を申す」

「あ……おじさま……」

「うるさい」

「母に、このようなまねをなされて……」

「わしが、したのでは、ない……」

「うそ。うそ、うそ、うそ……」

「お前の母が……お梶どのが、こうせよと、教えてくれたのじゃ」

外は、雨になっていた。
竹藪《たけやぶ》に囲まれた寮の中には、二人きりなのである。

かつて〔東林〕の二階座敷で、お梶と睦《むつ》み合ったときですら、階下には幼かったお百合がいたし、老爺《ろうや》の孫助がいた。

それをおもったかして、あれほどに奔放をきわめていたお梶も、昂《たか》まりの声を嚙《か》みころしていたようである。

だが、この夜だけは、たがいにどのような声をあげようとも、いかな物音をたてようとも、人の耳へ入る気づかいとてなかった。

それを五兵衛もわきまえていれば、お百合も知っている。
お百合とて処女《きむすめ》ではない。たとえ短い間にせよ、人の妻となったわけだし、京都の亡夫の家の寝所で、どのように夫婦のまじわりをかわしたか、それを忘れるはずもない。

ゆえに、どのような声を発しても人に聞かれず、見られぬという開放感の中で男とまじわることは、お百合にとって、このときがはじめてであったろう。

これまでに五兵衛に抱かれることはあっても、何分、日暮れ前のことだ。道を通る人もあるし、我を忘れるほどの時間もなかった。

それに、日野屋文吉や作兵衛があらわれる前に髪かたちをととのえ、衣服の乱れを直しておかねばならぬことが、女だけに夢中のうちにも絶えず脳裡からはなれない。

五兵衛にしても同じことだ。

ともに全裸となって、おもうさま、愉楽のかぎりをつくしたいとおもえばこそ、今夜は泊ったのである。

そして……。

この夜のお百合は、これまでのお百合と何処かちがっていた。

あられもなく取り乱すうちに、五兵衛にしてみれば、

(正気とはおもえぬ……)

ような振舞いを仕てのける。

五兵衛は目をみはった。

(このような女が、またとあろうか……何としても手ばなしてはならぬ。いや、手ばなせぬ)

女体との愉楽を五兵衛に教えたのは、お百合の母であった。

お梶がみちびくままに、五兵衛はしたがい、恍惚《こうこつ》の境地を知ったわけだが、どちらかといえば受動的であったといってよい。

それに何といっても、お百合の若い裸身のみごとさには、当時のお梶も太刀打ちができまい。

空が白みはじめたとき、二人は臥床《ふしど》の上のたがいの姿を見て、おもわず失笑した。

二人とも髪は乱れほうだいに乱れつくし、全身に、たがいの歯形が散っていて、五兵衛の肩のあたりの二箇処ほどは血がにじんでいたほどだ。

十二

日野屋文吉が寮番の作兵衛をつれて、根岸の寮へやって来たとき、すでに徳山五兵衛の姿は見えなかった。

空が白むと共に、五兵衛はみずから湯殿の仕度をし、お百合と共に入浴をすませた。

(これがまた、よろしかった……)

五兵衛の髪は、お百合がととのえた。

お百合の髪は、かたちをととのえることができぬほどに乱れつくしていたので、うしろへ束ねておくより仕方もない。

「お百合。まだ、返事はもらえぬのか?」

寮を出るとき、徳山五兵衛は前夜からの問いかけを繰り返した。

「おじさま、急《せ》かずとも……」

いいさして、お百合がうつむいて、

「よう、わかっておりまする」

「わかってもらわねば困る」

「はい」

いかにもしおらしく、お百合はうなずき、

「今日と明日は、品川へまいりまする」

「二日も、か……」

「いろいろと用事も……」

「ふむ……」

品川裏河岸の廻船《かいせん》問屋・利倉屋彦三郎方は、江戸見物に来たお百合の寄宿先である。

このところ、ずっと日野屋の寮に滞留しているお百合だけに、利倉屋でも気にかけているらしく、昨日も日野屋文吉方へ問い合せがあったそうな。

「それに、おじさま……」

「うむ？」

「いずれにしても、京へ、いったんはもどらねばなりませぬ」

「それはそうだな。そして、一日も早く、江戸へもどって来てもらわねばならぬ」

五兵衛がそういったとき、お百合は上眼づかいにちらりと見て、微かにうなずいた。

五兵衛は、お百合が承知してくれたとおもい込んでいる。

あとは京都の、お百合の身寄りの人びとを説得すればよい。それは日野屋文吉をわずらわすことによって解決する。

「で、いつごろに京へ発《た》つ？」

「早いうちに……」

「その前に、いま一度、こうして逢えるであろうな？」

ささやいて抱き寄せ、羽《は》二重《ぶたえ》餅《もち》のようなお百合の耳朶《みみたぶ》を吸うと、

「あい」

このときの、お百合の返事は、まことにはっきりとしたものであった。

「よし。日野屋へはなし、こちらからも京への手配をいたそう」

「はい」

お百合が白粥《しろがゆ》を煮《た》いてくれたのを、

「うまい、うまい。京の朝をおもい出したぞ」

と、五兵衛は四杯も食べてから、

「では、屋敷へもどる」

「はい」

「日野屋には、今日にでも、会うて打ち合せをすることにいたそう」

お百合が、目を伏せてうなずく。

「そして明日、いつもの時刻に、此処へもどって来てくれるな?」

「あい」

「それでよし。では、その折に万事、お前とも打ち合せをいたそう。うむ、そうじゃ。明日も泊るぞ」

と、五兵衛はもう、騎虎《きこ》の勢いであった。

屋敷へもどると、裏門の門番が何ともいえぬ顔つきで五兵衛を迎えた。

〔殿さま〕の外泊におどろいているにちがいない。

しかし、邸内はいつもと変りない。

これは柴田用人が、うまくはからっておいたからであろう。

着替えをすませ、居間に落ちついた徳山五兵衛は、家来に、

「日野屋へ使いをやり、すぐに来てくれるよう、申しつたえよ」

と、命じた。

入れかわりに、小沼治作が居間へあらわれた。

「殿。昨日は、まことにもって……」

と、頭を下げる小沼へ、

「いや、よい。ところでどうした?」

「行先を、つきとめましてございます」

「そうか、ふむ……」

「愛宕山の近くでございました」

「何処だ？」

「芝の神谷町《かみや》でございます」

神谷町なら、愛宕山の裏側にあたる。

「そこで、やはり、小間物屋をいたしおりました」

「伊勢屋藤七が、か？」

「さようでございます」

「ほう……」

「去年の春ごろに、店《たな》を買って引き移ってまいったらしく……」

「去年の春と、な……」

「はい」

小沼治作も、さすがに不審を感じはじめてきたらしい。

「伊勢屋藤七とは、何者なのでございましょう？」

「わからぬ」

五兵衛は腕を組んでしまった。

このときの五兵衛は、お百合のことも忘れていた。

「これより、いかがいたしましょうや？」

「今日も行って見てくれるか？」

「おおせまでもございませぬ」

「なれど、気取られるな。かまえてむりをいたすな、よいか」

「はっ」

「他言はいたしてないであろうな？」

「御用人様のみへは申しあげました」

「それでよし」

「殿は、あれから……？」

「うむ。やはりな、人を待っていたのだが……」

「後を、お尾《つ》けに？」

「いや、そやつめ。愛宕山へあらわれなんだわ」

「その者は、いったい……？」

「これ、小沼。さし出がましいことはゆるさぬぞ」

「恐れ入りました」

「これは、隠密のことじゃ。ほんらいなれば、おれ一人にていたさねばならぬ。それをやむなく……」

「わかっておりまする」

「さ、行って見てくれ」

「心得ました」

「用人に申し、ふところを暖かくしておけ。いざというとき、金がなくてはどうにもならぬ」

「はい」

「たのむぞ」

「しかと……」

小沼は強くうなずき、居間を下がって行った。

そのあとで五兵衛は、奥庭へ目をやったまま沈思した。お百合のことではない。伊勢屋が、また、江戸へ舞いもどって来たことをである。

新緑の庭に白い蝶が、はらはらとたゆたっている。

十三

昼すぎになって、日野屋文吉が徳山屋敷へ姿を見せた。

「今朝は、お早くお帰りでございましたな」

「おぬし、根岸へまいってくれたのか。それは……すまぬことをいたした」

徳山五兵衛が見る見る顔を赤らめ、目を伏せて、

「お百合は、品川へもどったであろうな?」

「はい。作兵衛をつきそわせましてござります」

「うむ、それでよい。ところで日野屋……」

「何か、急なことでも起りましたので?」

「お百合は、何も申さなんだか?」

「はい。別に……」

「明日、また、根岸で会うことになっているのじゃ」

「さようで……」

「お百合が、承知をいたしてくれたぞ」

「江戸へ残ることをでございますか?」

「いや、いったんは京へもどらねばなるまい。それについて、おぬしにたのみがある。いつもいつも、おぬし一人をたよりにいたして、相すまぬとはおもうが……」

「いえ、殿さま。そのような、お気づかいをなさらずとも……」

「引き受けてくれるか?」

「はい」

そこで五兵衛は、自分が、お百合を引き取ることについて、京都の日野屋の本家から、お百合の親類なり、保護者を自任している大坂の豊後屋九兵衛なりへ、きちんとはなしを通してもらいたいと、日野屋にたのんだのである。

「さようでございますか……お百合さまが、御承知に……」

いいさして日野屋が、不審そうな目の色になった。

日野屋は日野屋なりに、お百合の人柄を看てとり、とても江戸の武家屋敷で住み暮すつもりはないと、ひそかに考えていたらしい。

それに、五兵衛は気づかぬ。

気が昂ぶっていて、平常の五兵衛ではなかったといってよい。

お百合のことのみか、伊勢屋藤七が、また江戸へ舞いもどって来ていることも脳裡《のうり》から消え去っていないのだ。

「いかがじゃ?」

「はい。そのようなことでござりましたら、何とでも、させていただきまする」

「すまぬ。このとおりじゃ」

さすがに両手はつかなかったけれども、深ぶかと頭を下げた五兵衛へ、

「殿さま、もったいのうございます。どうか、もう……」

「たのむぞ、日野屋」

「はい。こうなりましたからには、私も一度、お百合さまとくわしい打ち合せをいたしませぬと……」

「明日、根岸で……どうであろう?」

「よろしゅうございますか?」

「わしは、明日も……」

と、声をひそめ、あたりの気配をうかがってから、五兵衛が、

「明日も、泊るつもりじゃ」

「大丈夫でござりますか？」

「案ずるな」

やがて、日野屋文吉は帰って行った。

日が暮れてから、小沼治作が屋敷へもどって来て、

「別だん、変ったこともございませぬ」

と、告げた。

「商売《あきない》をいたしておるのか？」

「はい」

「主人《あるじ》の藤七を見かけたか？」

「いえ、中へは入ってみませぬので……」

「うむ、そうじゃ。迂闊《うかつ》なまねはできぬ」

「お玉の姿も見かけませなんだ」

「さようか……」

「明日は、いかがいたしましょうや？」

「明日は……うむ、明日は、見張らずともよい。いまここで、性急に事を運んではならぬ」

「なれど……」

「明日は、わしが外出《そとで》をいたす」

「では私、御供をつかまつります」

「ならぬ」

小沼が、実に恨めしげな目つきで五兵衛を見やり、

「殿。伊勢屋が事は、殿の隠密の御役目と、どのような関《かか》わり合いがあるのでございましょう?」

「いうな。よけいなことを申すな」

もともと、隠密の御役目など、うけたまわっているわけではない。

伊勢屋藤七の一件は、五兵衛自身の関心なのである。

夜がふけた。

寝所へ入ったが、五兵衛の目は冴《さ》えきってしまっている。

翌日の昼すぎになるのを待ちかね、例の着ながし姿で、裏門から出た。

屋敷内の其処此処《そここ》で、自分を見つめている人びとの目を感じぬわけにはいかなかった。

妻の勢以も、

「ちかごろ、殿様は、しきりに外出をなさるとか……。隠密の御用らしゅうおもえるが、大事ないのか?」

と、用人・柴田勝四郎へ尋ねたそうな。

十四

根岸の里の、日野屋の寮前で町駕籠《まちかご》を捨てた徳山五兵衛が、

「お百合、まいったぞ」

たまりかねたように声をかけつつ、奥庭へまわろうとするとき、

「殿さま。お嬢さまは、まだ品川からおもどりになりませぬので……」

と、裏手から寮番の作兵衛が駈けあらわれた。

「来ぬ……？」

「はい」

「いかがしたのであろう……？」

「さあ、それは……」

「よし。間もなく見えるであろう」

何かの都合で遅れたにちがいないと、五兵衛はおもった。

いつもの座敷に、いつものような酒肴《しゅこう》の仕度がととのえてある。

作兵衛も、五兵衛と同じようにおもっているのであろう。

とりあえず、独酌で盃《さかずき》をかたむけながら、五兵衛が、

「作兵衛。これ、作兵衛……」

「はい、はい」

奥庭へまわって来た作兵衛へ、

「お前の主人《あるじ》も、間もなく、これへまいることになっているぞ」

「さようでござりましたか……」

「聞いておらぬのか？」

「はい」

「ま、ともあれ、お前はもうよい。わしは今夜、此処へ泊るゆえ、もどるのは明朝でよいぞ」

用意の〔こころづけ〕をわたすと、作兵衛はよろこんで寮から出て行った。

(そうじゃ。お百合のことを、わしはまだ、用人に告げてはおらなんだ……)

このところ、お百合ひとすじにおもいつめていた五兵衛だが、屋敷を抜け出したり外泊をしたりする口実のみを考えていたものだから、

(肝心のことを忘れてしもうた……)

のである。

(そうじゃ。明朝、屋敷へもどったなら、勝四郎と談合をせねばならぬ)

ならば、どのように、お百合のことを柴田用人に語ったらよいか……。

下手をすると、これまでの外出や外泊が何のためであったかが、

(露見してしまいかねぬ。これは困った……)

そうなれば、もっともらしく、将軍家直き直きの隠密の御用をつとめているなどと告げて

おいた徳山五兵衛の、一家の主《あるじ》としての権威は、たちまちに失墜してしまうであろう。

(これはやはり、日野屋から、それとなく勝四郎へはなしを通してもらうがよい)

それにしても、お百合の到着が遅い。

いつの間にか、一刻《いっとき》(二時間)ほどの時間がすぎていた。

(何をしているのか……)

道へ出て見るつもりで、盃を置いた五兵衛が腰を浮かしかけ、

「や……日野屋ではないか」

奥庭へ入って来たのは、まさに日野屋文吉である。

「日野屋。お百合が、まだ見えぬのじゃ」

微かにうなずいた日野屋文吉の顔色が冴えぬのを、さすがに五兵衛も気づかずにはいられなかった。

「これ……いかがしたぞ?」

「はい」

近づいて来る日野屋の足取りが重かった。

「昨日、お百合に会うてくれたか?」

「はい」

「すでに、此処へもどっているとおもうていたのだが……」

「殿さま。お百合さまは、お見えになりませぬ」

「はい。今朝、品川沖から船で上方《かみがた》へ、お帰りになりましたそうで……」

「な、な、何じゃと……」

昨日あれから、徳山屋敷を出て帰途についた日野屋文吉は、ふと、おもい立って品川裏河岸の廻船問屋・利倉屋彦三郎方へまわり、お百合と会った。

そのときの、お百合の様子には、

「別だん、変ったところも見えませなんだ……」

こういって、日野屋文吉が口ごもりつつ、

「殿さま。まことにもって、申しわけもござりませぬ」

「よう、はなしがわからぬ。いったい、どうしたことだ？」

「昨日、殿さまの御言葉をおつたえし、今日はこの寮で、くわしい打ち合せをと、お百合さまに申しあげましたところ……」

「ふむ、ふむ……？」

お百合は、そのとき、

「よう、わかりました」

うなずいたので、日野屋文吉は安心をして利倉屋を辞した。

その折に、

「いま、利倉屋さんの御主人に、私から徳山の殿さまのことを申しあげておきましょうか、いかがなもので?」

と、日野屋がお百合に尋ねた。

するど、お百合は、

「ここの御主人に申しあげたところで、いたしかたありませぬ。ま、そのことは私も心得ておりまするゆえ……」

微笑を浮かべて、

「いずれにせよ、明日のことに……」

「では明日、根岸へ」

「はい」

そこで日野屋も、

「そのつもりでおりましたところ……」

今朝早く、突然、利倉屋の若者がお百合の使いとして、池の端仲町へあらわれた。

使いの者は、お百合からの二通の手紙をたずさえていた。

一通は、徳山五兵衛へあてたもの。

一通は、日野屋文吉へあてたものだ。

「まあ、お待ちなさい」

日野屋が声をかけたにもかかわらず、

「御返事は要らぬそうでございますから……」

と、使いの若者は、走るように帰ってしまった。

後でおもうと、おそらく、お百合から、そのような指示を受けていたにちがいない。

すぐさま日野屋は、自分あての手紙を開いて見た。

今朝、品川沖を出る船で上方へ帰ることを、お百合は簡潔に知らせ、江戸にいる間の日野屋の厚情と親切に対し、挨拶もせずに出立をしなくてはならぬ心苦しさをしたため、

「それもこれも、徳山のおじさまのおこころに、そむかねばならぬためでございます」

と、お百合は書いている。

いずれ、あらためて日野屋への御礼のこころをあらわしたいとおもっているが、ちょうど、大坂への船が出るので、

「何としても、これに乗ってしまいませぬことには、徳山のおじさまと、ついつい別れがたくもなりかねませぬゆえ……」

と、ある。

日野屋が語るうちにも徳山五兵衛は、自分にあてた、お百合の手紙を読み下している。

この文面も、また、簡潔であった。

お百合は、自分の胸の内を、くだくだと申しあげずとも、

「おじさまには、よう、おわかりのはずでございます。お百合は、そのようにおもうておりまする」

「わからぬ。ええ、わからぬわ!!」

おもわず叫び、五兵衛は忙《せわ》しなく読み終え、またも読み返した。

つまるところ、五兵衛の側室になることは、すこしもかまわぬけれども、江戸で暮すことが堪えられぬと、お百合はいう。

江戸の地が嫌なのではない。むしろ、お百合のような女には、

「京よりも好き……」

なのであるが、二千石の大身《たいしん》旗本の側室となり、奥方も子も住む堅苦しい武家屋敷で、多くの奉公人に取り巻かれて、これからの歳月を送る気もちには、

「到底、なれませぬ」

この一事によって、お百合は五兵衛と別れを告げる決心をしたというのだ。

この自分の言葉に対し、徳山五兵衛が激怒することをも、お百合は予想している。

ゆえに、こう書きしたためてある。

「……それとも、おじさま。御身分も御屋敷も打ち捨てて、京の東林で、わたくしと住み暮して下されますか？　それなれば、お百合は、ほんにうれしゅうござります」

「むう……」

五兵衛は唸《うな》った。

まさに痛い。

こういわれては、どうしようもない。

（ならば何故、最後まで、わしの申し出《いで》を承知した……いや、承知したかのように見せかけ

たのじゃ。お百合め、何という女だ……)

　お百合も、悩みに悩んだ上の決心だと書いているが、それだけで五兵衛が納得できるわけのものではない。

「日野屋。わしは、これより品川の利倉屋へまいってみる」

「いえ、それは……」

「お百合め、嘘をついたのやも知れぬ」

「私は今朝、手紙を受け取ってすぐ、駕籠で品川へ駈けつけましたところ、間ちがいなく、お百合さまは船で上方へ……」

「発ったと申す?」

「はい。利倉屋さん方では、殿さまとお百合さまのことはいささかも存じませぬことで、主人の彦三郎さんも、お百合さまが何故、このように急な出立をしたのかと、くびをひねっておりましてござります」

「ふうむ……」

　奥庭の一隅に、白い小さな柚《ゆ》の花がひらいている、そのあたりを凝視していた徳山五兵衛が、

「ならば、よし」

　決然と、うなずいたものである。

　何が「ならば、よし」なのか、日野屋文吉にはわからなかったが、五兵衛はこのとき、

（わしは、お百合の後を追って、京へ行くぞ）

と、決意したのであった。

（この徳山五兵衛ともあろう者が、女ひとりに誑《たぶら》かされてなるものか!!）

京都へ着いてからのことなど考えてはおらず、ただもう、お百合を、

（打って打って、打ち据えてやりたい……）

のである。

その打ち据えるという意識の裏側には、お百合への愛着が燃えあがっているのだ。

やがて、五兵衛は根岸の寮を出て、屋敷へ向った。今夜のうちにも仕度をし、明日は京都へ旅立つ決心であった。

（後のことなど、知ったことではない）

のである。

吹上《ふきあげ》の庭

一

気負い込んで、本所の屋敷へもどった徳山五兵衛が裏門を入ると、

「あっ……」

門番の一人が叫び声を発し、奥へ駈け去った。

(はて……?)

何とはなしに、邸内の様子がいつもとちがう。

番小屋から駈けあらわれた、別の門番の顔色も変っている。

「何としたぞ!!」

「ご、御用人様が、待ちかねてでござります」

「何じゃと?」

「は、はい。何やら、急な御用とかで……」

門番が、へどもどといいかけるところへ、家来二人が駈けつけて来、さらに柴田勝四郎が、

「よう、お帰りなされました」

通路を奥庭へ入って来た五兵衛を見るや、見る見る安堵《あんど》の表情となった。

「何ぞ、起ったのか?」

「藤枝若狭守様より、急ぎの御使者がございまして……」

「何のことじゃ?」

「いえ、それが、ようわかりませぬなれど、すぐさま、殿にお越しいただきたいとのことでございました。口上をもっては申しかねる事柄らしゅうございます」

藤枝若狭守は、このごろ、病床にふせっている。

それだけに、五兵衛もはっとして、

「御病状が、いけなくなったとでも申すのか？」

「私めも、そのようにおもいまして……」

「そりゃ、いかぬ」

「殿を、お探しいたそうにも、探しようがございませなんだ」

と、勝四郎が、うらめしげにいった。

「勢以に、このことをつたえたのか？」

「はい」

実父・藤枝若狭守からの急の使者と聞いても、勢以は、すこしもさわがなかったという。

「もしや、御病気が急変あそばされたのではないかと……」

「用人どの。それなれば、そのように申してまいるであろう。あわてててはなりませぬ。それよりも、早う殿を……」

柴田勝四郎は、困惑した。

小沼治作も、

「殿の御用事で……」

と、行先も告げずに屋敷を出たきり、まだ帰って来ない。

そのうちに、藤枝家から第二の使者が駈けつけて来た。

「五兵衛殿は、何をしておられるのじゃ？」

との、藤枝若狭守の言葉をもってである。

「ただいま。ただいま、すぐに……」

そうこたえるより、仕方もないではないか。

だが、いつまでも引きのばしておくわけにはまいらぬ。

「よし。わしが藤枝様へまいろう」

ついに柴田用人は、身仕度にかかった。

こうなれば、藤枝若狭守へ、

（すべてを申しあげねばなるまい……）

と、決意したのである。

大身旗本の主《あるじ》が、単身で、しかも行先を告げずに外出《そとで》をしていて、家来たちにも行方がわからぬということは、大変なことなのだ。

だれに対しても、

「いいわけがたたぬ……」

ことなのである。

「そ、そうか……」

さすがの五兵衛も、冷汗がにじむのをおぼえた。

いま、自分が将軍家の隠密の御用をつとめており、そのため、浪人姿となって単身、行先も告げずに屋敷を出て行くなどと、柴田勝四郎が岳父の若狭守へ申したててしまったら、

(大変なことになった……)

わけで、家来たちは主人の威光で騙《だま》し果《おお》せても、藤枝若狭守を欺くことは不可能だ。身仕度を終えた柴田用人が、いまや、屋敷を出ようとするところへ、五兵衛がもどって来たのであった。

(一足遅ければ、とんだことになった……)

徳山五兵衛は冷汗をかいたり、ほっとしたりするうち、お百合への怒りを忘れてしまっている。

「仕度、仕度じゃ」

と、五兵衛が叫んだ。

「すぐさま、藤枝屋敷へまいる。駕籠《かご》の仕度をせよ」

「はっ」

夕闇が濃くなってきていることとて、騎乗というわけにもまいらぬ。

旗本が乗物を使うときは、それ専門の駕籠屋があり、徳山家では本所・相生町の駕籠屋へ申しつけることになっている。

小者が、その駕籠屋へ飛んで行った。

芝・愛宕下の藤枝屋敷へ、五兵衛が到着したとき、すでに夜に入っていた。

藤枝若狭守は、

「失礼ではあるが……」

こういって、五兵衛を病間に迎えた。

若狭守方教《まさのり》ほどの人物が、よび寄せた娘聟《むすめむこ》の五兵衛を病間に迎えるというのは、たしかに、

（お加減がよろしくない……）

と看てよい。

若狭守は、この前に五兵衛が見舞いに出たときよりも窶《やつ》れがひどくなっている。

けれども、今夜の若狭守は上機嫌に見えた。

「五兵衛殿。待たせたではないか」

「まことにもって……」

五兵衛は平伏し、

「よんどころなき用事のございまして……」

「さようか」

若狭守は別だん、気にとめぬ様子で、

「実は、御公儀より……と申すよりも、将軍家《うえさま》より直き直きのお達しがあってのう」

「は……？」

五兵衛は、夢でも見ているような気もちになった。

「上様、直き直きの……」

「さよう」

病間には二人きりである。

若狭守が人ばらいを命じたのだ。

「ま、近う寄られよ」

「はい」

「もそっと、近う……」

声が低くなって、

「ほんらいなれば、徳山屋敷へ御諚《ごじょう》あってしかるべきところなれど、身どもを通じて、および出しになられたのじゃ」

「私めを、上様が、および出しに……?」

「何やら、隠密の事と見ゆる」

「隠密……」

いよいよもって、五兵衛の胸がさわぎはじめた。

(おれがしていたことを、まさかに上様が御存知のはずはないのだが……)

家来たちへ口から出まかせの嘘をついていたことが、

(本当になった……)

ことになる。

ただし、御用をおおせつけられるのではなく、

(お咎《とが》めを受けるのやも知れぬ。もしやして、あのときの、……亀戸村の名主屋敷でのことが、いまになって発覚したのではあるまいか……?)

一瞬、五兵衛はそうおもったほどだ。

「五兵衛殿には、何ぞ、こころあたりでもあるかの？」

「は……いえ……」

気がつくと、岳父の眼が凝《じっ》と自分をのぞき込んでいた。

「いえ、こころあたりとてございませぬ」

ようやくに、五兵衛は落ちつきを取りもどした。

いざとなると、亡き堀内源左衛門の許《もと》で、きびしい剣術の修行を積み重ねたことが、五兵衛の心身の動揺を鎮まらせてくれる。

真に武道を修めるということは、絶え間ない危急の連続のうちに、おのれの精神と肉体のちからを存分に発揮するためのものであるからだ。

たちまちに五兵衛は、大仰にいうならば、無念無想、虚心坦懐《たんかい》の境地に入ったことになる。

こうなれば、不安も心配もない。

これより先、どのような事態になろうとも、その場その場に応じて身を処して行けばよいのだ。

藤枝若狭守は沈黙したが、ややあって、好意の微笑を五兵衛に向け、

「わしは何やら、よい事があるようにおもえる」

「さようでございましょうか……」

「五兵衛殿が事は、上様も、かねてからお目をかけられ、何ぞの御役に立てたいとおぼしめ

しておられるのではないか」

「さて……」

「本所見廻り方を相つとめたる折のそこもとを、まだ上様は、お忘れなきようじゃ」

江戸城へは、明朝、出仕をせよということであった。

その折の特別の手順が、将軍・吉宗から藤枝若狭守へつたえられたのである。

二

翌朝。

徳山五兵衛は単身、本所の自邸を出た。

羽織・袴《はかま》に身を正してはいても、裃《かみしも》もつけず、馬にも乗らず、供も従えず、幕臣の登城姿ではない上に、塗笠をかぶっていた。

柴田用人や小沼治作をはじめ、家来たちが不安そうに主人を見送った。

五兵衛は、だれにも、将軍家に呼び出されたことを告げていない。

「告げぬように……」

と、藤枝若狭守を通じて、念を入れられていたからだ。

しかも、直接に江戸城へおもむくのではなく、先ず、定められた時刻に神田の小川町に屋敷を構える八百石の旗本・内山弓之助正安《まさやす》を訪ねよというのだ。

内山弓之助については、くわしいことを五兵衛は知らぬ。

なんでも、吉宗が将軍となり、江戸城へ入る折に、紀州家から従えて来た家来の一人らしい。

いまは、御役にもついていないとのことであった。

そのような人物の屋敷へ、何故、単身でおもむかねばならないのか……。

岳父・藤枝若狭守は楽観をしているようだが、

(ことによると、わしは、その内山屋敷において腹を切ることになるやも知れぬ)

と、五兵衛はおもった。

「案ずるにはおよばぬ。何か事が起らば、藤枝屋敷へ問い合せるがよい」

柴田用人に念を入れ、五兵衛は神田・小川町の内山屋敷へ向った。

むろん、行先は告げていない。

そのように指令を受けたからだ。

落ちついてはいたが、お百合のことにかまけてはいられぬ心境であった。

危急を感じ、江戸を出奔して京都へ逃げるというようなことは、いささかも五兵衛の脳裡《のうり》に浮かんでいない。そこは徳山家の血すじというものなのだろうか、五兵衛はそれほどの卑《ひ》怯者《きょうもの》ではなかった。

そもそも、五兵衛より身分が低い内山弓之助の屋敷へ、いわば出頭させられるのだから、

(尋常の事ではない……)

のである。

今日も、空はさわやかに晴れわたっている。

徒歩で内山屋敷へ着いた五兵衛を、門内から内山の家来が走り出て迎えた。

表門は開いている。

「わざわざのお運び、恐れ入ってござる」

玄関先に内山弓之助が待っていて、丁重に挨拶をし、

「何事も上様のお申しつけでござる。失礼の段は、おゆるし下されますよう」

「いや、何……」

切腹を申しわたされる様子でもなかった。

奥の一間《ひとま》へ五兵衛を案内した内山弓之助が、

「まことにもって御無礼ながら、それがしの家来というかたちにて、城中へお入り願わしゅう存じます。いや、それもこれも隠密のことゆえ、悪しゅうおぼしめされず、御納得いただきたし」

「それはかまわぬが……御指図のごとく、この態にてまかり越したゆえ、裃の用意はしておりませぬぞ」

「はい。われらにて御仕度つかまつる」

内山弓之助は、五十を一つ二つ越えた年齢であろう。

引きしまった痩身《そうしん》の、おだやかだが、男らしい顔だちをしており、五兵衛は嫌な気になれなかった。

出迎えの様子といい、あくまでも礼儀正しい応対の仕様といい、内山弓之助は五兵衛に不快なおもいをさせてはならぬと、懸命に神経をつかっているように看てとれた。

家来二名が入って来て、真新しい裃を着せかけてくれたわけだが、おもわず五兵衛が瞠目《どうもく》したのは、その裃の定紋が徳山家の〔三地紙〕になっていたからだ。

まことにもって、行きとどいたことではある。

いや、行きとどきすぎている。

これも将軍・吉宗の指図によるものか、それとも内山弓之助のはからいなのか……。

いずれにせよ、今日の五兵衛呼び出しについては、前々から用意がなされていたとみてよい。

内山邸内は、静まり返っていた。

他に奉公人もいるのであろうが、ほとんど人の気配を感じない。

五兵衛の着付をすませた二人の家来が引き下ると、別の家来が茶菓を捧《ささ》げてあらわれた。

内山弓之助は別間へ去っている。

いよいよ、咎めを受けるようにはおもえなくなってきた。

（いったい、これは何事であろうか……？）

やがて徳山五兵衛は、内山弓之助の後に従い、内山邸を出た。

供の者が二人、五兵衛の後ろからついて来る。

間もなく、一ツ橋御門前へ出た。

内山は御門の番士へ会釈をして門内へ入った。

門内は、いわゆる〔丸の内〕であって、将軍家の親戚である一橋家をはじめ、老中、若年寄など、幕府要職の大名屋敷が威《いか》めしく立ちならんでいる。

一ツ橋御門を入ると、右手前方に江戸城の内濠《うちぼり》をへだてて竹橋御門がのぞまれる。

内山弓之助は振り向いて五兵衛へ、うなずいて見せ、竹橋御門へすすむ。

竹橋御門を入ると、江戸城・本丸の奥御殿の北側へ出ることになる。

徳山五兵衛や内山弓之助が、

「入るべき場所ではない……」

のであった。

内濠へ架かる竹橋をわたり、御門の番士へ、内山弓之助が懐中から何か出して見せている。

内山は、この御門から江戸城内へ入ることが度び度びあるらしく、番士たちは弓之助が出して見せた物をあらためるまでもなく、一礼して道をひらいた。

(何を出して見せたのであろう?)

内山の家来たちは、いつの間にか何処かへ消えてしまっていた。

三

内山弓之助につづいて竹橋御門を入ると、左側が内濠。右手に幾棟もの蔵が建ちならんでいる。

これが、はなしに聞く鉄砲蔵なのであろう。

いずれにしても、江戸城内の、このような場所へは入ったことがない徳山五兵衛であった。

青々としずまり返った濠の水や、威めしい櫓《やぐら》なども、江戸城の表側の景観とはちがい、何ともなしに陰秘なおもむきがあり、五兵衛の好奇心をさそった。

深い新緑の香が、むせかえるばかりにたちこめている。

こうして五兵衛は、内山がみちびくままに吹上の御庭へ入った。

現代の天皇が住み暮しておられる吹上御苑《ぎょえん》である。

初代将軍・徳川家康が、はじめて江戸へ入ったころ、このあたりの台地は紅葉《もみじ》山などとよばれてい、城下町の建設がすすむにつれ、役宅やら大名屋敷やらが建てられたが、明暦の大火以後に、それらの屋敷は外へ移されてしまい、その跡が武蔵野のおもかげを残した宏大な庭園となった。

この吹上の庭の一角に「梅の腰掛」とよばれる場所がある。

その名のとおり、梅の木が多い。梅園といってよかった。

ここは、江戸城の本丸・西の丸の西に面してい、濠と土手とにへだてられている。

西の方には半蔵御門があり、その向うは麴町《こうじまち》だ。

その町の物音が、一つの鈍い響《とよ》みとなって聞こえてくるのは、五兵衛にとって、意外なことであったが、それは吹上の庭があまりにも静寂だからなのだろうか。

梅園の中に、茅《かや》屋根の風雅な東屋《あずまや》が設けてあり、そこまで五兵衛をみちびいて来た内山が、

「これにて、お待ち下され」

「承知いたした」

「間もなく、将軍家《うえさま》が御成りあそばします」

「さようか……」

「では……」

一礼し、内山は木立の向うへ去った。

五兵衛は、まるで夢の中にでもいるような気がした。

(このようなところで、上様が、わしを御引見あそばす……)

まだ、信じられぬ。

遠くで、松蟬《まつぜみ》の声が聞こえていた。

五兵衛の顔に、うっすらと汗がにじんでいる。

佇《たたず》んでいる五兵衛の脳裡には、お百合のことも浮かんでこないし、日野屋文吉の顔も浮かばぬ。

頭の中が空になってしまったようだ。

どれほどの時間がすぎたのか、それもわからぬうちに、内山弓之助が小腰を屈《かが》めつつ、木立の中の道へあらわれた。

はっと気づいて向き直った五兵衛は、内山のうしろから、ゆっくりとこちらへ近づいて来る三つの人影をみとめた。

射しこむ木洩《こも》れ日に、先の一人の見事に禿《は》げあがった頭が光った。

そのうしろの堂々たる体軀《たいく》のもちぬしこそ、八代将軍・徳川吉宗であり、小姓を従えている。

内山弓之助が小走りに寄って来て、

「上様の御成りでござる」

という前に、五兵衛は其処《そこ》へ平伏をしていた。

「徳山五兵衛。久しいの」

吉宗の大きな声がした。

「ははっ……」

五兵衛の胸がさわいだ。

やはり、あのときのことを知っていたのか……。

いや、そうではあるまい。将軍御狩りがおこなわれるたびに、五兵衛は見廻り方として警備についていたし、それは将軍も、

「御存知である」

と、岳父・藤枝若狭守が洩らしたこともあった。

吉宗は平伏している五兵衛の前を通り、東屋の腰掛けに腰をおろし、

「面《おもて》をあげよ」

と、いった。

「ははっ」

「気楽にいたせ」

「恐れ入りたてまつりまする」

「そのほうがことは、藤枝若狭守より、よくよく耳にいたしておる」

　岳父は、おもいのほかに将軍や幕府から重く看られているらしい。

　内山と小姓は、すこし離れており、将軍の側には禿頭《とくとう》の侍が控えていた。

　頭は禿げあがっていても老人ではない。四十をこえたばかりに見え、ずんぐりとした躰《からだ》つきで、重く垂れ下った瞼《まぶた》に眼球が隠れてしまっているかのようだ。

　この侍も礼装ではなく、いたって粗末な身なりをしており、とても江戸の侍とはおもえぬ。

「五兵衛秀栄《ひでいえ》」

「ははっ」

「そのほうが本所見廻り方を相つとめたる折の、こころきいたるはたらきぶりを、わしは忘れておらぬ」

「恐れ入り……」

「そこで、このように内密の引見をいたしたのは、そのほうに、また、はたらいてもらいたいからじゃ」

　いかにも気やすげに、吉宗は声をかけてくる。

「どうじゃ、五兵衛。この吉宗のために、いのちをくれるか?」

いやでございますとはいえない。

直参・徳山五兵衛は、いざ戦争ともなれば、槍を構えて将軍を護り、決死の闘いをせねばならぬ。

「もとよりのことにござります」

「うむ、うむ……」

満足げにうなずいた吉宗が、

「これなるは、伴《ばん》格之助である」

と、禿頭の侍を五兵衛へ引き合せ、

「くわしくは、格之助が申しつたえる」

「はい」

「これよりは、そのほうとも、こうして会うことがあろう。骨が折れようが何事も天下《てんが》のためとおもうてくれ」

将軍が直き直きに、このようなはなしかけを旗本にするなどとは、

(おもいもかけぬ……)

ことであった。

「たのむぞ、五兵衛秀栄」

平伏した徳山五兵衛にこういって、吉宗は木立の中の道を去って行った。これに内山弓之助と小姓が附き従って行ったので、あとに残ったのは五兵衛と伴格之助の二人のみである。

「徳山殿。ま、これへ……」

格之助は立ちあがって、いままで吉宗がいた腰掛けへ、五兵衛をさそった。

「かまいませぬか?」

「何の。さ、これへ……」

「では……」

格之助と並んで、五兵衛は東屋の腰掛けへかけた。

「それがしは紀州の田舎侍でござってな」

と、伴格之助が笑いかけてきた。

そのとおり、ともいえぬので、五兵衛は無言の微笑をもって、そのこたえとした。

「目にも見えず、耳にも入らぬところで、天下が物騒になり申した」

急に、妙なことを伴格之助がいい出したので、おもわず五兵衛は、格之助の横顔に見入った。

四

徳山五兵衛が吹上の庭を出たときは、伴格之助と共にであった。

入って来たときは、吹上の庭の東北の隅にある〔吹上役所〕の門から入ったわけだが、このときも内山弓之助は懐中から何か出し、番士に見せていたものだ。

しかし、伴格之助のほうは番士の一礼に軽くうなずき返したのみで、

(この人《じん》は、いつも、このようにして、吹上の御庭で将軍家に目通りをしているのであろうか……?)

となれば、伴格之助は吉宗が紀州藩主であったころから側近くに仕え、いろいろと、

(隠密の役目をつとめていた……)

ことになる。

五兵衛の推測は誤っていなかった。

将軍・吉宗直属の隠密組織として〔蜻蛉組《せいれいぐみ》〕という一隊があることは、すでにのべた。

伴格之助は、その蜻蛉組の束《たば》ねをしている。

もっとも格之助は、まだ、そのことを五兵衛に打ち明けてはいない。

また、蜻蛉組とは別に、

「締戸《しめど》番《ばん》」

というのがある。

これは、後年に「御庭番」とよばれるようになった隠密の役目で、平常は、常に江戸城の内庭をめぐって監視をおこたらず、交替で昼も夜も詰めきっている。

風体も庭師のようなもので、庭木や生垣の手入れも一人前にやってのけるのだ。

そこで、たとえば将軍が庭を散歩していて、いきなり、

「そのほうは、これからどこどこの大名の領国へまいって、これこれの事を探り取ってまいれ」

と、命じたとする。

すると、その締戸番は、その場から自宅へも帰らずに目的地へ出発してしまう。

後年になると、こうした命令が下るときは、将軍の意が御側衆から小納戸頭取《とうどり》を経て、将軍指名の庭番に内報がある。

すると、その庭番が内庭なり吹上の庭なりの指定された場所に控えていると、将軍があらわれ、直き直きに密命を下すという仕組に変ったそうな。

だが、庭番が締戸番であった八代将軍のころは、吉宗みずから、突発的に密命を下した。

旅費その他も、吉宗自身が手許金《てもときん》を締戸番にわたしたといわれている。

締戸番がどのような役目なのか、これは徳山五兵衛も、かねて耳にしていた。

この日、五兵衛を吹上の庭へ案内した内山弓之助について、

「内山殿は、締戸番の一組《ひとくみ》を束ねているのでござる」

と、伴格之助が五兵衛にいった。

だから五兵衛は、伴格之助も締戸番に関《かか》わりがある人物だと、当初はおもっていたのだ。

格之助がどれほどの禄をもらい、どのような身分なのか、すこしもわからぬ。

いずれにせよ、将軍家に対し、あれほど親しげな様子を見せているのだから、五兵衛も、それ相応の応対をせねばならぬと考えるわけだが、格之助のほうは、あくまでも徳山五兵衛を二千何百石の旗本としてあつかい、見下すような態度は気振りにもなかった。

さて……。

徳山五兵衛は夕暮れ近くなってから、愛宕下の藤枝若狭守邸へあらわれた。

伴格之助と下城してから、かなりの時間が経過している。

あれから二人は、また別の場所で、秘密の時間をすごしたらしい。

五兵衛は今朝、屋敷を出たときの姿にもどっていた。裃は何処《どこ》かへ置いてきたものとみえる。

「おお、もどられたか。首尾は、いかがであったな?」

今日も病間へ五兵衛を迎え入れた若狭守が、一目、この娘聟の顔色を看てとるや、

「ふむ、ふむ。上首尾であったとみゆるな」

と、いった。

「はい」

「御役目を、おおせつけられたか?」

「先ず……」

くわしいことは、たとえ藤枝若狭守であっても、

「お洩らし下さらぬように」

と、伴格之助から口止めをされている五兵衛であった。

「いや、なに……よう、わかった」

すべてを打ち明けられぬもどかしさが、五兵衛の表情に出たらしく、それを若狭守がすぐに察知して、

「将軍家《うえさま》に、お目通りをいたされたのか?」

「はい」

「ふむ、ふむ……」

うれしげに、何度も若狭守はうなずいた。

間もなく五兵衛は、藤枝家の家来と小者《こもの》につきそわれ、本所の自邸へ帰った。

門前に定紋入りの高張提灯《たかはりちょうちん》が掲げられてい、門扉《もんぴ》が八文字に開かれてあった。

家来たちは、いずれも身仕度をととのえ、万一にも異変が起ったときには、充分のはたらきができるように待機していた。

これは、五兵衛が〔本所見廻り方〕という役目についた折、家来たちを訓練したことが物をいっている。

帰って来た主人の顔色を看て、用人・柴田勝四郎が、

「殿。御無事で……」

いいさして、声をのんだ。

よほど、心配をしていたものとみえる。

「無事でなくてどうする」

「は、はい……」

小沼治作は、泪《なみだ》ぐんでいた。

(ちかごろの小沼は、どうかしている……)

苦笑を浮かべつつ奥へ入ると、居間には勢以と老女の千が待ちかねていた。

「めでたく、お帰りあそばしまして祝着に存じまする」

と、勢以。

「おお、愛宕下へ立ち寄り、遅うなった。岳父上《ちちうえ》には御機嫌よくおわしましたぞ」

「さようでございましたか」

五兵衛の顔を見れば、勢以も千も、

（何事もなかった……）

ことが、すぐにわかったらしい。

「お疲れでございましょう」

と、千。

「うむ。すぐに湯殿の仕度を……」

「すでに、ととのえてございます」

「それは、ありがたい」

なまじ屋敷を出るとき、柴田用人へ、

「何か事が起らば、藤枝屋敷へ問い合せよ」

と、いい置いて出たので、一同が心配もし、不安にかきたてられたらしい。

柴田用人は夜に入って、たまりかね、みずから藤枝邸へ駈けつけようとしたところへ、五兵衛が帰って来たのであった。

帰ってからも五兵衛は、登城したことを告げてはいない。

これも、伴格之助から念を入れられたからだ。

湯殿へおもむき、熱い湯へ全身を浸したとき、さすがに五兵衛は、

「あ、あ……」

おもわず、低く唸《うな》った。

今日いちにちの緊張と疲労が、一度に発したのである。

同時に、すっかり忘れきっていたお百合のことがおもい浮かんだ。

五

(今日のことがなかったら、わしは、お百合の後を追って、江戸を離れていたやも知れぬ……)

そうおもったとき、徳山五兵衛は、湯の中で身震いをした。

この生理的な現象は、いったい何であったものか……。

(あやうく、身分を忘れて、武士にもあるまじきまねをするところであったが、先ず、よかった……)

その安堵《あんど》のゆえかといえば、そうでもない。

いまこのときも、昨日までの自分のように、熱烈なおもいをお百合にかたむけていたなら、五兵衛が江戸を出奔したことに変りはなかったであろう。

だが、今日いちにちの出来事は、

（まるで、夢を見ているかのような……）

おもいがするばかりでなく、お百合とのことが、

（はるか、数年前のこと……）

のように、おもわれてくる。

これは何故か……。

（わからぬ……）

としか、いいようがない。

今日いちにちの夢は、容易ならぬ夢というよりも……五兵衛にとって退《の》き引きならぬ現実なのだ。

伴格之助の言葉によると、将軍・吉宗の暗殺計画は、

「これまでに絶え果てたことがない」

という。

では何者が、そのような大それたことをたくらむのか……そこへ、はなしがくると伴格之助は口を噤《つぐ》んでしまう。

吉宗が八代将軍の座に就いてから、これまで五度にわたって暗殺者の襲撃を受けてい、これがために近年の吉宗は、大好きな狩りにも野遊びにも気軽に出かけられなくなった。

そうしたうわさは、藤枝若狭守から一度だけ耳にしたおぼえがある五兵衛だが、

（まさかに、それほどのものとは……）

考えていなかったのである。

徳山五兵衛は、およそ三ヶ月ほどのちに、ふたたび〔本所見廻り方〕へ就任することになるであろうと、伴格之助がいった。

それから、五兵衛の秘密の御役目がはじまることになる。

（まったく、これは……）

嘘が本物になってしまったではないか。

その秘密の任務を五兵衛が遂行するためには、

「ぜひにも、本所見廻り方を相つとめていただかねばなりますまい」

と、格之助は、

「なれど、その前にも、はたらいていただかねばならぬかと存ずる」

「それは何の御役目でござろう？」

「いずれ、われらより連絡《つなぎ》をつけまするが、いずれにせよ、これよりは、何事にも御油断なきようにいたされたし」

「承知つかまつった」

将軍・吉宗と伴格之助のねらいは、何としても近いうちに、暗殺者を、

「捕えねばならぬ……」

ところにある。

これまでの、五度にわたる奇襲の折にも、暗殺者を捕えることはできず、相手は、

「風のごとくに……」

消え去ったという。

これは吉宗自身の放胆さもあって、狩りや野駈けの折の警備や警戒が軽かった所為《せい》もあった。

将軍が正式に、堂々たる行列をもって、江戸城外へ出るときは、曲者《くせもの》もあらわれぬ。

ともかくも、曲者どもの一人でも二人でも捕えぬことには、何者が将軍家の命をねらっているのかがわからぬのである。

「あれか……これか……？」

と、見当はついても、それは証拠とはならず、

「どこまでも、憶測にすぎぬ……」

ことになる。

「上様御存念はさておき、われらといたしては、何としても曲者どもの正体を発《あば》かなくてはなりませぬ。これは、直参の徳山殿にも御同意のことと存ずる。いかが？」

伴格之助にこういわれて、

「申すまでもないことでござる」

五兵衛が、そうこたえたのも当然であろう。

それに五兵衛は、今日の、吹上の御庭で、間近に目通りをした将軍・吉宗を、

（これぞ、まさに天下人《てんがびと》じゃ）

畏敬《いけい》の念を新たにした。

吉宗が型破りの将軍であることは、五兵衛も亀戸村の名主屋敷で、はからずも目撃している。

同時に、自分の何処を吉宗が見込んだのか知れぬが、見廻り方をつとめていたときの勤めぶりをよく看ていて、このような重大な秘命をあたえてくれたことに、五兵衛としては感奮せざるを得ない。

男が、このような場面に遭遇したとき、女のことなどは考えていられぬ。むろん、例外はあるにしてもだ。

伴格之助は、まだ、腹を打ち割ったはなしを控えているところがある。

それが五兵衛には、

（もどかしい……）

ようなおもいがするけれども、万事はこれからなのだ。

（そうじゃ。いまのうちに、心身を鍛えておかねばなるまい）

湯殿から出たとき、五兵衛はおもいついた。

ここ数年は秘図の制作に没頭していて、剣術の稽古も怠っている。

小沼治作をはじめとして、家来たちは邸内の道場で稽古をつづけているようだが、五兵衛にしてみれば、

（いずれも歯ごたえのない者ども……）

であって、物足りぬことはいうをまたない。

（しかるべき剣客を招き、わしも修行の仕直しをいたそうか……）

このことであった。

（それにしても、わしの嘘が本当の事となったのにはおどろいた。もしやして、わしは胸の底に、このような御役目にはたらくことを、気づかぬままに念じていたのではあるまいか。なれど不思議じゃ）

徳山五兵衛は年少のころから勘のはたらきが鋭かったけれども、今度の場合も無意識のうちに、そうした予感をおぼえていて、それが、口から出まかせの嘘となったものであろうか。

寝所で身を横たえてからも、五兵衛は気が昂《たか》ぶって、なかなかに寝つけなかった。

お百合のことを想ってのことではない。

今日からの自分は、昨日までの自分ではないことを、五兵衛は認識せざるを得なかった。

翌朝になって……。

日野屋文吉が本所の徳山屋敷へ駈けつけて来た。

「殿様は、奥におられる」

と、家来から聞いたとき、日野屋は安心のあまり、むしろ、げっそりとした顔つきになった。

すぐに日野屋は、五兵衛の居間へ通された。

（はて……？）

五兵衛の顔を一目見て、日野屋は意外におもった。

その顔は精気にみちてい、双眸《そうぼう》は輝き、

「日野屋。ようまいってくれた」

という声音も、女を追いかけて京都へ出奔する人のものとはおもわれない。

「殿様……」

「何も申すな。お百合のことは、あきらめてしもうた」

「えっ……まことでござりますか？」

「空へ逃げた鳥は、二度と籠へはもどらぬものよ」

御《ぎょ》意《い》簡《かん》牘《どく》

一

それから十日ほどして、伴格之助の使いの士《もの》が、

「お迎えに参上いたしました」

と、徳山屋敷へあらわれた。

五兵衛は、あれから一歩も屋敷をはなれなかった。

小沼治作へも、

「屋敷をはなれるな」

と、命じてあった。

用人・柴田勝四郎に小沼治作。それに奥向きでは妻の勢以に老女の千。この四人のみへは、それとなく、新しい御役目について念を入れてある。

これは、伴格之助の承認を得てのことだ。

これからは格之助の声がかかりしだいに、それこそ単身で外出《そとで》をすることもあるということだし、隠しておいては却《かえ》って奉公人たちに怪しまれることにもなる。

もっとも、御役目の内容については一言も洩らしてはいなかった。

本所見廻り方に就任すれば、単身の微行外出も当然のことになるわけだが、

「それまで、いましばらく、お待ち願いたし」

伴格之助は、五兵衛に、

「いろいろと、こなたの都合もござれば……」

「なるほど」

本所見廻り方は、いま、廃止のかたちになっている。

本所・深川一帯の発展は、五兵衛が年少のころにくらべると、目をみはるほどであったし、町奉行所の管理も、むかしとはくらべものにならぬ。

それだけに、五兵衛を再就任させるについては、しかるべき理由をつけねばならぬのであろう。

さて……。

屋敷に待機していた徳山五兵衛は、伴格之助がさしむけてよこした者と共に裏門から屋敷を出た。

この日も五兵衛は、柴田用人へ、

「何事か起らば、藤枝屋敷へ……」

と、申しわたしておいた。

使いの者は、五兵衛を神田・小川町の内山弓之助邸へみちびいた。

「本日は、御苦労に存じます」

内山弓之助が丁重に出迎え、五兵衛を奥の一間へ案内し、裃《かみしも》の礼装にあらためさせる。

この裃は、この前に五兵衛が身につけたものであったが、脱ぎ置いた場所は内山邸ではない。

江戸城を退出したのち、某所で、伴格之助と談合し、そこへ脱ぎ置いたのが、今日は内山邸へもどってきていたことになる。

すべては、前回と同じであった。

内山弓之助の後について一ツ橋御門から曲輪《くるわ》内へ入り、竹橋御門から江戸城内へ入った。

「今日も吹上の御庭へ?」

五兵衛が背後から低声に問うのへ、

「さようでござる」

では、今日も将軍家に目通りをするのかと、五兵衛の胸はときめいたが、そうではなかった。

本丸を囲む内濠《うちぼり》が南へ屈曲しようとするところに矢来ノ御門があり、そこに裃姿の伴格之助が立っていて、

「よくこそ……」

と、五兵衛を迎えた。

「それがしは、これにて……」

内山弓之助は、五兵衛と格之助に会釈をし、引き返して行く。

「さ、こなたへ……」

伴格之助は、矢来ノ門を先に立って入った。

前方は、吹上の庭の東端で、ここにも巾《はば》のせまい堀がめぐってい、その向うは土手。土手の彼方《かなた》は鬱蒼《うっそう》たる樹林であった。

右手に吹上の庭を管理する役所があり、これに接して〔上覧所〕と称する建物がある。

これは、北面にある馬場で、馬術の競技などがおこなわれるとき、将軍が観覧するために設けられたものだ。

単なる小屋ではない。檜皮葺《ひわだぶ》きの立派な建物で、これも吹上役所が管理しているわけだが、

平常、この一郭《かく》には人の姿を見ない。

ところが、伴格之助は、この上覧所の一隅にある二間つづきの別棟に寝起きしていた。

いかに格之助が、八代将軍によって破格の待遇を受けているかが知れよう。

城下の何処かに格之助の屋敷があり、妻子もいるにちがいないのだが、ほとんど自邸へはもどらぬようだ。

伴格之助は、上覧所へ徳山五兵衛をみちびき、入口の錠を外し、自分が住み暮している別棟へ案内をした。

二間あるうちの、手前の十畳ほどの一間へ入るや、

「先《ま》ず、お楽に……」

「はあ……」

となりの部屋との仕切りは板戸になってい、それを引き開け、伴格之助は奥へ入って行った。

そのとき五兵衛は、ちらりと見たが、奥の間は、まるで学者の書斎でもあるかのように、おびただしい書物が積み重ねられていた。

ふたたび、奥からあらわれた格之助は大きな朱塗りの盆の上へ酒の仕度を乗せている。

仕度といっても、酒と二つの木盃《もくはい》があるのみだ。

これを五兵衛の前へ置いてから、格之助は微笑を浮かべ、

「いま、すぐに……」

こういって、またも奥の間へ去った。

何の飾りつけもなく、道具も置いてない一間で、床の間もなかった。

微《かす》かに香の匂いがこもっている。

吹上の庭で囀《さえず》る鳥の声が、五兵衛の耳へ入ってきた。

これは格之助が、いつの間にか五兵衛の背後の障子を開けたからである。

「お待たせを……」

と、奥から伴格之助がもどって来た。

手に白木《しらき》の三方《さんぼう》を捧《ささ》げ持っている。

三方の上に、小さな桐の小箱が乗せてあるのを五兵衛は見た。

（はて、何であろう。これより格之助殿は、何をするつもりなのか？）

どうもわからぬ。

「先ず一献」

格之助が盃《さかずき》をすすめ、酌をしてくれたので、五兵衛も格之助へ酌を返した。

「かたじけない」

あくまでも礼儀正しく伴格之助は頭を下げたが、

「これよりは、内山弓之助殿の手をわずらわすことなく、そこもとに、此処《ここ》へ来ていただくこともあろうかと存ずる」

「さようでござるか」

「先ず……」

格之助が目顔でうなずき、盃をほした。

五兵衛も盃をほし、

「なれど、それがし一人にて、このように御城の奥の内までは……」

いいかけるのを手で制した格之助が、傍らの三方を五兵衛の前へ置き、

「ごらん下され」

と、いう。

つまり、三方の上の小箱を開けて見よといったのであろう。

そう解釈して、五兵衛は小箱を両手に取り、押しいただいた。

というのは、その桐の小箱の蓋には葵《あおい》の御紋が金箔《きんぱく》をもって捺《お》されてあったからだ。

葵の紋は、いうまでもなく徳川将軍と徳川幕府の表徴であって、めったな使用はゆるされぬ。

「さ、中を……」

伴格之助にすすめられ、徳山五兵衛は箱の蓋を開いた。

中に、白絹に包まれた小さな木札が在った。

二

木札は桜材で、その上部へ、銀に葵の紋を彫りつけたものが塡《は》めこまれている。

またしても、葵の紋だ。

徳山五兵衛は、包んであった白絹をもって再び木札を被《おお》い、

「拝見つかまつった」

伴格之助に一礼したが、この木札がいったい何なのか、すこしもわからぬ。

「それなるは、御意《ぎょい》簡牘《かんどく》にござる」

「はあ……?」

まだ、わからぬ。

葵の御紋が塡めこまれた小さな木札を「御意簡牘」とよぶ、そのいわれは、三代将軍・家光のころにさかのぼらねばならぬ。

ともあれ、この木札を所持する士《もの》は、江戸城内への出入りも、

「名乗らずして、ゆるされる」

ことになっている。

それと聞いて五兵衛は、内山弓之助が城門の番士へ、

（何やら懐中より出したものを見せていたのは、この木札であったか……）

と、おもいあたった。

幕府の役職のうちでも、特に重要な、特に秘密の御役目をつとめる士へ、ひそかにあたえられるのが、この〔御意簡牘〕の木札であった。

江戸城の奥ふかい場所へも、この木札を所持している士は名乗らずして入ることができる

というのだから、その特権たるやすさまじい。

また、江戸においてのみの特権ではないという。

〔御意簡牘〕を所持する士の通行を、どこの大名の領国でも拒むわけにはまいらぬ。

「本日より、その御札を徳山殿が所持なされますこと、上様より、おゆるしが出ましてござる」

「この御札を、それがしに……?」

「さようでござる。お受けなされますよう」

「は……かたじけなく……」

五兵衛は感動すると同時に、激しい昂奮《こうふん》をおぼえた。

そして、

(これは、大変なことに……)

なったとおもった。

「いのちにかけられて、その御札をおまもりなされ」

こういった伴格之助の声音も、にわかにあらたまった。

当然であろう。

このような品を、万一にも他の者に奪われたり盗まれたりしたら、

(腹を掻《か》き切っても追いつかぬ)

五兵衛は、緊張した。

なれば、よほどに選ばれた士《もの》でなくては〔御意簡牘〕をゆるされるはずもない。

（わしは、上様に選ばれた……）

幕臣の一人として、これほどの誇りがあろうか。

「さ、お仕舞いなされ。いや、箱はそのまま、そのまま」

格之助の言葉に従い、五兵衛は白絹に包まれた〔御意簡牘〕を、懐中に深くおさめた。

「肌身をはなれぬよう、御工夫ありたい」

「心得申した」

これより以後、この伴格之助がいる〔上覧所〕へ来るときは、裃を着用せずともよいらしい。

「では、本日は、これにて……」

「他に、うけたまわることは？」

「いまのところは別に……」

と、格之助が物柔らかな態度にもどり、

「近きうちに、いずれ、また……」

「では……」

「御苦労に存ずる。御札を番所の士にお見せなされば、無事に城外へ出られまするぞ」

「は……」

格之助は、上覧所の外まで見送ってくれたが、あとは五兵衛一人になった。

番所を通るごとに、かの木札を出して見せると、番士は一礼して五兵衛を通してくれるではないか。

今日の自分も、また、

(昨日までの、わしではない……)

ようなおもいがする。

五兵衛は裃をつけたまま、本所の屋敷へもどった。

伴格之助が、そうしてよいといったからだ。

「あっ……」

と、門番が、帰邸した〔殿様〕を見て、おどろいた。

それはそうだろう。出て行くときは羽織・袴《はかま》で塗笠をかぶっていた主人が、裃の礼装で帰って来た。しかも徳山家の定紋入りの裃であったから、出迎えた柴田用人も小沼治作も、目をみはっている。

この日。

夜に入ってから、徳山五兵衛は、柴田勝四郎と小沼治作を居間へよびよせた。

「このところ、しばらくは怠けていたが、あらためて出精いたしたくおもう」

「さようでございますな。ちかごろは、とんと、絵筆をお把《と》りあそばさぬようにて……」

と、柴田用人。

「いや、絵筆ではない。木太刀《きだち》のほうじゃ」

「では、剣術を？」

「さよう。わしも心を入れ替えて励みたいとおもう」

小沼治作が、眼を輝かせ、

「何よりのことにございます」

「小沼。それには、師を迎えねばなるまい。われらが外の道場へ通いつめるわけにはまいらぬゆえ、この屋敷へ稽古に来ていただかねばならぬ」

「はい」

「さて、だれがよいかな？」

結局、徳山五兵衛がえらんだ師は、外神田で心貫《しんぬき》流の道場を構えている窪田《くぼた》甚五郎安照《やすてる》であった。

後年、五兵衛が窪田道場の「四天王」などといわれるほどになったのは、亡き堀内源左衛門から受けた薫陶《くんとう》が、さらに磨かれたものと看てよい。

五兵衛は、みずから窪田道場へおもむき、窪田甚五郎に入門のゆるしを請うた。

窪田甚五郎は、ときに三十一歳で、五兵衛よりも年下であったが、五兵衛が堀内門下であったと知るや、よろこんで、

「共に修行をいたしましょう」

と、いってくれた。

後には門人千名を数えるほどの大道場の主となる窪田も、このときはまだ、五十に足らぬ

門人を教導していたが、人柄はまことに謙虚でありながら、

(江戸市中に数ある剣客の中で、屈指の人物じゃ)

と、窪田に稽古をつけてもらうようになってから、五兵衛は瞠目《どうもく》したものである。

そして、この師をえらんだ自分の目のたしかさを、ひそかに誇りにおもった。

三

窪田甚五郎は門人を二人ずつ連れて、三日に一度、徳山屋敷の内の道場へあらわれた。

徳山五兵衛が久しぶりに木太刀を把ってみると、

(やはり、いかぬ……)

ここ数年は、暇さえあれば〔書見の間〕へ引きこもり、空が白むまで秘図を描いていたのだから、躰《からだ》が鈍《なま》るのも当然といえよう。

いざ稽古となると、窪田甚五郎は、五兵衛に対して、寸分の容赦もせぬ。

はじめのうちは、甚五郎の木太刀で叩きのめされ、突き捲《まく》られ、

「いや、まいった。まいった……」

夕餉《ゆうげ》を終えるのもやっとのことで、全身の筋肉が痛み、腫《は》れて、寝所へ入っても容易に寝つけぬほどであった。

だが、五兵衛は目を細め、

「小沼。むかしをおもい出すのう」

なつかしげに、うれしげにいう。

さすがに、年少のころから堀内道場で鍛えぬかれている五兵衛の躰は一月もすると、元へもどりはじめた。

そうなるとまた、夜に入るや、待ちかねたかのごとく、

「眠い、眠い」

寝所へ急ぐことになる。

窪田甚五郎が来邸せぬ日は、五兵衛みずからが家来たちを鍛えぬく。

「どうも、大変なことになったものだな」

「いまに、殺されてしまうぞ」

と、嘆く家来もいないではない。

見ちがえるほど元気を取りもどしたのは、小沼治作だ。

〔殿様〕と共に道場へ入り、共に打ち合い、共に汗をながすことが小沼にとっては、たまらなくうれしいらしい。

夏も盛りをすぎようとするころになっても、伴格之助からの連絡は何もなかった。

けれども、近いうちに〔本所見廻り方〕へ再就任することになれば、むろん、先手組《さきてぐみ》の応援はあるにせよ、五兵衛の家来たちも相応にはたらかねばならぬ。

その日にそなえ、五兵衛は懸命であった。

お百合のことなど、ほとんど想い浮かべなかった。

いや、想い浮かべたとしても、その想いは深まる間とてない。それこそ「あっ……」という間に、五兵衛は深い眠りへ落ちてしまうからだ。

日野屋文吉がやって来たとき、

「ま、拝見いたすがよい」

柴田用人が、道場へ連れて行き、五兵衛の激烈な稽古ぶりを見せると、

「いったい、これは、いかがに相なっているのでござりましょう?」

「いかがとは……何がじゃ?」

「いえ、殿様が……」

「殿が剣術の稽古をあそばすのが、ふしぎだとでも申すのか?」

「いえ、そのようなことは……」

「なれど、そうした顔つきをしているではないか」

「いえいえ。これにて大安心でござります」

「何じゃと?」

「いえ御用人様。これは、こちらのことでござります」

ともかくも、五兵衛がお百合のことなど、すっかり忘れ切っているらしいのに、日野屋は安堵《あんど》したのだ。

それもむりにではない。

(どうだろう、殿様は、すっかり若くおなりになった。あの元気のよい、精気にみちみちた

お顔は、とてもとても、女に現《うつつ》をぬかすようなお顔ではない)

それに、お百合もお百合ではないか。

京都へ帰ったきり、日野屋へは一度だけ礼状をよこしたけれども、五兵衛のことには一字もふれていない。

(殿様と、あれほどの仲になっていながら、あまりといえばあまりではないか……あの、お百合という女は生得《しょうとく》、浮気な女ごであったらしい。そこも、あの女の母親に、よう似ている)

ところで、いつであったか窪田甚五郎が、徳山五兵衛に、こういった。

「木太刀の打ち合いではなく、これが真剣を把っての立合いなれば、果して私が勝てましょうか、な……」

「何を、おおせられることか……」

五兵衛は取り合わなかったが、甚五郎ほどの人物が、世辞をつかうわけもなかったろう。

日々、たゆまずに稽古をつづけていると、想い出されるのは先ず、堀内源左衛門であり、堀部安兵衛《ほりべやすべえ》である。

そして、佐和口忠蔵である。

(佐和口殿は、いま、何処におられようか……?)

それが知りたくて、江戸へ舞いもどって来た伊勢屋藤七方を、小沼治作に見張らせたりしたのだ。

伊勢屋から、お玉へ……お玉の姿を見出せたなら、そこから佐和口の行方が知れるやも知れぬ。

大坂の薬種舗・長崎屋へ嫁いでいる佐和口の妹・お幸からも、便りは絶えていた。

だが、いまとなっては、芝・神谷町の伊勢屋藤七方を、見張る気もちも失せてしまった。

お玉や佐和口への不審は、五兵衛が、

（いかに考えてみても、わからぬ……）

ことなのである。

それよりも、いまは、来るべき日にそなえねばならぬ。

おぼろげではあるけれども、徳山五兵衛は、その来るべき日に自分が何をせねばならぬかを感じていた。

もしも、五兵衛の勘のはたらきが的中したとしたら、これはまさに、いのちがけの御役目といわねばなるまい。

藤枝若狭守も、五兵衛の近況を耳にして、

「それは何より……」

深く、うなずいたそうな。

若狭守も、重態というほどではなかったが、この夏の暑さに心身が、にわかに衰えて、五兵衛も勢以も一時は憂慮した。

「なに、こたびは大丈夫じゃ」

と、若狭守はいい、その言葉どおりに、夏の終りには食欲も出て、回復のきざしを見せはじめた。

或日、五兵衛が岳父を見舞いに行き、

「すぐれたる御血色にて……」

うれしさを隠すことなく、いい出たとき、

「こたびは、どうやら、持ち堪《こた》えることができたようじゃが……」

と、微かに笑い、

「なれど、もはや、知れてあることよ」

「何を、おおせられますことか……」

「いや、この年齢《とし》になると、わが身のことは何も彼も、ようわかってまいる。いかに力んでみてもはじまらぬことよ。さようさ……」

藤枝若狭守は、一つ二つと右の手指を折って見せ、三つ目を折りかけてやめ、

「先ず、わが寿命は、これほどであろうよ」

と、いった。

となれば、あと二年で死去することになる。

五兵衛は神妙にうなずき、両手をつかえた。

岳父ほどの人がいうのであるから、これをよい加減にあしらっては、却《かえ》って失礼になると

おもったからだ。

藤枝若狭守は、口先のみのなぐさめなど決していわぬ、この娘聟《むすめむこ》の資性を好ましくおもっている。

五兵衛も、自分の実父・徳山重俊との間が、何しろ、あのような間柄であっただけに、藤枝若狭守に対しては、

(これが、真《まこと》の父……)

のようなおもいがしていた。

「ときに五兵衛殿……」

「はい?」

「その後は、何の御沙汰《ごさた》もない……?」

「ございませぬ」

「ふうむ……」

五兵衛は、よほど、かの〔御意簡牘〕を受けたことを岳父に打ちあけようとおもったが、辛うじて踏みとどまった。

そして間もなく、幕府から徳山五兵衛秀栄《ひでいえ》へ、

「本所見廻り方を、おおせつけらる」

の、申しわたしがあった。

四

徳山五兵衛の〔本所見廻り方〕就任の事を耳にして、

「いまどき、本所見廻りとは何のことじゃ?」

「徳山が、よほどに御役をのぞみ、いろいろと手をまわしたのであろう」

「それが、今度の見廻り方か」

「ほかに、もって行くところもなかったのではあるまいか、な……」

「あのような御役目に就くほどなれば、無役のほうがずっとよいわ」

「そのとおりじゃ」

などという声も聞かれたようだ。

以前、つとめたことがある役目だけに、五兵衛は前回のごとく、屋敷内の設備をあらためた。

以前の折には、町奉行所と火附《ひつけ》盗賊改方から、それぞれ同心二名、小者《こもの》三名が交替で派遣されて来て、徳山屋敷へ詰めていたものであった。

ところが今回は、別に、そうしたこともない。

つまり、五兵衛自身が抱えている奉公人のみで、

「相つとめよ」

と、いうわけである。

用人・柴田勝四郎も解せぬ面持ちで、

「これはまた、何としたことでございましょう」

「勝四郎にも、外へ出て、はたらいてもらうやも知れぬぞ」

と、五兵衛は笑った。

そのかわり、幕府は以前と同じように快速の舟二隻を五兵衛へあたえた。

そればかりではない。

大川から、徳山屋敷の横手まで堀を穿《うが》って水を引き入れ、舟溜《ふなだま》りを設けたのである。

そして大川沿いの道へ、この堀川をわたる橋を架けた。これがのちの駒留橋《こまどめ》で、長さ二間半、巾三間。

舟溜りには番小屋を設け、常時、二名の船頭を待機せしめることになった。

（はて……）

柴田用人は、いよいよ不審におもった。

人数は増やさぬが、設備だけは以前にも増して、

（物々しい……）

ように感じられたからであろう。

派遣された船頭は合せて四名で、二名ずつ、交替で詰める。

夜に入ると、一人が番小屋へ寝泊りをし、一人は徳山屋敷内へ泊ることになった。

四人ともに、いかにも、

「船頭らしい船頭……」

であった。

そのうちの、四十がらみの船頭が、舟を見にあらわれた徳山五兵衛へ擦り寄って来て、

「殿様。お乗りあそばしませぬか?」

と、ささやいた。

「よいのか?」

「はい。御一人《ごいちにん》にて……」

その言葉づかいは、あきらかに船頭のものではない。

「では、たのむ」

五兵衛は、ついて来た小沼治作と他の家来へ、

「此処で待て」

といい、舟へ乗り込んだ。

小沼は、不服の色を隠さなかった。

船頭は、堀から大川へ舟を出して、

「殿様。私めは、伴格之助様、手の者にございます」

「何……」

「名は坪井久蔵と申します。いま一人、これは私と交替にて相つとめますが、片桐《かたぎり》半之介と申します」

「さようか……」

ここにいたって、五兵衛も事態がのみこめてきた。

坪井も片桐も、将軍・吉宗の隠密組織で、伴格之助がひきいる〔蜻蛉組《せいれいぐみ》〕の一員なのであろう。

（では、あとの二名の船頭はだれか？）

五兵衛は坪井久蔵に尋ねかけたが、

（いや、別に問うこともあるまい）

おもい直した。

伴格之助が手配りをしたのだから、安心をしてまかせておけばよい。

「伴格之助殿に、しばらく会うておらぬが……お変りもないか？」

「はい」

「これよりは、よろしゅうたのむ」

「殿様にも、われらに何なりと、お申しつけ下さいますよう」

と、坪井久蔵の物腰は、あくまでも丁重をきわめている。

おそらく、坪井と片桐は船頭として、五兵衛と伴格之助の連絡《つなぎ》の役目をつとめるにちがいなかった。

「おぬしも、紀州からまいったのか？」

「はい」

「ふうむ……」

あらためて五兵衛は、坪井久蔵をながめやった。

赤銅色に灼《や》けつくした顔、腕、脚。どこから見ても船頭そのものであるし、事実、舟を操る手ぎわは見事なものなのだ。

翌日。

これも船頭姿であらわれた片桐半之介を、坪井久蔵が舟溜りで五兵衛に引き合せた。

これは前日、大川の上で坪井と打ち合せておいたとおりに、五兵衛が一人で舟溜りへ姿を見せたのである。

以後、夜に入って屋敷内へ寝泊りをするのは、坪井と片桐にきまった。

五兵衛は、交替で屋敷に泊る二人の寝部屋を、奥庭の道場の小部屋にした。

ところで、本所見廻り方となれば、以前のごとく、単独の見廻りもかまわぬことになる。

雨天でないかぎり、五兵衛は塗笠をかぶり、屋敷を出た。

小沼治作が供をするときもあれば、単独のときもある。

そして、坪井か片桐に舟を出させ、大川をさかのぼってみることもある。

或日。大川へ舟を出しているときに、坪井久蔵が、

「殿様。急の場合は、夜ふけに御寝所の床下へまいり、合図をいたすやも知れませぬ」

「ほう……」

いささか大仰なことではある。

それほどに、人目をおそれねばならぬのか……。

「よろしゅうございますな？」

「うむ……」

「これは、どこまでも危急の場合のことを申しているのでございます」

「さようか……」

「めったに、おさわがせはいたしませぬ」

五兵衛、苦笑をもって、こたえるよりほかはない。

夏が終って間もなく、大川へ舟を出したときに、船頭をつとめていた片桐半之介が五兵衛にいった。

「伴格之助様よりの、お言づけにございます」

「おお……」

「明日、巳《み》ノ刻（午前十時）に、御城内・御上覧所まで、お運び下さいますよう」

「心得た」

おもわず五兵衛の声が弾んだ。

このことを、待ちかねていたのである。

五

翌日。羽織・袴の姿で徳山五兵衛は屋敷を出た。

伴格之助から特別の指示がないかぎり、裃《かみしも》を着用しなくともかまわぬといわれている。

一ツ橋御門から〔丸の内〕へ入り、さらに、江戸城・内濠《うちぼり》の竹橋御門へすすむ。

御門の番士へ、例の〔御意簡牘〕を出して見せると、一も二もなく頭を下げ、五兵衛を通してくれた。

たちまちにして五兵衛は、城内・本丸の裏手へ入ることを得たわけだ。

わるい気分ではなかった。

裃もつけぬまま、名乗ることもない。

いまさらに五兵衛は、自分が所持することをゆるされた一枚の木札の、おそるべき効能を顧みずにはいられなかった。

この前に参入したときよりも、吹上の庭の木立は鬱蒼《うっそう》として、

(まるで、深山《しんざん》へでも分け入ったような……)

おもいさえする。

伴格之助は、上覧所・別棟の前に立ち、待ちうけていた。

「徳山殿。御苦労に存ずる」

両手を膝《ひざ》のあたりまで下げ、格之助は挨拶をした。

依然、五兵衛に対するあつかいは丁重をきわめている。

八代将軍・吉宗の隠れたる股肱《ここう》の臣であるのに、伴格之助にはいささかの奢《おご》りも高ぶりもない。

これは格之助が、おのれの使命をよくよくわきまえていると共に、出世欲からも物欲からも程遠い人物だからにちがいないからであろう。

「さ、こちらへ……」

先へ立った格之助は、自分が住み暮している部屋へ五兵衛をみちびいた。

開け放った障子の向うから、涼風がさわやかにながれ入ってきた。

またしても朱塗りの盆の上へ酒の仕度がととのえられ、

「先《ま》ず、一献」

と、格之助が五兵衛の盃《さかずき》へ酌をしてから、

「久しゅうござったな」

「いかにも」

「日々の御様子は、坪井・片桐の両名より、つぶさにうけたまわっております」

「は……」

うなずいたが、五兵衛は妙な気もちになった。ならざるを得ない。

(わしの言動も、見張られているようなものではないか……)

このことである。

「実は……」

と、伴格之助が、かたちをあらためた。

「このたび、徳山殿に本所見廻り方の御役目へまわっていただいたのは、ほかでもござらぬ」

「………?」

「この秋の終りに、将軍様《うえ》は久方ぶりにて、御狩りをあそばされます」

「御狩りを……」

「さよう」

五兵衛は、息をのんだ。

(なるほど、このことか……)

なればこそ、五兵衛を再任させ、前もって警備の事に当らせようということなのか……。

(いや、それだけのことではあるまい)

それだけならば、何も〔御意箇牘〕の異例な特権をあたえなくともよいはずだ。

「徳山殿は、この御狩りを何とおもわれますかな?」

五兵衛は、咄嗟《とっさ》に返答ができかねた。

「このたびの御狩りは、相手方を誘《おび》き寄せるためのものでござる」

「相手方と申すのは……?」

「何者なりと、断じかねますゆえ、そのように申したのでござる」

「では……では、上様の御命を狙う曲者《くせもの》……」

「そのとおりでござる」

「ふうむ……」

これでわかった。

(いよいよ、わしの出る幕となったようだ)

五兵衛は、自分が予期していたことが、このようなかたちとなってあらわれようとはおもわなかったけれども、なるほど、これならば、

(御役に立てよう)

と、おもった。

徳山五兵衛の頰に微笑が浮かぶのを見て、伴格之助が、

「おわかりになられましたな」

「それがしが、上様の御身代りとなるのでござるな」

「いかさま」

「もとより、覚悟をいたしおります」

「かたじけない」

軽く頭を下げてから、格之助がいった。

「なれど、むざむざ徳山殿を死なせるようなことはいたしませぬ。そのように、こなたも、でき得るかぎりの備えをいたしますゆえ」

その備えが、どのようなものかはさておき、五兵衛は、これまでに漠然と予期していただけに、おどろきもしなかった。

(あの将軍家のためになら、御身代りとなって死ぬるとも満足……)

であった。

以前のように将軍・吉宗は、身軽に城外へ出て狩りをすることもなくなったし、いまは政務に没頭して、その暇もない。

そして、正式の外出ともなれば、厳重な警固のもとにおこなわれるわけだから、先ず、暗殺の心配はないと看てよい。

しかし、将軍も幕府も、暗殺者がいまだに存在していることを見逃すわけにはまいらぬ。

徳川幕府は、吉宗一代で終りを告げるのではないのだ。

将軍を暗殺しようとするからには、当然、徳川幕府そのものに反抗し、これを潰滅《かいめつ》させる意図があると看てよい。

なればこそ、その相手が何者であるかを、

「ぜひとも、突きとめねばならぬ」

ことになるのは、当然といえよう。

しかも相手は、これまでに数度、将軍暗殺に失敗していながら、そのたびごとに逃亡し、証拠をつかませぬ。

そこで今度は、万全の準備をととのえ、徳山五兵衛を吉宗の身代りにして、曲者どもを誘い出し、ぜひにも、

「捕えねばならぬ」

というのだ。

顔貌《がんぼう》こそ似ていないが、将軍・吉宗と徳山五兵衛の体格は、よく似ている。

背丈も同じ、肉づきも同様であることを、この前に吹上の庭で吉宗に目通りをしたとき、五兵衛は察知した。

なればこそ、身代りの覚悟を、ひそかにきめていたのだ。

「そこで、徳山殿。上様、御狩りの事が、それとなく世上へ洩れるように取りはかろうていただきたい」

「心得申した」

「ひそかに、しかも、それとなく……」

「相わかりました」

「おまかせいたしましょう」

「はい」

「御狩りは、いまのところ、十月七日ということに……」

「十月七日でござるな」

「さようでござる」

伴格之助は、五兵衛の盃へ酒をみたし、

「手筈《てはず》を充分にととのえるからには、むざむざと、そこもとを死なせはいたしませぬ。それはまた、上様の御内意でもござる」

きっぱりといった。

六

格之助が、かさねて念を入れたからには、将軍も、徳山五兵衛を単なる犠牲者と見なしているのではない。

しかし、五兵衛にしてみれば、

(もとより、一命を捨てる覚悟……)

でなくてはなるまい。

「上様が徳山殿へ、御意箇牘をたまわった御胸の内を推しはかってみても、およそ、おわかりでござろう」

と、格之助がいう。

なるほど、まさに然り。

将軍の身代りをつとめるというだけなら、この思いもかけぬ特権をあたえられるわけもない。

「そこで……」

伴格之助が膝をすすめ、

「徳山殿へ、申しあげておきたいことがござる」

「は……?」

「このことは、そのお身の内へしまいこまれて、堅く堅く封印をしていただきたい」

「心得てござる」

「上様が紀州から江戸に移られ、八代将軍となられてより、その御命をねらいたてまつる者が絶えぬ……と、申すことは、もとより、われらの怠慢を責められてもいたしかたないことでござる。それと申すのも、これまでは相手方の隠密のうごきぶりが、巧妙をきわめていたもので……」

「ははあ……」

「なれど、近ごろになって、ようやく、相手方の影が見えてまいった」

五兵衛も、身を乗り出さざるを得ない。

「ずっと以前……さよう、十年ほど前まで、京の柳馬場・誓願寺通りに、尾張屋源右衛門と申す宿屋がありましてな」

咄嗟に、五兵衛は声が出なかった。

いや、わが耳をうたぐった。

いまここで、伴格之助の口から、あの尾張屋の主人《あるじ》の名が出ようとは、それこそ、夢にも想わぬ……」

ことであった。

「その尾張屋と申す宿屋は、尾張家の定宿でござった」

格之助は、五兵衛のおどろきを察知していないらしい。

こうしたときに、五兵衛の剣の修行が物をいうことになる。

剣を把《と》って闘うとき、わが胸の内の動揺を相手に見透かされてしまっては、遅れをとるのが当然である。

人の心のうごきは、先ず眼の色にあらわれ、ついで血色におよぶ。

これを、おのれの意志で制するための鍛練を五兵衛は充分に積んできていた。

だが、伴格之助がつぎにいい出た言葉は、さらに五兵衛へ衝撃をあたえずにはおかなかった。

「その尾張屋源右衛門と申す者は、若きころ、尾張家の禄を食《は》んでいたのでござる」

やはり、源右衛門は、

(只者ではなかった……)

のである。

顔も長く、躰も細く長い尾張屋源右衛門の風貌が、五兵衛の脳裡《のうり》をよぎった。

眸《ひとみ》が見えぬほどに上瞼《うわまぶた》がたれ下っている両眼も細かった。そして鼻すじも長い。

「そこで、尾張屋源右衛門が主謀者となり、さまざまなる者どもを操り、上様の御命をねらいたてまつったることが、ようやくにわかり申した」

「尾張屋と申す者、いまも、京に？」

落ちついた声で、五兵衛が尋《き》いた。

その声音とはうらはらに、徳山五兵衛の胸の内は波立ち、さわぎ乱れている。

「いや……」

残念そうに唇《くち》をかみしめた伴格之助が、かぶりを振り、

「一足《ひとあし》も二足も遅れてしまい申した」

「いまは、京におらぬと申される……？」

「さよう」

「ふうむ……」

「われらが、尾張屋の秘事を突きとめたることを、いちいちおはなし申すまでもござるまい。また、はなしていては、この舌が何枚あっても足らぬほどにて……」

はじめて格之助の片頬《かたほ》に苦笑がただよった。

「いや、長い長い月日がかかり申した。こなたの者の命も三つ、四つと失いまいてな」

蜻蛉組の探索がすすむ過程で、死んだ者もいるというのだ。

つまり、それは尾張屋源右衛門一味の手によって、殺害《せつがい》されたというのであろうか。

（それにつけても……）

五兵衛は、十年ほど前の、あのときのことを想起せずにはいられなかった。

当時、五兵衛は初回の本所見廻り方に就任したばかりで、微行の市中見廻りができるのがうれしく、毎日のように小沼治作をつれ、屋敷を出たものである。

或日。両国橋の西詰で、曾我の喜平治のむすめ・お玉と佐和口忠蔵が連れ立って歩む姿を見かけた五兵衛は、この二人の組合せを異様におもった。

そこで、小沼治作へ、

「ひそかに、二人の後を尾《つ》け、行先をたしかめよ」

と、命じた。

小沼は、お玉が橘町の伊勢屋藤七方へ入るのを見とどけ、さらに、お玉と別れた佐和口を尾行した。

このとき佐和口忠蔵は、麹町《こうじまち》十丁目にある尾張名古屋六十一万九千石、尾張・徳川家の下《しも》屋敷へ入って行ったと、小沼は五兵衛に告げたはずである。

（尾張屋源右衛門と佐和口忠蔵との関係を知っていた五兵衛は、

（尾張屋どのの口ききで、佐和口殿は尾張家へ奉公が適《かな》いかけているのではないか？）

そうおもったものだ。

すると、翌日、佐和口が五兵衛の屋敷を訪ねて来た。

「五兵衛殿の顔を見れば、それで満足」

こういって、佐和口はあわただしく帰って行き、五兵衛は足軽の鈴木に尾行させ、佐和口が下谷・御成道の旅宿・山城屋惣平方へ入ったのを突きとめさせている。

いずれにしても不審が解けたわけではなかったが、ついで、吉宗が将軍となり、間もなく御狩りがあったとき、亀戸村の名主屋敷で、あの事件が起った。

五兵衛に救われたお玉は、その手を振り切り、

（まるで、逃げるようにして……）

姿を隠してしまった。

これも実に不可解なことなのだが、お玉の名主屋敷への奉公をたのみに来たという伊勢屋藤七もまた、橘町の店をたたみ、突然、江戸から消えてしまった。

そしていま、伊勢屋は江戸へ舞いもどって来ているのである。

おぼろげながら、ようやくに徳山五兵衛は、これまでの不審のいっさいが、

(なるほど……)

と、脳裡へまとまってきたようだ。

五兵衛が、これだけのことを知っているとは、まさかに伴格之助もおもってはいまい。

しかし、五兵衛にしてみれば、

「実は、かような事がありました」

いま此処《ここ》で、格之助へ打ちあけるわけにもまいらぬ。

そのような大事を、何故、五兵衛が知っているのかと、格之助は疑惑を覚えるに相違なかった。

(では、あのとき、お玉は前もって名主屋敷へ奉公をし、将軍家に近づこうとしていたのではあるまいか……?)

そうなると、吉宗の手ごめに会うことも、あらかじめ予定に入れていたと、いえなくもない。

(そうしておいて、お玉は何やら将軍家へ害をなさんとしていたのでは……?)

ゆえに、お玉は五兵衛の救いの手を振り切って逃げた。いまは、その想定が、突飛なもの

ではなくなってきた。

将軍家と尾張家との確執については、かねて徳山五兵衛も耳にはさんでいないこともない。

ないが、それは実感をともなわぬものであって、まさかに尾張家が直接に刺客を放ち、将軍を暗殺しようとしているなどとは、

(おもいもよらぬこと……)

であった。

その点につき、伴格之助は五兵衛が問うまでもなく、つぎのように念を入れてよこした。

「これは、尾張家が直き直きにいたしておることではござるまい。そこのところを、よくよくわきまえていただきたい。御三家の一たる尾張家が、そのような大それたふるまいをいたすわけもござらぬ。

なれど……よろしゅうござるか。なれど曲者どもへは、やはり、尾張家の息が見えぬところよりかかっているのではないかと……そこのところを、それがしは何としても突きとめたい。それでないと、現《いま》の上様のみならず、後々に将軍の座へお就きあそばす方々まで、害をこうむることになり申す。そもそも、将軍家と尾張家の不和は、いまにはじまったことではござらぬが……」

七

尾張・徳川家の祖は、大納言・徳川義直《よしなお》である。

徳川義直は、初代将軍・家康の九男に生まれ、三代将軍・家光の叔父にあたる。

ところで、こんなはなしが残っている。

寛永十年（一六三三年）の冬に、将軍・家光が大病にかかった。

一時は、

「御危篤に……」

落ち入ったそうな。

そのとき、徳川義直は準武装に身をかため、侍臣を引きつれたのみで名古屋城を発し、馬で江戸へ駈け向った。

義直一行が品川まで駈けつけて来ると、そこに老中の酒井忠勝が出迎えており、

「お上《かみ》のおゆるしもなきに、何故の御下向でござるか？」

きびしく問いかけてきた。

酒井は武装の一隊を従えていた。

「申すまでもないことじゃ」

と、徳川義直が、

「将軍家には、いまだ御子がなく、もしも御他界とあれば、天下の騒乱をよぶこともはかりがたい。自分は将軍家の叔父である。なればこそ、御名代として江戸城を護り天下を他家へわたさぬため、かく、駈けつけてまいったのである」

酒井忠勝は微笑を浮かべて、

「なれど、お上には、追々、御快癒《かいゆ》に向わせられてござる」

「ならば、お目通りつかまつろう」

「いや。その御心配にはおよびませぬ。この場より、名古屋へおもどり下され」

忠勝は、きっぱりといいはなった。

それほどに、幕府最高の重職たる老中の権威はすばらしいものであった。

たとえ将軍の兄弟親類であろうとも、びくともせぬ。

徳川義直は、仕方もなく、品川から名古屋へ帰国して行った。

そこで……。

このときより、徳川幕府の尾張家へ対する警戒の眼が光りはじめたという。

徳川義直の人物が特別にすぐれていただけに、

「あのときの尾州公のなされかたは、あきらかに、将軍位への執心をしめされたものである」

との評判が、世上にひろまったそうな。

将軍・家光が、もしも病死してしまったなら、却《かえ》って徳川義直の行動は、

「さすがに、尾州公じゃ」

ほめたたえられたやも知れぬ。

世上のことは、すべて、こうしたものなのだ。

ところが家光の病気は癒《なお》ってしまったし、数年後には、のちの四代将軍となる家綱も生ま

れた。

こうなると、

「まだ、上様が御他界もせぬのに……」

徳川義直が準武装で八十六里の道を駈けつけて来たことに、

「このときとばかり、将軍位をねらった尾張大納言……」

という印象が、強くなってしまったらしい。

だが、それは世間の評判であって、当時の徳川幕府そのものが、尾張家へ疑惑の眼を向けていたものかどうか、それはわからぬ。

なるほど三代将軍のころは、まだまだ諸国大名の間に不穏のうごきがないでもなく、九州ではキリシタン宗徒の叛乱《はんらん》が起り、幕府は軍団をさしむけ、苦労の末に鎮圧したり、由井正雪という軍学者が幕府打倒の密計を起し、召し捕えられたりしている。

また、将軍・家光の弟にあたる駿府《すんぷ》（静岡市）城主で五十五万石を領した徳川忠長が、「大逆不道《だいぎやくふどう》の罪」をもって、蟄居《ちつきよ》を命じられ、のちに忠長は上州・高崎城主の安藤重長にあずけられ、そこで自殺をとげるという事件も起った。

先ず、このように落ちつかぬところもあったけれども、幕府には家康以来の老臣が残っていい、将軍一族の争乱が起らぬよう、充分にちからをつくしていたのであった。

それが、七代・八代将軍の座をめぐって、幕府と尾張家の関係が深刻化したのである。

このことは、すでにのべておいた。

六代将軍・家宣が、わが子の家継の病身を慮《おもんぱ》かって、

（自分の跡つぎは、むしろ、尾張家から迎えたほうがよいのではないか……）

そうおもったこともある。

そのことが洩れたので、尾張家では手をつくして、必死に将軍位を手に入れようと運動を開始した。

これを知った御三家の一つである紀州家も、負けじとばかり、政治運動をおこなった。

結局は、家宣の子の家継が七代将軍となって、尾張・紀州両家の熾烈《しれつ》な政治運動は、

「水泡に帰す……」

結果になった。

そして家継が早世したのち、またしても、八代将軍位を、尾張・紀州の両家が争うことになり、ついに、紀州が勝ち、徳川吉宗が将軍となった。

前後二回にわたる、この政治的な敗北を、尾張家は忘れていない。

そればかりか、紀州家から将軍位を得た徳川吉宗へ、深い恨みをかけているというのだ。

そうしたうわさは、むろん、幕臣である徳山五兵衛も聞かぬではなかった。

だが、五兵衛は、

「うわさは、うわさにすぎぬ」

いままでは、そうおもっていたし、さして、気にもとめていなかったようなところがある。

この日の夜……。

わが屋敷の寝間へ入ってからも、五兵衛はまんじりともしなかった。

八

まことにもって、意外の成り行きとなったものである。

(今日、おもいきって何も彼も、伴格之助殿へ打ち明けるべきではなかったのか……?)

このことであった。

そのようなことをしたら、却って自分が疑惑をもたれはすまいか……たしかに、それもある。

けれども、そのほかに尚《なお》、五兵衛をためらわせた何物かがあったのではないか……。

尾張屋源右衛門、佐和口忠蔵。そして、曾我の喜平治・お玉の父娘《おやこ》。

ひいては、あの小田原の針屋・堺屋太兵衛や酒匂川の茶店の老婆母子《おやこ》。伊之蔵。熱海の宿のあるじ・岩松。また、曾我の喜平治が紹介状《そえじょう》をくれた大坂の書物所・加賀屋孫助の名も、いま五兵衛の脳裡に浮かんでくる。

(そうだ、あのとき……)

曾我の喜平治の紹介状を、五兵衛は使っていない。

したがって、加賀屋孫助には会っていないのだ。

それは、堺屋太兵衛が、

「私は加賀屋さんに、お目にかかったことはありませぬが、喜平治どのより、はなしはよう聞いておりまする。喜平治どのが書きしたためました、この手紙の主《ぬし》をお訪ねなされませ」

こういって、別に紹介状を書いてくれた先が、尾張屋源右衛門であった。

してみると、尾張屋と曾我の喜平治とは、

(同類ではないようにもおもえる……)

いやいや、それなら何故、喜平治の娘のお玉が佐和口忠蔵と行を共にしていたのだ。

いずれにせよ、これらの人びとは徳山五兵衛にとって、

(ぬきさしならぬ……)

人びとであった。

若き日の自分の奔放な行動を、この人びとが庇《かば》ってくれ、救ってくれたればこそ、

(いまのわしが、こうして、ここにいる……)

のである。

ゆえに、すべてを伴格之助へ告白するのがためらわれた。

恩ある人びとを裏切るようなおもいに駆られたからだ。

だが、事はあまりにも重大であった。

もっとも、五兵衛の推理が適中していればのことだが、

(やはり、間ちがいはない……)

いくら考えぬいても、佐和口とお玉の行動と、格之助から聞かされた尾張屋源右衛門の存

在は、

(別のものにはならぬ……)

のであった。

(よし。つまるところ、いざともなれば、わしが腹を切ればよい)

武士の行きつく覚悟は、すべて、この一点に凝結してしまう。

これほど簡明な結論はないわけだが、その簡明さを実行するだけの覚悟というものは、むろん、口先だけのものではあってはならぬはずだ。

来る十月七日におこなわれる将軍・吉宗の御狩りについては、このことを不自然でないようにして、わざと世上へひろめておかねばならない。

将軍が昼の弁当をつかう場所は、以前のとおり、亀戸村の名主屋敷と決まった。

明日は五兵衛も、亀戸村へおもむき、久しぶりに名主の喜右衛門に会い、内々《うちうち》の下相談をしなくてはならぬ。

(それまでに……それまでに何ともして、わし一人で探り出せることは探り出したい)

そして、事を未然に防ぎたい。

(果して、防げるであろうか？)

それは、その場になってみなくてはわからぬ。

たとえ、曲者一味が、このたびの将軍御狩りに際して行動を起さぬようにしたとしても、それでは防いだことにならぬ。つぎの機会を彼らは逃すまい。

(そもそも、佐和口殿は、いったい何のつもりで、怪しいまねを……?)

そこが、わからぬ。

翌朝。

居間へあらわれた徳山五兵衛の眼は、赤く腫《は》れあがっていた。

「いかがなされました?」

と、老女の千。

「いや、何ともない。小沼治作をこれへ」

「はい」

小沼は、すぐにあらわれ、これも五兵衛の顔を見やって、

「いかがなされました?」

「ま、ここへ寄れ。もっと近う……」

「は……」

「小沼。十年ほど前に、佐和口忠蔵殿が屋敷へ訪ねて見えた折、わしは、鈴木に後を尾けさせたことがあったな?」

「おぼえております」

「その折、佐和口殿は……」

「下谷の御成道の宿屋へ……さようでございます、山城屋惣平方へ入られたとのことでした」

「そうであった」

「それが、何ぞ……?」

「これより下谷へまいって、その山城屋なる宿屋が、いまも在るかどうか、見てまいれ」

「はい」

「今日は、かまえて探りを入れたりいたすなよ。見て来るだけでよい」

「承知いたしました」

「小沼。このことは他言無用じゃ。たとえ用人の柴田勝四郎へも洩らしてはならぬぞ。よいな」

「殿。これは、いったい……?」

「これよりは、お前がたよりじゃ。何事もお上《かみ》の御用を相つとむることゆえ、わしとちからを合せ、はたらいてもらいたい」

「はっ……」

小沼は、よろこびに両眼をうるませている。

小沼治作が屋敷を出てから間もなく、徳山五兵衛も微行の姿で亀戸村へ向った。

九

亀戸村の名主・山口喜右衛門は、徳山五兵衛が、ふたたび本所見廻り方をつとめることになったと聞き、すぐさま、本所・石原の徳山屋敷へ挨拶にあらわれている。

そのとき、五兵衛は屋敷にいなかったので、柴田用人が応対をしたそうな。

これまで五兵衛は、まだ山口喜右衛門を訪ねていなかったので、亀戸村の名主屋敷へ足を向けたのは、およそ十年ぶりということになる。

単身、騎乗で姿をあらわした五兵衛に、

「お久しゅうございました」

名主・喜右衛門が出迎えて、なつかしげに、

「先日、御屋敷へまかり出ましてございます」

「折悪しく他行《たぎょう》中であった。ゆるしてもらいたい」

「いいえ、そのようにおっしゃられましては……」

いいさした喜右衛門が、つくづくと五兵衛をながめやり、嘆息をもらした。

（すっかり、御立派になられて……）

とでもいいたげな顔つきであった。

喜右衛門のほうは、この十年に腰も曲がり、頭髪はうすくなった上に、ほとんど白くなってしまっている。

「名主どの。わしの顔に何ぞついているかな？」

「いいえ、さような……さ、先《ま》ず、先ず」

喜右衛門は母屋の奥座敷へ、五兵衛を招じた。

開け放った庭の木立に、蟬《せみ》が一つ、心細げに鳴いている。

井戸水で冷やした梅酢が運ばれてきた。

そういえば、この名主屋敷が土地《ところ》の人びとから「梅屋敷」とよばれていることを、五兵衛はおもい出した。

名主屋敷のひろい庭の一部は、見事な梅林になっている。

硝子《ギヤマン》の盃《さかずき》に入っている梅酢は、塩漬けにした梅の実からしみ出した液汁をうすめ、砂糖を加えて冷やしたものである。

これは、梅干漬や調味料に使用したあまりの梅酢を利用し、季節の飲みものにしているのであろう。

「ほう……めずらしいものじゃ」

盃へ口をつけた五兵衛が目を細めた。

「お気に入られましたか?」

「うむ。うまい」

「では、後ほど、お屋敷へおとどけいたしましょう」

「さようか。たのしみにしているぞ」

「はい、はい」

「ときに、名主どの。今日まいったのは、な……」

あたりを見まわし、人の気配がないのを見すましてから、五兵衛が、

「実は、この秋の終りに、将軍様《うえ》の御狩りがおこなわれることになった」

「御狩りが……」

「うむ」

喜右衛門の顔色が変った。

十年前の、あの事件をおもい出したのであろう。

事件といっても、喜右衛門は、将軍・吉宗が覆面の五兵衛に当身をくらって気をうしなった場面を目撃したわけではない。

ただ、その直後に、将軍へ茶をさしあげた女中のお玉が忽然《こつねん》として姿を消してしまったことを、いまもって気に病んでいる。

将軍は別だん、喜右衛門を咎《とが》めるわけでもなく、きげんよく立ち去ったのだが、どう考えても、

(お玉が、粗相をしたにちがいない。それで居たたまれず、姿を晦《くら》ましたのじゃ。将軍様《くぼう》は、なさけぶかい御方ゆえ、お玉の粗相をお咎めにならなかった……)

としか、おもえない。

だが、これだけでも名主の身にとっては一つの事件であった。

(まかりまちがえば、この首が飛ぶところであったやも知れぬ……)

なればこそ、将軍・吉宗の仁慈に、喜右衛門は感謝しているのだ。

「そこで名主どの。このたびの御狩りにも、この名主屋敷で、上様が御昼食《ごちゆうじき》をあそばされることになった」

「はあ……」

と、息をのんだ喜右衛門の顔が、尚も蒼《あお》ざめた。

「ありがたく、お受けいたすがよい」

「は、はい」

ことわるわけにはまいらぬが、この前の事があるだけに、名主・喜右衛門としては、ありうれしくはなかったにちがいない。

「なれど、このたびの御狩りは、内々にあそばされることゆえ、他言は無用じゃ」

「は、はい……」

「十年前に、上様が当屋敷へお立ち寄りあそばしたときと同じような供揃《ともぞろ》えゆえ、そのつもりでおればよい」

「なれど徳山様。そのような御簡略なことにて、よろしいのでございましょうか?」

「そのことを、おぬしが案ずることもあるまい」

「それは、まあ……」

「この前の折と同じようにいたしてくれ。尚、当日までに、わしが何度もまいって、くわしい打ち合せをいたすゆえ、いささかも心配はない」

「とんでもないことでございます。私のほうから、お屋敷へまいりまする」

「ま、そうしてもらうこともあるやも知れぬが、いまのわしは見廻り方じゃ。それまでには念を入れて見廻っておかねばならぬゆえ、当屋敷へ立ち寄るはわけもないこと。そのほうが

ない。

よい」

本所見廻り方の徳山五兵衛が、亀戸村の名主屋敷へ立ち寄ることは、何のふしぎも異常も
名主屋敷の奉公人も、これを怪しむことはあるまい。

「上様の御昼食は、それ、この前の、離れ屋においてあそばされる。なれど仕度は無用。お召しあがりものは城中にて仕度をいたす」

つまり、弁当の用意をしてあるから、もてなしはせずともよいというのだ。

「ときに、名主どの」

「はい？」

「十年前の、あの折、当屋敷の女中が行方知れずになったそうじゃな？」

喜右衛門が目を伏せて、沈黙した。

（いよいよ、来た……）

と、おもったらしい。

「その女中は、当時、日本橋・橘町にあった小間物屋にて伊勢屋藤七方から、ここへ奉公に出たという……」

「そこまで、お調べでございましたか？」

喜右衛門は、伊勢屋の口ききで、お玉を奉公させた事実を包み隠さずに、五兵衛へ打ちあけ、

「私といたしましても、何が何やら、さっぱりとわかりませぬ。すると、やはり、お玉は将軍様《くぼう》へ、何ぞ粗相をいたしましたのでございますか?」

「いや、そこのところは、わしにもわからぬ」

「これは、いかがいたしたら、よろしいのでございましょうか?」

「いや、おぬしは知らぬ顔をいたしておればよい。その伊勢屋藤七なる者は、その後、当屋敷へ顔を見せたのか?」

五兵衛が尋《き》きたかったのは、実に、この一事だったのである。

「と、とんでもないことでございます。お玉ともども、江戸から姿を晦ましたきり、伊勢屋の消息を耳にいたしてはおりませぬ」

「さようか。ならば、それでよい」

徳山五兵衛は、それから喜右衛門の案内で、先代の隠居所を検分した。

十年前と、すこしも変っていない。

(ああ……ここで、おれは上様を気絶せしめたのだ)

そうおもうとき、さすがに感無量であった。

「徳山様……」

「何じゃ?」

「その、御狩りの日は、いつなのでございましょう」

「それはまだ、わしの耳へ入ってはおらぬ」

と、五兵衛は、伴格之助と打ち合せたとおりに、月日を伏せておいた。

「なれど、万事は上様がお決めになることじゃ。気を楽にしているがよい」

気楽にといわれても、名主・喜右衛門の不安は消えそうにもない。

五兵衛は、日暮れまでに自邸へ帰った。

すでに、小沼治作は屋敷にもどっている。

「小沼。いかがであった?」

「はっ。それが……」

膝《ひざ》をすすめて、小沼がささやいた。

「かの宿屋、山城屋惣平は以前のまま、下谷の御成道に、いまも商売をいたしております」

「何、まことか?」

「間ちがいはございませぬ」

「ふうむ……」

佐和口忠蔵が、行きずりに滞在したというだけの宿屋ならば、別に何でもない。

しかし、伊勢屋藤七のごとく、山城屋惣平も、佐和口やお玉に関《かか》わり合いがあるとすれば、

(捨ててはおけぬ……)

ことになるではないか。

「小沼。夜に入ってから、書見の間へまいれ。いろいろと打ち合せておきたいことがある」

「かしこまりました」

「くれぐれも他言は無用じゃ。よいな」

「心得ております」

主の五兵衛と秘密を分ち合うことに、小沼治作は昂奮《こうふん》を隠せぬ様子であった。

この巻は「おとこの秘図㈢江戸の空」（昭和五十二年十二月）、「おとこの秘図㈣八代将軍」（昭和五十三年一月）として新潮社より刊行された。

文字づかいについて

新潮文庫の文字表記については、なるべく原文を尊重するという見地に立ち、次のように方針を定めた。

一、口語文の作品は、旧仮名づかいで書かれているものは現代仮名づかいに改める。
二、文語文の作品は旧仮名づかいのままとする。
三、一般には常用漢字表以外の漢字も音訓も使用する。
四、難読と思われる漢字には振仮名をつける。
五、送り仮名はなるべく原文を重んじて、みだりに送らない。
六、極端な宛て字と思われるもの及び代名詞、副詞、接続詞等のうち、仮名にしても原文を損うおそれが少ないと思われるものを仮名に改める。

おとこの秘図《ひず》(中)

新潮文庫　草156＝17

昭和五十八年九月十五日　印刷
昭和五十八年九月二十五日　発行

著者　池《いけ》波《なみ》正《しょう》太《た》郎《ろう》

発行者　佐藤亮一
発行所　株式会社 新潮社
郵便番号　一六二
東京都新宿区矢来町七一
電話　業務部(〇三)二六六—五一一一
編集部(〇三)二六六—五四四〇
振替　東京四—八〇八番
定価はカバーに表示してあります。
乱丁・落丁本は、ご面倒ですが小社通信係宛ご送付ください。送料小社負担にてお取替えいたします。

㈡　印刷・二光印刷株式会社　製本・株式会社大進堂

ISBN4-10-115617-4 C0193